O QUARTO NA TERRA

Obras de John Ajvide Lindqvist

Deixa ela entrar
Estou atrás de você
Gentileza
Realidade
Escrito na água: Tempestade de Sangue 1
O verão de 1985

JOHN AJVIDE
LINDQVIST

Autor de *Gentileza* e *Realidade*

O QUARTO NA TERRA

TEMPESTADE DE SANGUE 2

Tradução de **Helena Hilden**

TORDSILHAS

O quarto na terra

Tordesilhas é um selo da editora Alaúde Editora Ltda., do Grupo Editorial Alta Books (Starlin Alta Editora e Consultoria Ltda.)

ISBN: 978-65-5568-298-4

Translated from original Rummet I Jorden. Copyright © 2024 by John Ajvide Lindqvist. ISBN 978-91-7775-350-6. First published by Ordfront förlag, Sweden. Published by arrangement with Nordin Agency AB, Sweden, the owner of all rights to publish and sell the same. Portuguese language edition published by Alaúde, Copyright ©2025 by Starlin Alta Editora e Consultoria Ltda.

Impresso no Brasil — 1ª Edição, 2025 — Edição revisada conforme o Acordo Ortográfico da Língua Portuguesa de 2009.

Dados Internacionais de Catalogação na Publicação (CIP)

L723q
1.ed. Lindqvist, John Ajvide
O quarto na terra. John Ajvide Lindqvist ; tradução Helena Hilden. - 1. ed. - Rio de Janeiro : Tordesilhas, 2025.
400 p. ; 15,7 x 23,0 cm.

Título original: Rummet I Jorden
ISBN 978-65-5568-298-4

1. Romance sueco. I. Hilden, Helena. II. Título.

CDD 839.73

Índice para catálogo sistemático:
1. Romances : Literatura sueca 839.73

Produção Editorial: Grupo Editorial Alta Books
Diretor Editorial: Anderson Vieira
Vendas Governamentais: Cristiane Mutüs
Gerência Comercial: Claudio Lima

Coordenadora Editorial: Mariana Portugal
Produtora Editorial: Luana Maura
Tradução: Helena Hilden
Copidesque: Evelyn Diniz
Revisão: Rafael Souza
Diagramação: Rita Motta

ALTA BOOKS
GRUPO EDITORIAL

Rua Viúva Cláudio, 291 — Bairro Industrial do Jacaré
CEP: 20.970-031 — Rio de Janeiro (RJ)
Tels.: (21) 3278-8069 / 3278-8419
www.altabooks.com.br — altabooks@altabooks.com.br
Ouvidoria: ouvidoria@altabooks.com.br

Editora **afiliada à:**

ASSOCIADO

Para Aaron e Ylva
Pelas brincadeiras, filmes, almoços
criativos e conversas variadas

PARTE I

2–9 DE JULHO

PRÓLOGO, 2 DE JULHO

Na primeira manhã quando Kim Ribbing pisou na escada de sua casa recém adquirida, avistou um cervo. Estava parado na sombra da mata atrás da cerca que rodeava o terreno, olhando para Kim com a cabeça levantada. O cervo não se moveu enquanto Ribbing descia a escada lentamente e continuava pelo gramado até colocar as mãos nas ripas da cerca.

Ficaram parados cinco metros um do outro, o homem e o animal. Como hipnotizados em conjunto, olharam para os olhos um do outro. Kim nunca tivera um amor especial pelos animais, mas agora havia um *contato* que o fascinava discretamente. Era como se ele e o cervo estivessem parados em silêncio compartilhando informações sobre a vida. Em um confuso momento, Kim esqueceu a própria identidade e se viu de fora, através dos olhos do cervo.

Depois, foi como descer uma barreira. O contato se quebrou e era somente Kim Ribbing parado em seu jardim olhando para um cervo notavelmente inocente. E como se o cervo percebesse a mudança, grunhiu e se afastou cautelosamente com a cauda branca balançando.

O encontro aconteceu também na manhã seguinte, e na manhã depois disso. Quando Kim ia para a escada com seu café da manhã, o cervo estava parado esperando. Ribbing colocava de lado sua caneca de café e ia até a cerca. Durante um minuto o cervo e ele mantinham um relacionamento; e durante esse minuto Kim ficava totalmente presente e podia ouvir o pulso secreto do mundo. Depois o contato se rompia e o mundo era apenas o mundo.

Na quarta manhã, Kim acordou com um estrondo preocupante. Julia Malmros passara a noite com ele e ainda dormia quando Ribbing se levantou e ligou a cafeteira com a preocupação no peito. Quando o café ficou pronto, pegou sua caneca e foi para escada.

Foi como temia. O cervo estava no seu lugar habitual, mas deitado. Quando Kim chegou à cerca, viu que o pescoço do cervo fora atingido por uma bala. Os olhos negros mortos fitavam o céu.

Ribbing olhou ao redor. Não viu nenhum caçador. Alguém atirou em um cervo por diversão, ou com raiva porque ele mordiscou a moita de morangos errada. Kim apertou as ripas da cerca com mais força e sentiu os olhos ardendo.

Apesar de tudo, existiam coisas belas e inocentes no mundo, com as quais era possível manter um relacionamento sem precisar ter medo de ser ferido. Mas também havia pessoas que feriam e matavam somente porque podiam e tinham vontade. Porque seu coração mandava.

Foi quando Kim ficou parado olhando para os olhos vazios e mortos do cervo que finalmente decidiu sequestrar o doutor Martin Rudbeck.

8 DE JULHO, MANHÃ

Kim Ribbing fechou a pesada porta de metal do porão atrás de si, fazendo um estrondo abafado pelas paredes de cimento com isolamento acústico. Inclinou-se sobre Martin Rudbeck, que se encontrava deitado e amarrado em uma cama vestindo apenas sua cueca e disse:

— Eu quero *entender*.

Quando o doutor abriu a boca para dizer alguma coisa, Kim levantou o dedo indicador alertando.

— Pera aí. Vou reformular. Sim, quero entender. Mas acima de tudo, quero que *você* entenda.

— O que devo entender?

A voz de Martin estava fina e áspera depois de um dia inteiro sem comida ou água. Muitas vezes durante sua adolescência, Rudbeck prendera Ribbing do mesmo jeito para mais uma rodada de tratamento de choque.

— Quem é você? — perguntou Kim torcendo o nariz para a cueca urinada do doutor. A urina havia escorrido da cama para o chão, mas ele ainda não havia defecado. — Quer ir ao banheiro?

Martin consentiu. Kim pegou uma argola de pescoço conectada a uma corrente de cinco metros que terminava em um anel preso na parede. Colocou a argola no pescoço do doutor e trancou com um cadeado antes de soltar as correias de couro. Rudbeck se sentou com um gemido e Ribbing apontou para uma porta na parede.

— Tem um banheiro ali. A corrente chega lá.

Kim apontou para a argola no pescoço do doutor e disse:

— Apenas como informação. Acho que você não tem chance contra mim, mas digamos que invente de pegar a tampa da caixa de água do vaso e me ataque com ela, e digamos que tenha sucesso — Kim fez um gesto amplo. — Este quarto tem isolamento acústico. Não vai conseguir soltar a corrente e a chave não tá comigo. Você morreria aqui.

— Vou morrer de qualquer jeito.

— Não. Pretendo soltá-lo. Aos poucos. Há alguns detalhes sobre isso, mas chegaremos lá aos poucos. Agora vai.

Rudbeck colocou os pés no chão e as pernas mal conseguiam sustentá-lo. Quando virou de costas indo para o banheiro, Ribbing viu uma mancha marrom no lado traseiro de sua cueca.

— Água... — murmurou o doutor ao abrir a porta.

— Tem uma pia — disse Kim. — Beba lá. Ou no vaso, se preferir.

Kim deixou o doutor fazendo suas necessidades e foi até sua residência. Quando voltou, Rudbeck estava sentado, curvado no chão, no meio do caminho entre o banheiro e a cama. Tinha as mãos na frente do rosto e seu longo cabelo grisalho no *estilo médico* caía entre os dedos.

— Aqui — disse Kim e jogou uma de suas cuecas velhas para o doutor, — se quiser trocar.

O doutor virou as costas para Kim e tirou a cueca suja. Kim virou o rosto quando viu seu traseiro flácido e pálido, com pelos brancos. Felizmente, não mantinha o doutor preso por motivos estéticos, e sim éticos.

— Agora ficou bem — disse Kim depois que o doutor trocou de roupa. A cueca preta apertava ao redor do seu umbigo dando um ar de turista embriagado. — Deita na cama de novo.

— E se eu não quiser?

Ribbing apontou para uma mesa no canto mais distante do quarto, fora do alcance da corrente. Na mesa havia uma bandeja com bisturis, alicates e serras cirúrgicas.

— Encontrei isso em um depósito. Deus sabe o que faziam com isso aqui embaixo. Tenho uma pistola elétrica também, de Shanghai. E um *maçarico de solda,* se estiver com vontade para isso.

— E usaria isso contra mim?

Kim levantou as sobrancelhas.

— Naturalmente. Não teria nenhum prazer com isso, mas faria.

— Você é louco. E digo isso do ponto de vista clínico.

— Sim. Você costuma afirmar isso.

O doutor olhou para Kim desafiadoramente e ele olhou de volta calmamente até que Martin Rudbeck desviou o olhar, suspirou e se deitou na cama. Ribbing prendeu as correias antes de tirar uma chave do bolso e soltar o cadeado da argola do pescoço que caiu no chão com um ruído.

— Acho que você disse que não tinha a chave — disse o doutor.

— Eu menti. Mas de agora em diante não a terei — Kim foi até a mesa e pendurou a chave em um gancho na parede. Mediu a distância entre a cama e a mesa e disse: — O que pode ser? Faltam três metros, se esticar a corrente. Bastante frustrante pra você se ficar sozinho aqui.

O olhar do doutor estava fixo na bandeja com os instrumentos.

— Pretende me torturar?

— Depende.

— Depende de quê?

— De quanto você quer entender.

— E quando eu... entender? Você pretende me soltar?

— Exatamente. Mas existem condições.

Kim foi até o banco, pegou e abriu um computador. Clicou duas vezes em um arquivo de vídeo e mostrou a tela para Rudbeck, que arregalou os olhos.

— Mas... que diabos... isso é... minha sala? Como você...?

— Assumi o controle da câmera da sua TV, porque fantasticamente não consegui entrar no seu computador, que tipo de firewall você tem?

— Adivinha.

— Talvez o TokenSofi. Coisas militares. Não faz diferença. Agora tenho o computador.

— Também tá protegido.

Kim sorriu.

— Dou conta de desbloquear, fica tranquilo. Deve ter muita coisa boa aí, mas por enquanto temos isto — disse Kim e apontou para a tela. — Do dia três de julho.

As pupilas de Martin Rudbeck foram para a esquerda enquanto tentava lembrar do que fizera cinco dias antes. Franziu os lábios e Kim acenou.

— Lembrou, não é?

Ribbing apertou a tecla e na tela apareceu Rudbeck entrando na sala e se sentando no sofá com o computador aberto nas mãos. Kim avançou um minuto enquanto o doutor digitou alguma coisa, e voltou para a exibição normal quando Martin equilibrou o computador na mão direita, como um garçom com a bandeja, enquanto começava a massagear a virilha com a mão esquerda. Uma contração passou pelo seu corpo e seus lábios sorriram antes de relaxar e continuar massageando.

Na cama, o doutor estreitou os olhos e disse:

— Claro que é muito embaraçoso, mas como motivo devo dizer que é fraco.

— Sim — começou Kim. — Se tivesse apenas isso não poderia soltá-lo. Talvez nem o teria trazido pra cá. Mas existe um programa, Ali Abbas, desenvolvido pela polícia de Estocolmo que... emprestei. Coisa boa. Chama-se *Clean Sweep* e pesquisa redes para vídeos de abuso armazenados e transmitidos ao vivo, e adivinha?

Quando Kim olhou para os olhos de Martin Rudbeck, ele imediatamente desviou o olhar e seus lábios começaram a tremer.

— Ok — disse Kim. — Pode adivinhar. Mas vamos assistir um pouco? Aqui temos um vídeo transmitido exatamente quando você tava sentado no sofá se divertindo sozinho.

Kim clicou em outro arquivo de vídeo. Ouviu-se uma criança gritando e chorando. Ribbing silenciou o som e olhou para a parede. Havia visto o vídeo e não queria vê-lo novamente. Era sobre uma criança asiática de uns dez anos, dois homens adultos, diferentes tipos de chicotes e um "consolo" super dimensionado. Era uma das piores coisas que Kim já vira na vida, e havia visto muito durante o trabalho de documentar uma rede de pedofilia alguns meses antes.

O doutor também não parecia encontrar nenhum prazer no vídeo nas circunstâncias atuais e olhou para o teto dizendo:

— Não entendo o que quer provar com isso.

— Imaginei que diria algo assim, por isso fiz uma versão em *tela dividida*.

Kim tossiu e passou a mão pelos olhos.

— Tive que assistir bastante pra conseguir sincronizar e isso... não foi agradável.

Kim clicou em um terceiro arquivo de vídeo com a parte superior da tela mostrando o vídeo de violência e a parte inferior mostrando Martin Rudbeck no sofá. O doutor continuou olhando para o teto e Kim disse, com a voz embargada de raiva:

— Olha, senão arranco seus olhos. Tô falando sério. Grampos ardentes nas pálpebras, você quer?

Rudbeck olhou para a tela que mostrava claramente que suas reações de prazer coincidiam com os "pontos altos" da tortura sexual da garota. Martin engoliu em seco e sua voz estava trêmula ao dizer:

— Isso não prova nada.

— Acho que prova — disse Kim e parou o vídeo. — Os arquivos têm a marca d'água da hora...

— Isso pode ser manipulado — disse o doutor. — Você deve trabalhar com isso.

— Absolutamente. Mas você e eu sabemos que não foi manipulado. E mal consigo pensar no que vou encontrar quando desbloquear seu computador.

— Encontrará coisas que preciso pra minha pesquisa.

Kim olhou longamente para o doutor.

— Não entendo como conseguiu enganar o tribunal de apelação pra explicar a tortura aplicada a mim e aos outros, mas isso será mais difícil de explicar.

Ribbing avançou alguns minutos enquanto os movimentos frenéticos do doutor na própria virilha o faziam parecer um boneco com desejo sexual distorcido. Kim voltou para a exibição normal quando Martin se endireitou no sofá e colocou o computador de lado de modo que a tela ficou visível. Kim congelou a cena e apontou.

— Olha. Lá está ela. Tá vendo a garota? O sangue? Quer ouvir como ela grita quando eles...

— Chega — pediu Martin Rudbeck. — Já chega.

Kim fechou o computador e disse:

— Obviamente não foi suficiente pra você. Fez apenas uma pequena pausa. Depois continuou assistindo mais oito minutos e vinte segundos, até a menina ficar totalmente destroçada. Não tenho palavras pra descrever uma pessoa como você.

— É meu trabalho — disse o doutor que começava a suar. — Eu preciso ver pra...

— Pra *entender* — terminou Kim. — Sim, já ouvi isso. E de que forma ficar sentado vendo uma criança sendo torturada o ajuda a entender?

— Eu... eu...

— Para — mandou Ribbing. — Só para. Você sabe que tá nas minhas mãos. Depois que deixar você ir embora... se chegar perto de jovens de novo, vou divulgar esse vídeo. E se alguma coisa acontecer comigo, tenho um amigo pra fazer isso. Entendeu?

— Você deve...

— Fica quieto agora. Entendeu?

Martin respirou algumas vezes antes de acenar com a cabeça.

— Sim. Entendi.

— Bom. Então podemos começar.

8 DE JULHO, MANHÃ

Depois de sair da capela Hoppet, onde participara do funeral dos pais de Astrid Helander, Julia Malmros atravessou lentamente o cemitério Skog. A área era grande e ela sabia que cerca de cem mil pessoas descansavam lá. Era difícil deixar de pensar na própria insignificância no plano maior, os anos que restavam e como seriam aproveitados.

Enquanto Julia continuava andando até a saída, os outros aspectos de um funeral começavam a aumentar: ainda estava na terra, como parte dos seres vivos. O sol secara a chuva da noite, mas ainda subia um aroma fresco da grama e Malmros sentia seu corpo alguns quilos mais leve que o normal. Por um momento era bom estar viva.

Franziu a boca com a lembrança de como Kim ficara sentado tamborilando os dedos ao tomar seu café. Tinha uma forte necessidade de definir pessoalmente as condições e tempos e Julia não podia deixar de brincar com ele ocasionalmente. Estivera distante e mal humorado durante a manhã. Parecia preocupado com alguma coisa e Malmros sabia que não adiantava perguntar. Certamente ele contaria tudo quando tivesse vontade.

Haviam se jogado imediatamente na cama quando retornaram da Noruega há uma semana e Julia mal conseguiu comentar sobre a aquisição extraordinária da casa de Kim antes de suas bocas se juntarem e continuarem assim durante toda a noite. Foram três vezes e depois Malmros adormeceu exausta e feliz.

Enquanto Julia cruzava o gramado sob o sol de verão brilhando através das nuvens, estava... feliz. Não de uma forma profunda e harmoniosa, mas de uma forma superficial e forte que parecia nervosa. Uma alegria chocante e cortante como os coelhos pulando, um jato de alegria.

Alegre como um coelho.

Sim, sim. Isso também. Era bom voltar para o sexo e melhor ainda sendo com Kim. Depois dos excessos da primeira noite, sua vida em comum assumiu formas mais ordenadas, embora houvesse indicações de uma nova paixão no seu comportamento. Se era amor para Kim, Julia não se atrevia a perguntar. Ele a desejava no momento e ela teria que se contentar com isso.

Mas eu não quero.

Não, e lá estava o problema que impedia uma alegria mais estável e firme. Não importa o quanto Ribbing e ela rolavam entre os lençóis e se acariciavam, ela não sabia se o tinha realmente. Ele podia ficar nos seus braços enquanto ela acariciava sua pele cheia de cicatrizes e mesmo assim, Malmros sentia que de alguma forma ele fugia dela, escorrendo como água ou areia.

Bem. Enquanto não estivesse sob uma lápide, poderia colocar um pé na frente do outro, continuar e esperar pelo melhor. Julia saiu do cemitério e pegou um táxi para Frihamnen.

8 DE JULHO, MANHÃ

O grande investimento de outono da TV4 seria a série sobre Åsa Fors, oito episódios de uma hora baseados nos livros de Julia. A gravação terminara e o primeiro episódio estava disponível na versão bruta que Malmros estava prestes a assistir. Não tinha grandes expectativas, porque vira alguns clipes e achara que pareciam embelezados, como se o ofício dos policiais fosse alguma coisa romântica. Bem, talvez o resultado fosse mais realista.

Julia entrou na vasta recepção e dirigiu-se ao balcão, que também era enorme. Dez pessoas poderiam trabalhar lá, mas havia apenas duas pessoas. Malmros olhou para uma mulher na casa dos trinta anos com o cabelo preso em um coque bonito.

— Olá. Tenho uma reunião.

A mulher desviou o olhar da tela do computador e seu aspecto contido se transformou em um sorriso.

— Ah, olá. Já li todos os seus livros.

— Que bom — disse Julia. — Espero que tenha gostado. Devo me encontrar com Ylva Strandberg.

— Por favor, uma identificação.

Julia ainda não se acostumara. Há alguns anos era simplesmente impossível entrar na SVT, SR ou TV4 sem se identificar. A mulher no balcão reconhecera Malmros e mesmo assim... o que estavam pensando? Que tiraria um revólver da bolsa, assumiria o controle da empresa e começaria a transmitir uma propaganda do ISIS?

Julia sabia que seria impossível contestar. Pegou a carteira em sua bolsa a tiracolo e colocou sua carteira de habilitação no balcão. A mulher olhou e digitou no computador, preparou um crachá de visitante e fez um gesto para um sofá.

— Melhor se sentar. Ylva já vem.

Julia consentiu e pensou em perguntar para a mulher de qual livro ela gostou mais, mas decidiu que não seria boa ideia.

No pior caso, a mulher não poderia dizer nenhum título porque não lera nenhum dos livros, apenas reconhecera Malmros. Sentou-se em um sofá reto e duro com as mãos nos joelhos.

Estava um pouco nervosa. Desde o problema com o romance *Millennium,* ficara sensível à opinião das pessoas. Agora não seria julgada, mas iria julgar o trabalho de outras pessoas, mesmo assim estava inquieta. Talvez fosse simplesmente como a situação quando estivera sentada do lado de fora da sala do diretor da escola. *Então, a senhorita Malmros começou a fumar? Não fazemos isso aqui.*

Julia se animou. Aqui ninguém entraria em contato com seus pais, não receberia nenhum castigo ou proibição do seu pai que agora estava acamado e mal conseguia lembrar de quem era.

Julia percebeu a figura esbelta de Ylva Strandberg atrás das portas de vidro que davam para o interior do prédio. A produção da série Åsa Fors fora realizada por uma empresa externa chamada Bluefish, mas a TV4 era uma das principais produtoras e Ylva era a produtora *da casa.* Julia não sabia cem por cento como tudo estava conectado. Muitos nomes e rostos haviam passado durante a produção e não sabia o que metade deles fazia.

Julia se levantou e foi ao encontro de Ylva. Haviam se encontrado diversas vezes e não se estranhavam, então havia abraços. Julia não tinha nada diretamente contra isso, mas Strandberg era muito magra e dez centímetros mais alta do que ela, então sempre se sentia como se estivesse abraçando uma árvore durante seu breve relacionamento. O pescoço de Ylva cheirava a algo que Julia achou que seria Gaultier. Um pouco rebelde.

— Como vai? — perguntou Ylva depois que se separaram.

— Bem — respondeu Julia. — Um pouco nervosa com tudo isto.

— Não precisa. Tudo vai correr super bem.

Ylva era encantada com o uso dos prefixos como *super, tipo* e o menos comum *tal como*. Em uma conversa com algum financista estrangeiro, Julia a ouvira usar o obrigatório *super excitante* do ramo dos filmes e parecia totalmente natural vindo da boca de Strandberg.

Os saltos de Ylva batiam no piso de mármore enquanto iam para as portas giratórias. Malmros usava seus confortáveis Skechers pretos com solas de amortecimento, não sentira nenhuma necessidade de indicar *negócios* e além disso combinavam com sua idade. Com os sapatos de Strandberg teria câimbras nas panturrilhas dentro de quinze minutos.

Julia acompanhou Ylva subindo as escadas e ao longo dos corredores. Depois de um tempo não fazia ideia de qual lugar estavam dentro do prédio. Quando publicava um novo livro, era chamada para o sofá da manhã da TV4 e mal conseguia encontrar o estúdio, mas agora poderia estar no Labirinto de Cnossos.

Enquanto caminhavam por um corredor mais largo, Ylva diminuiu seus passos para ficar lado a lado com Julia.

— Aquilo que fez no programa da Malou foi algo especial, não foi?

— É uma forma de pensar.

— Foi *o* assunto para toda a empresa, sabe. Mas é bom para a série, chama a atenção.

Associado com a recusa de seu romance do Millennium, Julia cometera o erro de chorar no programa da Malou von Sivers, o *Malou depois das dez*. Houve uma tempestade na mídia com ameaças de processos na justiça e Julia foi obrigada a fugir para Tärnö para evitar os jornalistas intrometidos.

— Fico feliz em ser útil — disse Julia enquanto Ylva abria a porta para a sala de exibição.

Parecia um pequeno cinema com oito poltronas direcionadas para uma tela de TV de LED de 75 polegadas. Strandberg foi até um computador e apertou algumas teclas. A tela apresentou o texto "Åsa Fors – Aço Doce". Ylva fez um gesto para as letras.

— É só provisório. Estamos preparando uma boa vinheta. Vi alguns esboços e será super legal.

— Ok — disse Julia. — E *aço doce*, também é... provisório?

— Não — respondeu Ylva e franziu as sobrancelhas. — Estamos bastante encantados com isso. Precisamos ter um subtítulo e você sabe. É uma policial, uma mulher. Doce e dura ao mesmo tempo. Aço doce.

Malmros assentiu e pensou qual seria o significado de aço doce. Talvez algo como algodão duro. Não queria ser uma chata que dizia "não está bom" sem apresentar a própria ideia. Precisava pensar um pouco. O risco seria acabar de qualquer forma em aço doce e isso era ameaçador.

— Ok — disse Ylva e apertou a tecla. — Podemos conversar mais depois. Deixo você sozinha com a Åsa.

— Já a conheço — disse Julia.

Strandberg apagou a luz do teto e fechou a porta após sair com aquele som institucional. Julia se afundou na poltrona confortável e olhou para a tela, onde uma barra de contagem apareceu na parte inferior. Era um pouco irritante no início, mas logo o cérebro aprendeu a ignorar.

O episódio durava cinquenta minutos e Malmros assistiu com um sentimento crescente de desagrado. Não havia nada de errado com a Carina Skytte, que interpretava a Åsa Fors, mesmo sendo desnecessariamente bonita. Os ambientes eram bem selecionados e a fotografia bem atraente. O problema é que não era... bom. Julia demorou um tempo para definir exatamente do que não gostava, mas basicamente era a mesma coisa que a desagradara nos clipes que havia visto. Parecia um conto de fadas.

Da mesma forma como a Åsa Fors da série parecia melhor que seu equivalente literário, sua existência também era menos problemática. Nos livros, Malmros descrevia muitas deficiências e dúvidas da Åsa, suas mudanças de humor e seu egocentrismo. A Åsa da série parecia muito mais simples e passava pelas fases da investigação com o cabelo sempre bem arrumado em uma cabeça sempre ativa. Em resumo, era uma super policial de um tipo que Julia nunca encontrara na realidade. Nem sequer tinha o problema de zumbido no ouvido quando uma arma era disparada perto demais.

Quando terminou e a tela ficou azul, Julia ficou sentada na sua poltrona pensando no que diabos poderia dizer.

Desejou que Kim estivesse lá, ele não teria nenhum problema para expressar seus pensamentos. Não era que Malmros *detestasse* a série, mas achava que era medíocre e visivelmente pior que os livros. Estivera pensando alguns minutos quando a porta abriu e as lâmpadas do teto acenderam para iluminar Ylva Strandberg que olhava para Julia com ar esperançoso enquanto se sentava na poltrona e perguntava:

— Então? O que achou?

Pega o dinheiro e sai correndo foi o que passou pela cabeça de Julia. Se Ylva realmente tivesse uma bolsa com cerca de um milhão que Malmros finalmente receberia pelos direitos de transmissão, provavelmente teria agarrado a alça da bolsa hipotética e saído caminhando.

— Bem — disse Julia, — foi... bonito.

— Como assim? — questionou Ylva e piscou. — Aquela cena no gelo... somente a luz natural e mesmo assim ficou tipo legal. Super talentoso. E o que achou da Carina?

— Sim, ela é boa. E bonita.

— Você quer dizer bonita *demais?*

— Um pouco, sim.

Ylva fez um começo de careta.

— Bem, é difícil mudar agora, como percebe. Mas sabe, uma série como essa, precisa ter um pouco de colírio para os olhos também.

— Desculpa — disse Julia. — Quando diz uma *série como esta*, o que quer dizer?

— Desculpa — disse Ylva. — Mas isso não é *The Wire*. Tipo, não me entenda mal, eu acho que os livros são super bons, mas têm fortes tendências para contos de fadas.

— Agora não entendi — disse Julia. — Se tem algo que costumam elogiar é justamente o meu realismo.

Ylva assentiu.

— Absolutamente, em relação ao trabalho policial, mas em relação com a intriga em si, a trama... me desculpe novamente, mas, por exemplo, na *Chave do Paraíso*. O homem de negócios tem aquela chave que gira um relógio cuco, onde o cuco tem uma unidade USB no bico... não é nada que acontece na realidade, é... como se chama, realidade *aumentada*. Um pequeno conto de fadas. E não há nada de mal nisso, pelo contrário.

Julia realmente sentia uma confusão no peito. Poderia dizer uma e outra coisa sobre como conseguiram transformar o mais tedioso trabalho de investigação em algo como *João e o pé de feijão*. As pistas se materializavam devido a genialidade da Åsa Fors em lugar do trabalho tedioso com os protocolos.

Havia muita amargura e até coisas engraçadas que queriam sair pela boca de Julia, mas se contentou em dizer:

— Sim, sim. É assim mesmo, penso eu.

— Sim — disse Ylva. — É assim mesmo.

Trocaram mais algumas réplicas sem significado, tremendo com mau humor reprimido antes de Ylva acompanhar Malmros de volta pelo labirinto e se separaram na recepção. Nenhum abraço de despedida. Julia desceu a escada para a rua pensando: *Realidade aumentada. Pequeno conto de fadas. Imitação do produtor*.

Precisava conversar com alguém que entendesse, ou melhor *desabafar* com alguém que entendesse. Talvez dar um pulo na Malou para uma visita rápida? Nenhuma alternativa. Quando as coisas iam mal, Julia tinha uma solução padrão: conversar com a Irma.

Irma Ryding era uma escritora de romances policiais há trinta anos e ela própria tivera alguns de seus livros adaptados para filmes medíocres. Além disso, era a melhor amiga de Malmros, alguém que poderia entender.

Irma respondeu no segundo toque com sua voz aguda e fina e Julia disse:

— Estive na TV4 e assisti a série da Åsa Fors...

— Oh — interrompeu Irma. — E pela sua voz percebo que foram idiotas com você novamente. Venha até aqui, querida. Teria prazer em encontrar você na cidade, mas meu quadril ainda está reclamando.

— Estarei aí em quinze minutos.

— Tudo bem. Se quiser um pão doce ou algo assim precisa trazer. Até logo.

8 DE JULHO, MANHÃ

Como a investigação de Frode Moe passou a tratar principalmente das evidências digitais, o grupo de investigação de Jonny Munther foi dissolvido e Christof Adler retornou para seu trabalho ordinário, que consistia principalmente no trabalho interno e casos apresentados através do telefone.

Era assistente criminal há apenas dois anos, considerado calouro, e foi com certa surpresa que recebeu a notícia que trabalharia no grupo de investigação dos assassinatos na ilha Knekt. Talvez o comissário criminal Jonny o visse com bons olhos, ele não sabia.

Christof nunca teve uma visão muito dramática sobre o trabalho policial, tal como perseguições em carros, tiroteios e situações com reféns. Durante a investigação da ilha Knekt, seu trabalho consistia em investigações chatas e monótonas de espaços residenciais, mas mesmo isso era mais divertido do que ficar ao telefone recebendo ligações que a central não direcionava imediatamente para a patrulha no campo. Quando o telefone tocou naquela manhã, Adler esperava que fosse algo um *pouco* mais interessante do que alguém que "viu um tipo suspeito".

— Bem-vindo à polícia. Aqui fala Christof Adler. Como posso ajudar?

Alguém pigarreou no outro lado da linha e uma voz masculina disse:

— Quero registrar um desaparecimento.

Um assunto não tão incomum, porém mais interessante do que um *tipo suspeito*.

— E qual é seu nome? — perguntou Christof.

— Wilmer Syd e se trata do meu antigo professor, Martin Rudbeck.

Rudbeck, Rudbeck... o nome parecia conhecido, mas Adler não conseguia lembrar.

— Ok — disse Christof. — E por que acha que ele desapareceu?

— Tínhamos um encontro programado ontem pela manhã, mas ele não apareceu. Algumas horas mais tarde recebi um recado dizendo que ele viajou para a Tailândia.

— E esse recado veio do telefone dele?

— Sim. Mas acredite, isso é *totalmente* anormal. Ele nunca faria uma coisa assim, simplesmente ir embora dessa forma.

— E você tem certeza disso?

— Absolutamente. Ele é uma pessoa que planeja as coisas com meses de antecedência.

— Você tentou telefonar?

— Sim. Ele não responde.

— Pode me informar o telefone dele? E sua identificação pessoal, se tiver essa informação.

— Espera um instante...

Ouviu-se um barulho de papéis, depois Christof anotou o telefone e em seguida Wilmer Syd disse:

— Tenho um número de matrícula aqui. É 550321–0154, anotou?

— Sim. Mas o que acha que pode ter acontecido?

— Não faço ideia. Estive na casa dele, mas não tem ninguém lá. Mandei mensagens e e-mails, sem resposta.

— Talvez você entenda que preciso perguntar isso. Ele tem demonstrado alguma forma de... tendências suicidas?

— Nada disso. E sei que ele estava esperando o nosso encontro. Seríamos os dois e mais um antigo aluno dele que... bem, bem. Isso não vem ao caso. Mas não. Ele nunca tiraria a própria vida. E nunca iria para a Tailândia desse jeito. É impossível. Aconteceu alguma coisa.

— Ok, verei o que podemos fazer.

Mesmo se Christof Adler não fantasiasse sobre perseguições de carros e tiroteios, desejava que o trabalho de investigação fosse um pouco mais como *Missão: Impossível.* Apertar algumas teclas e uma passada de mão por uma tela projetada forneceria todas as informações necessárias.

Em vez disso, o que Christof tinha era um conhecido que trabalhava no Departamento de Informações de Passageiros. Sempre que uma pessoa voava para ou da Suécia, a empresa aérea era obrigada a compartilhar as informações de PNR (passageiro) com o departamento. Era acima de tudo uma proteção contra terrorismo e as informações de PNR forneciam a rota da viagem e até mesmo quanta bagagem a pessoa carregava.

Johan Åkerman começou o treinamento de policial junto com Christof, mas desistiu depois de meio ano para estudar segurança cibernética. O trabalho atual era apenas temporário, antes de estudar mais para se tornar um cientista forense de TI. Ajudara em algumas ocasiões anteriores e Adler esperava que fosse mais uma dessas ocasiões, para esquecer o assunto rapidamente. Ligou e Johan respondeu imediatamente. Trocaram algumas frases antes de Christof dizer:

— Queria pedir um favor.

— De novo. Quando vai fazer um serviço pra mim?

— Quando você pedir.

— Pensarei em alguma coisa — disse Johan. — Do que se trata?

— Na verdade preciso apenas saber se uma pessoa viajou para o exterior.

— Trata-se de um possível caso de terrorismo?

— Podemos dizer que sim.

— Hum. Você tem o número do passaporte ou identidade?

Christof forneceu os dados de Rudbeck para Johan e mais uma vez o nome rolou na mente de Adler sem que conseguisse associar com qualquer coisa. Um ruído de teclas do outro lado e depois Johan disse:

— Sim. Ele voou para fora.

— Ok. Foi ontem?

— Sim.

— Sei que é um assunto delicado, mas você poderia... me dizer se foi para a Ásia?

— Hum. Sim.

— Bom. Obrigado.

— Tenho um cachorro — comentou Johan Åkerman. — Um labrador. O Musse.

— E?

— Às vezes acho bastante chato levar ele para passear. E então eu penso: seria bom ter alguém para levar o Musse para um passeio realmente longo.

Christof sorriu.

— É só me chamar.

Despediram-se e desligaram. Obviamente esse Wilmer Syd não conhecia muito bem o caráter do antigo professor. Entretanto, Wilmer foi bastante persistente e afirmou que isso seria *impossível,* então Christof resolveu investigar melhor. Levantou-se da mesa, foi até a sala de Carmen Sánchez e bateu à porta. Carmen desviou os olhos de uma pasta que estava lendo e acenou para ele entrar.

Durante a investigação da ilha Knekt, Christof passou um tempo com Sánchez e a considerou atraente. Não que estivesse apaixonado por ela, mas sim atraído por sua forma de fazer seu trabalho sem complicações e frescuras. Gostava dela, simplesmente.

— Estou lembrando — disse Christof. — Você tem algum contato na Telia, não tem?

— Sim — respondeu Carmen. — Por quê?

Christof mostrou o papel que tinha na mão.

— Tenho um número de telefone aqui, um número da Telia. Seria possível verificar onde está esse telefone? Tem uma pessoa que reportou um desaparecimento. Sim, não houve uma denúncia formal, mas...

— Quem é essa pessoa?

— Eh... Rudbeck. Martin Rudbeck.

— Martin *Rudbeck?* — perguntou Sánchez e pegou o papel.

— Sim? Tem alguma coisa especial com ele?

Carmen não respondeu, mas olhou para o número como se os dígitos pudessem esconder algum segredo antes de dizer:

— Precisamos ter um mandado judicial antes de investigar um telefone.

— Sim, mas eu pensei, você sabe... e o que tem esse Rudbeck?

Sánchez pegou o celular e disse:

— Pesquisa no Google enquanto eu ligo.

Adler fez conforme Sánchez sugeriu e descobriu que o doutor Martin Rudbeck era conhecido como Doutor Choque e foi quem tratou, ou melhor, abusou de Kim Ribbing e outros jovens de uma forma similar ao sadismo. O doutor havia se livrado da cadeia, mas perdeu sua licença para trabalhar com terapia de eletrochoque.

Ribbing. Novamente.

Christof encontrou Ribbing rapidamente quando precisou reportar os acontecimentos na plataforma de petróleo Henrik Ibsen. Achou Ribbing fechado, porém inteligente e com capacidade para irritar Jonny Munther, que ficava irritado só por tê-lo na delegacia.

Carmen Sánchez olhou para Christof:

— Tailândia. Ele tá na Tailândia.

— Ah, foi o que descobri também. *Case closed.*

Carmen mostrou o computador para Christof com um artigo sobre o processo contra o Doutor Choque.

— Considerando isso, é um pouco triste saber que está em Pattaya. Mas tá fora da nossa jurisdição.

7 DE JULHO, MANHÃ

Vinte e seis horas antes, depois que Kim Ribbing fez todos os preparativos necessários para o sequestro de Martin Rudbeck, desceu para o porão onde o doutor estava amarrado. Ainda estava grogue e parecia não entender o que acontecia quando Kim pegou seu dedo indicador e colocou sobre a tela do seu telefone para destravar. Depois Ribbing o deixou.

Mudou as configurações do telefone de modo a ficar livre sem precisar destravar novamente, depois copiou seu conteúdo para o próprio telefone. Abriu seu computador, pesquisou as viagens de última hora e encontrou um voo charter para Bangkok com a Tui partindo três horas mais tarde. Pegou o passaporte de Martin que havia encontrado na sua casa, digitou as informações e pagou a passagem com o cartão de crédito do doutor, depois fez o check-in. Foi um passo simples.

Olhou para o relógio. Se o avião não estivesse atrasado, os primeiros passageiros passariam pelo portão em duas horas e meia e Rudbeck seria registrado como um dos embarcados. Talvez Kim tenha sido muito otimista em relação ao tempo quando reservou uma passagem tão em cima da hora, mas queria, por assim dizer, ter o doutor fora do país o mais rápido possível antes que alguém percebesse sua ausência.

Kim colocou as coisas que precisava na sua mochila antes de ligar sua Honda e ir para o aeroporto de Arlanda. Não precisava estar no local para as invasões necessárias, mas se falhasse seria obrigado a adotar métodos mais incertos e tangíveis.

Quarenta e cinco minutos mais tarde, Ribbing estava no terminal cinco. Encontrou um lugar com um par de bancos de onde podia ver o balcão da Tui, onde o check-in para Bangkok havia começado. Sentou-se e abriu seu MacBook Air, cuja fraca capacidade de processamento poderia ser um problema nesse contexto.

Para tarefas mais exigentes costumava usar os recursos de alguém no Hack Pack, de preferência o Moebius com seu computador monstro, mas para isso necessitava de uma conexão melhor que a do seu telefone. O wi-fi grátis era ainda pior. Kim poderia, é claro, hackear o wi-fi do aeroporto, mas isso roubaria tempo de sua tarefa mais importante.

Iniciou o *Sn1per* e deixou o programa rodando para pesquisar fraquezas no sistema, depois abriu o *John the Ripper* e foi para as páginas de registro do pessoal do aeroporto. Quando passou pelo balcão da Tui havia decorado os nomes dos crachás das três pessoas que estavam lá. Digitou "Malin Malmberg" e deixou o John fazer um ataque de dicionário na sua senha.

Enquanto o John testava a senha de Malin contra uma lista de palavras contendo as dez mil senhas mais comuns, Kim verificou o progresso do sistema *Sn1per*. Não ia muito bem. Até o momento, o programa não havia encontrado nenhuma fraqueza.

Merda.

Os quase dois meses que Kim passou em Cuba sem acesso à internet foram suficientes para atualizar os sistemas de segurança contra as ameaças conhecidas. O *Sn1per* era usado comercialmente apenas para encontrar falhas que deviam ser resolvidas e agora a versão modificada de Kim também falhava. Devido a ameaças terroristas, os aeroportos eram especialmente cuidadosos com a segurança dos seus dados e Arlanda não ficava para trás.

A fila para o check-in era longa. O balcão ficaria aberto por mais uma hora e o plano reserva de Kim exigia muitas pessoas. *John the Ripper* sinalizou que terminou sua pesquisa sem conseguir encontrar a senha.

Merda.

Kim mordeu as unhas. Talvez por motivos de segurança, o pessoal fora obrigado a usar senhas difíceis de quebrar do tipo Lr&h5?6Gs7, que não estavam incluídas nem nas listas das palavras mais obscuras. Nesse caso, não faria sentido tentar com os dois outros nomes que Kim decorara.

Pensou por alguns instantes e depois deixou John fazer um ataque de *força bruta* contra a senha de Malin, uma varredura aleatória de todas as combinações impensáveis. Agora haveria um problema com seu MacBook Air deixando a desejar. No lugar de algumas centenas de milhares de combinações, agora deveria pesquisar muitos *bilhões* e com o desempenho do computador Apple, teria sorte se conseguisse encontrar a senha antes que fosse tarde demais. Provavelmente seria obrigado a usar outros métodos para conseguir colocar Rudbeck a bordo do avião.

Esse método também dependia da sorte e Kim começou a pensar se devido ao assunto anormal seria uma vítima do próprio planejamento inadequado. Bem. Se isso não funcionasse, ainda haveria um obstáculo a ser superado pelos que procurassem Martin Rudbeck, e até então Ribbing esperava conseguir libertá-lo. Haveria tempo suficiente.

John pesquisara durante quinze minutos quando Kim desistiu. Fechou o computador, colocou o boné na cabeça e os óculos escuros antes de pegar a bolsa e foi para o balcão de check-in. Ficou um pouco distante observando o rosto das pessoas enquanto fingia estar ocupado no telefone de Martin.

Lá na frente, encontrou o que precisava. Um homem com cabelo grisalho olhava ao redor e Ribbing conseguiu ver bem o seu rosto. Parecia uma versão mais animada de Rudbeck, mais fofo e relaxado e com alguma coisa morta nos olhos. Kim não quis pensar no que o homem poderia fazer na Tailândia, mas no momento era adequado para os objetivos de Ribbing.

Kim esperou até o homem chegar ao balcão de check-in antes de avançar. Programou seus passos de modo a chegar no mesmo momento quando o homem colocou seu passaporte no balcão.

Ribbing colocou o passaporte de Martin sobre o outro e gritou:

— Desculpa, tô em pânico! Meu voo parte em vinte minutos!

A mulher atrás do balcão franziu as sobrancelhas.

— Pra onde vai?

— Bangkok! Rápido!

A mulher olhou para seu computador e Kim trocou os passaportes sob sua mão enquanto o homem segurava seu ombro.

— Escuta aqui, o que pretende?

A mulher atrás do balcão sorriu:

— O avião só parte dentro de *uma hora* e vinte minutos. Todos estão esperando, então pode entrar na fila.

— Ah, nossa! — exclamou Kim e pegou o passaporte do homem.

Quando ia colocar na sua bolsa, abaixou o ombro de modo que acabou na bolsa de viagem do outro homem.

— Oh, oh, oh — lamentou Kim e se agachou.

O homem o ignorou e continuou com seu, ou melhor, com o check-in de Martin Rudbeck. Ribbing deu um passo para o lado ficando fora de vista entre a fila e a bolsa de viagem e deixou o celular de Rudbeck escorregar para um bolso externo da bolsa antes de se endireitar, dizendo: "Oh, oh" mais uma vez e se afastando do balcão.

O homem parecia um viajante acostumado ou até mesmo blasé que provavelmente não seria o tipo nervoso que verificaria seu cartão de embarque cinco vezes antes de passar pelo portão. Nesse caso, descobriria que tinha o nome errado. Também poderia ficar preso no controle de passaportes. Como dito, esse plano alternativo tinha alguns pontos fracos, mas Kim fez o que pôde considerando as circunstâncias.

Kim olhou por cima do ombro e constatou que pelo menos a primeira fase funcionara. O homem deixou o balcão de check-in com um cartão de embarque no meio do passaporte enquanto sua mala desapareceu na esteira indo para a Tailândia. O doutor Rudbeck estava a caminho de férias bem merecidas.

8 DE JULHO, TARDE

Por mais que Ribbing o odiasse, o homem amarrado na cama a sua frente teve uma influência considerável na pessoa em que ele se tornou.

Foi Rudbeck que liderou a administração de eletrochoques que durante meio ano transformou o cérebro de Kim em uma lama confusa. Isso ocorreu durante o período de formação quando deixamos a infância e procuramos um caminho no mundo para entender quem somos. No início, os choques iluminaram sua escuridão e deixaram entrar alguma luz, mas quando ficaram mais fortes ele afundou em um tipo de escuridão mais profunda, queimando com um ódio escuro. Foi essa pessoa que Martin formou.

Kim acabou no mundo de Rudbeck depois de explodir seus pais e seu avô em um barco. Ninguém sabia que fora ele que realizara aquilo, mas a depressão, apatia e automutilação após as mortes finalmente o levaram para o tratamento de ECT, ou melhor, de tortura.

Ribbing odiava o homem na sua frente como apenas se pode odiar alguém que turvou sua própria visão da vida. Se pudesse compreender sua dor, talvez conseguisse se entender melhor.

Já havia passado um dia desde que Kim criara um avatar temporário do Rudbeck em Arlanda e agora o doutor verdadeiro disse:

— As pessoas vão me procurar.

— Não por pelo menos alguns dias — disse Kim puxando uma cadeira para perto da cama e se sentando. — No momento você tá na Tailândia.

Com os dados copiados para seu próprio telefone, Ribbing conseguiu rodar um *Encontre meu aparelho* procurando o telefone do Rudbeck e viu que suas manipulações funcionaram. O telefone estava agora – naturalmente – em Pattaya, a Meca da prostituição infantil.

— Tailândia? — estranhou Martin. — O que quer dizer...

— Cala a boca — interrompeu Kim. — Não importa. Tudo o que precisa saber é que não será salvo. Sua única possibilidade de sair daqui é se eu deixar você ir embora.

— Por que tá fazendo isso?

— Eu já disse. Quero entender como é realmente possível existir uma pessoa como você. Podemos começar com esse vídeo que assistiu se masturbando. Como pode ter prazer assistindo a tortura de uma criança?

— Já expliquei — respondeu Rudbeck tentando se virar. — Meu trabalho...

Kim levantou a mão para fazê-lo parar, depois pegou a base de uma velha luminária da qual havia removido a cúpula e quebrado a base de baquelite da lâmpada de modo que os dois polos de energia ficaram descobertos. Um longo fio se estendia da luminária até uma tomada. Ribbing se levantou e apertou os polos na barriga do doutor logo acima do umbigo. Martin gritou e seu corpo se contorceu em um espasmo enquanto tentava se livrar da dor, mas foi contido pelas correias de couro.

— Como disse — afirmou Kim, — por incrível que pareça, realmente não quero torturá-lo, mas farei isso se for necessário para que responda minhas perguntas com franqueza. Vou repetir. Qual é o prazer em assistir dois homens abusando e torturando uma criança?

Rudbeck gemeu e se contorceu por um momento antes de relaxar o corpo. Fixou o olhar na lâmpada no teto e disse:

— É difícil explicar.

Ribbing mostrou a base da luminária.

— Tenta.

Martin pigarreou. Pigarreou novamente e finalmente respondeu:

— Existe uma luz forte na escuridão.

— Bobagem filosófica — disse Kim e levantou a luminária.

— Espera — pediu Martin Rudbeck e seus braços se contraíram em um reflexo enquanto tentava levantá-los para proteger a barriga. — Se imaginar uma violação extrema do mesmo tipo como... sim, como esse vídeo.

Acontece uma escuridão tão grande que ao mesmo tempo tem uma luz. Tudo o que é extremo de alguma forma também tem seu oposto.

Kim baixou a luminária.

— Você fala de violação. É tortura infantil e isso provoca tesão.

— Não se trata de tesão, mas é mais como um... êxtase.

— Então quer dizer que tem uma dimensão *religiosa?*

— Sim. Podemos dizer assim.

Kim se levantou e andou um pouco pelo quarto. Pegou um bisturi e testou na unha do seu polegar enquanto Rudbeck observava com os olhos arregalados. Ribbing poderia fazer *literalmente qualquer coisa* com ele, e o doutor sabia disso. Kim deixou o bisturi cair na bandeja com um estalo.

— Você fala de *êxtase*. Como os místicos cristãos que moravam em uma caverna no deserto e comiam gafanhotos. Acha que ficavam sentados se masturbando enquanto os anjos do Senhor desciam sobre eles?

— Com certeza fizeram isso — respondeu o doutor. — Mesmo que os artistas não tenham pintado dessa forma. Existe um aspecto sexual no espiritual, exatamente como existe um aspecto espiritual no sexual. Você nunca sentiu...

— Cala a boca — ordenou Kim. — Não estamos falando de mim. Se começar com teorias de uma forma que considero... irritante. Como já deve saber, fico imprevisível quando tô irritado.

— Sim. Você é doente, Kim.

Kim foi até o doutor e se inclinou sobre ele.

— Você perdeu *todo* o direito de dizer que alguém tá doente. Fica excitado com uma criança pendurada em correntes enquanto dois homens enfiam coisas diferentes na sua...

Para espanto e desgosto, Kim percebeu como o pênis de Martin aumentou um pouco na cueca com a menção do vídeo de pornografia infantil. Como se Ribbing tivesse a desagradável tarefa de disciplinar um cão desobediente, deu um longo choque elétrico em Rudbeck logo *abaixo* do umbigo. O doutor simplesmente uivou como um cão e o inchaço desapareceu.

— Não se atreva a ficar deitado aí com tesão — disse Kim. — Responde minhas perguntas. O que. Sente com isso?

— A mesma coisa — ofegou Rudbeck com o suor brotando na testa.

— A mesma coisa. Profanar os inocentes — respondeu o doutor e acenou para reforçar suas palavras. — Sujar o limpo. Existe um êxtase fazendo isso.

— Você *despe* as meninas?

— O quê?

— Você sabe o que a palavra significa. Faz as menininhas se despirem na frente da câmera?

Martin piscou e Kim pegou o bisturi. Deslizou a lâmina pelos contornos do pênis de Rudbeck sobre a cueca.

— Não esquece que tenho seu computador. Vou ver todos os seus segredinhos sujos, então pensa bem antes de responder. Se mentir pra mim, vou usar a faca — Kim apertou a ponta do bisturi contra a pele sensível. — Seria uma boa ação para o mundo libertar você disso aqui.

O doutor gemeu quando a ponta penetrou o tecido e chegou à sua pele.

— Sim.

— Sim o quê?

— O que perguntou. Eu fiz isso.

Kim precisou conter um forte impulso de realizar o que havia ameaçado, se viu cortando a cueca e com um corte rápido tornando o mundo um lugar melhor. Somente o risco de o doutor sangrar até morrer o impediu. Bem. Poderia aquecer um ferro e usar para cauterizar a ferida. Talvez mais tarde. O pensamento fez um odor imaginário de grelhado surgir nas narinas de Ribbing e uma loucura negra cresceu em seu cérebro.

— Ok — disse e levantou a faca. — Então é por isso que tem uma forte proteção no seu computador. Porque contém... o quê? Fotos? Vídeos de menininhas quando...?

— Sim.

— Pode me dizer a senha, então economizamos um pouco de tempo.

— Não.

— Desculpa, o quê?

— Não. Não pretendo dar a senha.

— Mas, tenha a bondade — pediu Kim e levantou as mãos. — Ainda não percebeu a situação em que se encontra?

— Pode dizer o que quiser. Não vai conseguir.

Kim esfregou o rosto com as mãos e baixou a voz uma oitava.

— Não se deixe enganar porque falo com um tom de voz normal. Você é apenas um monte de merda pra mim, um saco de entranhas fedorentas com capacidade pra falar. Não pode me ameaçar com *nada*.

— Eu me atrevo. Você já tava doente quando garoto, Kim, e eu não penso...

Havia alguma coisa com a palavra "garoto" que fez cair uma cortina vermelha na frente dos olhos de Ribbing. Foi exatamente este homem que fez com que nunca pudesse ser um *garoto*, que roubou seus primeiros anos de adolescente para satisfazer o que chamava de *pesquisa*.

Kim apertou os polos de modo que passaram pelo tecido da cueca e entraram em contato com o pênis de Rudbeck. O doutor gritou e pulou como um louco na cama e as lágrimas surgiram em seus olhos enquanto o grito se transformava em um grunhido seco. Depois de talvez uns cinco segundos, a fumaça apareceu no sexo do doutor e o tecido da cueca ficou tingido de vermelho de sangue e um cheiro de queimado chegou ao nariz de Ribbing. A cabeça de Martin caiu para o lado tremendo e ele vomitou no chão.

Alguma coisa em Kim o incentivava a simplesmente deixar a corrente passar pelo corpo do doutor até seu pênis se transformar em um pedaço de carne grelhada estraçalhada. A raiva e a loucura giravam na sua cabeça e sua boca tinha um gosto de ferro. A única coisa que o fez retomar o controle foi o fato de detestar perdê-lo. Ribbing jogou a luminária para o lado e esfregou os olhos com as mãos.

Calma. Você tem o controle. Você não é uma criança. Calma.

Kim esperou até os gritos mais altos do doutor cessarem e restarem apenas gemidos baixos, interrompidos somente por murmúrios soluçantes.

— Deus. Deeeus...

— Deus não ouve, Martin Rudbeck — disse Kim. — E se ouvir, tenho certeza de que soprará na vuvuzela celebrando. Você tá sozinho comigo e digo mais: Vou dar choques até você cuspir a senha. Desafie-me se você se atrever, isso não é *nada* comparado com o que fez comigo.

O doutor pigarreou e cuspiu uma gosma verde sobre o vômito no chão antes de dizer a senha para Ribbing com a voz trêmula, uma longa e complicada combinação de letras maiúsculas, minúsculas e números, um código que poderia ter levado semanas para quebrar e que Kim decorou imediatamente.

— Bom — disse ele. — Lembre-se disso agora. A palavra "não" significa dor. Entendeu?

O doutor acenou e sussurrou:

— Pensei que falaríamos sobre... sobre você. Sobre suas experiências quando eu... o cuidei.

Kim bufou.

— Cuidou? Você nunca me *cuidou*. Nem eu tô *cuidando* de você agora. Mas falaremos disso aos poucos. Temos bastante tempo, não se preocupe.

Kim foi para a porta e puxou com um som metálico.

— Agora pode ficar em paz com seus pensamentos aterrorizantes. Veja se consegue pensar em esclarecimentos um pouco menos teóricos da próxima vez, ou existe o risco de eu ficar irritado novamente.

— Posso... posso comer alguma coisa?

Kim apontou para o vômito no chão.

— Pode ver ser consegue encontrar alguns pedaços duros aí. Ah, não. Você tá preso. Deve ser desconfortável. Pense em como é isso quando temos treze anos.

Ribbing apagou a luz do teto e deixou o quarto totalmente escuro. Depois fechou a porta e trancou.

8 DE JULHO, TARDE

Astrid Helander estava sentada no ônibus 69 indo para o centro depois de visitar Kim Ribbing e receber a oferta de um quarto próprio na grande vila dele. Astrid ainda usava o vestido de tule preto que usara no funeral dos seus pais naquela mesma manhã e suas entranhas pareciam uma arena de rinha de galos onde os sentimentos conflitantes se encontravam fazendo voar as penas.

De certa forma, o funeral foi horrível. Mesmo que Helander não tivesse um bom relacionamento com seus pais durante os últimos anos, era muito horrível ver as duas pessoas com quem havia crescido reduzidas a dois objetos, cada um na sua caixa de madeira que depois seria cremada. Quando Astrid chegou à capela, no cemitério Skog, e viu as urnas, seus ouvidos começaram a bipar como se estivesse em águas profundas e ficou ouvindo os bipes durante toda a cerimônia do funeral.

Somente na hora do desfile – Helander foi a primeira a chegar às urnas – os bipes diminuíram de intensidade. O funeral foi muito frequentado e soluços altos foram ouvidos nos bancos com a visão da *pobre menina órfã* parada diante dos corpos destroçados da mãe e do pai. As urnas estavam fechadas, mas Astrid sabia muito bem como estavam os corpos porque estivera presente quando aconteceu e ela mesma escapou por pouco da morte.

Os soluços na capela Hoppet aumentaram quando Helander colocou uma rosa em cada urna, sem chorar. Ela se via de fora e entendia que uma menina de catorze anos que dizia adeus para sempre aos pais era talvez a coisa mais triste que se poderia imaginar. Ela sentia como a pressão diminuía e como parecia *subir para a superfície*.

Talvez estivesse vivendo o que se chamava *encerramento*. Desde o tiroteio na véspera do solstício de verão há duas semanas, a morte de seus pais era uma abstração para Astrid, mais uma fase na vida do que um acontecimento final. Não se sentia bem na casa do tio e sua existência era provisória, algo que passava na espera de alguma outra coisa. Havia algo *definitivo* nas duas urnas e as rosas que Helander colocou sobre elas, algo que Astrid podia conter e identificar.

Durante o tempo passado desde a morte dos pais havia apenas duas coisas que conseguiram penetrar a névoa, e ambas eram relacionadas com Kim Ribbing. Primeiro quando Kim libertou Astrid do hospital Vamlinge e a levou na sua motocicleta. Então alguma coisa na vida mudou. E agora a oferta de seu próprio quarto na vila de Ribbing, um refúgio provisório.

Daí a briga de galos dentro de Helander enquanto estava sentada no ônibus. Ainda se sentia muda e pesada após o funeral, do qual fugiu quando as condolências se tornaram insuportáveis. Por outro lado, sentia-se leve e esperançosa com a perspectiva de dividir uma casa com Kim Ribbing, que admirava e por quem estava um pouco apaixonada, mesmo que Kim achasse que poderia se livrar disso.

Astrid desceu do ônibus no jardim Kung e foi para a rua Strand. Uma das coisas chatas de morar com seu tio era que ele não confiava totalmente nela. Desde que Helander tinha doze anos podia administrar sua mesada, mas agora isso havia acabado.

De ter 1.250 coroas por mês para usar livremente, agora dependia da vontade do tio de deixar Astrid ter algum dinheiro. No momento tinha noventa e duas coroas. Era a herdeira de não se sabe quantos milhões, uma ilha inteira no arquipélago com uma vila projetada por um arquiteto, um apartamento de seis quartos na rua Strand e um Tesla. E muito mais. Mas isso só quando completasse dezoito anos. Enquanto isso eram as noventa e duas coroas que valiam.

Helander tinha dois superpoderes. Um era conseguir segurar a respiração até desmaiar, algo que usava ocasionalmente para fugir dos ataques de pânico que poderiam afetá-la. O outro era saber cair. Havia treinado e podia cair no chão e até rolar pelas escadas sem se machucar muito. Era uma boa coisa para assustar os colegas de classe e também muito *útil* em situações do tipo que pretendia criar agora.

Astrid se sentia como uma ave de mau agouro no seu vestido preto quando cruzou o jardim Kung, onde havia pessoas em roupas leves de verão sentadas tomando um sorvete ou patinando ao sol. A sensação de funeral no corpo não melhorava as coisas. Sentia-se como a escuridão na luz.

Quando Astrid chegou à rua Hamn, virou-se para a esquerda e dirigiu-se para a Galleria. Suava nas costas, no vestido que não transpirava, e foi bom chegar ao shopping center com ar-condicionado onde continuou até a Clas Ohlson.

Na seção de óculos de leitura, escolheu algumas armações que custavam oitenta e nove coroas e escolheu a que parecia mais cara, com a lente mais fraca, +1. Durante um período, quando tinha doze anos, havia furtado, mas como isso não dava nenhum prazer e logo depois começou a receber sua mesada, parou.

Agora a situação era diferente e seria simples deixar os óculos escorregarem, por exemplo, pelo pescoço até seu peito, mas achou que não valeria a pena correr o risco. Se tudo corresse como previsto, seus problemas financeiros logo passariam.

Astrid pagou pelos óculos e encontrou um lugar escondido entre duas lojas. Levantou os óculos sobre a cabeça e deixou cair no piso de pedra. Uma das lentes rachou. Repetiu o procedimento até aparecer um par de rachaduras na outra lente também, depois colocou os óculos no bolso do vestido de onde tirou seu telefone, saiu para a rua e atravessou.

Eram apenas cinquenta metros até a sede da NK. Astrid passou pela entrada e desceu pela escada rolante para a seção de alimentos da NK, ou o *centro gastronômico*, como eles o chamavam. Então começou a caçada.

Astrid andou entre as prateleiras e balcões cheios de delícias de todo o mundo em uma abundância que deveria engasgar qualquer pessoa sadia. Nesse caso, Helander era uma pessoa sadia. Sentia-se um pouco enjoada com os saquinhos de biscoitos custando mais de cem dólares e duzentos tipos de queijos *artesanais* com preços fantásticos. Considerando a situação mundial, aquilo era absolutamente nojento.

Depois de cerca de dez minutos caminhando, Astrid encontrou um candidato. Um homem com cerca de sessenta anos com sapatos de marinheiro e uma camisa branca Lacoste estava encostado no balcão de peixes observando uma lagosta. Astrid olhou ao redor e certificou-se de que ninguém estava olhando antes de colocar os óculos e se aproximar do homem no balcão.

Quando o homem se endireitou, Helander bateu na sua nuca com os nós dos dedos e se jogou para trás lançando os óculos para longe. Gritou, fez uma meia cambalhota para trás e desabou no piso de mármore com as mãos na cabeça gritando:

— Aiiii...

Infelizmente não tinha seu sangue falso consigo, mas esperava que seu show fosse suficientemente convincente.

Quando olhou para o homem através dos olhos semicerrados, viu que estava parado com as mãos sobre a boca enquanto olhava para Astrid.

— Mas, minha pequena, como isso foi acontecer?

Com a voz lamentosa, Helander sussurrou:

— Estranhei o que haveria de especial com a lagosta, então olhei também e depois eu não sei.

Astrid esfregou os olhos e massageou a testa.

— Aiiii...

— Como você está?

— Dói. Dói.

O homem estendeu a mão para Helander.

— Deixe-me ajudá-la a se levantar. Tem um banco ali onde você pode...

— Obrigada — sussurrou Astrid.

Antes de pegar a mão do homem, olhou para o lado e viu os óculos. Helander esticou a mão e *tateou* procurando por ele, pegou, gritou:

— Não, não, não...

E começou a chorar. Mais um pequeno superpoder.

— Meus óculos...

Ainda deitada no chão, mostrou as lentes trincadas. Teve um lampejo de genialidade não planejado quando pensou no seu vestido e disse entre soluços:

— Eram novinhos, ganhei para o funeral da vovó. Ahhh. A mamãe vai ficar *maluca*.

Alguns outros clientes se aproximaram para ver o que acontecia com o homem vestido de marinheiro e a garota vestida de luto.

O homem que atendia no balcão de peixes saiu e perguntou:

— O que aconteceu?

— Eu não sei — disse o homem com a camisa Lacoste. — Me estiquei e de alguma forma ela bateu a testa na minha cabeça. Não sei como...

Antes que o homem pudesse entender melhor o acontecimento improvável, Astrid lançou um grito desesperado. Sentou-se com os óculos quebrados nas mãos e baixou a cabeça em uma pose patética de uma garota de luto com um passarinho morto no colo. Quando olhou para cima com as lágrimas escorrendo pelo rosto, viu diversas pessoas olhando reprovadoramente para o homem da camisa Lacoste. Ele coçou a cabeça e disse:

— Mas eu posso... eu posso recompensá-la de alguma forma, então.

— Como... como assim? — sussurrou Astrid.

— Sim, então, pagar por um par de óculos novos. Quanto custaram?

Helander parecia pensar.

— São progressivos. A mamãe disse... ela tava realmente zangada quando disse... ela disse quatro mil e quinhentos — Astrid soltou um suspiro e terminou. — Como se fosse *minha* culpa enxergar tão mal!

Algumas pessoas ao redor soltaram ruídos reprovadores e Helander ouviu alguém sussurrar:

— Mas *coitadinha*.

— Hum — disse o homem e parecia cético. — Quatro mil e quinhentos? Hum.

Astrid apressou-se em examinar a armação.

— Claro que só preciso de novas lentes, de modo que... talvez três mil?

O truque raramente falhava. Três mil fora a soma inicial de Helander, mas as pessoas sempre tinham mais tendência para aliviar a carteira se tivessem uma sensação de *conseguir uma barganha*. O homem parecia menos cético e quando um dos espectadores murmurou:

— Pague agora, tá ouvindo?

Foi o último prego no caixão.

— Não tenho dinheiro vivo — respondeu o homem. — Então como podemos...?

— Pode ser uma transferência — respondeu Astrid.

O homem assentiu e pegou seu telefone. Quando Helander informou o número, uma mulher disse entre os espectadores:

— Qual é o número, você disse? Eu dou mais quinhentos já que algumas pessoas estão economizando os centavos.

— Eu também vou ajudar — disse um homem. — Qual é o número?

O sentimento de bom samaritano se espalhou entre os espectadores e quando tudo terminou um total de cinco mil foi transferido para a conta de Astrid, que se levantou e colocou os óculos trincados, e com uma voz tremendo de emoção, ela disse:

— Obrigada, *meus queridos*. Nunca vou esquecer disso.

Talvez tenha sido um passo longo demais, mas Astrid terminou dizendo:

— A vovó tá sorrindo lá no céu.

8 DE JULHO, TARDE

Irma Ryding morava em um apartamento de dois quartos com quatro andares de escadas do lado oposto ao apartamento de Julia na cidade velha, a Gamla stan. "Vizinha do rei", como ela mesma apresentava a coisa. Não tinha elevador e depois de dois lances de escada Malmros foi obrigada a parar para descansar. Seu condicionamento físico realmente nunca estivera pior, apenas um ano antes conseguia subir até o apartamento de Irma pulando os degraus de dois e dois. Deveria melhorar sua condição física logo, o cartão anual para o Itrim ainda estava válido.

Irma e seu marido morto há dez anos moravam em um apartamento alugado de três quartos em Kungsholmen. Quando o marido morreu, o Fundo dos Escritores providenciou o apartamento na Gamla stan, algo que Irma chamava de "uma recompensa póstuma antecipada".

Depois que Julia se recuperou um pouco, subiu o restante das escadas e bateu à porta de Irma. Barulhos e batidas se ouviam dentro do apartamento e quando Irma abriu a porta estava apoiada em uma muleta. Havia quebrado o quadril recentemente, mas se recusava a falar do assunto porque não queria, conforme as próprias palavras, "ser uma velha reclamona".

Malmros ficou parada com as mãos apoiadas nas coxas, respirando fundo algumas vezes. Irma olhou cética para ela e questionou:

— Merda de fôlego?

— Apenas o primeiro — respondeu Julia e levantou um saco de papel. — Comprei dois bolinhos.

— Não — disse Irma. — Acho que já passei da idade pra isso. Entra.

Julia não conhecia ninguém que tivesse tantos livros quanto Irma Ryding. Literalmente *todas* as paredes do seu apartamento eram ocupadas por estantes de livros do chão até o teto e o saguão de entrada era apenas um pequeno corredor entre pilhas de volumes nos dois lados. Com exceção da janela que dava para um beco. Até a sala era toda revestida de livros. O sofá, a poltrona e uma pequena TV ficavam a um metro das paredes.

Não entrava muita luz pela janela, tapetes grossos cobriam o piso e tudo estava impregnado com fumaça de cigarro. Se Julia tivesse mesmo uma pequena tendência para claustrofobia teria voltado para a porta. Mesmo não tendo, sentia-se trancada como uma flor seca em uma estufa.

— O café logo estará pronto — disse Irma. — Venha pra cozinha.

A única coisa na cozinha além do fogão, geladeira e pia, era uma pequena mesa com duas cadeiras. E livros. Livros, livros. Irma lia qualquer coisa. Policiais, espionagem, clássicos, poesia e não ficção da forma mais ampla. Conhecia até Harry Potter e Stephen King. A única coisa que não suportava era o tipo de livro que costumava ganhar o prêmio August. Livros idiotas, como ela os chamava.

Uma cafeteira gotejava na pia, ou melhor, pingava. Irma tinha o modelo antigo de dez anos atrás desde que Julia a conheceu e provavelmente já antes disso. Malmros apontou para a cafeteira e disse:

— Sempre parece que aquilo tá dando seu último suspiro.

— Ah — disse Irma enquanto sentava com cuidado em uma cadeira com a ajuda da muleta. — Ainda não. Vai sobreviver. Poderá herdar isso, se quiser.

— Não, tô realmente apaixonada pela minha cafeteira expresso.

— Os livros então? Vai querer?

Julia olhou para os livros da cozinha que eram apenas uma parte do que havia no apartamento. Balançou a cabeça e disse:

— Não tenho espaço pra eles.

— Não *esses* livros — disse Irma. — Quero dizer os meus. Os direitos sobre eles. Quando eu morrer. Você quer? Não tenho parentes vivos e ainda rendem um dinheirinho nas listas de vendas, você sabe.

Julia se sentou no outro lado da mesa e pegou o saco com bolinhos.

— Não quero falar disso, Irma. Você não vai morrer.

Irma levantou as sobrancelhas ralas e disse:

— Claro que vou! Quem você acha que eu sou? Matusalém? Até ele morreu no final, mesmo que tenha demorado, quanto foi, novecentos e cinquenta anos?

— Então acho que deve tentar ganhar dele.

— Cara, prefiro ficar na sala. Dar um tiro do teto da bolsa de valores, direto na cabeça de algum espectador.

— Podemos falar de outras coisas agora, Irma?

— Claro. Agora falaremos de você.

A cafeteira deu um último suspiro e uma luz vermelha acendeu indicando que o café estava pronto. Julia pegou as xícaras e derramou um pouco de leite e café na xícara de Irma antes de colocar na sua frente e depois se sentou novamente. Irma apoiou o queixo nos seus dedos entrelaçados.

— Ok, baby. Desembucha.

Julia contou sobre a impressão que teve com a série e o embelezamento do dia a dia monótono da polícia, o brilhantismo e a originalidade da Åsa Fors. Concluiu com a visão de Ylva Strandberg sobre seus livros.

— Realidade aumentada, pequeno conto de fadas.

— Hum — disse Irma e coçou o nariz com o indicador. — Hum, hum.

— Que *hum, hum* — perguntou Julia. — Também pensa assim?

— Bem — respondeu Irma. — Tem coisas como... por exemplo, aquela unidade USB no relógio cuco...

Julia levantou as mãos.

— Mas que diabo! Ylva usou esse mesmo exemplo! Esse diabo de relógio cuco vai me perseguir agora? É apenas *humor*!

— Sim. E algumas pessoas podem achar que não fica bem em descrições gráficas de morte súbita e maligna. Para alguns pode parecer um pouco... parecido com contos de fadas.

— Então, sabe o quanto eu vendo?

Irma lançou um olhar preocupado ou até acusador para Julia enquanto dizia:

— Olá, noiva. Acalme-se um pouco. Não se trata disso.

Julia baixou o olhar e coçou a nuca porque ficara suada. *Olá, noiva* era o padrão de Irma quando Malmros ficava muito egocêntrica. Era uma forma de trazê-la de volta para a terra e sempre funcionava. Uma onda de vergonha se espalhou pelas costas de Julia.

— Desculpa, eu... sou uma idiota.

— De certa forma, é sim, mas na maioria das vezes, não. Precisa apenas entender que existem contos de fadas que as pessoas desejam ver. Praticamente não existe um best-seller que não seja de certa forma um conto de fadas. Os meus são definitivamente. Embora não sejam best-sellers. Não mais.

— Entretanto, minha ambição é justamente escrever da forma mais realista possível.

— Então precisa encontrar um assunto um pouco mais realista do que mafiosos chineses que escondem coisas em relógio cuco. Veja bem, isto não é uma crítica, gosto dos seus assuntos, mas totalmente realistas eles *não são*.

Julia deu de ombros. Realmente Irma tinha razão. Tal como Ylva. Para se consolar pegou um pão de canela do saco e deu uma mordida. O pão estava seco; Malmros ficou com vontade de chorar de autopiedade. E ainda por cima era patética. Tentou se recompor, mastigou e engoliu. A boca parecia seca quando disse:

— Tive uma ideia. Sobre os Suecos Verdadeiros e tiroteios em um subúrbio. Deve ser mais... realista, ou não?

Irma deu de ombros.

— Depende de como faz, sim, a premissa é mais atual. Contemporânea, se preferir.

— O problema é que não sei muito sobre os Suecos Verdadeiros.

— Pode pesquisar então, como sempre. Posso ajudar.

— Você? — perguntou Julia e bateu na testa admirada. — Não tem suas próprias coisas pra escrever?

Irma fez uma careta dolorida e passou a mão pelo lado do corpo.

— O diabo desse quadril. Dói tanto que não consigo me concentrar. Também não tenho vontade. Mas uma pequena pesquisa posso fazer.

— Mas, querida — disse Julia. — Eu não sabia que tava tão mal...

Irma acenou dispensando.

— Não tem problema, não se preocupe. Comecei a fumar maconha. Alivia.

O queixo de Malmros caiu quando olhou para sua amiga de oitenta e um anos que tranquilamente levava a xícara de café até a boca e bebia o líquido morno. Irma sabia o efeito que teriam suas palavras, mas queria parecer despreocupada.

— Então, sério — disse Julia. — Você tá fumando *erva?*

— Erva, cannabis, chame como quiser — disse Irma e baixou a xícara. — Sou obrigada a fumar um pouco se preciso descer as escadas e fazer compras. Começam a me olhar de um jeito um pouco estranho nas lojas.

— Mas então... como consegue?

— Não se preocupe. Conheço um cara.

— E como encontrou esse... cara?

— Conhecido de um conhecido.

Irma fez um movimento de *pff, pff* com as mãos, como se afastasse uma mosca.

— Chega disso.

— Ok, só mais uma coisa.

— O quê?

— Tá chapada agora?

Irma riu.

— Não, agora tô limpa como uma salsicha. Mas pensei em sair e fazer compras mais tarde, então posso dar uns tragos.

Julia estendeu as mãos em um gesto de parada e disse:

— Ok, agora vamos escrever uma lista e depois *eu* faço as compras. Você não será a vovó da erva de Gamla stan por causa de um pouco de leite e salsicha.

— Preciso um pouco mais do que isso.

— Pode ser o tanto quanto quiser.

— E terá um pouco de *puff-puff* de qualquer jeito.

Julia segurou a cabeça.

— Sério, Irma? Vai terminar sua carreira no lixo das drogas?

— Agora tá exagerando, mamãe. Não é que esteja matando *cachorros*. E isso ajuda realmente.

— Sim, sim. É sua vida.

— É mesmo. Mais um dia.

Irma pegou um pequeno caderno espiral que estava na janela e começou a escrever uma lista de compras. Julia olhou para ela e balançou a cabeça.

Sem ser alcoólatra, Irma sempre gostara de vinho e destilados, mas isso era algo diferente. Ou será que seria? Alguns alegavam que a maconha seria menos perigosa para o corpo do que o álcool e parecia que Irma realmente usava com juízo. Malmros não deveria se intrometer mais.

Irma parou de escrever e mordeu a caneta enquanto pensava. Depois tirou a caneta da boca e perguntou:

— Como vai com a tempestade de sangue, então? Com o Kim?

— Tudo igual. Nos encontramos. Conversamos. Amamos. Mas realmente não sei o que significo pra ele.

— E você? Tá apaixonada?

Julia suspirou.

— Sim. Eu realmente tô.

— Coisas difíceis em Mellerud. Precisa trazer ele aqui alguma vez, pra que eu possa ver a mercadoria.

— Tentarei. Vou até lá esta noite.

Irma anotou uma última coisa antes de dobrar o bilhete duas vezes, dar para Julia e dizer:

— E então passamos um tempo com os Suecos Verdadeiros. Posso me comprometer em olhar os vídeos dele, daquele líder do partido, o Schwarzkopf.

— Você sabe como se faz então?

— Meu Deus — disse Irma e bateu com os dedos na testa.

— Acha que me perdi em uma onda, ou o quê? Sei muito bem como usar o *YouTube*.

8 DE JULHO, TARDE

Depois de fazer as compras para Irma e carregar duas sacolas de comida para ela sendo obrigada a parar em *cada* degrau da escada na subida, Julia deu uma passada pelo seu apartamento. De noite iria para Kim, mas aquilo dos Suecos Verdadeiros despertara sua curiosidade e a vontade de trabalhar. Havia algo emocionante lá. Enquanto Julia manobrava entre a massa de turistas ao longo da rua Västerlång, repassava o que sabia até o momento.

Desde que os democratas Suecos se tornaram o novo normal, o antes microscópico partido dos Suecos Verdadeiros subiu nas opiniões e agora tinha dois por cento, no meio do caminho para o parlamento. Malmros achava que havia muita coisa oculta porque as pessoas não se sentiam a vontade para reconhecer sua simpatia pelo partido bastante xenófobo.

A grande diferença entre os Suecos Verdadeiros e, por exemplo, o movimento de resistência Nórdica, era terem no Claes-Göran Schwarzkopf um líder carismático e eloquente. Não, a ironia do nome não escapava ao homem que afirmava ser, conforme citado: "A única cabeça negra que ama a Suécia".

Sua ideologia era confusa. Algumas atas vazadas indicavam que eram ainda mais extremistas do que queriam demonstrar. Havia indicações de associação com organizações criminosas e clubes de motociclistas e o histórico do líder do partido era bastante nebuloso. Já estavam chegando a algumas comunidades no Sul da Suécia e um dos candidatos dissera que sua intenção seria "explodir todas as casas de assistência", isto é, os abrigos para refugiados. Em resumo, era o que Julia sabia e precisava se informar muito mais. Não poderia deixar de concluir que seu projeto envolvia riscos.

O apartamento estava abafado quando Julia entrou, então abriu as janelas para a praça Järn antes de se sentar ao computador.

Julia decidiu começar com o assunto mais interessante e portanto, o mais perigoso, a associação dos Suecos Verdadeiros com o clube de motociclistas Apóstatas. Tal como os Suecos Verdadeiros, o clube estava em ascensão e presumia-se que atualmente controlava grande parte da venda de drogas no norte de Estocolmo. Adicione-se a rede de patrocínios, sequestros, manipulação de verbas para assistentes pessoais e os bons e velhos roubos. O Apóstatas funcionava para eles e ao redor deles.

Malmros achava até divertido como as forças malignas tendiam a gravitar umas para as outras. Os Suecos Verdadeiros tinham posições assustadoras e os Apóstatas faziam coisas assustadoras e como similares buscavam a companhia um do outro. A única coisa que faltava era alguma seita maligna para se juntar ao partido.

O Apóstatas realmente se originou de um clube de motociclistas cristão chamado Conversores que dedicava parte do tempo para viajar e fazer trabalho de missionários com a Bíblia no alforje. Alguns dos membros ficaram menos interessados na palavra do Senhor e mais interessados nas atividades criminosas. Quando foram expulsos, criaram o clube dos Apóstatas, os caídos. Possivelmente havia até algum satanismo nas suas atividades e nos rituais. Uma foto de uma festa mostrava o líder Dennis Hamberg posando com chifres de cabra na cabeça para parecer a figura do diabo Baphomet.

Da mesma festa também havia fotos onde um par de líderes dos Suecos Verdadeiros levantavam suas canecas de cerveja para a câmera fazendo o sinal do diabo com a outra mão. Isso realmente não provava nada. O gesto com o dedo indicador e mindinho esticados tinha mais ou menos o mesmo efeito do sinal V e indicava mais frequentemente o rock pesado do que o satanismo. Mas mesmo assim.

Julia pesquisou as páginas dos membros do Apóstatas no Facebook, e as páginas dos seus seguidores, e assim por diante. O que buscava seria uma linha ou foto associando Claes-Göran Schwarzkopf com os homens na maior parte com longas barbas brancas, coletes de couro com decalques. Não encontrou nada e por volta das oito horas desligou o computador para pegar um táxi para Gärdet.

8 DE JULHO, NOITE

A sacola com duas garrafas de vinho tilintava na mão de Julia quando fechou o portão da casa de Kim e pisou no cascalho do caminho fazendo barulho com os pés. Havia luz na janela da cozinha e como sempre Malmros não sabia qual seria o estado de humor de Ribbing, o que era frustrante e emocionante ao mesmo tempo. Pelo menos nunca era monótono.

Depois de passar pelos locais de controle vazios no térreo e subir a escada, encontrou Kim sentado à mesa da cozinha na frente do seu computador. Tinha um aspecto aborrecido e apenas olhou para Julia quando ela disse oi.

— Não tá tudo bem? — admirou-se Julia e colocou uma garrafa de vinho branco na geladeira antes de pegar um saca-rolhas e abrir uma garrafa de vinho tinto.

— O computador tá aprontando — respondeu Kim e bateu irritado em uma tecla.

— Talvez esteja apertando demais? — perguntou Julia e estendeu uma taça para Kim, que levantou a mão negando e disse:

— Esta noite, não. Quero uma cerveja.

Julia abriu a geladeira e pegou uma *Brooklyn pale ale* que abriu e deu para Kim que mais uma vez batia duro em uma tecla e resmungava:

— Vamos lá, seu merda.

Malmros pegou uma cadeira e se sentou no lado oposto.

— O disco rígido? — sugeriu. — Tive um computador que...

— Isto é um SSD — respondeu Kim. — Nenhuma peça em movimento. Ele só quer me irritar.

— Sim, parece ser o mais provável — afirmou Julia.

Tomou um gole de vinho e ficou em silêncio. A convivência com Kim Ribbing podia passar de uma amante querida para um apêndice incômodo em apenas cinco minutos. Deixou Kim maltratar o teclado durante mais um tempo antes de perguntar:

— Conhece os Suecos Verdadeiros?

Kim suspirou, esfregou os olhos e bateu novamente no computador enquanto respondia:

— Os extremistas de direita? Sim. Por quê?

— Comecei a pesquisar um pouco sobre eles. Pra um livro.

— Vai escrever um documentário?

— Não, mas fiquei sabendo que escrevo um pouco... como um conto de fadas. Tentarei fazer algo mais realista. Com fatos reais.

— Não acho que escreve contos. São mais... fábulas.

— Como? A fábula tem um animal que...

— É brincadeira — disse Kim e franziu a boca.

— Hum. Ok.

Ficaram sentados em silêncio bebendo a cerveja e o vinho. Uma dificuldade com Kim era que se estivesse em um determinado estado de humor Julia não podia fazer nada para mudar o estado. Eram seus próprios movimentos internos que determinavam seu estado e raramente os acontecimentos externos. Quase sempre era Malmros que seria obrigada a se adaptar. Mesmo assim decidiu fazer mais uma tentativa.

— Conhece o Apóstatas? O clube de motociclistas?

— Apenas de nome.

— Seu líder, Dennis Hamberg, seria um exagero dizer que é um *intelectual*, mas parece mais inteligente que o camarada comum.

— Em que você se baseia?

— Ele deu algumas entrevistas e tem habilidade verbal... é atencioso, simplesmente. Tem até alguma filosofia de vida parecida com o niilismo.

— Deve ser um pré-requisito para ser um bom criminoso — disse Kim. — Não acreditar em nada.

— Talvez. Mas no seu caso é mais uma ideologia bem planejada.

— Aham.

Julia podia ver pela expressão corporal de Kim que já estava perdendo o interesse e decidiu começar outro assunto, envolvendo ela mesma.

— Pesquisei possíveis associações — disse Julia. — Entre Apóstatas e Suecos Verdadeiros. Um primo do Dennis Hamberg, Birk Hamberg, dirige uma gráfica onde os Suecos Verdadeiros imprimem todo seu material. Você acha que seria possível... você sabe... observar um pouco mais de perto?

Kim esfregou os olhos novamente.

— Não tô com humor pra qualquer espionagem privada, Julia. Também não tenho tempo.

— Não — disse Julia e fez a pergunta que suspeitava que seria inútil. — O que tá fazendo?

— Um... projeto.

— Que trata do quê?

— Paz de espírito.

Kim não queria falar mais nada sobre o assunto e olhou perdido ao redor da cozinha enquanto bebia sua cerveja e colocou a garrafa na mesa com um estalo.

— Como foi com a Astrid, então? — perguntou Julia.

— Foi bem. Ela terá um quarto aqui.

— Oh. E como pensa...

— Agora preciso pedir pra você ir embora — disse Kim. — Tô um pouco ocupado.

Algo frio e trêmulo, um peixe moribundo, passou pelo peito de Julia. Por um segundo ficou aterrorizada e teve dificuldade para manter a voz estável quando questionou:

— Tá terminando comigo?

— O quê?

— Sim, você simplesmente me pede pra ir embora assim que cheguei e comprei vinho e...

Kim balançou a cabeça agitando o cabelo preto ao redor do rosto.

— Pedir pra você ir embora e terminar com você são duas coisas totalmente diferentes.

— Sim. Claro. Mas...

— Preciso resolver isso sozinho. Mas agora quero que vá embora.

— Ok. Sim, sim.

Julia bebeu seu vinho, levantou-se e colocou a taça na pia enquanto Kim tamborilava com os dedos na mesa. Malmros sentia fraqueza em todo o corpo. Esgotada. Deveria dizer ou fazer alguma coisa para recuperar sua autoestima, mas sabia que isso apenas irritaria Kim ainda mais. Se tivesse uma cauda então ela estaria entre as pernas agora.

Ao diabo, Kim Ribbing.

Julia conseguiu reunir um último resquício de dignidade quando saiu da cozinha com as costas retas e sem dizer mais nada. Quando chegou ao patamar da escada, ouviu a voz de Kim na cozinha:

— Julia?

— Sim?

— Vamos nos falando.

— Sim — disse Julia. — Claro.

Desceu a escada para evitar terminar com um modesto *obrigada.*

8 DE JULHO, NOITE

Depois que a porta fechou e os passos de Malmros se distanciaram no caminho de cascalho, Ribbing balançou a cabeça sem acreditar. Nunca conseguira entender por que as pessoas tinham tanta dificuldade para entender as coisas *ao pé da letra*. Havia pedido para Julia ir embora e ela achava que ele não queria mais ficar com ela. Como fizera essa associação?

O doutor Rudbeck alegara, e talvez continuasse alegando, que Kim sofria de esquizofrenia paranoide. Os médicos que não tinham intenção de classificá-lo como um idiota total para poder continuar o tratamento ECT, estiveram mais inclinados para uma "variação funcional neuropsicológica", como se chamava atualmente. Possivelmente Asperger com elementos de síndrome de savant. Isso entre outras coisas poderia explicar a incapacidade de Kim entender e agir conforme os códigos sociais estabelecidos. Ribbing se sentia mais inclinado para *vocês é que são estranhos, eu sou normal.* Dissera: "Você precisa ir embora" e Julia ouvira "Quero terminar". Quem então tinha audição com *variação funcional?*

Kim colocou a garrafa de cerveja vazia no espaço sob a pia e pegou uma lata de ravióli com molho de carne na despensa. Pensou em aquecer em um prato no micro-ondas, mas não precisava exagerar no serviço. Pegou um garfo de plástico em uma gaveta, e depois foi para o porão.

Martin Rudbeck naturalmente estava deitado como Ribbing o deixara. A mancha de sangue na cueca havia coagulado. Havia exagerado um pouco com a eletricidade. Kim não estava disposto a se arrepender de suas ações, o que foi feito, feito estava, mas tentaria se controlar. Nunca usaria a solda. Provavelmente.

As pupilas do doutor encolheram rapidamente quando Kim acendeu a luz e foi até a mesa onde colocou o ravióli. Rudbeck olhou para ele e lambeu os lábios secos. Ribbing foi até ele, mostrou a base da luminária e disse:

— Talvez esteja começando a perceber que ninguém vem salvá-lo. Talvez isso o torne desesperado e invente de fazer alguma coisa estúpida.

Kim apontou com a base da luminária para o pênis do doutor.

— Nem pense nisso. Da próxima vez vai ser um choque mais longo.

Depois de fixar o anel no pescoço, Ribbing usou a mão esquerda para soltar as correias de couro, enquanto a mão direita mantinha a base de choque pronta. Uma análise racional deveria esclarecer para o doutor que seria inútil tentar abater Kim, mas as pessoas não eram racionais nas situações extremas. Durante algumas noites em Vamlinge e especialmente depois de um "tratamento", formas sem olhos apareciam na escuridão ao redor de Kim e às vezes a loucura verdadeira parecia estar perto.

Depois que Ribbing soltou todas as correias, afastou-se da cama e disse:

— Faça suas necessidades.

O doutor não se mexeu e havia algo apagado no seu olhar. Kim reconhecia o sentimento, especialmente do período inicial em Vamlinge quando recebia medicamentos psicotrópicos constantemente. Dias quando era tomado de uma apatia total e não conseguia mover nem um dedo. Talvez o doutor estivesse lá agora, havia perdido a esperança de ser resgatado.

Kim foi até a cama e segurou os polos da luminária a dez centímetros do pé do doutor e disse:

— Levanta. Não quero limpar sua merda. Precisa de um choque de partida?

Martin Rudbeck balançou a cabeça e jogou as pernas pelo lado da cama e se sentou.

— Talvez não tenha sido correto — disse com voz chorosa. — O que fiz com você.

— Todos sabem disso, menos você — disse Kim. — E não se atreva a pedir desculpas. Levanta.

Com a corrente balançando o doutor foi para o banheiro e fechou a porta tanto quanto possível. Soltou um gemido prolongado quando caiu sentado no vaso.

— Tem sangue — gemeu ele. — Na urina.

— Ah — disse Kim e colocou a lata de ravióli na cama junto com o garfo de plástico. Colocou uma cadeira fora do alcance da corrente e se sentou com os braços cruzados no peito. Não se importava com o que o doutor tinha na urina, desde que não fosse a chave do anel do pescoço.

O doutor ficou um bom tempo no banheiro, talvez quisesse prologar a possibilidade de mudar a posição do corpo. Ficar deitado esticado na mesma posição durante muitas horas podia fazer o mundo girar.

— Sai agora — mandou Kim. — Ou talvez posso mudar de ideia em relação à comida.

Martin Rudbeck que saiu rapidamente parecia dez anos mais velho do aquele que Kim trouxera trinta e seis horas antes. O cabelo parecia ainda mais grisalho e a pele estava mais pálida do que quando foi para o banheiro. Talvez tenha sido a visão do sangue que o fez empalidecer. Algo acordou na sua vida quando seus olhos opacos viram a lata de ravióli e se apressou um pouco mais.

Ribbing olhou para o chão enquanto o doutor ingeria o conteúdo da lata e terminou raspando. Kim olhou e viu o doutor sentado estudando a lata vazia e sua borda afiada.

— Joga naquele canto — mandou. — E deita.

— Não posso ficar sentado um pouco? — pediu o doutor.

— Não. Se *pelo menos uma vez* tivesse me ouvido quando pedia pra não tomar mais choques, então talvez. Mas agora vai deitar.

O doutor jogou a lata e gemeu enquanto se jogava de lado, rolava e se espreguiçava antes de virar de costas e se esticar.

— Não me lembro de você pedindo — disse ele. — Você não dizia nada.

— Não, não depois que completei catorze anos — disse Kim. — Antes disso houve um curto período quando ainda acreditava que poderia haver compaixão. Depois parei de acreditar. Então as coisas melhoraram.

Ribbing puxou as correias ao redor dos tornozelos do doutor. Quando passou as correias pelo seu peito e prendeu na fivela, disse:

— Lembra como costumava puxar essa correia com mais força quando achava que fui desobediente? Vamos ver quanto conseguimos puxar?

Rudbeck levantou a mão e pegou o pulso de Kim.

— Kim, por favor. Não estou bem, o coração, e existe o risco de...

Ribbing puxou a mão, apontou para a base da luminária e disse:

— Toca em mim de novo e não vai ter mais urina, só sangue.

Um pouco de molho de carne saiu da boca de Rudbeck com um suspiro quando Kim puxou a correia do peito com toda a força. Podia lembrar do desconforto insuportável de não conseguir respirar direito e aspirar apenas alguns suspiros e uma constante sensação de sufocamento. Basicamente, Martin era exatamente igual aos dois homens do vídeo que assistiram. Gostava de torturar crianças.

— Kim — murmurou o doutor enquanto Ribbing prendia suas mãos, — não consigo respirar.

— Quantas vezes eu disse a mesma coisa quando ainda falava? Quantas vezes pedi pra soltar a correia porque parecia que estava sufocando? E quantas vezes você fez isso?

Depois de amarrar o doutor, Kim pegou a cadeira e se sentou ao lado da cama. O doutor respirava em suspiros curtos e ofegantes.

— Então. Onde estávamos? Sim. Seu comportamento comigo. Já vimos isso, então podemos continuar. Ah — Kim levantou a base da lâmpada. — Como não tenho a intenção de oferecer nenhuma cenoura, então vai ser o chicote.

A respiração difícil do doutor não permitia frases longas quando olhava para a luminária.

— Kim. Você *machucou*. A mim. Antes.

— Você me machucou. Por toda a vida.

— Tratamento. Isso. Vingança?

— Talvez. Se tivesse agido corretamente no julgamento pelo que fez contra mim e os outros jovens então talvez não estaria aqui. Mas ficou livre. *Além disso,* estava lá ameaçando a Astrid. Isso não pode continuar.

Rudbeck arregalou os olhos e conseguiu dar um tom perturbado na sua voz quando disse:

— Eu. Ameaçar. Não.

— Sabe o que quero dizer. Sua simples presença já é um abuso. Há sujeira ao seu redor e isso é uma ameaça.

— Eu. Nunca...

— Calado. Não estou interessado nos contos de fadas que conta para si mesmo. Quero entender. Isso é o mais importante. A vingança é a apenas um bônus. Então. Você me torturou durante dois anos. Por quê?

Kim apontou a base da luminária para o sexo do doutor.

— E toda vez que disser "tratamento" ou "para seu próprio bem" vai doer.

O doutor engoliu em seco e seu olhar vagou para cá e para lá enquanto tentava rever o relato que apresentara publicamente e pelo visto para si mesmo para justificar seu comportamento. Olhou suplicante para Kim que não alterou nem um pouco enquanto disse:

— Parece difícil pra você. Vamos reformular. O que conseguiu me assediando?

— Poder?

— Naturalmente. Mas é uma resposta banal. Já tinha poder sobre mim. A pergunta é por que precisava me *assediar* também?

— Você. Provocava. A mim.

— Um professor de psiquiatria que se deixava provocar por um garoto de quinze anos? Muito pouco profissional, se me permite dizer.

— Você é. Especial. Você consegue. Penetrar.

— Hum-hum. Eu consigo penetrar. E por isso devo ser assediado?

— Eu gostava. Disso — uma expressão desafiadora apareceu nos olhos do doutor quando olhou para Kim e terminou: — domar. Você.

— Aham — disse Ribbing.

Ele levantou e colocou a base da luminária lentamente no pênis do doutor.

— Agora os dedos estão coçando, devo dizer.

— Por favor...

— Mas... — disse Kim e afastou a base da luminária. — Enquanto gostar de suas respostas, pode ficar tranquilo. Serei *domado* então. Kim levantou os braços e indicou o quarto onde estavam.

— Veja como foi tudo bem. "*O fracasso de um sádico – Relato da minha vida* por Martin Rudbeck". E por que seria tão importante me domar?

— Eu. Aconselhando. Você.

— Isso também percebi. Mas é pouco o que posso te dar. Você nunca conseguiu. Como isso pode acontecer?

— Outra. Coisa.

— O quê?

— Iden. Tificação.

— Agora tô sentindo o cheiro das bobagens da psiquiatria. Quer dizer que se *identificava* comigo, um adolescente indefeso? E por isso eu deveria ser domado? Como assim?

O peito de Martin se agitava e seus lábios se contorciam em uma careta enquanto se esforçava para falar.

— Através de. Domar você. Eu domava. A mim.

Kim coçou o queixo.

— Isso foi interessante. Não sei se está apenas deitado aqui inventando algo pra me deixar satisfeito. Mas foi bem no cômputo geral, nesse caso. Pensarei nisso. E você também deve pensar, se realmente quer parar de contar histórias — Ribbing colocou a base da luminária no chão e olhou para o doutor deitado lá e tentando respirar enquanto sua boca abria e fechava como um peixe fora da água.

— E apenas pra demonstrar que a misericórdia é um conceito existente...

Kim soltou um pouco a correia do peito e moveu um furo da fivela, dando ao doutor mais um centímetro de espaço para respirar.

— Isso você nunca fez por mim — afirmou Kim e foi para a porta.

— Então a única explicação é que é uma questão de *graça,* certo? Boa-noite.

8 DE JULHO, NOITE

Depois de ser dispensada por Kim, Julia Malmros voltou para a Gamla stan para afogar as mágoas no seu lugar de sempre, o Engelen. A noite de verão estava quente e as mesas externas, ocupadas, então Malmros entrou no salão que estava quase vazio. Entre o balcão do bar e uma parede coberta de garrafas estava a bartender Petra olhando para o celular. Petra era alguns anos mais jovem do que Julia e trabalhava no Engelen desde quando Malmros começou a frequentar o local. Através de conversas mais longas e mais curtas durante os anos se tornaram, não amigas, mas colegas. Quando Julia se sentou ao balcão, Petra mostrou a tela e disse:

— Olha, que confusão.

O telefone apresentava uma reprise em câmera lenta do Ronaldo que claramente mostrava que levou um soco e ficou se contorcendo, como se alguém amputasse seu pé sem anestesia. Julia não sabia nada sobre futebol. Petra costumava falar de "La Liga", mas Malmros não sabia sequer se era sobre a Espanha ou a Itália. Pelo menos reconheceu o Ronaldo e acenou concordando. Petra deixou o telefone e perguntou o que poderia servir.

Julia estudou as prateleiras de bebidas com as variedades exibidas, principalmente single malt whisky. Malmros escolheu um Lagavulin de oito anos que sabia que seria como beber turfa queimada na forma líquida. Queria um trago de verdade. Enquanto Petra servia uma dose, perguntou:

— E de resto?

— Poderia estar melhor — respondeu Julia. — Mas vai indo.

A bebida no copo tinha um forte odor de álcool e quando Julia tomou um gole a língua se curvou diante do ataque de quase cinquenta por cento de álcool e sentiu o sabor de couro velho antes do sabor de turfa queimada aparecer. Exatamente do que precisava no momento.

Julia se inclinou sobre o balcão e se lembrou de que foi ali que durante o inverno havia conversado com Irma sobre a tempestade de sangue, a paixão acesa subitamente por Kim. Agora estava novamente sentada ali, afastada e indesejada pelo mesmo Ribbing. Malmros tomou mais um gole e balançou a cabeça.

Toma jeito agora.

Logo que o amor chegou com os dois pés na sua mente, Julia sabia que não seria fácil. Amar Kim era como amar o vento. Nunca se sabia de qual lado sopraria ou se sopraria afinal. Era apenas aceitar o que viesse, ficar feliz quando soprava até na tempestade e esperar com confiança durante a calmaria. Um brinde a isso.

— No que tá pensando? — perguntou Petra observando o pequeno sorriso de Julia. — Algo divertido?

Malmros apontou para a aliança no dedo da bartender.

— Há quanto tempo tá casada, Petra?

Petra endireitou as costas e respondeu com orgulho:

— Vinte e quatro anos no próximo outono.

— E nunca... teve dúvidas?

Petra esfregou a testa e sacudiu a mão como se secasse o suor.

— Puxa! Muitas vezes! Especialmente no início. Mas você sabe, os anos passam e como que... crescemos juntos. No fim é impossível pensar em outra coisa. Não sei se lembra, mas o Palle teve a próstata...

— Bolsa de caranguejo... lembro de você dizendo.

Petra sorriu.

— Exatamente. Mas teve um período bastante longo quando ele sentia muita dor. Tomava analgésicos e se sentia miserável. Primeiro achei irritante como dava voltas e se lamentava, e sabe, nenhuma relação, se é que me entende.

— Entendo.

— Humm. Mas sabe, com o tempo, depois de alguns meses, virou como uma... penitência. Sim, o Palle tava um caco, mas era o *meu* caco e era minha obrigação ficar com ele. Minha *missão* talvez deveria dizer. Minha obrigação. Missão de vida, sim. Merda, o que tô dizendo.

— Eu quero ouvir. Continua.

Agora Petra parecia estar suando realmente e secou a testa com a manga da blusa. Julia nunca a ouvira falando desse jeito e talvez fosse a própria falta de hábito que a fazia suar. Secou as mãos no avental e disse:

— Seja como for, quando realmente entendemos, ficou muito mais fácil e realmente ficamos mais próximos do que nunca. Ficou mais profundo. E depois... sim, depois ele ficou bom e tudo funciona como sempre. E o sentimento continua.

— Um brinde a isso — disse Julia levantando o copo.

Petra voltou para seu jogo de futebol e enquanto Julia bebia pensava como tudo o que foi dito poderia se aplicar a ela. Seria sua *missão* amar Kim Ribbing independente do que ele dissesse ou fizesse? Talvez. Pelo menos não havia mais ninguém fazendo isso, pelo que Julia sabia, e toda pessoa deveria ter *alguém*. Então talvez. Pelo menos era um jeito de ver a coisa.

Não precisava afogar as tristezas porque realmente não eram tristezas. Julia colocou o copo vazio no balcão e pagou a conta.

— Abraços para o Palle — disse ela. — E obrigada pelo belo relato.

— Sim, sim — respondeu Petra. — Só não me obrigue a fazer isso de novo.

Em casa, no apartamento, Julia pegou pão, manteiga, queijo e presunto e preparou um *croque monsieur* que pretendia comer lendo Denise Mina. A rainha dos detetives escoceses era sua nova favorita. Acabara de se sentar na poltrona quando o telefone tocou. A tela indicava "Irma".

— Alô — respondeu Julia. — Como vai a youtuber?

— Espero que esteja brincando — disse Irma.

— Não, como assim?

— Um youtuber é uma pessoa que *fornece* material para o YouTube, não quem assiste. Não era você quem deveria ser mais *moderna?*

— Foi uma brincadeira.

— Hum, Será mesmo? Bem, os vídeos desse Schwarzkopf são um capítulo em si e falamos disso outro dia, mas encontrei uma pessoa interessante. Conhece um Jocke Bäckman?

— O nome parece conhecido, mas...

— Era o assessor de imprensa dos Suecos Verdadeiros exatamente quando subiram nas opiniões e foi um grande motivo do seu sucesso.

— Você disse *foi?*

— Sim, e por isso fica interessante. Ele caiu fora há um meio ano e desapareceu.

— E então você pensa...

— Sim, exatamente. Que aí tem alguém com visão que talvez queira contar. Se conseguir encontrá-lo, quero dizer. Ele deu uma entrevista para o Aftonbladet, então talvez por esse caminho.

— Você não teria possivelmente algum conhecido de um conhecido? Agora que começou a se movimentar nos círculos criminosos?

— O que tá imaginando realmente? — perguntou Irma.

— Encontros em túneis, estacionamentos? Nada disso. O tempo decide. Um pacote em uma caixa de correio e depois eu coloco um maço de cédulas. Tudo claro e resolvido. Nunca vi essa pessoa.

— Muito bom.

— O quê?

— Nada — respondeu Julia. — Uma *referência atual.*

— Pule na merda e terá pernas listradas. Um beijo pra você.

— Um beijo pra *você.*

O olhar de Julia ia do computador para o sanduíche quente. Não poderia parar a pesquisa esta noite nem por um momento. Tivera um dia bastante difícil e poderia relaxar um pouco. Deu uma mordida no sanduíche quente e pegou *Morte em Garnethill.* Estava fascinada pela personagem principal Maureen O'Donnell, uma jovem com uma infância terrível que passou uma parte da juventude em um hospital psiquiátrico e agora era acusada de um assassinato que não cometeu e que ela mesma deveria resolver. Será que lembrava alguma coisa?

8 DE JULHO, NOITE

A blusa preta com babados e bordados de pérolas da Filippa K custava 1.299 coroas na Boozt. Nenhum problema depois da cena na NK, então Astrid Helander informou os dados de sua conta e pagou. Depois clicou para exibir a blusa novamente na tela. O computador emprestado do seu tio era lento, então precisou esperar alguns segundos antes de a blusa aparecer.

Não parecia algo que alguém da idade de Astrid usaria, era mais apropriada para uma mulher mais velha, ou por que não para uma dama da corte dos anos 1700. Helander não planejara comprar nada, mas quando viu a blusa praticamente *gritando* para ela, atendeu ao chamado.

Havia algo estranho nos gostos e pensamentos de Astrid. Algumas vezes os amigos de seus pais diziam que era "uma alma velha em um corpo jovem" e Helander adotou isso, porque era exatamente como se sentia. Como se houvesse algo em seu interior que era mais velho do que ela mesma.

Quando pesquisou na rede, descobriu que o conceito era algo muito claro no estudo de reencarnação. Por exemplo, o taoismo considerava que a pessoa viveria cinco encarnações antes de ir para o cosmos. Principalmente durante a última encarnação, ela teria uma necessidade de compartilhar seus conhecimentos e tinha empatia com os outros mesmo sendo um pouco introvertida. Combinava perfeitamente com Astrid, que sempre ouvia que era um pouco antiquada, essa coisa de alma velha mesmo, como gostar de objetos e coisas dos tempos antigos. Coincide, coincide.

Consequentemente, Helander pensava realmente que havia passado por diversas reencarnações. Tinha algumas imagens que sempre retornavam. Por exemplo, se via deitada na neve com uma mulher vestida com uma crinolina se inclinando sobre ela. Claro que *poderia* vir da *Saga de Gösta Berling*, que era seu livro favorito, simplesmente, mas não acreditava nisso.

Em outra imagem repetida via suas mãos trabalhando em um campo de batatas. Astrid sabia que a ferramenta era uma "colhedeira", embora nunca tivesse ouvido a palavra e nem sequer a encontrasse na rede. Nunca colhera batatas.

Astrid dobrou o sétimo avião de papel da noite e jogou pela janela aberta na noite de verão. Conforme as ordens do tio, a "hora de deitar" seria às dez. Felizmente Helander não precisava ir para a cama tão cedo, mas sua porta deveria ficar fechada e Astrid não poderia ficar "levantada e correndo". Independente da idade de sua alma, Helander era tratada como uma criança de oito anos.

Ribbing dissera "depois de amanhã", mas Astrid pretendia testar sua sorte e ir até a casa já no dia seguinte. Não suportava os regulamentos do tio, tampouco sua voz séria. E suas ordens faziam Helander lembrar constantemente do funeral de seus pais. Não queria estar lá. Queria estar com Kim.

Provavelmente levaria tempo para Astrid superar completamente a perda de sua mãe e seu pai, seus companheiros de vida mais próximos, o sentimento vazio no seu coração e os arrepios que iam e vinham quando pensava que as aparições a observavam, mas tentaria superar.

Helander dobrou uma andorinha e foi até a janela de onde a jogou na escuridão e a viu ficando cada vez menor enquanto voava para o canal Karlberg. Amanhã ela também se jogaria, amanhã a vida começaria.

9 DE JULHO, MANHÃ

Adler guardou suas roupas de treino e o taco de hockey no armário. O jogo da manhã contra o time do departamento de TI, o "Crackerjacks", terminou com uma vitória de 6–4 para o time de Christof formado pelo pessoal do departamento criminal e que se chamava "Hockeyfrilla". O nome já existia quando Adler entrou para o time e ninguém sabia dizer como começara. Os dois times costumavam jogar uma partida por semana e em geral era o hockeyfrilla mais bem treinado que ganhava a partida. Christof treinava na academia duas vezes por semana.

Adler era considerado geralmente como uma pessoa estável, estável ao ponto de ser chato. Claro que havia alguma coisa interessante considerando que estava há seis anos com uma mulher seis anos mais velha, Cecilia, com uma filha de sete anos, Matilda. Christof não queria abandonar totalmente sua vida de jovem solteiro na cidade e morava em um apartamento de um quarto alugado na rua Inedal. Mas era fiel, é claro.

Adler estava bastante interessado em cozinhar, principalmente cozinha asiática, e era um mestre em cozinhar arroz para sushi. Cecilia e ele ocasionalmente montavam quebra-cabeças enormes ou assistiam séries na TV e faziam caminhadas. Como policial, Adler ainda se surpreendia com a capacidade das pessoas para tornar a vida difícil para si e para os outros. Tudo se resolvia simplesmente levando as coisas com calma e se permitindo ser feliz.

A única coisa que poderia ser considerada um pouco estranha em Christof Adler era seu grande interesse por fantasia em todas as formas. Havia lido *As crônicas de gelo e fogo* duas vezes e assistido a série de TV

Game of Thrones três vezes. Participava ativamente de um fórum na internet que discutia os detalhes mais obscuros da série e até escrevera um pouco de fan fiction. Ninguém na delegacia sabia disso.

Tudo começou quando, aos treze anos, Christof leu *O Senhor dos Anéis*. Entrar na realidade alternativa se tornou um vício após isso. Talvez sua estabilidade tenha aumentado por ter vivido uma parte de sua vida em realidades paralelas mais emocionantes. Também gostava de alguns jogos de TV, principalmente o Nintendo.

Christof passou pelo ambiente aberto do escritório acenando para alguns colegas e se sentou à mesa. Algum dia seria promovido a comissário assistente e teria a própria sala, mas por enquanto estava satisfeito onde estava.

Antes de Christof participar do grupo de investigação do assassinato na ilha Knekt, estivera no serviço externo no departamento de intervenções durante algumas semanas, ou seja, trabalho de campo. Ainda tinha alguns relatórios sobre os trabalhos desde furtos de residências até cultivo de cannabis e começou seu trabalho com uma cabeça que parecia fria após a atividade física da manhã.

Christof começou a preparar um relatório formal baseado em suas anotações do furto na residência quando o telefone tocou. Era Wilmer Syd, que especificamente pediu para falar com Adler. A voz do homem soava estridente e melancólica quando disse:

— O doutor Rudbeck não está na Tailândia.

— Todas as indicações são nesse sentido.

— Não sei quais poderiam ser essas *indicações* — disse Wilmer Syd com um toque de ironia na voz, — mas agora sei que não é bem o caso.

— E como sabe disso? — perguntou Christof, que apesar de sua serenidade, ficou irritado com o tom de superioridade do homem.

— Porque eu liguei.

— Ah, é? Foi tudo bem?

— Teria sido bom se Martin Rudbeck tivesse respondido, mas não foi ele.

— Agora precisa explicar melhor.

Wilmer Syd suspirou, como se tudo já devesse ficar óbvio com o que contara, mas continuou.

— O homem que respondeu encontrou um telefone descarregado na sua bolsa e colocou para carregar. Estava carregando há algum tempo quando eu liguei.

— E qual é a relação desse homem com o doutor Rudbeck?

— Você não está ouvindo o que estou dizendo? Nenhuma relação! Mas de alguma forma, o telefone do Martin, ou seja, do doutor Rudbeck, acabou na bolsa de viagem dele.

— Como aconteceu isso?

— Eu não sei de nada! É um caso a ser resolvido pela polícia. E tem mais uma coisa. Quando esse homem foi fazer o check-in no seu hotel, descobriu também que estava com o *passaporte* do doutor Rudbeck.

— Não estou entendendo. Como conseguiu o passaporte?

Um silêncio no outro lado e quando Wilmer falou novamente, sua voz estava mais formal do que irônica.

— Eu poderia falar com um dos seus superiores?

— Não é necessário. Pode falar comigo.

— Parece que não entende a seriedade e eu prefiro falar com alguém que... quantos anos você tem?

— Não vem ao caso. Estou sentado aqui agora falando com você. Se achar necessário, levo o caso para o meu *superior*, mas por enquanto você fala comigo.

Christof Adler acenou para si mesmo. Assim que se fala. Mesmo no campo havia pessoas que questionavam a competência de Christof considerando sua pouca idade e era preciso fincar o pé rapidamente e esclarecer que um assistente não era um estagiário e sim um representante totalmente qualificado da agência policial. Wilmer Syd gemeu, mas cedeu.

— Sim, sim. Mas tente entender que alguém ou algumas pessoas *encenaram* isso para parecer que o Martin está na Tailândia.

— Mas na realidade...?

— Mas, meu caro! Ele foi raptado, sequestrado! Talvez assassinado!

— É um longo passo desde...

— Durante toda a vida — interrompeu Wilmer Syd, — o doutor Rudbeck trabalhou reabilitando pessoas, principalmente jovens, com grandes distúrbios mentais, ou *variações de função* na linguagem atual. Como essas pessoas raramente entendem o que é melhor para elas, muitos criam um rancor, para não dizer *raiva*, contra quem os tratou e sei de muitos que ameaçaram o Martin com as piores coisas durante os anos. Talvez alguém tenha adotado uma atitude.

— É um pouco cedo para concluir...

— Pode tirar as conclusões que quiser depois que você, ou alguma pessoa competente, investigar isso. O importante é que alguém ou algumas pessoas fizeram um grande esforço para criar uma pista falsa e isso é tão premeditado quanto alguma coisa pode ser.

Continuou a discussão com Wilmer Syd, e Christof Adler considerou que era a pessoa mais irritante que poderia existir. Mesmo assim não podia negar que tinha razão no assunto. *Era* muito estranho que o telefone do doutor tenha viajado junto com seu passaporte.

Depois que desligaram e Christof prometeu informar logo que soubesse mais alguma coisa, o assistente criminal ficou sentado por um tempo tamborilando com as mãos na mesa. Depois pegou o número de Rudbeck, pesquisou onde morava e começou a ligar para os vizinhos que constavam na lista.

O primeiro estava no trabalho e não sabia nada sobre o caso, mas já na segunda ligação conseguiu alguma coisa. Uma mulher chamada Elisabeth Svanström, que conforme o registro tinha oitenta e três anos, tinha informações a fornecer.

— Rudbeck? — perguntou ela depois que Christof informou o assunto. — Sim, ele mora aqui, costumamos conversar um pouco ocasionalmente e foi horrível aquilo sobre ele nos jornais. Uma pessoa correta em quem se pode confiar e me recuso a acreditar em uma palavra do que escreveram.

— Sim. Tem alguma ideia de onde ele se encontra?

— Deve estar no hospital, o coitado.

Adler levantou as sobrancelhas.

— E por que acha isso? Que ele tá no hospital?

— Bem, veio uma ambulância buscar ele aqui.

Algumas pessoas pensavam que todas as funções sociais eram associadas de alguma forma mística e que, por exemplo, a polícia e os hospitais sabiam tudo um do outro, o que não era verdade.

— Uma ambulância? — perguntou Christof e pegou seu bloco. — E quando foi isso?

— Deixe-me ver, foi... os dias têm uma tendência para se juntar quando estou aqui em casa... não foi ontem, porque... então eu... deve ter sido anteontem. Isso. Anteontem.

— Sete de julho, então. A que horas?

— Se você diz que anteontem foi dia sete, então que seja. Bem, a que horas? Eu havia levantado e esperava o café quando vi aquela ambulância na frente da casa, então deve ter sido... logo depois das oito.

— Oito da manhã, então?

Elisabeth Svanström começou a rir.

— Meu jovem, você acha que me levanto e faço café às oito horas *da noite?*

— Nunca se sabe. As pessoas são diferentes. Tem alguma ideia para qual hospital o levaram?

— Não, mas não deve ser tão difícil... Danderyd talvez, fica mais perto.

— Então devo agradecer pela informação. Pode ser que entre em contato novamente.

— Faça isso, sim. Não tenho muita coisa para fazer, é bom ter alguma novidade.

7 de julho, cerca de 08:00. Ambulância.

Christof bateu a caneta contra o bloco. Não seria inconcebível que o próprio Martin Rudbeck tenha preparado a distração. Digamos que foi levado de ambulância com alguma doença que não queria que ficasse conhecida. Que o homem que respondera seu telefone seria um conhecido que fazia um favor para o doutor. Mas eram especulações e não eram apropriadas neste estágio inicial.

Estágio, pensou Christof e balançou a cabeça. Como se fosse realmente uma investigação quando tudo parecia muito simples. Mas havia o detalhe do passaporte, seria um pouco mais difícil de explicar. Talvez tenha ocorrido algum tipo de mal entendido.

Adler ligou para Danderyd e depois de uma ligação de controle foi informado por admissões que, sim, Martin Rudbeck estava no hospital. No isolamento, na seção de infecções, para ser mais preciso. Quando Christof pediu mais informações disseram que não poderiam informar devido ao sigilo do paciente, desde que não fossem significativas para uma investigação criminal, e Christof não poderia afirmar que seriam. Agradeceu e desligou.

Esse caso da seção de infecções casava com sua hipótese. Havia algo vergonhoso nas doenças infecciosas que eram tão sérias que exigiam uma quarentena. Como algumas pessoas que iam para a cadeia, talvez seria melhor dizer que estava em uma longa viagem.

Adler pegou o telefone para ligar para Wilmer Syd. Não queria ouvir novamente aquela voz estridente, mas pelo menos seria bom domesticar um pouco o pequeno animal.

7 DE JULHO, MANHÃ

O primeiro passo de Kim Ribbing para o que seria o sequestro de Martin Rudbeck foi assegurar os equipamentos através do Moebius. Depois se sentou para ler o Facebook. Depois de obter uma lista de motoristas de ambulância que trabalhavam em Danderyd, estudou seus percursos.

O que Kim considerava uma tendência totalmente incompreensível das pessoas publicarem fotos do que comiam nas redes sociais também se aplicava a alguns motoristas de ambulância. Concentrou-se nos que trabalhavam pela manhã e não tomavam o desjejum em casa. Depois de ver dezenas de gatos, crianças, pôr do sol, livros e flores de uma vintena de pessoas finalmente encontrou um Kenneth Klint que tinha o hábito de trabalhar à noite e depois que deixava seu colega, tomava o café da manhã na Espresso House, no Mörby Centrum, antes de voltar para Danderyd. Isso foi comprovado por diversas fotos de sanduíches e cappuccinos com espuma em formato de coração.

A proteção do sistema de Danderyd estava relativamente atualizada. Kim fez algumas alterações no código fonte do *John the Ripper* que permitiram ao programa usar todo o poder do processador para um ataque de *força bruta* contra as informações de login de um dos empregados da recepção enquanto Kim usava seu computador reserva para pesquisar no Facebook.

O John levou muitas horas para descobrir uma senha relativamente complicada e enquanto isso o MacBook Air de Kim teve um problema. O computador trabalhava constantemente e os ventiladores funcionavam o tempo todo. Foi sobrecarregado, esgotado e nunca mais seria o mesmo. *Merda*. Deveria ter emprestado o poder de processador do Moebius.

Mas agora estava feito. Pelo menos conseguiu entrar. Kim estudou alguns prontuários para ver como eram redigidos antes de usar um formulário em branco e preencher com os dados de Rudbeck. Quando precisou informar qual doença perigosa e contagiosa afetava o doutor, Kim, num acesso de frivolidade, selecionou ebola.

A forma como o doutor adquirira essa doença tão rara na Suécia os faria coçar a cabeça, mas o ebola assegurava quarentena total e portanto havia pouco risco de alguém verificar. Para garantir a segurança, Kim enfatizou em "Observações especiais" que o paciente deveria ser mantido em isolamento total e o pessoal deveria adotar os cuidados mais rigorosos no caso de contato. Capuzes e visores duplos. Roupas impermeáveis. Luvas longas. Nada divertido para o Rudbeck fictício que seria tratado por astronautas. Kim preparou o formulário e salvou para ficar pronto quando chegasse o momento de "internar" o doutor.

Sete horas da manhã no dia sete de julho, Ribbing colocou as coisas que precisava no bagageiro da Honda. A única coisa que não cabia era um cano de setenta centímetros que amarrou ao longo da moto. Levantou o rosto para o sol que subia sobre o topo das árvores, colocou o capacete e partiu para o Mörby Centrum.

Enquanto cruzava entre os veículos na E18, onde começava o engarrafamento da manhã, repassou os detalhes do que deveria fazer durante as próximas horas. Os melhores planos eram sempre os mais simples, mas infelizmente não podia afirmar que seu plano pertencia a essa categoria, mesmo tendo uma certa elegância.

Conforme a experiência de Kim, um planejamento deveria ter no máximo dois momentos de incerteza, mas o que deveria realizar agora tinha pelo menos três. Mas mesmo se falhasse tinha certeza de que seu envolvimento não seria conhecido de modo que sempre existia a possibilidade de tentar novamente. De alguma forma o doutor acabaria sob o poder de Ribbing, assim havia decidido. Eram oito horas quando Kim estacionou a motocicleta na frente do centro e ficou parado vigiando a entrada.

Cinco para as oito, uma ambulância entrou no estacionamento a uma distância de cinquenta metros e Kenneth Klint desceu. Era afinal de contas uma pessoa de hábitos fixos. Agora vinha a primeira incerteza. O bloqueador de sinal na mão de Kim não era maior do que uma chave de carro ordinária e quando apertou o botão acendeu uma luz azul.

O fato de Kenneth Klint ser uma pessoa de hábitos fixos poderia ser considerado como uma vantagem nesse contexto. As pessoas de hábitos bem definidos sempre presumem que tudo está como costuma estar. O homem deu alguns passos para longe da ambulância enquanto procurava no bolso, pegou a chave e trancou sem verificar se a ambulância realmente fora trancada, afinal de contas isso *sempre* acontecia. Mas não hoje, porque o bloqueador de Ribbing interrompeu o sinal.

Se Kenneth verificasse se o carro foi trancado, Kim tinha um plano alternativo e a eletrônica exigida para clonar sua chave, mas demoraria mais e seria menos seguro. Kenneth foi para a entrada e Ribbing deu uma volta para chegar à ambulância. Calçou um par de luvas descartáveis antes de abrir a porta e se sentar ao volante.

Estudara o modelo do carro durante a noite e sabia que a porta OBD ficava sob o volante. Normalmente era usada para conectar ferramentas de diagnóstico nas oficinas para verificar o sistema eletrônico. Agora Kim conectou um scanner OBD para descobrir o código de bloqueio do carro. O ladrões de carros mais habilidosos podiam fazer isso em vinte segundos, mas Ribbing não estava acostumado com os menus, então levou uns cinco minutos antes de conseguir partir o motor.

Para evitar mexer logo nos equipamentos da ambulância, trouxe o próprio gorro cirúrgico e uma máscara que pegou na mochila e colocou no rosto. Finalmente um par de óculos escuros para o caso de encontrar alguma câmera de tráfego.

Kim assumiu que o carro teria um rastreador de GPS de modo que a central poderia controlar onde estava, o que não era nada bom para seus objetivos. Na tomada para cigarros, conectou um bloqueador projetado especialmente para bloquear os sinais de GPS permitido somente para uso militar. Mas isso poderia ser considerado como uma *guerra?*

Ajustou o banco para sua altura, depois saiu do estacionamento e foi para a Täby.

Kim dirigira alguns quilômetros na E18 quando olhou para si mesmo. Estava sentado ali como o *homem invisível* dirigindo uma ambulância. Há pouco mais de uma semana se jogara de uma plataforma de petróleo com a ajuda de apenas um bote de borracha para amortecer a queda. Teria uma necessidade doentia de se divertir ou seria como diziam alguns: tinha alguma coisa errada na cabeça?

Tinha grande capacidade de aprendizado e concentração. Provavelmente aí estava o segredo. Quando Kim preparou seu plano para sequestrar o Martin, verificou e testou cada momento e detalhe com grande concentração sem realmente considerar a *integridade*, aquela coisa que faria uma pessoa pensar: *Mas o que diabos estou fazendo?*

Ribbing bateu as mãos no volante, suspirou através da máscara e se questionou: *Que diabos tô fazendo?*

Na verdade sabia que tudo o que parecia estranho era devido a sua capacidade de pensar fora da caixa. Os sequestradores comuns davam um golpe na cabeça e jogavam a vítima em uma caminhonete, simplesmente.

O problema era que esses sequestradores frequentemente são pegos, e Kim não pretendia ter esse destino. Além disso, queria criar um atraso de alguns dias. Sua intenção seria libertar o doutor antes que alguém percebesse que havia desaparecido. Isso exigia métodos não convencionais e agora estava sentado em uma ambulância com máscara e tudo. Nada estranho.

O doutor Rudbeck era o último fio solto do passado de Kim que ainda não compreendera e isso o irritava e incitava.

Quando tudo acabasse poderia... sim, poderia o quê? Na verdade, poderia simplesmente ficar deitado em uma praia pelo resto da vida, como fizera em Cuba, mas previa que assim, mais cedo ou mais tarde, ficaria maluco. Deveria aprender a cozinhar ou mergulhar de verdade. Atualizar seus conhecimentos de programação. Ou alguma coisa. Poderia deixar essa questão para mais tarde.

Quando as fachadas bem cuidadas de Grindtorp apareceram ao longo da E18, Kim virou para Täby e continuou para a estrada Lie onde ficava a vila vermelha com cantos brancos de Martin entre os conjuntos esparsos de casas. Kim havia passado pela rua com a ajuda do Google Maps. Havia vizinhos, mas não muitos, e a visão da casa era escondida por uma cerca viva. Não era perfeito, mas também não era tão ruim.

Kim parou no estacionamento, na frente do clube de tênis Ellagård, alguns metros distante da casa. Procurou e encontrou a alavanca que destrancava as portas traseiras da ambulância, depois tirou os óculos escuros, saiu e deu uma volta. Havia um detalhe no equipamento que deveria ser controlado. Antes de entrar na ambulância verificou se não havia ninguém por perto, depois vestiu um macacão descartável de plástico branco. Um pacote de três na Byggmax por noventa e nove coroas, conforme encontrado. Poderia ter deixado alguma fibra na cabine, mas tinha a intenção de se livrar das roupas que estava usando. Abriu as portas traseiras da ambulância e entrou.

Verificara antecipadamente quais equipamentos eram padrão em uma ambulância para não ter surpresas. O único que o surpreendeu foi como era *espaçoso*, como se a ambulância fosse maior no interior do que no exterior. Kim foi até a parede mais distante e verificou o respirador. Pesquisara isso também, mas queria se certificar de que poderia usar de forma prática. Quando ficou satisfeito saiu do espaço e fechou as portas.

Tirou uma caneta hidrográfica grossa e com alguns traços simples mudou o número da ambulância de FGH 371 para EGH 874. Não sabia se as câmeras da estrada estavam programadas para soar um alarme automático ao verem um veículo procurado, mas era bastante possível. Guardou a caneta e voltou para a cabine.

Uma gota de suor escorreu pelo canto do seu olho. Ainda estava bastante fresco antes das oito horas da manhã, mas o macacão de plástico não respirava e as luvas, gorro e máscara o faziam sentir preso. Mesmo assim colocou novamente os óculos escuros porque as pessoas poderiam ter câmeras de vigilância em casa. Não era fácil manter o anonimato nesses dias.

Quando saiu do estacionamento, um menino de talvez uns doze anos vinha para as quadras de tênis com sua raquete em um estojo. Parou com a boca aberta quando viu a figura de Kim ao volante. Ribbing acenou e depois de alguns segundos o menino acenou de volta. Kim continuou rumo à estrada Lie.

Estacionou na frente da vila às dez para as oito. Estudando os movimentos de Rudbeck através da câmera da sua TV, Kim descobriu que ele costumava sair de casa às oito horas e ficar fora uma meia hora, provavelmente fazia uma caminhada matinal.

Kim ajustou o local da ambulância de modo a ter a visão livre da porta e da entrada. Depois abriu um pouco a janela e pegou o tubo de metal marca Teledart e no bocal colocou uma ampola com tetrodoxina, um agente nervoso extraído do baiacu. A ampola era uma pequena seringa com aplicador e pressão negativa. Quando encontrava seu alvo aplicava seu conteúdo através da agulha. Normalmente era usada para adormecer animais de forma mais literal do que o doutor Rudbeck.

Isso também não era convencional e pertencia à categoria de *o que eu tô fazendo?* Mas Kim havia pensado bastante no assunto. Durante o processo, Rudbeck entre outros problemas citou seu coração fraco. Ribbing não sabia se era verdade, mas não queria assumir nenhum risco, portanto um *taser* estava fora de questão porque um choque elétrico tão forte poderia enviar o doutor direto para o inferno antecipadamente.

Kim também não queria chegar muito perto dele. Depois de muitos anos de trabalho malicioso, o doutor tinha outros inimigos além de Ribbing e através da câmera de TV certa vez o vira limpando uma pistola. Talvez o doutor a levava consigo quando saía.

Kim precisava derrubar Rudbeck rapidamente e à distância sem o risco de provocar sua morte. Finalmente só restou a zarabatana que Moebius providenciara sem fazer perguntas. Mas havia *um* problema com a tetrodoxina e por isso Ribbing verificou se saberia usar o respirador.

Faltando cinco segundos para as oito a porta da vila abriu e Rudbeck saiu. O caminho pelo jardim ia na diagonal para o portão e ele não percebeu a ambulância. Usava jeans claros e uma camisa branca de manga curta. Kim pensou se estaria com a pistola e onde a poderia esconder neste caso.

Kim sentiu a garganta apertada com a raiva acumulada durante anos. O doutor havia deixado o cabelo ondulado crescer e raspado o pequeno cavanhaque patético que o fazia parecer uma paródia de um psiquiatra. Ele *era* uma paródia de um psiquiatra e Ribbing o odiava com todo seu coração infantil.

Kim recuperou o controle, apertou os dentes e aspirou o ar antes de colocar os lábios ao redor do bocal. Quando o doutor virou para trancar a porta, Ribbing soprou a zarabatana e a ampola de veneno voou para o alvo. Kim tinha um campo de tiro no porão de sua casa e havia treinado até conseguir acertar uma caixa de fósforos a uma distância de oito metros, portanto não teve dificuldade para acertar a bunda avantajada do doutor.

A agulha acertou sua nádega direita. O doutor pulou como se tivesse sido picado por uma vespa e se contorceu para verificar. Quando viu a ampola pendurada na calça, franziu as sobrancelhas e olhou ao redor. Durante alguns segundos seus olhos encontraram os de Kim. Talvez o tenha reconhecido atrás da máscara, talvez não. Em todo caso, ficou com pressa para virar para a porta e abrir o trinco.

Merda.

Ribbing soltou a zarabatana e apertou o volante. Para não arriscar parar totalmente a respiração contentara-se com uma dose de um centésimo de grama, o que em teoria mataria um cão maior, mas apenas paralisava uma pessoa. Em teoria. Na prática a torcida ainda estava esperando.

Não havia um plano B além de encontrar outro plano mais tarde se este não funcionasse. O doutor conseguiu pegar a chave e abriu a porta, ainda com as penas laranja da ampola penduradas na nádega. Kim cerrou os dentes. Se o médico conseguisse entrar e trancar a porta poderia estar preparando a própria morte quando o veneno agisse. Seria *uma* forma de resolver o problema de sua existência na terra, mas não seria o que Kim desejava.

Mas agora aconteceu alguma coisa. Antes que o doutor conseguisse entrar na vila, se apoiou na porta e sua cabeça caiu. Cambaleou enquanto seu corpo começava a cair e perdeu o contato com a porta e caiu no corredor.

Rápido, agora.

Ribbing saiu da ambulância e correu ao seu redor, abriu as portas de trás e puxou a maca para a rua. Dobrou as pernas, pegou a alça e foi de costas para o portão com a maca rolando atrás. Viu um rosto pálido em uma janela na casa em frente atrás de uma cortina. Nada a fazer. Pelo menos estava de máscara.

Kim abriu o portão e entrou no jardim com as rodas da maca pulando e rangendo nas placas de pedra. Além da aparente legitimidade da ambulância, a maca era um bônus extra. Kim não acreditava que teria conseguido carregar o Rudbeck desde a casa até a rua e para um carro esperando, e nesse tempo o rosto na janela já teria ligado para a polícia. *Tem alguém carregando uma pessoa aqui, deve ter alguma coisa errada, não é?*

Mas agora tinha a maca, mais um pouco de sorte. Os degraus da escada de entrada permitiram que Ribbing ajustasse a maca para ficar nivelada com o piso. Travou as rodas e subiu os degraus. Martin estava deitado de barriga para baixo com o rosto contra um tapete. Kim entrou na casa e passou alguns minutos se preparando para o futuro, depois voltou para Rudbeck. Ribbing pegou seus ombros e o virou de costas. Encontrou um par de olhos arregalados e acusadores.

— Olá, Martin — disse Kim levantando os óculos escuros e baixando a máscara para mostrar seu rosto. — Agora vamos dar uma volta.

A tetrodoxina tinha um efeito de paralisia total, mas o envenenado não desmaiava, então Rudbeck estava totalmente consciente do que acontecia com ele, mas incapaz de fazer alguma coisa a respeito. O macacão de plástico rangia quando Kim se inclinou e ouviu sua respiração. Era muito fraca e irregular e os lábios do doutor já começavam a ficar azulados. Não havia tempo a perder.

Até mesmo o tapete onde o doutor estava deitado era um bônus inesperado. Kim pegou o canto do tapete e arrastou o doutor para o primeiro degrau. Ouviu um barulho quando a cabeça do doutor caiu do degrau e bateu no terraço de madeira e ele soltou um gemido.

— Desculpe — disse Kim. — Mas estamos com um pouco de pressa, você sabe.

O doutor quase tombou com a maca, mas Ribbing conseguiu segurá-lo, com alguma dificuldade. Não quis arriscar prender a correia sobre o peito do doutor com o risco de prejudicar ainda mais a respiração, então Kim o deixou como estava antes de subir, trancar a porta e pegar as chaves.

— Assim — disse Kim empurrando a maca para frente do portão aberto. — Foi quase tão divertido quanto antigamente, não foi?

O doutor não tinha fôlego para responder, apenas continuava olhando acusadoramente para Kim enquanto ele o levava para a rua. Soltou a maca do suporte e usou os trilhos para empurrar para dentro da ambulância, depois entrou e fechou as portas.

O rosto de Rudbeck ficava cada vez mais vermelho enquanto tentava aspirar um mínimo de ar. Kim soltou a máscara de oxigênio e colocou sobre seu rosto enquanto ligava o respirador. Os foles subiam e desciam com um apito e o movimento era transferido para o peito de Martin.

— Tá vendo — disse Kim. — Não quero matar você, isso pode ser um alívio? Veremos...

Kim não sabia exatamente quanto durava o efeito da tetrodoxina e não levara nada para prender o doutor, mas deveria haver alguma coisa útil na ambulância. Dito e feito. Em uma gaveta, Ribbing encontrou um rolo de gaze que cortou em longas tiras com uma tesoura cirúrgica. Enquanto prendia as mãos e os pés do doutor na maca, ele disse:

— Entendo que pode ser desconfortável, mas acredite: vai ficar pior mais tarde. Sim, mas vamos embora agora. Nos veremos daqui a pouco.

Kim saiu da ambulância e fechou as portas com um estrondo. Quando olhou para o outro lado da rua, viu o rosto pálido ainda olhando atrás das cortinas. Ribbing sorriu atrás da máscara e levantou o polegar.

9 DE JULHO, MANHÃ

Exatamente às dez horas e ao mesmo tempo quando Christof Adler ligou para Wilmer Syd, Julia Malmros estava na esquina das ruas Tunnel e Svea. Havia uma rosa murcha solitária sobre a placa de bronze que dizia "Neste local foi assassinado o primeiro ministro da Suécia, Olof Palme em 28 de fevereiro de 1986."

Um local um pouco estranho para um encontro, mas a pessoa que Julia deveria encontrar também era estranha. Jocke Bäckman foi assessor de imprensa dos Suecos Verdadeiros durante pouco mais de um ano, até que há meio ano desistiu e desapareceu. Um conhecido de Malmros no Aftonbladet conseguiu encontrá-lo para uma entrevista relutante e indefinida. O jornalista ainda tinha as informações de contato de Jocke Bäckman e as havia compartilhado.

Como muitos entre os Suecos Verdadeiros, Bäckman tinha um passado criminal e começou sua carreira como um falsário e fraudador. Como de certa forma era impossível fazer boas cópias das cédulas atuais, Jocke se contentava em fazer cópias *meio decentes* que depois vendia por um quinto do seu "valor" para pessoas crédulas. Quando ficava claro que as cédulas eram imprestáveis, os compradores não procuravam a polícia.

— Olha, comprei cédulas falsas e fui enganado.

Era menos a qualidade das cédulas do que o charme e a capacidade de convencer do Jocke que fazia as pessoas caírem no conto do vigário. Finalmente algumas pessoas foram presas pela polícia quando tentaram passar as cédulas de Jocke e o deduraram, de modo que acabou na cadeia por dois anos. Aproveitou o tempo para estudar ciência da comunicação e quando foi solto seus conhecimentos e sua personalidade o tornaram o candidato perfeito para a assessoria de imprensa dos Suecos Verdadeiros. Durante esse tempo o partido subiu bastante na opinião pública e nunca ficou claro porque ele havia desistido.

Quando Jocke Bäckman veio da praça Höt para a estação do metrô, Julia não o reconheceu. Apesar do calor, tinha as mãos enfiadas nos bolsos de uma jaqueta de aviador, cultivara uma barba e usava óculos escuros. Somente quando chegou perto de Malmros e reconheceu sua identidade com um aceno breve, Julia entendeu que era ele.

Quando Malmros ligou e explicou seu assunto, Jocke não queria o encontro, não queria "falar com mais alguns idiotas", como apresentou o assunto. Julia explicou que não se tratava de uma entrevista, apenas uma conversa sobre a pesquisa para um romance.

O nome de Jocke nunca seria citado e poderia pagar cinco mil pelo incômodo.

Houve um longo silêncio, até que Jocke disse:

— Não tenho tanta coisa pra contar.

— Pode deixar que eu decido sobre isso.

Finalmente entre suspiros e gemidos Jocke concordou com o encontro, mas apenas por curto tempo e agora parecia uma versão um pouco menos desprezível de Joaquin Phoenix em *Eu ainda estou aqui*.

— Jocke? — perguntou Julia e estendeu a mão.

Jocke Bäckman manteve as mãos nos bolsos, acenou com a cabeça para a direita.

— Vamos passar pela estação. Depois terminamos esta conversa.

Julia olhou para a direção indicada por Jocke e viu a entrada da estação de metrô Brunkeberg como uma abertura escura entre as fachadas ensolaradas. Julia sabia que a estação existia, mas apesar de morar toda sua vida em Estocolmo nunca havia passado por lá. Sem esperar a resposta, Jocke foi para a passagem de mais de cem anos entre Norrmalm e Östermalm. Julia começou.

— Por que você desistiu? — perguntou Julia.

— Motivos pessoais.

— Não é bem uma resposta.

— É a única resposta que posso dar — Jocke respirou fundo, algo que parecia um hábito, e continuou. — Bem, então. Achei que como assessor de imprensa não tinha uma visão muito boa do que deveria informar.

— Por exemplo?

— O partido, naturalmente. De que mais estamos falando aqui?

— Quando diz que não tinha uma boa visão, quer dizer ideologicamente, na prática...?

— Tudo. Não fazia a menor ideia.

Chegaram à entrada da estação e cada um abriu sua porta. A temperatura caiu alguns graus. A estação não era tão escura como parecia por fora. Chapas verdes cobriam as paredes arredondadas e lâmpadas fracas iluminavam o teto branco. Depois de darem alguns passos parecia que a perspectiva mudava e Julia achou que estava em um grande campo verde. Depois a sensação desapareceu e virou para Jocke.

— Quem são os que possuem a visão que você mesmo não tinha?

— Existe um círculo interno. O próprio Claes-Göran claro, e mais umas três – quatro pessoas.

— Você tem algum nome?

Jocke aspirou o ar pelo nariz.

— Você mesma pode descobrir isso. Os nomes podem ser esquecidos, eu não sou nenhum...

Jocke deixou o significado não mencionado desaparecer na estação mal iluminada. *Alcaguetes não têm amigos*, não, mas algo dizia para Julia que o conhecimento de Jocke Bäckman era limitado em qualquer caso.

— Se estou entendendo bem — disse Julia, — você parece indicar que o partido tem uma agenda diferente do que pretende mostrar publicamente?

— Eu não pareço indicar. É assim. Quando nos reuníamos... nunca se falava sobre o que faríamos, apenas como as coisas seriam *apresentadas*, qual história seria vendida se posso dizer assim. E frequentemente eu era responsável por vender essa história, apesar de saber que era só besteira.

— Mas o que querem realmente, então?

— Como disse. Eu não sei.

— Nenhuma ideia?

— Não. Mas posso garantir que é algo muito pior do que a visão apresentada publicamente. Isso é tudo o que posso dizer.

Ouviram uma buzina de bicicleta e Jocke deu um pulo. Dava uma impressão nervosa constantemente e Julia assumiu que os Suecos Verdadeiros tal como as organizações criminosas não apreciavam aqueles que *se apresentavam na imprensa*. Um míssil na forma de um ciclista com roupas apertadas passou por eles e continuou pelo túnel estreito da estação.

— Como assessor de imprensa — perguntou Julia, — tinha algum contato com Birk Hamberg?

— Como assim?

— Pensei como ele é responsável pela impressão do material para a imprensa e folhetos e coisas assim. Se você era o assessor de imprensa... aliás é verdade que ele é chamado de Bimbo?

Pela primeira vez apareceu um sorriso fraco nos lábios do Jocke Bäckman.

— Só não deixa ele ouvir isso.

— Não. E?

Bäckman apertou os lábios e enfiou as mãos mais fundo nos bolsos. Balançou a cabeça e não disse nada. Haviam chegado à metade da estação onde havia apenas algumas pessoas. Era algo opressivo ficar dentro de uma montanha naquele dia claro de verão e Jocke Bäckman afundava como se tivesse um peso sobre a cabeça que realmente apertava seus ombros. Julia percebeu que estava na companhia de uma pessoa muito infeliz.

— Eu sei — disse Julia — que o Birk é primo do Dennis Hamberg, que é presidente do Apóstatas e pensei...

Jocke olhou por cima do ombro e abaixou a voz dizendo:

— Se eu fosse você tomaria um cuidado *dos diabos* com essa informação, se tiver amor por sua saúde. Escave isso e terminará enterrada. Eu ouvi coisas. E não vou dizer mais nada.

Estava claro que a atitude de Bäckman e sua expressão corporal com a última afirmação eram definitivas, então Julia mudou de assunto.

— Claes-Göran Schwarzkopf, então? O que você acha dele?

— Duas caras.

— Desculpe?

— Ele é como o partido. Um rosto que apresenta nas luzes dos holofotes e outro que... bem, não sei como o apresenta. Mas está lá. Isso eu sei.

— Em que você se baseia?

— Conhecimento de pessoas. Não pode ser um bom vigarista se não sabe ler as pessoas, e eu prometo: esse aí é um esquizofrênico.

Julia não quis dizer que Jocke não era um vigarista tão bom já que foi até lá. Estavam chegando ao final da estação, na rua Birger Jarl, e logo a conversa terminaria.

— A maior parte do que falou são apenas insinuações e especulações e não acho que vale cinco mil.

Foi uma aposta. Algumas migalhas apareceram durante a conversa e se por nada mais, Julia recebera a confirmação do que já pensava: havia algo muito podre nos Suecos Verdadeiros.

Quando chegaram às portas, Jocke parou, olhou para a rua e ao longo da estação antes de dizer:

— Ok. Assim então. Estive na gráfica uma vez, deveria pegar algumas... merdas. Mas quando cheguei a porta estava aberta e lá estavam... — Jocke olhou ao redor mais uma vez antes de continuar — ...o Dennis Hamberg e o Claes-Göran Schwarzkopf. Discutiam alguma coisa. Quando me viram, o Hamberg fechou a porta depois de me olhar como indicando o que aconteceria comigo se fizesse o que tô fazendo agora.

— Entendo — disse Julia. — Eu não descobri isso através de você.

— Você não ouviu *nada* da minha boca — disse Jocke Bäckman e saiu pela porta. — Pode guardar seu dinheiro, tem meu telefone. Fique à vontade para apagá-lo depois.

Julia ficou parada por um momento e viu a figura atarracada de Jocke Bäckman desaparecer na rua Birger Jarl e virar para a praça Sture. Julia pegou seu telefone, selecionou uma foto de Claes-Göran Schwarzkopf e ampliou seus olhos para encontrar alguma indicação de que o homem seria um *esquizofrênico*.

— Que tipo de figura você é realmente? — murmurou Julia para a tela. — Com certeza vamos descobrir.

Claes-Göran Schwarzkopf começou como comediante de stand-up e foi relativamente bem-sucedido. Muitas de suas rotinas envolviam a manipulação de pessoas de outras culturas. Com uma margem muito fina conseguia ficar do lado certo do limite, mas com a mudança das atitudes com os estrangeiros, acabou ficando do lado errado. As brincadeiras sobre as comidas da Somália que um ano antes eram recebidas com aplausos, agora enfrentavam um silêncio incômodo.

Claes-Göran tentou sair das dificuldades dizendo que na verdade estava apenas *brincando com os preconceitos das pessoas*, mas poucos acreditavam. Os preconceitos eram os dele mesmo, disfarçados de humor que já não era engraçado. O compromisso terminou e logo apenas as associações com uma forte agenda de xenofobia e/ou anti-imigração queriam contratá-lo. Lá poderia pelo menos divulgar a agenda adequadamente e ainda acrescentar um tom amargo contra o *sistema hipócrita e a elite cultural*.

Depois desapareceu das luzes dos holofotes durante um ano e ninguém sabia onde estava e o quando retornou foi na forma de youtuber. Seu canal chamava-se "Projeto: Suécia" e pretendia pesquisar o que realmente seria a cultura sueca. Claes-Göran caminhava pelas montanhas, atirava em um tronco, cantava canções de Evert Taube e ia para festas de lagostins. Mesmo as coisas menores como assar salsichão com purê em um grill Sibyl ou reuniões de sexta-feira com queijo eram exploradas.

Nada de racismo ou desprezo das outras culturas, tudo girava ao redor *dos suecos*. E mais importante que tudo: Claes-Göran era *engraçado*. Muitos riam quando Claes-Göran com musgo no nariz louvava o salsichão como o símbolo nacional ou dialogava com um arenque.

O canal conseguia mais seguidores e o responsável não era Claes-Göran Schwarzkopf e sim "Um sueco verdadeiro". Tinha até um blog sobre fenômenos suecos típicos, *Em que outro país levamos as crianças em carros blindados?*, e os posts eram sempre assinados por "Um sueco verdadeiro".

Quando Claes-Göran Schwarzkopf explicou que pensava fundar um partido político, o nome foi: Suecos Verdadeiros. Já existiam os finlandeses verdadeiros, então por que não os suecos? Um cômico como líder de partido não seria um problema, apenas olhem para o Beppe Grillo e o Movimento das Cinco Estrelas na Itália. Seguimos adiante a todo vapor!

Através do canal no YouTube que tinha mais de cem mil seguidores, Claes-Göran se consolidou como um Sueco Verdadeiro que ainda por cima conhecia a alma do povo sueco. Quando apresentava o programa do seu partido, como um mágico, puxava o pano escondido e mostrava o tigre sueco. Não se esconderia mais! Todos os fenômenos que Claes-Göran tentava entender no passado estavam *sob ataque* e ameaçados de desaparecer. E claro que os imigrantes eram os responsáveis pelo ataque.

Taticamente Claes-Göran começou marcando forte os Democratas Suecos. Haviam feito alguma coisa boa, mas sem perceber se tornaram parte do *sistema odiado* e balançavam entre a direita e a esquerda. *Imigração regulada?* A interrupção total era o único que funcionava! Em todo caso, se a Suécia que conhecíamos devesse continuar.

Claes-Göran explicava também que se havia algo que amava além da cultura sueca, era a natureza. Caminhou pelas florestas, remou no mar e subiu as montanhas. Se havia um canto mais escondido na alma sueca, esse cheirava a água do mar, agulhas de pinheiro e ar das montanhas. Os imigrantes queriam ter até esse canto para vandalizar.

Claes-Göran traçou uma curva mostrando como a população da Suécia e a destruição ambiental aumentariam se continuassem aceitando imigrantes. Era insustentável, vergonhoso como o sistema conspirava para quebrar a orgulhosa alma sueca e dominar.

E assim por diante.

A grande diferença entre Claes-Göran Schwarzkopf e os outros representantes xenófobos era que ele tinha carisma e humor. A diferença dos tempos de comediante de stand-up era que através das redes sociais podia atingir pessoas que compartilhavam seus pontos de vista e achavam engraçado quando ele chamava o jeito dos muçulmanos rezarem de "virar a bunda para Deus" ou que os afegãos penteavam seus cabelos com um cartucho 5-56.

Aos poucos aprendeu a moderar seus piores discursos, conseguiu mais seguidores, mas seu ponto de vista central continuava o mesmo: zero imigrantes. Idealmente os imigrantes já estabelecidos na Suécia estariam sujeitos a repatriamento ou isolamento alternativo. Os suecos simplesmente não se misturariam com eles. A integração não funcionou, então por que não tentar o oposto: isolamento.

Um dos conceitos mais populares de Claes-Göran Schwarzkopf era o ano zero. Este seria o ano zero e o fim da deformação estrangeira dos suecos. Claro que a pizza e o kebab poderiam – infelizmente – ser considerados integrados na cultura sueca, mas agora deviam parar! Agora mesmo! A partir deste zero nenhuma pessoa ou entidade estrangeira seria importada para a Suécia.

O futuro começava com Schwarzkopf e os Suecos Verdadeiros. O chamado "desenvolvimento" fora comprovado como uma destruição dos suecos. Vamos parar com esse movimento falso para frente e *voltar a todo vapor!*

9 DE JULHO, MANHÃ

Quando Astrid Helander desceu do ônibus em Gärdet e viu a torre Kaknäs na sua frente, teve um impulso de ir até lá e subir na torre. Nunca estivera lá. Quando estava no quinto ano, sua classe fez um passeio até a torre, mas justamente naquele dia Astrid estava doente. Quem era de Estocolmo tinha a obrigação de visitar pelo menos *uma* vez a torre Kaknäs! Embora talvez estivesse fechada agora! Bem, Astrid também nunca se banhou na fonte da praça Sergel e além disso percebeu que o impulso turístico que sentia era porque estava nervosa.

No dia anterior, Kim dissera *depois de amanhã* e Astrid não sabia o que pensaria se ela aparecesse um dia antes. Estava muito ansiosa para começar sua outra vida mais real. Não tinha ideia de como isso seria realizado, mas sabia que não a encontraria na casa do tio.

Colocou a bolsa no ombro e virou na via Lido. Os passarinhos cantavam nas árvores e o sol fazia sombras variadas no chão. Muito maravilhoso que Kim podia morar em um lugar assim, no meio da cidade. Astrid sabia o suficiente sobre os preços das residências para entender que ele deveria ter *realmente* muito dinheiro para comprar uma casa no bairro.

E então chega a casa. Helander ficou parada na frente do portão e olhou para a vila de dois andares com a fachada trabalhada e duas colunas ao lado da porta de entrada sustentando uma sacada com peitoril de ferro. Trinta milhões. Pelo menos. Segurou a maçaneta do portão e percebeu que estava trancado.

Merda.

Astrid observou o portão, mas não encontrou uma campainha ou um interfone. O mais razoável seria ligar para o celular de Kim, mas Astrid tinha receio de que ele diria para esperar até o dia seguinte. Apresentar um fato consumado para Kim seria a melhor chance, pensava Helander. Por outro lado, Astrid tinha a impressão de que Kim Ribbing não seria facilmente influenciado.

Seja como for, faria uma tentativa. Helander era pequena e esbelta e tinha uma cabeça proporcionalmente pequena, então segurou duas barras do portão e conseguiu enfiar a cabeça entre elas. *Sem retorno*. Deixou a bolsa escorregar do ombro e cair no chão, depois tirou a jaqueta fina. Contorcendo e virando-se, depois de alguns minutos, caiu no chão de cascalho com o peito dolorido.

A bolsa não passou, então dedicou mais cinco minutos para esvaziar a bolsa e puxar as coisas entre as barras. Finalmente conseguiu passar a bolsa onde colocou todas as coisas novamente. Levantou-se e colocou a bolsa no ombro. Ta-daa! Passou e se recuperou.

Sem pensar nos prós e contras, Astrid passou pelo caminho e subiu as escadas indo tocar a campainha. Se Kim não aparecesse e abrisse, Helander *não* tentaria entrar na casa. Algum limite deveria ter. Então se sentaria na escada e esperaria. Somente quando ouviu os passos lá dentro, Astrid ficou novamente muito nervosa. Percebeu que realmente havia invadido a propriedade.

A porta abriu. Kim usava apenas uma camiseta que chegava até os joelhos, com o texto "Anything you can do I can do bleeding" (Qualquer coisa que você pode fazer eu posso fazer sangrando). Arregalou os olhos quando viu Astrid dizendo valentemente:

— Oi.

— O que tá fazendo aqui? — perguntou Kim espantado. — Como entrou?

— Pelo portão.

Kim olhou para o portão por cima do ombro de Astrid.

— Tá trancado.

— Bem, literalmente *através do portão*.

Kim olhou para o corpo miúdo de Astrid e assentiu.

— Pode voltar amanhã. Tenho coisas a fazer.

— Tranquilo. Só ficarei no meu quarto.

— Não pode. Amanhã.

Quando Kim começou a fechar a porta, Astrid ficou logo com grandes lágrimas nos olhos. Era menos manipulação do que autossugestão. Exatamente como quando perdeu os óculos na NK, Astrid imaginava uma situação que era tão horrível que as lágrimas apareciam espontaneamente.

— Por favor, por favor — soluçava Astrid enquanto as lágrimas escorriam. — Eu não aguento. Não aguento ficar naquela casa. Ele é muito mau comigo.

Embora o tio fosse apenas rígido e um pouco frio, Helander conseguia se convencer de que ele era muito mau e ela sentia muita pena de si mesma.

Kim parou com a porta meio fechada e observou Astrid.

— O que ele faz?

— Ele só é muito mau — choramingou Astrid e secou o rosto. — O tempo todo.

Kim olhou para o chão por um momento antes de abrir a porta.

— Entra, então.

— Obrigada — disse Astrid.

Ela entrou na sala enquanto a figura do seu tio mudava de um demônio sorridente para uma pessoa normal. Acompanhando Kim subindo para o segundo andar, perguntou:

— Tem pão ou alguma coisa assim? Não tomei café da manhã.

— Pega o que quiser na geladeira. Pode fazer isso sempre.

— Ok. Obrigada.

— Uma coisa — disse Kim. — Para de dizer obrigada. Não suporto isso. Recebe alguma coisa, ou então não recebe. Não há motivo pra agradecer.

— Ok. Entendi.

— Ótimo.

Ribbing se sentou em uma poltrona e pegou seu telefone enquanto Astrid foi para a cozinha. Uma mesa de madeira encerada com quatro cadeiras, duas de aço e duas de plástico. Não parecia muito inteligente. Astrid abriu a geladeira, não tinha muito além de manteiga, queijo e... presunto. Astrid fez uma careta e abriu o congelador. Estava cheio de kebab e tortas com recheio de carne.

— Não deveria comprar essa merda — disse Astrid.

— Como?

— Eu disse que você não deveria comprar essa merda. A carne dessas tortas, sabe de onde vem?

— Eu não ligo.

Helander bateu a porta do congelador, foi para a sala e parou na frente de Kim com os braços cruzados sobre o peito.

— Diz que *não se importa* de onde vem isso? Sabe sobre essas fábricas diabólicas de animais?

— Vi seus vídeos, então faço uma ideia, sim.

— E mesmo assim não liga?

— Sim.

— Como é possível?

Kim deu de ombros.

— Simplesmente não ligo. São animais.

Um filtro vermelho apareceu na frente dos olhos de Astrid e quase chutou as pernas nuas de Kim, mas se controlou.

— *São animais?* Qual é a sua? Não entende nada?

Ribbing baixou o telefone e sorriu.

— Não, de acordo com algumas pessoas não entendo nada.

— De acordo comigo também, já que fala assim.

— É pegar ou largar.

Astrid apertou os punhos e se abraçou com força. Estava com tanta raiva que ardia, mesmo assim havia uma voz de razão dentro dela que dizia que talvez deveria ir com *calma* com Kim, ele a havia ajudado a sair de Vamlinge e fornecido um abrigo temporário, então cerrou os punhos, gritou:

— Aaaaah!

E foi para o quarto, bateu e trancou a porta.

9 DE JULHO, MANHÃ

Kim Ribbing ficou sentado na poltrona olhando para a porta que Astrid acabara de fechar. Já quando viu Helander saindo do seu quarto em Vamlinge, Kim pensara: *essa menina é esperta.* E não se enganara. Astrid tinha atitude. Talvez um pouco demais, apenas. No momento Kim estava sentado lá como um pai de adolescente que *não entendia nada*.

Bem. Isso não o afetava de forma alguma. Não tinha a intenção de tentar fazer as pazes com Astrid. A menina poderia manter sua atitude e seu desgosto pelo tempo que quisesse, isso não era um problema para Kim. Não se importava com os animais, era apenas um fato e não pretendia começar a se importar agora.

Exatamente antes de Helander chegar, Kim estivera no porão aliviando Martin Rudbeck. Também recebeu uma lata de ensopado de carne. Kim pensou com o que Astrid ficaria mais aborrecida. Por ter prendido o doutor ou por ter dado carne para comer? Provavelmente a última coisa.

Não conversaram muito. Kim ainda não havia processado aquilo de *ao domar você eu me domava*. Talvez fosse apenas alguma pseudo-psicologia que o doutor inventara para deixar Kim de bom humor, mas havia algo intrigante no pensamento. Que se tratava menos de sadismo do que um masoquismo distorcido. De qualquer jeito era um egoísmo de proporções clínicas torturar um garoto de quinze anos para satisfazer os próprios desvios. O homem era um idiota, mas de um jeito diferente do que Kim imaginara.

Ribbing vestiu a roupa de couro vermelho mais fina que não protegia totalmente em caso de acidente, mas era mais tolerável para usar no calor porque deixava passar o vento. Antes de sair bateu à porta de Astrid.

— Tô saindo agora. Ficarei fora algumas horas.

Primeiro pensou que a magoada Astrid não responderia nada, mas depois ouviu sua voz no quarto.

— O que vai fazer?

— Comprar um novo computador. Pode ficar com o meu velho, se quiser. Tá na mesa aqui. Tem algum problema, mas funciona. Aqui tem umas chaves pra você também.

— Guarda a nota.

— O que disse?

— Guarde a nota do computador novo, ou, não... manda para mim. No telefone.

Kim balançou a cabeça.

— E por quê?

— Pode fazer isso, simplesmente? Assim talvez deixe de ficar aborrecida com você.

— Pode ficar aborrecida comigo, se quiser. Mas ok, vou fazer isso.

— Bom.

Nenhum *obrigada* desta vez. Aprendia rápido, a menina. Kim desceu a escada, calçou as botas de motociclista e pegou o capacete. Quando desceu pelo caminho de cascalho foi obrigado a verificar o portão. Foi até ele e mediu a distância entre as barras com o olhar. Parecia totalmente impossível. Kim tentou enfiar a própria cabeça, mas não conseguiu passar.

Um bom truque.

Quando Kim se virou, viu Astrid parada na janela da cozinha olhando para ele. Kim fez um gesto com as mãos de *como assim?* e Astrid respondeu com um gesto com uma mão: *deixa pra lá.*

Quando Kim retornou com um MacBook Air novo mais ou menos uma hora depois, a porta do quarto de Astrid estava aberta e a menina não estava em casa. Ribbing desembalou o computador e começou a configurar com a ajuda da nuvem. Uma pequena janela informou que demoraria aproximadamente duas horas. Kim tinha alguns programas que exigiam muito espaço.

Deixou o computador adquirindo suas informações e foi para a cozinha. Kim não tinha hábitos alimentares regulares, comia somente quando sentia forme, como agora. Uma pizza feita com animais torturados cairia bem, então abriu o congelador.

Puta madre, como diria o Hector.

O congelador estava totalmente vazio. Até mesmo o pacote do presunto na geladeira havia desaparecido. Kim verificou a lata de lixo sob a pia e viu que o saco fora trocado recentemente. Astrid havia até feito o esforço de ir até a lixeira com a comida de Ribbing, *puta madre*.

Havia um bilhete na mesa da cozinha:

"Deixei o queijo, mas se soubesse algo sobre a indústria de laticínios, não o comeria. Ou talvez sim já que você é malvado ♥ Astrid."

Kim ficou parado olhando, aborrecido, para o bilhete durante alguns segundos. Depois riu e preparou um sanduíche de queijo.

9 DE JULHO, TARDE

Julia Malmros estava preocupada. Havia tocado três vezes a campainha de Irma Ryding sem que ninguém viesse abrir a porta. Ou a amiga havia *fumado* e saído para a cidade, ou então... Julia tinha dificuldade com a atitude despreocupada da amiga com a morte quando ela mesma não queria sequer pensar nisso. Então sentiu um grande alívio quando chamou o número de Irma e a amiga respondeu no terceiro toque.

— Onde você *tá?* — perguntou Julia.

— Em casa. Por quê?

— Porque eu tô na sua porta tocando e tocando. Por quê não vem abrir?

— Hum — respondeu Irma. — Aham. Já vou abrir.

Os arrastos e gemidos foram ouvidos do apartamento e Julia fez uma careta. Certa vez perguntara a Irma se não poderia ter uma chave da casa para que a mulher idosa não precisasse ir até a porta todas as vezes.

— Nunca na minha vida — respondera Irma. — Prefiro ficar deitada aqui e apodrecer com minha integridade intacta.

Malmros ficou com um nó na garganta e não retornou ao assunto.

A porta abriu e lá estava Irma de bom humor e com os olhos cansados. O medo que Julia sentira se transformou em forte ternura que a fez dizer:

— Idiota. Ficou surda?

— O quê?

— Eu disse...

— Brincadeira. Escuto muito bem, obrigada. Mas não quando tô com os fones de ouvido. E idiota é você, entra.

Quando Julia entrou no vestíbulo e tirou os sapatos, perguntou:

— Fones de ouvido?

— Sim. Aqui é barulhento e não quero que os vizinhos pensem... tô assistindo esse Schwarzkopf e não é divertido, posso dizer. Se pensarem que sou viciada não me importo, mas *isto*. Vou mostrar.

O computador estava aberto na mesa da sala com os fones de ouvido conectados. A tela mostrava Claes-Göran Schwarzkopf em um pequeno palco com um microfone na mão. Irma se sentou em um sofá de dois lugares e gesticulou para Julia se sentar ao seu lado enquanto perguntava:

— Você conhece *A barreira das verdades?*

— A coleção de poemas? Do Tranströmer?

— Talvez aproveitaram o nome, mas não. É uma página de notícias alternativas onde, conforme dizem, removem a barreira das verdades e contam como realmente é, principalmente a imigração.

— Ah — disse Julia e se sentou no sofá. — Conheço a ideia.

— Bem, e no site deles... — Irma apontou para a tela do computador. — Há alguns anos organizaram uma festa onde Claes-Göran começou. Foi exatamente nessa época que ele começou a perder seu trabalho habitual; tava amargurado. Toda sua atuação tá no site. Por exemplo, não tá no YouTube porque é tão... veja você mesma.

Claes-Göran tinha a barba por fazer e olheiras escuras sob os olhos. Talvez para compensar seu aspecto triste usava uma camisa com estampa havaiana. Atrás dele havia uma faixa impressa com o texto "Barreira das verdades" e a imagem de um punho quebrando uma janela.

— Foi especial — comentou Irma e acelerou até chegar ao oitavo minuto do vídeo antes de apertar a tecla para reproduzir o conteúdo.

Schwarzkopf balançava para frente e para trás no palco acenando com as mãos de uma forma provavelmente inspirada no cômico Richard Lewis. O tema sendo discutido era os *bairros*, o que se poderia fazer com os guetos em que os subúrbios de Estocolmo haviam se transformado.

A solução de Claes-Göran era simples: bananas envenenadas. Despejar um caminhão de bananas impregnadas com cianureto em cada praça e ver como o problema se resolveria. E esta era a questão: o veneno seria apenas para acabar com os sobreviventes. A maioria dos macacos já morreria brigando pelas bananas.

Julia Malmros não sabia o que era pior, Claes-Göran Schwarzkopf imitando um macaco raivoso que falava árabe errado e agitava os braços, ou o público que aplaudia. Irma apertou a tecla novamente e Claes-Göran congelou em uma careta de macaco. Apontou para ele e disse:

— Pessoa adorável, não é?

— Realmente — concordou Julia. — Isso provavelmente não é algo que ele gostaria que as pessoas vissem agora. Bom achado. Alguns dos seus seguidores não gostariam disso, mesmo se concordam com o que ele diz.

Julia balançou a cabeça incrédula.

— Então, existem pessoas que realmente gostam disso?

— Pode ouvir como riem.

— Mas não é a mesma coisa que querer *fazer* isso. Envenenar todos os imigrantes.

— É uma solução simples — disse Irma. — Algumas pessoas só conseguem aceitar soluções simples. Descobriu alguma coisa com aquele Bäcklund ou como se chama?

— Bäckman — respondeu Julia. — Jocke Bäckman. Sim, conforme ele... — Julia apontou para Claes-Göran — ... *isso é* realmente o programa do partido, mesmo se publicamente dizem outra coisa. Apenas um círculo interno sabe o que realmente representam. Pedi algumas informações sobre as pessoas que eventualmente pertencem a esse círculo.

Irma fechou o computador e reclinou-se no sofá. Olhou atentamente para Julia durante alguns segundos antes de dizer:

— Espero que esteja ciente de que isso não é inofensivo.

— Não, realmente não é.

Irma cerrou os olhos.

— Realmente pretende arriscar sua vida porque algum idiota na TV4 disse que escreve contos de fadas?

— Não se trata disso.

— Não? Do que se trata então?

A reunião na TV4 evidentemente foi o ponto de partida, mas um assunto mais importante apareceu no projeto. Julia queria se apresentar na corda bamba para Kim e aos poucos esperava convencê-lo a participar. Mas não cogitou admitir na frente de Irma porque talvez não quisesse realmente reconhecer.

— Ok, então — disse ela. — É isso mesmo. Agora preciso ir.

9 DE JULHO, TARDE

Astrid Helander não tinha uma estatística exata, mas conforme suas observações concluíra que a Karla era a rua com mais Teslas e Audis de Estocolmo, o que dizia algo sobre o nível de renda das pessoas que residiam lá.

A tendência de Helander de aproveitar as pessoas com muito dinheiro era mais prática do que altruísta. Para alguém que vivia no limite poderia ser um grande custo perder uma nota de mil, mas para o dono de um Tesla significava nada, algo pífio saindo do mundo da melhor forma possível. E claro, *claro*, Astrid nunca tentaria se aproveitar de uma mãe solteira. A não ser que fosse obrigada, quero dizer. Até agora nunca fizera isso, porque Estocolmo estava cheia de gente com dinheiro demais.

Estava sentada nos degraus da escada de entrada do 61 da rua Karla, entre a Foto Wiberg e as luvas da Östermalm. Na rua, na sua frente, havia vários carros caros estacionados. Tesla, Audi e Volvo dos modelos mais recentes. Estava sentada com o antigo computador do Kim aberto sobre os joelhos e escrevia rimas sem sentido para parecer ocupada.

O cavalo está no campo pastando
A vaca anda ao redor olhando
Até pisar em uma mina
E vai parar na China.

Pelo canto do olho Astrid viu um homem se aproximando de um Audi A5 prateado. Ouviu o barulho quando as portas foram destrancadas. Ela olhou e constatou que o homem era de meia idade, usava uma camisa azul-claro que parecia cara cujas mangas dobradas deixavam aparecer um padrão florido pequeno. Sapatos finos e jeans de marca. O homem abriu a porta do Audi com um puxão suave e deslizou para o assento do motorista.

A operação que Astrid planejava não era totalmente sem risco, mas *quem não arrisca não petisca*. Fez alguns cálculos rápidos. O carro estava estacionado apertado entre dois outros carros. Precisaria ir para frente e para trás e virar pelo menos duas vezes antes de conseguir sair. Precisaria sair de ré, de outra forma o plano não funcionaria.

Astrid esperou até o motorista fazer as duas primeiras manobras, depois se esgueirou e se abaixou ao lado do carro que estava atrás. O homem foi para a frente mais uma vez e virou o volante. Na próxima ré conseguiria sair. Helander fechou o computador e colocou uma ampola de plástico na boca. Quando o homem deu ré pela última vez, se levantou, bateu com o punho cerrado na mala do carro, gritou e se jogou na rua.

Ao cair, virou a mão direita de modo que a tela do computador e o teclado foram direcionados para a rua e ao mesmo tempo em que Astrid caiu de barriga, bateu o computador no asfalto com um ruído forte de vidro quebrando. Este era o momento perigoso. Jogou-se em um ângulo de modo a não *ser* atropelada, mesmo se o homem não parasse, mas não era totalmente seguro. Para se proteger jogou os pés e as pernas sob o carro estacionado ao seu lado. Depois mordeu a ampola.

Felizmente o motorista do Audi não era do tipo desconfiado. Astrid ouviu o motor parando e a porta abrindo. Apertou a testa contra a rua e gemeu.

— Meu Deus, meu Deus, o que aconteceu?

Ouviu a voz atrás dela e uma mão pegou seu ombro.

— Você? Você? O que aconteceu? Eu não vi você, como pode... você? Fala alguma coisa, querida!

Astrid se virou com um gemido e deixou um pouco do sangue falso escorrer da boca. O homem puxava os cabelos com um olhar assustado. Astrid tossiu mais sangue antes de cuspir uma bolha vermelha junto com a ampola sob o carro estacionado. O homem pegou um celular dizendo:

— Vou chamar uma ambulância.

— Não, não — pediu Astrid com a voz trêmula. — Eu só... mordi a boca.

Cuspiu uma bolha de sangue menor na rua antes de repetir o teatro do NK e começou a chorar sobre seu computador quebrado. A tela estava rachada e algumas teclas haviam soltado.

— *Novinho* ainda por cima, apenas algumas horas, como posso ter tanto azar?

Astrid havia levantado e o homem se recuperado do pior choque quando viu que Astrid não estava muito machucada. O MacBook Air do Kim tinha muitas marcas e arranhões de uso normal na parte traseira e o homem olhou cético para isso.

— Novo? Eu acho...

— Tenho a nota fiscal se não acredita — disse Astrid e procurou no seu telefone por um momento antes de mostrar a nota fiscal que Kim Ribbing enviara algumas horas antes. Um MacBook Air, comprado no mesmo dia por 4.995 coroas na mStore.

O homem olhou para o computador e a nota fiscal como se não aceitasse a associação, mas cedeu finalmente.

— Então... — perguntou ele. — Como resolvemos?

— Preciso de um computador — respondeu Astrid. — Simplesmente preciso.

Durante a breve conversa Astrid não gostou do homem. Apesar de ter atropelado uma menina de catorze anos, tinha um sorriso irônico na boca e um olhar de superioridade. Logo que assegurou que Helander não estava muito ferida, inspecionou com cuidado o carro. Não, isso não seria um caso de desconto, mesmo se facilitasse as coisas.

— Você acha que vou pagar cinco mil porque ficou atrás do meu carro?

— Você não teve nem um *arranhão* — soluçou Astrid.

— Enquanto eu... economizei um ano inteiro para isto.

— Sim, sim, mas cinco mil...

Astrid levantou seu telefone.

— Vou chamar a polícia! Realmente vou fazer isso! Você não olhou e me atropelou! Vou ligar agora!

O homem apontou para a rua.

— Bem, bem. Calma, por favor.

Astrid usou a câmera do seu telefone e filmou o computador, a placa do carro e seus lábios ensanguentados.

— O que tá fazendo? — perguntou o homem e algo em sua atitude superior começou a esfriar.

— Coletando evidências — respondeu Astrid.

Quando levantou o telefone para filmar o homem, ele cobriu o rosto com uma mão e disse:

— Espera um pouco. Podemos... vamos resolver isso. Como posso...?

— Pague — respondeu Astrid.

— Eu não posso... não tenho... tanto de uma vez.

— Aumenta temporariamente seu limite de empréstimo — disse Astrid. — Pode fazer isso em *prestações*.

— Aham, e como você sabe isso? — perguntou o homem e digitou no telefone. — Já fez isso antes, ou o quê?

A atitude dura do homem suavizou um pouco enquanto fazia as alterações necessárias na sua conta e sua voz parecia quase rouca quando perguntou o número de Astrid. A situação a encorajou.

— E quero mais mil por perdas e danos também.

— Perdas e danos?

— Sim. Fui *ferida*, caso não tenha percebido.

Resmungando um pouco, o homem aceitou e logo o telefone de Astrid avisou quando seis mil foram transferidos. Sem dizer mais nada, o homem entrou no carro e foi embora.

Astrid atravessou a rua e jogou o computador velho de Kim em uma lixeira. Agora tinha recursos para comprar um novo. Mas não precisava de um tão caro quanto o de Kim, então teria alguns milhares sobrando. Astrid continuou para a Esplanada Ica onde poderia comprar alguma comida vegana para substituir o que jogara no lixo. Talvez teria pena de Kim e compraria algumas pizzas veganas da Anamma. Depois iria para casa fazer o jantar.

Casa?

Sim, era o mais perto que Astrid podia chegar, no momento. Não tinha pensado direito sobre o assunto, mas o fato é que estava tipo coabitando com Kim Ribbing. Nada mau.

Quero que vá embora.

Julia Malmros estava parada na janela aberta de seu apartamento e olhava para a praça Järn onde pessoas usando roupas leves se movimentavam na clara noite de verão. Lembrou-se do frio, da neve que cobria a praça quando encontrou Kim Ribbing na sua porta. Como se jogaram na cama e mal se levantaram durante dois dias. Parecia muito distante agora.

Quero que vá embora.

Julia conhecia Kim suficientemente bem para saber que ele não queria dizer aquilo tão friamente como parecia, mas mesmo assim doía ser dispensada tão abruptamente. Nem sua presença era apreciada. Malmros passou o dedo na esquadria empoeirada da janela e considerou uma alternativa: terminar com Kim. Seu relacionamento estava condenado de qualquer forma, então por que prolongar o sofrimento? Julia sentia um frio no estômago como se estivesse à beira de um precipício em lugar da janela do segundo andar.

Não posso.

Malmros não percebia, mas havia algo *inevitável* no seu relacionamento com Kim. Algo que não podia ser desfeito, pelo menos não por ela. Sabia até o momento exato quando tudo ficou assim: quando as mãos dela e do Kim se encontraram alguns metros acima do Mar do Norte. Quando o puxou do mar para seu colo. Então foi selado e assim ficou no coração de Julia, independente de quão complicado Kim pudesse ser.

Malmros suspirou e saiu da janela, foi até a escrivaninha e dobrou as mangas da blusa antes de abrir seu computador e clicar na caixa de entrada. Uma mensagem do tribunal de Estocolmo contendo dois arquivos anexos, os processos contra os dois representantes dos Suecos Verdadeiros que poderiam ser considerados como pertencendo ao círculo interno.

O primeiro era Gustaf Lanegren, o representante nas questões políticas ambientais. Seu compromisso com o meio ambiente se manifestava como oposição à imigração. Pessoas demais em um país impediam o desenvolvimento sustentável.

A contribuição de Lanegren neste desenvolvimento fora colocar uma bomba em um carro que pertencia a um político municipal do Partido de Esquerda em Huddinge. O Partido de Esquerda constantemente apresentava novas moções para aumentar a recepção de imigrantes e finalmente a paciência de Gustaf Lanegren se esgotou. Com instruções e materiais da *Darknet,* fabricou uma bomba e conectou na ignição do carro.

Gustaf cometeu algum erro e a bomba nunca explodiu. Foi encontrada em um teste do carro alguns meses mais tarde. O grupo antibomba da polícia foi chamado e encontrou a bomba coberta de impressões digitais dele – já fora condenado antes – e quando seu computador foi confiscado conseguiram acompanhar cada passo do processo. Gustaf foi condenado a oito anos por tentativa de homicídio.

A sentença foi contestada e no tribunal superior a defesa apresentou um especialista em bombas que esclareceu que seria totalmente impossível que a bomba conseguisse matar o político se explodisse. A sentença foi alterada para a duvidosa *tentativa de agressão agravada* e a pena foi reduzida para dois anos.

Depois vinha Carl Zetterblad que era o representante de questões políticas econômicas e que realmente trabalhou no comércio por dois anos antes de mudar e começar a ganhar a vida com fraudes na internet. Conseguiu uma centena de contas no Tradera onde todos se elogiavam pelos bons negócios e depois conseguiu uma grande quantidade de fotos de eletrônicos do Blocket que depois "vendia" para o lance mais alto. Antes que as reclamações começassem a chegar liquidava a conta onde estava o dinheiro.

Depois Carl andou pesquisando a *Darknet* onde comprou milhares de e-mails hackeados. Eliminou as mulheres e depois enviou uma mensagem em massa com o remetente "Sueco Anônimo", dizendo que assumira o controle da webcam do endereçado e se não depositasse tantos milhares nessa ou naquela conta, a esposa do endereçado receberia evidências em vídeo do que o endereçado fizera ultimamente.

Era um tiro no escuro, mas para a surpresa de Carl, vinte e quatro pessoas responderam a sua ameaça e também não houve nenhuma denúncia.

Finalmente conseguiu fotos de uma estrela pornô da Ucrânia que postou em alguns sites de namoro sob o nome de Lizaveta. Vários homens responderam e ele os cortejava em inglês ruim e postava fotos cada vez mais ousadas. Quando falava de um encontro na Suécia que seria *muito quente*, claro que faltava dinheiro, afinal de contas, o que uma pobre garota poderia fazer?

Lizaveta recebeu remessas de dinheiro para a viagem e o hotel, mas um dos homens reconheceu as fotos enviadas e foi até a polícia. A conta onde foi depositado o dinheiro foi rastreada e o computador de Carl Zetterblad foi confiscado e lá conseguiram encontrar traços de fraudes anteriores. Claro que seria difícil provar que Carl seria o autor. Ele disse que fora hackeado, que havia emprestado o computador, e ficou preso durante catorze meses.

Então esses são os Suecos Verdadeiros. Julia buscou fotos de Gustaf e Carl e as estudou. Gustaf Lanegren era a mesma pessoa que Malmros vira muitas vezes entre os Apóstatas, mas Carl Zetterblad era novo para ela. O cara tinha um ar de perdedor. Camisa rosa desabotoada, com uma expressão desolada nos olhos. No pescoço usava uma corrente prateada com um medalhão com um símbolo na forma de um olho onde a pupila era uma cruz. Julia tamborilou a mesa com os dedos. Onde vira esse símbolo antes?

Eram pouco mais de sete horas da noite e a dor triste no peito de Julia não passava. Foi até a cozinha e serviu uma taça de vinho de uma embalagem Tetra Pak, bebeu a metade, e encheu a taça novamente. Era estúpido tentar curar a tristeza com álcool, talvez devesse tentar fumar com a Irma alguma noite? O pensamento a fez sorrir e brindou com as pessoas que passavam na rua lá embaixo.

Saúde!

Julia lavou a mão na pia e voltou para o computador onde pesquisou fotos dos Apóstatas no Facebook rolando até encontrar a foto onde Gustaf brindava com sua cerveja. Lá. No seu braço direito. Julia ampliou a imagem. Gustaf usava um casaco com as mangas arregaçadas até os cotovelos e logo abaixo tinha uma tatuagem de um olho com uma cruz na pupila.

Julia pesquisou "Claes-Göran Schwarzkopf" no Google e muitas fotos preencheram a tela. Estudou as fotos procurando uma joia ou uma tatuagem sem êxito. Selecionou uma foto em alta resolução da semana Almedal, seis dias antes, onde Schwarzkopf discursara em um palco temporário fora da região. No fundo aparecia Carl Zetterblad levantando as mãos para aplaudir algo que Claes-Göran dissera.

Julia deu zoom, passou sistematicamente pela foto e finalmente encontrou. A mão em que Claes-Göran segurava o microfone tinha um anel no dedo médio e quando Julia ampliou notou um símbolo. O que seria isso?

Julia pesquisou os símbolos nazistas e fascistas no Google. Encontrou a runa Odal e a runa Hagalaz, o círculo do sol, o martelo de Tor e até Pepe o Sapo, mas nada parecido com o símbolo usado pelos Suecos Verdadeiros. Além disso, dificilmente usariam algo que denunciava a extrema direita que tentavam esconder. Julia pesquisou os *símbolos nacionalistas* no Google. Encontrou as runas Odal e outras, mas também algumas com uma associação mais clara com a Suécia. Mais abaixo na página encontrou o que procurava. O símbolo chamava-se "Olho de Odin" e representava o olho que Odin ofereceu no poço de Mimir para ver o passado e o futuro.

Malmros pesquisou "Olho de Odin" no Google e só encontrou correspondências na mitologia nórdica e a história de Mimir. Não era raro os partidos nacionalistas na Escandinávia usarem a mitologia nórdica, mas o que significava isso no caso dos Suecos Verdadeiros?

Quero que vá embora.

Julia apertou os olhos como se sentisse dor. Ribbing havia quase desaparecido dos seus pensamentos durante as buscas na internet, mas conforme a noite escurecia aparecia novamente, como fazia sempre, um lince subindo nas cortinas de sua mente, cravando as garras no seu cérebro.

Ao diabo com Kim Ribbing.

Quantas vezes pensara assim? Mais do que podia contar e mesmo assim voltava logo quando ele chamava e foi incrível como ficou aliviada com o "vamos nos falando" no final que indicava que haveria uma continuação. Porque *precisava* ter uma continuação.

9 DE JULHO, TARDE

— Ainda não sei se me convenceu — disse Kim para Martin Rudbeck. — Essa história de *domar*, parece demasiado... elegante. Simétrico. Acho que fica deitado aqui no escuro pensando nas coisas que acha que quero ouvir.

Depois que o doutor foi ao banheiro, Kim deu a oportunidade de ficar sentado por um tempo na cama com a argola e a corrente no pescoço. Rudbeck apresentava um início de escara nas costas e Ribbing sentiu um pouco de pena. O fato é que começava a se cansar da brincadeira. Martin havia provado um pouco do próprio remédio e duas noites amarrado no escuro foram suficientes para derrotá-lo. Seus olhos piscavam, suas mãos tremiam e quando Kim desceu e acendeu a luz, ele começou a chorar.

O doutor murmurou algo que Ribbing não entendeu devido ao local onde estava sentado – a uma distância de cinco metros. Chegou sua cadeira uns dois metros mais perto ficando ao alcance do seu antigo algoz. Kim achou que não havia perigo porque o homem parecia ter perdido a sua força de vontade e iniciativa.

— Pode repetir? — pediu Kim.

— Tanta vida — balbuciou o doutor. — Tanta vida.

— Não entendo o que diz — afirmou Kim. — Mas tem outra coisa que estranho. Fez o que fez comigo com *muitos* outros jovens com a intenção de... domá-los?

O doutor balançou a cabeça pesadamente.

— Só você.

— E o que tinha de tão especial em mim?

— O que tô dizendo: vida.

O doutor escorregou da cama e mancou para a parede onde a corrente estava presa e caiu no chão. Olhou para cima e fitou um ponto atrás de Kim antes de continuar.

— Nunca se pode saber em qual grau outra pessoa vive. Quão presente está. Com você era óbvio, mais do que qualquer outra pessoa que encontrei. Apesar de sua escuridão e seu amargor você foi a pessoa mais viva que encontrei, você literalmente queimava desafiando a vida.

— Mas é muito contraditório porque nunca me senti tão *morto* como durante os anos que estive com você.

— Por escolha sua. Caso tivesse se aberto e conversado comigo teríamos feito algo totalmente diferente juntos. Uma partilha mútua.

Kim balançou a cabeça, se levantou e pegou a haste de choque.

— Vocês, psiquiatras, nunca fazem algum tipo de autoanálise? Não percebem a maldita *racionalização* que tão fazendo? Convencendo-se de que têm motivos bons e nobres para a tortura? Realmente *acredita* nisso?

Ribbing foi até Rudbeck e acenou com a haste.

— Levanta. Vai pra cama.

Com um longo gemido, o doutor se levantou cuidadosamente com a corrente solta balançando atrás. Olhou para os pés de Kim e questionou:

— Por que tá usando isso?

Kim olhou para baixo, para seus tênis de basquete, e no mesmo instante percebeu que a pergunta fora apenas uma manobra de distração, mas aquele segundo quando sua atenção foi direcionada para o chão foi suficiente para o doutor agir.

Na mão direita que estava nas costas, o doutor havia recolhido despercebidamente um pedaço da corrente que agora lançou para frente sobre a barra de choque. O elo de ferro pegou na mão de Kim entre o polegar e o punho. Uma dor forte passou por todo seu braço e a barra caiu no chão.

A atuação triste e desanimada do doutor fora apenas um teatro para Kim baixar a guarda. Em um rápido movimento pendular com o braço fez o lance de corrente girar de modo que caiu sobre a cabeça de Ribbing descendo para seu pescoço onde puxou com as duas mãos apertando a garganta de Kim.

— Não racionalizo merda nenhuma — sussurrou o doutor no seu ouvido. — Sei *exatamente* porque fiz o que fiz. Porque você era um bandido obstinado que devia ser domado para obedecer; e eu, sim, eu gostava daquilo. Do mesmo jeito que gosto *disto.*

Pontos vermelhos apareciam na frente dos olhos de Kim quando o suprimento de ar para o cérebro foi cortado. Os elos da corrente entravam na pele fina da garanta enquanto Martin puxava com força e sua saliva quente entrava no ouvido de Kim quando manifestava suas verdadeiras motivações.

Kim tentou enfiar os dedos entre a corrente e o pescoço, mas estava muito esticada. Os pontos vermelhos aumentavam de tamanho e quantidade e um manto escuro aparecia no seu campo de visão. Bateu as solas dos sapatos sem conseguir atingir os pés descalços do doutor. Tentou chutar para trás mirando a virilha, mas não conseguiu chutar com força suficiente.

Merda.

O doutor respirava ofegante no ouvido de Kim enquanto o manto negro se transformava em uma cortina que cobria o mundo que ficava cada vez mais embaçado. Ribbing abriu e fechou a boca sem conseguir aspirar nem um pouco de ar. Virou o corpo desesperado girando um pouco e bateu na parede meio metro na sua frente, a parede branca que agora estava coberta pela escuridão.

Era uma questão de segundos. Kim sentia que as forças abandonavam seus membros e o cérebro fechava o último espaço. Suas forças e sua iniciativa eram retiradas com força.

Uma última possibilidade. Ribbing segurou a corrente com os dedos com toda a força e levantou os joelhos para o peito. A pressão no seu pescoço aumentou com seu próprio peso e a cortina fechava mais rapidamente. Quando só restava um pequeno olho no meio da escuridão, chutou a parede com os dois pés com as solas na frente.

O doutor cambaleou um par de passos para trás e caiu de costas com Kim por cima. A pressão diminuiu um pouco e ele conseguiu inalar um pouco de ar fazendo desaparecer o pior da escuridão. Ribbing conseguiu virar para o lado de modo que suas costas escorregaram no peito do doutor enquanto levantava o braço e enfiava o cotovelo na virilha do doutor.

Martin Rudbeck engasgou como se estivesse prestes a vomitar e a pressão diminuiu o suficiente para Kim enfiar seus dedos sob a corrente e retirá-la. O doutor tossiu e ofegou procurando ar deitado esticado no chão. Kim sentou sobre seu peito. Um cheiro de suor azedo e nauseante de medo e excitação subia do corpo do doutor. Ribbing deu-lhe um golpe com a direita no queixo. Depois um golpe com a esquerda. A cabeça de Rudbeck foi para o lado e a saliva escorria no chão.

— Você acha — rangeu Kim — que tem o *direito* de me matar, hein? Você acha?

Os ruídos que saíam da boca do doutor não eram compreensíveis. Os nós dos dedos de Kim doíam e provavelmente os golpes no queixo o deixaram paralisado. Melhor assim. Só desaforos e mentiras saíam daquela boca.

A garganta de Ribbing sibilava e rangia enquanto ele aspirava o ar até os contornos do mundo ficarem nítidos novamente. Tossiu com queimação na garganta e sentia dor ao engolir. Rastejou e pegou a barra de choque antes de se levantar.

A vontade de lutar parecia ter abandonado Rudbeck, deitado imóvel de costas olhando desesperado para o teto enquanto tossia com dificuldade. Kim apertou os pinos da pistola elétrica contra as solas dos pés do doutor fazendo-o pular como um peixe fora da água.

— Deita na cama. Agora.

Kim não acreditava que a exaustão e desânimo fossem um teatro, quando o doutor subiu na cama com os membros tremendo e retomou seus estudos do teto.

— Agora pelo menos sabemos onde estamos em relação ao outro — disse Kim. — Prenda seus pés e depois a mão direita.

Martin fez conforme ordenado com um suspiro profundo. Kim não entendia o que ele pensara, exceto que morreria de inanição. Talvez o doutor esperava conseguir soltar o elo de ferro da parede. Ribbing achava que isso seria impossível. Acabara de salvar a vida de Rudbeck, mas duvidava receber algum agradecimento por isso. Idiota.

Depois que Kim prendeu a correia na mão esquerda e apertou bem sobre o peito, pegou o *taser* que comprara em Shanghai. No final dos dois fios que formavam os polos havia dois pinos afiados, mas estes Kim cortou e no lugar montou dois grampos tipo jacaré. O doutor gemeu quando Kim prendeu um no lóbulo da orelha esquerda, o outro no dedinho do pé direito. Kim mostrou a caixa com a bateria e disse:

— Dois mil volts. Um belo beijo, como um certo homem disse.

Martin balançou a cabeça enquanto lágrimas escorriam dos seus olhos.

— Vai me matar, Kim. Meu coração... eu não sobreviveria...

— Que assim seja — disse Kim. — É melhor pensar em algumas respostas um pouco melhores. Amanhã terminamos isto.

— Quer dizer que vou morrer amanhã?

— Veremos. Fica deitado aqui pensando nisso.

Kim apagou a luz e fechou a pesada porta de ferro. Não levaria a lugar algum. Amanhã libertaria o doutor. Mas enquanto isso poderia ficar deitado mais uma noite escura pensando na sua execução, preso no instrumento que faria o trabalho. Deixar o doutor pensar na mortalidade, faria bem.

Já na escada para o andar superior, Kim ouviu batidas e estalos, sentiu cheiro de comida. Quando entrou na cozinha encontrou Astrid Helander balançando uma frigideira para lá e para cá, fazendo rolar bolinhos dourados.

— Oi — disse Astrid sem desviar o olhar da frigideira. — Teremos bolinhos de carne vegana com purê de batatas, tudo bem?

— Tá fazendo *comida?* — perguntou Kim incrédulo.

— Sim, alguém precisa fazer — respondeu Astrid. — E eu joguei fora sua comida, como talvez tenha notado.

— Sim, eu... notei.

Astrid olhou para Kim, arregalou os olhos e fez um gesto para o pescoço.

— Mas que merda. O que aconteceu?

— Acidente de trabalho — respondeu Kim e interrompeu o assunto apontando para uma panela que saía vapor por debaixo da tampa. — O que tem aí?

— Batatas, claro — respondeu Astrid. — Pro purê. Tem um espremedor?

— Um o quê e pra quê?

— Um espremedor.

Astrid fez alguns movimento de amassar com o punho fechado.

— Pra espremer as batatas.

— Não faço ideia — disse Kim. — Pensei que se fazia purê de batatas com um pó.

Não entendeu por que Astrid achou isso tão divertido.

9 DE JULHO, NOITE

Eram quase nove horas da noite quando Julia Malmros desligou o computador e esfregou os olhos com força como para limpar as imagens perturbadoras da internet. Passou boa parte da noite observando o canal de Claes-Göran Schwarzkopf no YouTube, *Projeto: Suécia*. Considerados individualmente não havia nada extraordinário nos vídeos, mas quando assistia a todos de uma vez havia um sentimento de exagero.

Nossa Suécia é tão *extraordinariamente* bela, nossa cultura é tão elevada e nossa história é tão fascinante. Um país absolutamente ideal. Não havia reclamação contra outras culturas, estrangeiros ou imigrantes. O fato é que *simplesmente* não apareciam, nem no relato nem nas imagens. Nem mesmo no público variado que entoava canções do Taube aparecia alguém de pele escura ou com cabelos negros cacheados. Se observasse com atenção poderia notar alguns rostos meio desfocados, como se tivessem sido retocados.

Não seria possível deixar de se impressionar com o longo prazo do projeto de Claes-Göran. Primeiro passar alguns anos criando cuidadosamente as imagens de uma Suécia completamente sem estrangeiros e somente depois disso criar um partido apontando para a ameaça representada por essas pessoas estrangeiras que pareciam ter surgido do nada. O cara era estúpido, mas definitivamente não era idiota.

Enquanto assistia aos vídeos, Julia procurava o anel com o olho de Odin, mas não o encontrou, então deve ter aparecido no dedo de Claes-Göran mais tarde, talvez na criação dos Suecos Verdadeiros. Não aguentava pesquisar o assunto logo agora. Julia se levantou da escrivaninha com um estalo nas pernas, foi para a cozinha e se sentou na frente do Gyldene Freden.

Nenhuma figura acadêmica visível, e lembrou de como Kim sentara à mesa da cozinha na primeira vez que entrou no apartamento e na sua vida.

Quero que vá embora.

Julia colocou as mãos nos ombros. Sentia um aperto no peito, havia excitação e ansiedade, como se um animalzinho ferido estivesse andando por lá, procurando uma saída enquanto sangrava em seus pulmões. As pontas dos dedos formigavam e os pés não paravam quietos. Havia o risco de ficar acordada virando de um lado para o outro durante a noite. Suspirou e esfregou o rosto.

Depois de alguns minutos andando pelo apartamento sem conseguir encontrar nada para se distrair, pegou seu celular e ligou para Ryding.

— Alô, querida — atendeu Irma. — Como tá a situação?

— *Comme ci, comme* ça — disse Julia. — Hum, tô só imaginando... tem alguma erva em casa?

— Sim. Mas como assim?

— Bem, você sabe, estaria com vontade de... fumar um pouco?

Silêncio do outro lado durante alguns segundos antes de Irma bufar e dizer:

— O que aconteceu com a pequena moralista? Aquela que falava de *vovó modelo?*

— Ela... não tá aqui agora. Dei folga pra ela.

— Aham. Sim, sim. Deve ser divertido. Costumo fumar somente como medicamento, por assim dizer, mas pra você posso fazer uma exceção.

— Então...?

— Então vem pra cá. Além disso, tenho uma coisa para contar.

Quando Julia vestiu sua capa fina de verão, sentia-se um pouco melhor. Agora poderia pelo menos andar em linha reta para um objetivo em lugar de andar apenas em círculos. Esperava que a erva exorcizasse a imagem de Kim Ribbing para que pudesse dormir. Desde que não a tornasse *mais* irritada.

Quando chegou à rua Västerlång, com as solas macias pisando nos paralelepípedos, percebeu que um novo tipo de preocupação havia tomado seu corpo. Estava simplesmente *nervosa*. Sua experiência com drogas limitava-se a *um trago* de um cigarro de gosto doce durante o último ano na escola.

Não sentiu nada além de uma pequena tontura. Julia previa que a noite seria diferente e tinha medo de fazer um papelão na frente de Irma. Bem, podia ficar ou ir embora, esperava apenas um pouco de *paz*.

Ouviu o barulho das muletas de Irma no apartamento depois que Julia tocou a campainha e percebia que a amiga ainda poderia bater a cabeça com seu orgulho em vez de ceder uma chave para Malmros. Seu pai, por exemplo, não tinha nenhum problema com o assunto. Enquanto as batidas se aproximavam, Julia pensava que deveria visitar o pai logo, para que ele não a esquecesse completamente.

Irma abriu a porta com um sorriso maroto nos lábios e falou suficientemente alto para ecoar nas escadas:

— Olha, olha, aqui vem o Ligeirinho pra se divertir um pouco.

— Psit, Irma. Pense nos vizinhos.

— Parei com isso quando completei oitenta anos. Entra.

Depois de se sentarem nas poltronas, na sala de estar, Irma fez um gesto para uma caixa de madeira na mesa de centro.

— Antes de ficarmos alegres, quero contar o que sua *pesquisadora* descobriu desde a última vez. Lembra da Bente? Bente Möller?

— A psicóloga?

— Hum-hum. Era minha consultora para esses assuntos nos meus livros, e desde que se aposentou costumamos nos falar uma vez por semana.

— Ok...

Julia sentiu uma pontada de melancolia. *Tinha* outras amigas além de Irma, mas não era muito boa para manter contato e desde a tempestade de sangue não tivera contato com nenhuma delas, apesar de perceber algumas ligações perdidas. Irma era melhor para conservar amizades.

— A Bente perguntou o que eu andava fazendo e contei sobre você e como tenho pesquisado os Suecos Verdadeiros e especialmente como tento acompanhar o Schwarzkopf retornando no tempo. Bente ficou calada por um momento e depois disse apenas uma palavra. Sabe o que disse?

— Não faço ideia.

— Traktorballe.

— *Traktorballe?*

— Hum-hum.

— O que é isso? Traktorballe?

— Perguntei isso também, mas depois Bente disse que já havia falado demais. Confidencialidade e coisas assim.

— Mas não entendo...

— Calma aí — disse Irma e levantou a mão em um gesto de parada. — Depois que desligamos pesquisei no Google, claro. A única coisa que encontrei sobre Traktorballe foi a página do Facebook de um time de handebol norueguês. "Balle" significa bola em norueguês e... bem, "bola de trator" em si já é bastante estranho. Podemos imaginar um jogo de polo, sim, mas com tratores e uma bola gigante. Movimentos longos. Hum.

Julia inclinou a cabeça.

— Será possível que fumou um pouco antes?

— Nem um tiquinho. Boa imaginação, apenas isso. Mas então, você sabe, então tive uma inspiração. *Flashback*, pensei comigo mesma. Parece um nome de usuário típico do *Flashback*!

— Meu Deus, Irma. Você usa *Flashback* também?

— Naturalmente. Melhor lugar para pesquisar se quiser se manter atualizada. Precisa testar. Apesar de haver uma coisa sobre você que *não* recomendo ler.

Julia disse que não faria isso e sabia que seria a primeira coisa que faria na próxima vez que ligasse o computador.

— Bem — disse Irma, — escrevi Traktorballe no campo de pesquisas e voilà! Havia um usuário com esse nome que estava ativo há vários anos e postou muita coisa.

— Ok, mas qual é o significado pra...

— *Significado* — disse Irma e levantou o dedo indicador.

— Percebi com certeza quase total que Claes-Göran Schwarzkopf e Traktorballe são a mesma pessoa. A idade e o local coincidem.

Alega que tem vinte anos e mora com a mãe em Upplands Väsby. Não consegui verificar essa coisa da mãe, mas ele é de Upplands Väsby e tinha vinte anos quando o Traktorballe postou diversas vezes.

— Ok. E o que isso significa então?

— Que Claes-Göran Schwarzkopf é, ou pelo menos foi, um doente mental. Um diagnóstico psicológico amador provavelmente diria algo associado com delírios paranoicos com elementos de TOC.

— Que se manifestam como?

Irma esfregou a testa.

— Fico muito cansada sentada aqui contando essas coisas. Quer um pouco de vinho?

— Não, obrigada. Então teria que rastejar pra casa mais tarde.

— Não afeta tanto assim. Em todo caso, eu quero um golinho.

Quando Irma se apoiou na muleta para se levantar, Julia fez um gesto interrompendo.

— Senta, senta, eu pego.

— Bem — disse Irma. — Desta vez então, depois que fui sua melhor pesquisadora e tudo isso. Mexa essas pernas, tô seca.

Julia foi para a cozinha, pegou uma embalagem Tetra Pak pela metade com vinho branco na geladeira e colocou uma dose em uma taça de vinho enquanto pensava no Traktorballe e o que poderia ter sobre ela no Flashback. Pesquisava seu nome no Google duas ou três vezes por semana, mas nunca pensou no Flashback. Sentia cócegas nos dedos com vontade de pegar o telefone e resolver o assunto logo, mas seria patético e além disso Irma desconfiaria. Julia se recuperou e voltou para a sala.

— Tss, tss — disse Irma quando Julia colocou a taça de vinho na mesa. — Que tipo de dose é essa?

— Você disse *um golinho.*

— Conhece o termo "linguagem figurada"? As pessoas dizem que vão sair e "tomar uma cerveja", com que frequência a cerveja fica no singular?

— Podemos voltar pro Schwarzkopf agora?

— Sim, sim — concordou Irma, tomou um gole e fez uma careta como se o volume reduzido tivesse uma influência negativa no sabor.

— Onde estava? Ah sim, suas postagens no Flashback, então. Agora serei obrigada a usar uma palavra que não devemos usar, já que *ele* usa muito, ok? Pretendo dizer *negro*, você aprova?

— Um pouco sem graça isso tudo, mas continue.

— Sim, Claes-Göran tinha um medo totalmente irracional dos negros entrando no seu apartamento e matando ele e sua mãe.

— Tinha algum motivo pra temer...

— Não, não, e quando digo irracional quero dizer totalmente maluco. Bananas. Por exemplo, era obrigado a verificar sempre se os ralos da pia do banheiro e da cozinha estavam tampados porque os negros poderiam entrar pelos canos de água.

Julia riu.

— Sério?

— Sim. E devia ter pinos em todas as tomadas porque os negros poderiam... sim, sim, não lembro direito como raciocinava, mas de alguma forma os negros poderiam entrar dessa forma também. Talvez poderiam ler seus pensamentos. É isso que quero dizer com TOC. Muitos rituais absurdos que *precisavam* ser realizados para manter os negros fora.

— Isso é insano. Como pode se comportar como uma pessoa normal?

— E como vou saber? No Flashback escreve sobre medicamentos que tentam obrigá-lo a tomar e ele apenas finge engolir. Talvez tenha começado a tomar em algum momento e ficou mais... funcional, mas no fundo de tudo existe esse terror enorme. Pode ser bom saber.

Julia estalou os dedos.

— Isso realmente explica uma coisa que tenho estranhado. Esses vídeos, *Projeto: Suécia*, muitas das imagens de esquilos lá...

— Eu também assisti, mas não lembro de nenhum esquilo — disse Irma e bebeu da sua taça ainda com uma careta desconfiada.

— Então se fazemos um documentário, ou um filme, e depois colocamos aqui e ali... algumas imagens gerais pra criar uma pausa e um pouco de ambiente. Pode ser alguns pinheiros, a superfície de um lago ou simplesmente um esquilo.

— Entendo — disse Irma. — Pra dar um ritmo.

— Exatamente. E muitas dessas imagens... pensei nisso enquanto você falava dos delírios dele... muitas imagens são sobre *invasão* ou pelo menos algo que entra.

— O que quer dizer?

Estranhou Irma e deixou a taça olhando para ela como se fosse um inimigo.

— Sim, bem, no meio do relato sobre alguma outra coisa vem uma imagem de vespas entrando na casa, um camundongo entrando em uma toca, besouros entrando no tronco escuro de uma árvore ou só um esquilo tentando entrar num buraco de um ninho de ave. É como essas, como se chama...

— Mensagens subliminares — interrompeu Irma. — Mensagens subliminares que o cérebro recebe sem perceber.

— Sim — concordou Julia. — E tem um pouco demais dessas imagens pra que seja uma coincidência. É como se Claes-Göran Schwarzkopf desejasse plantar a ideia de uma invasão contínua.

— Hum. Estranhei um pouco isso, mas não pensei assim. Correto. Você não é tão idiota quanto parece.

— Obrigada. Podemos dar um traguinho agora?

— Podemos — respondeu Irma e pegou a caixa de madeira. — Só preciso enrolar o baseado.

— Meu Deus, Irma, somos o quê? Kenta e Stoffe?

— Mesmo não sendo tão jovem nos anos 1970, poderia conhecer a terminologia. Calada agora. Preciso me concentrar.

Irma pegou papel de cigarro na caixa, um pacote de fumo de rolo John Silver e um saco plástico ziplock com um conteúdo picado marrom esverdeado que Julia conhecia de seus anos de serviço externo. Muitas foram as pessoas viciadas ou estranhas de cujos bolsos Julia pegou sacos mais ou menos idênticos e disse algo sem significado sobre o risco das drogas. Agora estava sentada aqui.

A língua de Irma aparecia no canto da boca enquanto com grande cuidado e concentração usava dois papéis colados enchendo com tabaco antes de completar com maconha e rolava tudo junto em forma de cilindro, lambia a ponta e colava o baseado com mente crítica.

— Não é o meu melhor, mas serve pro serviço — disse Irma batendo no sofá ao seu lado. — Vem e senta aqui. Senão fica muito confuso.

Julia fez conforme pedido e olhou para o baseado com o papel da ponta torcido igual a um parafuso.

— Querida, Irma. Vamos mesmo fazer isso.

— Vamos — disse Irma e pegou na caixa um isqueiro Zippo com desenho de caveira. — Pra névoa.

O rolo de papel pegou fogo quando Irma encostou o isqueiro e o odor doce, similar ao marzipan encheu a sala quando Irma deu um trago e passou o baseado para Julia, que o pegou com o polegar e o indicador e hesitou um instante antes de dar uma boa tragada segurando nos pulmões enquanto devolvia o baseado.

Para lá e para cá, para lá e para cá. Julia deu quatro tragadas e ainda achava que não acontecia nada, mas seu olhar foi atraído para o isqueiro com a caveira na mesa. Uma caveira prateada contra um fundo escuro, órbitas dos olhos negras e dentes sorridentes. Estava sorrindo para *ela?* Quais seriam os pensamentos atrás da testa prateada? Achou que a caveira crescia, chegava mais perto, ou melhor, ficava mais *nítida*, simplesmente tridimensional. Imaginou o esqueleto onde a caveira estaria presa, como saía do isqueiro e como continuaria. Um vale entre algo que lembrava os Alpes, flores da primavera e grama fresca...

— Como está? — perguntou Irma.

Julia se afastou do olhar da caveira.

— Bem, obrigada. Nenhum problema.

— Só checando. Tá olhando para esse isqueiro por uns cinco minutos...

— Ah. Bom, talvez subiu um pouco na minha cabeça.

— *Um pouco?* Tá alta como um prédio, garota.

Julia percebeu que havia relaxado e estava sentada no sofá como um saco de batatas. Endireitou-se em uma tentativa de recuperar sua dignidade.

— Não, então, tô pensando. Naquele... como chama, aquele Flashback?

— Traktorballe?

Sem conseguir se controlar, Julia explodiu em uma gargalhada e se jogou de costas no sofá. Riu até ficar com dor no estômago enquanto repetia:

— Traktorballe... Traktorballe...

Nada de recuperar a dignidade.

Irma balançou a cabeça e apagou o baseado no cinzeiro.

— Chega por hoje.

Quando o paroxismo da risada começou a se acalmar, Julia respirou fundo algumas vezes e disse:

— Mas realmente. Pensando. Por que ninguém. Encontrou isso? Algum jornalista? Você não pode ser a única.

— Realmente existe uma história, apenas no Flashback — disse Irma. — Que discute como Claes-Göran escreveu aquilo. Entretanto, ninguém sugeriu que ele seria o... agora digo a "palavra com T" pra que você não desabe em gargalhadas, e nas entrevistas Claes-Göran definitivamente alega que nunca teve um perfil no Flashback.

— Então se revelar isso...

— Ficaria *realmente* mal — completou Irma. — Definitivamente não recomendo fazer isso. Não. Eu *proíbo*. Tenho a impressão de que esse homem é realmente perigoso.

Repentinamente, Julia ficou triste. Não era uma pessoa muito corajosa e talvez seu projeto com os Suecos Verdadeiros fora mal orientado, para não dizer sem sentido. Era uma idiota. Uma idiota covarde. Claro que Kim não poderia amar uma pessoa assim. Velha e feia também. Merda e mais merda.

Então Julia percebeu a si mesma e seus pensamentos. Contorceu o corpo e bateu nas coxas.

— Não! Agora quero ouvir música!

— Ahá! — exclamou Irma com um sorriso maroto. — Bob Marley, então ou?

— Não, Peps! Quero ouvir Peps! Tem algum disco com Peps? Peps Persson!

Era tão engraçado como o nome saía da boca que Julia foi obrigada a dizer mais uma vez:

— Peps!

— Obrigada, já ouvi — disse Irma e pegou o computador. — E por que os discos se existe o Spotify?

Enquanto Irma digitava, Julia levantou os braços e gritou:

— Você é totalmente incrível, Irma! Tem YouTube e Flashback e agora até Spotify! Será que não tem fim a sua, como se chama, *simultaneidade?* É simplesmente um gênio da informática!

Irma selecionou Peps no Spotify.

— Comparado com seu namorado, eu fico pra trás. O que quer ouvir?

— Corta, corta — disse Julia e balançou o dedo indicador no ar. — Não falemos de Kim. Coloca o Peps. Aquela do apartamento e blá blá blá.

Irma apontou para a tela e perguntou:

— "Hyreskasern" (quarto de aluguel)?

— Sim, essa! Ouvimos essa!

Irma clicou duas vezes no teclado e o ritmo do reggae começou em um pequeno alto-falante na estante que Julia nunca percebera, e começou a balançar com a canção de Peps no seu sotaque de Skåne:

— "Hör på ma-a-a-i-a-a-i-ej, hör på maj nu, hör på maj"... (Escute-me agora).

Julia olhou para Irma e percebeu que a amiga estava sentada olhando para ela com um sorriso irônico. Julia estava chapada demais para se importar, então apenas bateu na coxa de Irma e resmungou:

— Vamos lá, tia! Olha o *balanço*!

Irma levantou as sobrancelhas, mas realmente fez a vontade de Julia e começou a se balançar no ritmo da música. Talvez o fizesse por misericórdia, mas Julia não se importava, porque estavam sentadas ali e balançando com a canção de Peps e se divertindo. Nem sequer pensava em Kim. Pensar que não pensava em Kim a lembrou de Kim, mas afastou o pensamento e cantou:

— "Vi kan inte röka vår holk i fre, för Svensson blir nojad och Lundström blir sne" (Não podemos fumar em paz, porque o Svensson fica paranoico e o Lundström fica chato)!

Ainda balançando, Irma continuou:

— "För mycket snicke- snacke-snack, för mycket tissel-tassel-tass" (Muita conversa fiada, muito blá blá blá)...

Uma noite animada, *sem* Ribbing.

9 DE JULHO, NOITE

Astrid Helander saiu do fórum Djuraktion e desligou o computador. Participou de uma discussão sobre a justificativa da violência nas manifestações. Os participantes do fórum se envolviam em demonstrações e apresentações, tipo ficar com roupas de coelho ensanguentado na frente de algum mercado. Alguns dos membros mais radicais consideravam que a violência e as ameaças contra, por exemplo, criadores de suínos e laticínios seriam justificadas. Astrid começava a pender para esse ponto de vista. Afinal de contas nada *acontecia*.

Conversou muito com Kim durante o jantar e ficou com a impressão de que Kim estava achando o acordo desconfortável. Bem, Astrid não tinha a intenção de se *mudar*, mas apenas na primeira noite testaria como seria ficar para dormir. Despiu-se e vestiu a camisola que trouxera antes de se deitar na cama.

A casa estava silenciosa, ouvia-se apenas o teclado do computador de Kim na sala. Astrid abrira um pouco a janela; do jardim vinha o farfalhar soporífero da brisa noturna nas copas folhudas. Astrid piscou e bocejou.

O vazio que a ocupara desde a morte dos pais começava muito lentamente a se encher de conteúdo. Nas discussões do fórum Astrid até sentiu alguns traços do seu antigo eu. Ainda sentia um eco dentro do corpo, mas começava a esvanecer.

Havia uma coisa que não contara para Kim. Quando chegou à tarde depois de extorquir o dono do Audi, viu os sapatos de Kim no vestíbulo, mas não encontrou o próprio Kim. Astrid procurou e finalmente chegou à porta trancada do porão. Encostou o ouvido na porta e escutou Kim conversando com alguém lá embaixo.

Como Kim não disse nada sobre o assunto, Astrid entendeu que queria manter segredo e talvez fosse associado com as marcas ao redor do seu pescoço. Astrid se encolheu e encostou os joelhos na barriga. Tomaria cuidado, mas no dia seguinte pretendia verificar o que Ribbing escondia no porão.

PARTE 2

10–11 DE JULHO

10 DE JULHO, MANHÃ

Eram nove e meia da manhã e o sol estava alto no céu, mas Martin Rudbeck não sabia disso deitado amarrado na escuridão total. Somente quando ficou impossibilitado de se mover percebeu quanto uma pessoa se movimenta diariamente. Coçar o nariz, esfregar os olhos ou coçar algum lugar onde há uma irritação. Era incapaz de fazer isso no momento e a coceira no nariz o deixava maluco. Balançava a cabeça como para conseguir algum atrito contra o ar sem sucesso e sem soltar o grampo de jacaré da orelha.

Ribbing. O maldito do Ribbing.

Mesmo assim não deixava de entender o Kim. Seu comportamento com o adolescente Kim fora... duvidoso. Uma diferença determinante era que ele, como psiquiatra, estava convencido de que o jovem deveria ser pacificado e protegido contra si mesmo. Apesar do que Ribbing dizia, que se tratava de uma racionalização, não mudava o fato de que estava convencido. Acrescente-se a isso sua importante pesquisa sobre o tratamento dos jovens com eletrochoque ECT.

Isso aqui por outro lado era apenas vingança, Rudbeck estava convencido. A conversa de Ribbing sobre "entender" não o convencia. Mesmo se o próprio Martin usasse o termo com frequência, após uma longa carreira na psiquiatria chegara à conclusão de que realmente era impossível compreender uma pessoa, pelo menos não profundamente. Não conseguia nem compreender totalmente a si mesmo.

Isso o tornava uma pessoa má? Possivelmente, mas essa era a pessoa que devia administrar, viver a vida que deveria viver. Uma vida que provavelmente terminaria nas mãos de Ribbing, a qualquer momento.

Amanhã terminamos, dissera.

Depois que Kim saiu do quarto, Rudbeck cuspiu uma bolha sangrenta para o teto em uma tentativa patética de deixar seus rastros, e depois passou a noite pensando nos possíveis cenários. Não era uma ocupação agradável, mas não conseguia evitar as imagens que se materializavam no escuro como fantasmas famintos. Imaginava, principalmente, o choque elétrico que pulsaria do dedinho do pé até sua orelha e possivelmente pararia seu coração, mas não era *garantido*.

Quanto mais Martin se angustiava com seu destino, mais provável parecia a asfixia. Seria a coisa mais fácil do mundo tampar suas vias aéreas sem que ele pudesse se defender. Tampar sua boca e depois seu nariz. Rudbeck começou a ofegar imaginando a morte por asfixia.

Não sabia exatamente como, mas em algum momento ficou convencido de que Ribbing tinha a intenção de colocar um saco plástico na sua cabeça e depois prendê-lo ao redor de seu pescoço. Um plástico que entrava na sua boca quando tentava aspirar o ar, o oxigênio dentro do saco se transformando em monóxido de carbono. Cérebro desligando, morte.

Martin não queria morrer, mas não sabia como evitar isso. Tinha o dom da fala e conhecia bem as pessoas, mas não acreditava que conseguiria sair dessa conversando, principalmente depois de seu ataque contra Ribbing. Uma última possibilidade desesperada, e havia falhado.

Um ruído na escada atrás da porta e Rudbeck se urinou um pouco. O coração acelerou e abriu e fechou as mãos. Esqueceu a coceira do nariz e a ardência na orelha enquanto seu carrasco se aproximava. Foi o farfalhar do saco plástico que ouviu?

Meu Deus, que seja rápido.

Soluçou e algumas lágrimas quentes escorreram pelo seu rosto. Nunca estivera tão assustado na vida. Resmungou quando a porta de ferro abriu e gemeu quando a luz acendeu. Passos se aproximaram pelo piso e o doutor arregalou os olhos quando Astrid apareceu no seu campo de visão.

— Você? — perguntou Astrid franzindo o nariz. — O que você tá fazendo aqui?

10 DE JULHO, MANHÃ

Meia hora antes, Astrid estava deitada na sua cama quando ouviu a porta da rua abrir e fechar. Alguns minutos depois a motocicleta partiu. Continuou deitada até não conseguir mais ouvir o ruído do motor. Então levantou e se vestiu.

Começou com uma busca completa pelos quartos esquizofrenicamente decorados da casa. O quarto de Kim pertencia ao exemplo mais extremo. Sobre uma grande arca de marinheiro, gravada com 1814 em estilo floreado, havia um par de jeans e ao lado uma cadeira arredondada vermelha no estilo dos anos 1970 que lembrava algo do filme *Laranja Mecânica*. Entre a arca e a cadeira havia uma luminária de pé que por sua vez parecia originada do futuro.

Quando Astrid cheirou a cama desarrumada sentiu rastros de algum perfume feminino. Tivera a impressão de que Kim mantinha uma relação intermitente com Julia Malmros, com quem Astrid não tinha nenhum relacionamento, exceto que realmente gostara do quebra-cabeça de mil peças que Julia dera de presente quando ela tinha dez anos. As pessoas que respeitavam a inteligência de Astrid recebiam pontos positivos no seu livro. Por outro lado, a suposta relação com Kim fornecia muitos pontos negativos.

Revistou os armários da cozinha e da sala e encontrou de tudo, entre outras coisas, muitos eletrônicos cuja utilidade ela desconhecia. Kim parecia ser algum tipo de nerd *da tecnologia*. Em uma lata de café na cozinha Astrid encontrou cinco ampolas que conforme a etiqueta continham tetrodoxina e cujo o uso também era desconhecido para ela.

Depois de satisfeita desceu as escadas e chegou à porta do porão, onde encostou o ouvido. Não ouviu nada. O cadeado era um modelo mais simples e Astrid passou um tempo procurando uma chave. Abriu algumas gavetas na escrivaninha que havia no quarto, procurou embaixo das luminárias e atrás de pastas com texto em francês. Nada.

Se Kim não estava com a chave, então provavelmente a escondeu em algum lugar próximo. Astrid colocou as mãos nos bolsos e olhou intensamente como se pudesse abrir a porta com força de vontade. Depois levantou-se na ponta dos pés e passou os dedos pela esquadria da porta. Ka-bum! *Em certos aspectos, Kim Ribbing não era tão avançado quanto se poderia imaginar*, pensou Astrid quando as pontas dos seus dedos encontraram uma pequena chave que muito certamente servia no cadeado.

Astrid abriu o cadeado, deixou-o pendurado no gancho e abriu a porta. Logo na entrada, uma pequena escada descia rumo à escuridão. Astrid acendeu a luz. Havia algo sinistro na forma como a escada terminava em um piso de concreto aparente, então, antes de descer, pegou uma grande faca afiada no suporte de facas. Depois desceu a escada. Não ouvia nenhum ruído. A escada rangia e ela parou e ouviu. Desceu até o piso de concreto e olhou ao redor.

À direita, uma porta aberta dava para algo que possivelmente era a sala da caldeira, outras portas pareciam ser de depósitos. O mais interessante estava à esquerda. Uma forte porta de ferro trancada com um cadeado pesado. Astrid suspirou. Dificilmente teria a mesma sorte novamente. Teve apenas alguns segundos para lamentar e viu uma chave pendurada em um gancho ao lado da porta. Duplo ka-bum! Como Kim pensava realmente na segurança? Bem, Astrid não deveria estar aqui e ele não poderia saber que ela era uma *bisbilhoteira* por natureza. A própria Astrid achava que apenas queria ficar bem informada.

Abriu o cadeado e segurou a faca pronta na mão direita. Precisou usar toda sua força para abrir a porta com a mão esquerda. Ouviu um ruído.

Ratos?

Apesar do encanto de Astrid com os animais, os ratos não estavam entre seus favoritos e não apresentou *maiores* objeções quando seu pai colocou ratoeiras contra uma invasão de ratos na ilha Knekt durante um inverno quando os ratos atravessaram o gelo. Por outro lado, ela o proibiu de colocar veneno porque era contra a crueldade com os animais. Havia ratos no porão de Kim?

Com os quais ele fala durante a noite? Com certeza.

Astrid encontrou o interruptor e acendeu a luz do teto. O quarto por trás da porta estava em grande parte vazio. Continha apenas uma bancada de trabalho onde havia um computador e alguns instrumentos cirúrgicos. No meio do quarto havia uma cama de onde saia uma corrente presa na parede. Astrid viu uma cabeça com cabelos grisalhos. Onde viu um cabelo igual a esse antes?

Com os sentidos em alerta total e a faca segura no alto, Astrid se aproximou da cama com um movimento sinuoso. Pelo perfil ela já reconhecera o homem deitado amarrado. Deu alguns passos e olhou para os olhos arregalado do doutor Martin Rudbeck.

— Você — disse ela. — O que *você* tá fazendo aqui?

Então havia ratos no porão afinal de contas.

Rudbeck olhou para a porta para verificar se Astrid tinha companhia, antes de murmurar:

— Me solta. Ele pretende me matar.

— Quem? — perguntou Astrid com voz normal. — Kim?

— Sim. Ele tá em casa?

— Não. Saiu há uma hora. Por que você tá aqui?

— Só me solta.

Astrid olhou pensativa para os grampos no dedinho do pé e na orelha de Martin. Os fios levavam para uma caixa amarela com dois botões. No meio da caixa havia um símbolo de raio. Astrid olhou para as correias ao redor dos pulsos, tornozelos e peito de Rudbeck ao dizer:

— Se você tá aqui assim... deve haver um motivo.

— Ele é um doente mental, esse é o motivo.

Astrid tinha viva a lembrança de Vamlinge, como o doutor ficou sentado olhando para ela e depois tocou seu pé, como *invadiu* o que era dela, portanto não se importava com seus diagnósticos. Astrid foi até a bancada e mexeu nos instrumentos cirúrgicos. Largou a faca e pegou um bisturi.

— Ele tá me *torturando* — gritou o doutor.

Astrid foi até lá e olhou para ele.

— Não tô vendo — disse Astrid e apontou para o doutor com o bisturi. — Não tem nenhuma ferida.

Rudbeck acenou nervoso com a cabeça para a base da luminária perto da parede.

— Com aquilo.

— Torturando com uma *luminária?* — perguntou Astrid, apesar de entender muito bem ao ver os polos expostos e o fio que ia até a tomada na parede. — Com o devido respeito, não confio em VOCÊ, diretamente. Por que ele faria isso, então?

— Tô dizendo. Ele tá doente.

— Não parece uma explicação definitiva. Também tenho um diagnóstico, mas não significa que não sei o que tô fazendo.

— Sei que você tem um diagnóstico — disse Martin em um tom mais profissional. — E pelo que tudo indica ainda tá em um estado pós-traumático, o que a torna incapaz de tomar decisões racionais. O que aconteceu com sua mãe e seu pai...

— Não fale dos meus pais!

— Tá vendo? Tudo indica que você ainda tá na fase de negação e precisa de ajuda profissional pra trabalhar o trauma que sofreu.

— E quem poderia me ajudar? Você?

— Tenho muitos anos de experiência trabalhando com jovens traumatizados. Se soltar as correias...

— Sem chance antes de descobrir por que tá aqui.

O doutor pigarreou e sua voz ficou forte quando disse:

— Astrid, se não me engano, você sente culpa pelo que aconteceu com seus pais, tanto real quanto emocionalmente. Muitos jovens da sua idade têm um relacionamento tenso com a mãe e o pai e já vi exemplos de meninas que se sentem culpadas quando um dos pais fica doente ou sofre um acidente, porque já tinham um relacionamento ruim antes.

Astrid espetou o doutor com o bisturi e disse:

— Para com essa conversinha.

Martin Rudbeck fez uma careta com a leve dor.

— Ai. Não tô dizendo que isso se aplica a você, Astrid, mas algumas meninas escolhem o suicídio em vez de viver com sentimentos de culpa. O que você poderia ter feito? Deveria ter sido mais boazinha? Amado eles antes de morrerem? Eles me amavam? São tantas perguntas pesadas em uma mente jovem...

Astrid deixou o bisturi e pegou a caixa amarela. Um dos botões tinha o mesmo símbolo de raio da tampa. Astrid passou o polegar no botão. Rudbeck tossiu e disse:

— Não faça isso! Quer ser uma assassina?

— Talvez — respondeu Astrid. — Se é o necessário pra calar sua boca...

Mesmo sendo um velho sujo, o doutor conseguiu tocar no ponto mais doloroso de Astrid, porque era verdade que carregava sempre a culpa de não ter amado seus pais. Agora estavam mortos e nunca poderia mudar isso.

— Pode me ameaçar o quanto quiser — disse Rudbeck. — Mas precisa entender que só tá tentando se defender contra uma verdade que mais cedo ou mais tarde precisa enfrentar, e quanto mais cedo melhor. Pela sua reação, minha opinião sobre seus pais está correta. Você precisa de ajuda, Astrid, ou se tornará uma pessoa incapaz de dar ou receber amor.

A única coisa que impedia Astrid de dar um choque no velho, mortal ou não, era saber que ele tinha razão. Para não fazer uma besteira, foi até o computador na bancada e ligou.

— Deixa isso aí — pediu Martin Rudbeck.

A memória do computador parecia vazia, só tinha alguns vídeos. Astrid clicou duas vezes em um deles.

10 DE JULHO, MANHÃ

Julia Malmros abriu os olhos logo após as dez horas e sua cabeça imediatamente ficou cheia de confusão acompanhada do ritmo do reggae. Imagens nebulosas da noite anterior apareciam em sua cabeça. Já era uma hora da madrugada quando Julia cambaleou para casa voltando do apartamento de Irma e estava tão letárgica que a metade teria sido suficiente.

Depois de alguns tragos de mais um baseado, ficou esticada no sofá e revisou suas preocupações com Ribbing, a dor que sentia no peito. Depois as coisas mudaram e ela queria cantar reggae novamente. Julia fez uma careta deitada na cama. Se lembrava bem, havia até *dançado.*

Como dizia o Peps no "Hyreskasern": nunca mais.

Julia dobrou os joelhos contra a barriga, gemeu um pouco sentindo pena de si mesma, e se amaldiçoando por sentir isso. Fez o que fez por vontade própria e afinal de contas não era *tão* perigoso. O que a martirizava mais era que Irma ficou calma e controlada a noite toda e provavelmente lembrava de cada detalhe embaraçoso, aquela fofoqueira. Querida, amada fofoqueira.

Julia levantou a mão e acariciou o travesseiro onde Kim descansou a cabeça durante os dias da tempestade de sangue. Foi a única vez que esteve em seu apartamento, no resto do tempo ficaram na casa de verão e na nova casa dele, e em um helicóptero sobre o Mar do Norte. Julia fechou os olhos e se lembrou do beijo faminto sob as lâminas do rotor.

Querida Julia. Está se transformando em um romance de banca de jornal.

Jogou as pernas para fora da cama, se sentou e pensou por um momento com a cabeça parecendo ter o dobro do peso habitual e desceu com cuidado para o piso. Conseguiu se ver por fora e constatou que parecia o Pato Donald em um acampamento.

Se ao menos o Mickey pudesse apertar um botão na parede do trailer para ela entrar na banheira e depois tomar o café da manhã...

Não, café da manhã, não. Até o estômago parecia estar desarranjado e os intestinos inchados com fumaça de maconha. Mas café. Realmente café. Julia se levantou com a ajuda da cabeceira da cama e vestiu o roupão. Na sala pegou o celular sobre a mesa. Nenhuma chamada perdida, nenhuma mensagem. Suspirou e abriu o Spotify para tocar "Dois olhos negros". Não digitara mais do que "dois" no campo de pesquisas quando bateu na própria mão e soltou o telefone novamente. Podia ouvir a voz de Irma na sua cabeça: *Acorda, mana.*

O apito da cafeteira de expresso como sempre tinha um efeito calmante sobre ela. Quando o café finalmente borbulhou na caneca, estava de pé cantando:

— Não diga isso, diga talvez, talvez, talvez...

Bem, alguma coisa poderia se permitir. Julia bebericou o café olhando para a praça Järn lá embaixo.

Uma turista provavelmente japonesa tinha o braço ao redor dos ombros da estátua do Evert Taube enquanto outras três a fotografavam. Qual seria o possível relacionamento dos japoneses com Evert Taube?

A neblina começava a se dissipar no cérebro de Julia, que podia ver a vida com mais seriedade. Não havia dúvida de que seus excessos na noite anterior estavam relacionados com Kim. Não se preocupar com sua posição perante o outro fora tão libertador que havia surtado.

Devia parar com isso agora. Uma ducha rápida, mais um expresso e depois poderia ir até Kim e forçar uma resposta. O que realmente sentia por ela? Queria continuar com ela? Independente da resposta saberia o que fazer.

Não diga não, diga talvez, talvez, talvez.

Não. Diga sim.

10 DE JULHO, MANHÃ

Depois de trancar o portão, Kim dirigiu a Honda em baixa velocidade pelo caminho de cascalho e estacionou perto da escada. Com uma corrente revestida de plástico prendeu a roda dianteira no corrimão de ferro forjado da escada. Tirou um saco do bagageiro com o pão do café da manhã que comprou na padaria do centro comercial Fältöverste. Não fazia parte dos seus hábitos, mas sentiu vontade de dar uma pequena volta pela manhã.

Não tinha certeza do que deveria fazer com Astrid. Talvez fora precipitado ao oferecer um quarto para a menina. Ribbing tinha forte necessidade de decidir quando queria ficar sozinho. Gostava de Astrid, mas sua simples presença parecia um momento de perturbação nos pensamentos de Kim. Bem, talvez Kim se acostumaria, ou teriam uma conversa séria sobre o assunto.

Logo que Kim abriu a porta, percebeu que havia algo errado. Algo com a atmosfera da casa, como se prendesse a respiração. Quando subiu a escada, ouviu água correndo na cozinha e encontrou Astrid na frente da pia jogando água no rosto.

— Oi — disse Kim e Astrid olhou. — O que tá fazendo?

Astrid estava pálida e suas mãos tremiam quando fechou a torneira. Secou-se com um pano de prato e caiu em uma cadeira de vime com a cabeça baixa.

— Que foi? — perguntou Kim. — Aconteceu alguma coisa?

Astrid soltou um suspiro e olhou embaraçada e infeliz para Kim.

— Sinto muito. Realmente sinto muito — murmurou Astrid.

A cabeça de Martin Rudbeck estava jogada para trás e seus olhos mortos encontraram Kim logo que entrou no quarto do porão. A boca do doutor estava congelada em um grito silencioso e a língua, pendurada para fora.

O *taser* estava no chão, sob a cama, e não foi difícil perceber o que aconteceu.

Precisava muito para tirar Kim do sério, mas agora estava parado com os braços pendurados nos lados do corpo enquanto seus planos cuidadosos passavam por sua mente. Em uma ou duas horas o doutor seria um homem livre, mas agora, em lugar disso, era um cadáver complicado.

— Sinto muito — repetiu Astrid parada atrás de Kim. — Realmente sinto muito. Vi aquele vídeo, o que fizeram com aquela criança e como ele, ele lá... ficou tudo preto. Não lembro como aconteceu, mas devo ter... apertado o botão.

— Merda — disse Kim. — Merda. Tem noção do que fez?

— Sim, eu sei. Não tinha a intenção.

— Como você entrou *aqui?*

— Por acaso... encontrei a chave.

Kim colocou as mãos nas têmporas e olhou firme para Astrid, que olhou de volta e embora seus lábios tremessem não se entregou.

— Astrid — disse Kim. — De agora em diante você e eu seremos totalmente francos um com o outro. Não existe nenhuma chance no universo de você ter encontrado a chave *por acaso.*

Agora Astrid desviou o olhar de Kim e olhou para o chão.

— Ok. Eu menti. Ouvi você falando com alguém lá embaixo e fiquei... curiosa.

Kim balançou a cabeça e soltou os grampos de jacaré da orelha e do dedinho do pé de Martin, depois enrolou os fios na caixa que tinha nas mãos. Aqui estava. A arma do crime. Kim olhou o corpo do doutor que mesmo morto ainda exalava um odor de suor azedo. Esfregou os olhos e disse:

— Maldito. Diabo. Merda.

— Realmente sinto muito — disse Astrid e deu alguns passos antes de levantar a cabeça e fitar Kim nos olhos. — Mas vou te ajudar.

— Ajudar... com o quê?

— Bom, precisamos nos livrar dele. De alguma forma. Ou como?

Kim andou ao redor da cama e olhou para a pessoa que talvez mais odiasse no mundo. Em princípio não tinha objeções para a morte do doutor; em Vamlinge passou um bom tempo pensando em métodos de matar que eram significativamente mais prolongados e dolorosos do que um único choque elétrico. Não, as objeções eram práticas. Era muito *pouco prático* ficar ali com um cadáver, além do fato de que sua pena havia triplicado ou quadruplicado comparado com o sequestro.

Astrid olhou de soslaio para Kim.

— O que acha que devemos fazer?

Kim segurou a cabeça e respondeu:

— Eu não sei, ouviu?! Independente do que pensa de mim, realmente nunca estive nesta situação. Por que *diabos* fez isso, Astrid?

— Eu já disse. Ficou tudo preto. E por que tava com ele afinal de contas?

— Tinha perguntas a fazer.

— Conseguiu as respostas?

— Não. E dificilmente as terei agora.

Ficaram parados um longo tempo apenas olhando para o corpo, como se estivessem mantendo um minuto de silêncio. A mão de Astrid veio hesitante procurando a mão de Kim, que deixou acontecer. Não tinha nenhum problema moral com o fato de Rudbeck ter morrido no seu porão, agora era sobre Astrid. O que aconteceria com ela se isso ficasse conhecido. Internação psiquiátrica compulsória parecia o mais provável. E ele? Preferia morrer a ficar preso novamente.

Astrid franziu o nariz olhando para o corpo estendido e amarrado.

— Talvez devêssemos cortar em pedaços?

Kim tinha dificuldade em acreditar no que acabara de escutar. Olhou para Astrid que ainda segurava sua mão.

— *Devêssemos?*

— Sim — respondeu Astrid. — Acho que sei muito mais sobre abate do que você.

10 DE JULHO, MANHÃ

A participação de Jonny Munther na investigação dos assassinatos na ilha Knekt estava em grande parte terminada. Havia participado de muitos longos interrogatórios de Frode Moe e Bruce Li. Juntos, os dois acumulavam um número impressionante de acusações, entre elas, de homicídio, ameaças ilegais, tentativa de homicídio e privação ilegal da liberdade. Suas atividades econômicas eram investigadas pelo Departamento de Crimes Econômicos, enquanto os advogados e procuradores se preparavam para um processo criminal que provavelmente seria longo. Havia muito a investigar, mas a investigação agora estava nas mãos do investigador criminal Jonny Munther, sentado na sua escrivaninha olhando para o poster de Marc Chagall com o casal de amantes flutuando sobre as construções.

As pessoas que visitavam o escritório de Jonny pela primeira vez poderiam levantar as sobrancelhas quando viam o poster, porque não parecia combinar com o caráter dele. A verdade é que o poster pertencia a outro tempo e outra vida, os primeiros anos do relacionamento com Julia Malmros, quando Munther ainda acreditava no amor. Realmente deveria ter retirado o poster há muito tempo, mas não o fez. Jonny franziu o nariz para os pombinhos em êxtase. *Besteira.* Realmente deveria remover aquilo.

O telefone tocou e ele o atendeu, agradecido por se afastar dos pensamentos que começavam a se tornar amargos. Uma voz feminina do outro lado disse:

— Sim, oi. É a Moa. Moa Malmberg. Não sei se lembra de mim.

Sim. Jonny lembrava muito bem. Moa era cientista forense e seus caminhos se cruzaram em uma situação bastante estranha há mais ou menos um ano. Um assassinato em um apartamento onde encontraram um filhote de cachorro com sangue no pelo. Como o filhote era uma evidência, Jonny foi obrigado a levá-lo para o laboratório forense, onde Moa extraiu o sangue cuidadosamente enquanto Jonny segurava o filhote trêmulo.

Como a mãe estava morta e o dono estava preso, Jonny não viu outra solução exceto levar o cachorro para casa e encontrar uma nova família para ele. Jonny se lembrou de como Moa olhara calidamente para ele quando se ofereceu para ser o dono temporário do cachorro.

— Sim — disse Jonny ao telefone. — Claro que lembro. Como vai?

— Tudo bem, tudo bem. Como foi com aquele cachorro?

Jonny riu.

— Um colega em quem confio quis ficar com ele, então acho que também tá ok.

— Ah. Bom, bom.

Havia algo forçado no jeito de falar de Moa, como se estivesse nervosa. Se Jonny lembrava bem, seu marido morrera um ano antes de encontrarem o filhote e Moa se compadeceu com sua pequena figura. Jonny e ela tinham aproximadamente a mesma idade, mas Moa era tão esbelta e pequena que parecia vários anos mais jovem.

— Imagino que quer algo mais do que só perguntar sobre... a saúde de um cachorro — afirmou Jonny.

— Sim, sim — disse Moa. — Exatamente. Sim, bem, só queria saber de você. Bem... meu Deus, será que tenho catorze anos ou? É... Quer tomar uma bebida ou algo assim? Algum dia?

Jonny levantou as sobrancelhas. Provavelmente era a última coisa que esperava e sua mente ficou vazia. O comentário sobre se tinha catorze anos indicava bem de que se tratava de algum tipo de convite? Pelo que Jonny lembrava, nunca antes fora... convidado e não sabia como agir.

— Apesar que talvez você não queira — disse Moa rapidamente. — Talvez não tenha vontade, talvez não... talvez não seja esse o caso, quero dizer...

— Sim, sim — Jonny conseguiu dizer. — Claro que é o caso. Um bom caso. Super caso. Apartamento de cobertura na Stureplan.

Jonny mordeu os lábios. Geralmente as pessoas não entendiam suas piadas e portanto foi com alívio que ouviu Moa rindo nervosamente.

— Ótimo. Quando você pode e onde?

Combinaram que se encontrariam já naquela noite na estação de metrô Fridhemsplan e depois improvisariam. Talvez uma caminhada e depois um café, ou ao contrário. Depois que se despediram, Jonny ficou sentado um longo tempo só olhando para o celular. Então olhou para o poster na parede. Bem. Poderia continuar lá, por enquanto.

Jonny acabou de salvar o nome e número de Moa nos seus contatos, quando ouviu vozes no corredor fora de sua sala. Levantou-se da mesa e foi ver do que se tratava.

Um homem baixo, metido, com excesso de peso e um princípio de calvície estava parado olhando com um olhar ameaçador para Christof Adler que levantava as mãos e pedia calma. O homem estava na casa dos quarenta anos e usava óculos sem aro que escorregavam um pouco.

— Desculpa — disse Jonny Munther. — O que tá acontecendo aqui?

— Quem é você? — perguntou o homem como se tivesse o direito evidente de saber.

Jonny não se deixou impressionar, mas respondeu.

— Jonny Munther, perito criminal. E você é...?

— Ah — disse o homem. — *Investigador,* é algo diferente deste, deste... *assistente* aqui.

— É o primeiro grau do cargo, não é uma descrição das qualificações para o trabalho — esclareceu Jonny.

— Seja como for — disse o homem. — O assistente aqui em todo caso se recusou a levar esse caso a sério.

Christof Adler levantou as mãos e começou a dizer alguma coisa em sua defesa, mas o investigador o interrompeu com um movimento de mão.

— Seu nome, por favor. E qual seria o *caso?*

— Sou Wilmer Syd e há dois dias liguei para o *assistente* aqui para informar que meu amigo e colega Martin Rudbeck desapareceu. Depois recebi as explicações mais fantasiosas, mas nada faz sentido.

Syd começou a ficar agitado novamente.

— Primeiro fiquei sabendo que Martin estaria na *Tailândia,* o que era muito confuso, e quando consegui ligar para seu telefone, outra pessoa atendeu, alguém que encontrou o telefone na bolsa.

— E como chegou lá? — estranhou o investigador.

— Isso é *seu* problema esclarecer — retrucou Wilmer Syd. — Mas quando telefonei de novo para o *assistente* aqui, não demorou muito para ficar sabendo que Martin estaria no hospital Danderyd, mas ele *não* estava lá, e agora vim pessoalmente aqui, porque pelo telefono só consigo ouvir que tudo foi um mal entendido e Martin está na lua!

Wilmer Syd ofegou, secou a testa suada com a manga do paletó e se preparou para uma nova saraivada. Carmen Sánchez deu alguns passos para perto do grupo.

— Fui eu que liguei para o hospital e fiquei sabendo que ele estava na enfermaria de infecções, no isolamento.

— Sim — disse Wilmer Syd. — Internado com *ebola,* já ouviu algo assim?

— Não queriam informar especificamente qual seria a doença — disse Carmen. — Mas disseram que foi internado.

— Sim, sim — disse Wilmer Syd. — Não sei quais contatos fantásticos vocês usam, mas tenho meus contatos em Danderyd. Não foi fácil, mas finalmente meu amigo conseguiu entrar na enfermaria de infecções com roupas de proteção e tudo para ver com os próprios olhos. Está correto que o Martin foi registrado, *mas ele não está lá.*

— Pode ter sido transferido? — perguntou Jonny Munther.

Wilmer Syd sacudiu a cabeça com tanta força que algumas gotas de suor caíram de sua testa.

— Não! Não existe nenhuma anotação no prontuário dizendo que foi transferido. Está registrado na enfermaria de infecções, mas simplesmente não está lá.

— Certamente é muito estranho — disse Christof Adler, sua primeira contribuição para a conversa além de ser alvo de abusos. — Falei com uma vizinha em Täby, onde fica a vila do Rudbeck, e ela informou que Martin foi levado em uma ambulância. Talvez esteja em algum outro hospital?

— Nesse caso por que estaria registrado em Danderyd? — perguntou Wilmer Syd. — Não, tudo isso é um complô para esconder que ele foi sequestrado.

— Sequestrado? — perguntou Jonny Munther.

— Sim. Raptado, privado da liberdade, seja qual for o termo que vocês usam. Levado contra sua vontade. Talvez com a ambulância, então.

— Houve algum tipo de... exigência? — estranhou Carmen Sánchez.

— Não me pergunte! — exclamou Wilmer Syd. — Não sou uma aranha na teia sentado em casa ao lado do telefone esperando pela ligação dos sequestradores!

— Tem algum familiar que poderia ter recebido alguma exigência? — perguntou Jonny Munther. — Se assumimos hipoteticamente que realmente se trata de um sequestro?

— O Martin não tem família — respondeu Wilmer Syd com alguma admiração nos olhos. — Ele vive para o trabalho.

— Foi até sua casa? — perguntou Jonny Munther.

— Não tenho a chave — respondeu Wilmer Syd. — Mas estive lá e toquei a campainha diversas vezes. Mas por quê?

Munther pigarreou.

— Pode ser que ele esteja na residência, mas incapacitado para abrir a porta.

— Poderia estar doente, você quer dizer?

— Sim. Ou... a outra alternativa.

— Não, não, não. Martin estava totalmente sadio e se está presumindo que poderia ter tirado a própria vida, pode esquecer. Sem chance. E nesse caso, o que tem essa história da ambulância e a internação em Danderyd a ver com o caso? E seu telefone foi sozinho para a Tailândia? Não, não. Isso foi planejado por alguns bandidos mal intencionados.

— Hum-hum — disse Jonny Munther. — Desculpe, mas primeiro quero ligar para os colegas de Täby e pedir para irem até a residência e verificar antes de continuar com esse caso.

— Mas estou dizendo que...

— É o procedimento padrão — interrompeu Jonny Munther que já estava aborrecido com Wilmer Syd.

O homem tinha algo irritante, como se não pudesse tolerar que os recursos máximos da polícia não seriam aplicados agora que *seu amigo* eventualmente havia desaparecido.

— Quer esperar aqui? — perguntou Jonny Munther. — Ou será que devo...?

— Espero aqui — respondeu Wilmer Syd e coçou a nuca com um olhar oblíquo para Christof Adler. — Agora que finalmente tenho sua atenção. Se for para casa me ligarão após alguns dias com alguma nova invenção.

— Posso assegurar que não lidamos com invenções aqui — disse Jonny Munther e enfatizou. — Pode esperar na sala de conferências.

Depois que Wilmer Syd se foi, Christof Adler disse:

— Desculpa, mas precisa entender que com as informações que obtive...

— Entendo perfeitamente — disse Jonny Munther. — Não fez nada errado. Agora preciso telefonar.

Pouco mais de uma hora depois Jonny Munther convidou Wilmer Syd a sua sala para preparar uma denúncia formal de pessoa desaparecida. A polícia de Täby esteve na vila e não encontrou nenhuma pista do doutor, nem mesmo uma mensagem por escrito.

Munther clicou para abrir o formulário no seu computador.

— Quando falou pela última vez com Martin Rudbeck?

Enquanto digitava olhou para o poster de Chagall, mas parou depois que o irritante Wilmer Syd perguntou do que estava rindo, se achava isso engraçado.

10 DE JULHO, MANHÃ

Era quase incompreensível, mas enquanto Astrid andava pela casa juntando ferramentas e objetos que poderiam ser úteis para desmembrar Martin Rudbeck, sentia-se melhor do que há muito tempo. Havia um objetivo em cuidar de um problema a ser resolvido. Seus problemas e sua autopiedade foram desviados para fora de um túnel em cujo final havia um cadáver. Ao mesmo tempo, a história era absurda e Astrid se sentia desligada de si mesma. Até isso era uma sensação agradável.

Depois que Kim e ela separaram uma serra, um machado, facas e alicates na mesa do porão, ele pegou dois macacões brancos e finos de plástico e jogou um para Astrid.

— Aqui. Isto vai sujeira.

Astrid assentiu e vestiu o macacão com ruídos e rangidos. Olhou para as mãos que também pareciam separadas do corpo, mudas e controladas remotamente. A única indicação de que estavam vivas era o tremor. Será que realmente pretendiam desmembrar uma pessoa? Quão traumatizante seria? Alguma coisa dizia "não será pior do que aquilo que aconteceu na véspera do solstício de verão".

— Kim? — iniciou e sua voz estava *quase* firme.

— Hum?

— Como é isso? É possível construir algo a partir de um trauma? É como um saco que fica cada vez mais cheio, ou se sofremos um trauma gigante, ele fica parado lá e não piora?

— Não tenho certeza, mas acho que é o saco que conta.

— Ah sim.

Astrid olhou para o corpo de Martin Rudbeck estendido na cama, ainda com a língua pendurada para fora. Achava que o velho era muito nojento, mas o que faria com ele era ainda mais. *Não ele*, pensou ela. *Aquilo. O cadáver.*

O plano era que Astrid cortaria a pele até o osso e depois Kim serraria o esqueleto com uma serra de arco. Astrid levantou o bisturi que tinha na mão e deu um passo para a cama. Por onde deveria começar? Ombros? Cotovelos? Punhos? Virou-se para Kim, sentiu uma tontura e foi obrigada a dar um passo para o lado para não cair.

— Que... tamanhos vamos cortar? — perguntou.

Kim deu de ombros.

— Quanto menor, melhor, penso eu.

Astrid engoliu em seco.

— Hum. E depois?

— Depois enterramos. Ou afundamos. Os dois talvez, mas em locais bem distantes. Não sei. Deve ser assim que se costuma fazer se formos cuidadosos.

— Cuidadosos, sim — disse Astrid. — Tudo bem.

— Você consegue fazer isso? — perguntou Kim e levantou a serra de arco. — Se não, eu posso...

— Não, não — respondeu Astrid e acenou com o bisturi quase cortando sua mão. — Foi um erro meu, eu preciso... é só que, você sabe. Bem. Bem. Agora.

Astrid respirou fundo e se virou. Depois olhou para o corpo deitado cerrando os dentes, deu um passo e enfiou o bisturi na dobra do braço de Martin Rudbeck – *o cadáver*. Deslizou na carne macia sem encontrar nenhum tendão ou osso. Astrid engasgou e soltou o cabo do bisturi, que dobrou para baixo, escorregou para fora da carne e caiu no chão com um estrondo. Como não havia um coração vivo para pressionar, o sangue escorreu para o chão saindo espesso da ferida, puxado somente pela gravidade. Astrid tampou o rosto com as mãos.

— Merda! Merda!

— Vamos inventar outra coisa — disse Kim.

— Não. Não — disse Astrid por trás de suas mãos. — Isto é o melhor. Isto é... com cuidado. Só preciso. Merda.

Astrid tentou respirar fundo, mas em lugar disso começou a hiperventilar. Inclinou-se para frente apoiando as mãos nas coxas enquanto pontos claros dançavam na frente dos seus olhos. Quando a respiração acalmou e os pontos passaram a dançar sapateando, endireitou-se e disse:

— Como sabe, sou totalmente contra matança e abate de animais.

— Sim. Já percebi.

— Hum, mas de forma *puramente teórica* pensei que a matança de pessoas e... sim, o desmembramento então seria justificado se a pessoa, digamos assim, *merecesse*, devido ao mal. Entende? Os animais não podem merecer porque não podem tomar decisões morais. Então pensei, teoricamente.

— Mas na prática... — disse Kim, balançando a serra de arco para frente e para trás. — Significa que você é a favor da pena de morte?

— Não. Não, não sou mesmo. Mas neste caso... — sem olhar para o cadáver, Astrid fez um gesto para o corpo de Martin Rudbeck antes de terminar — ... neste caso já aconteceu. Entende? Você apoia a pena de morte?

Kim coçou o queixo com a mão livre.

— Digamos que aceito a premissa de que certas pessoas merecem morrer. Por outro lado, não acho que o estado deva fazer o trabalho. Então, não.

— Ok — disse Astrid e finalmente conseguiu respirar fundo antes de abaixar e pegar o bisturi, que usou para apontar para Martin.

— E este então? Merecia morrer?

— Realmente podemos dizer que sim.

— Por quê? Conta. Talvez fique mais fácil.

Kim avançou, posicionando-se ao lado de Astrid, para ver melhor o rosto angustiado de Rudbeck inclinado para trás. Kim fez uma careta.

— Ele torturava crianças. Gostava de olhar quando os outros as torturavam. Sentia prazer com o sofrimento delas. Era o pior tipo de pessoa.

— Ok — murmurou Astrid e levantou o bisturi. — Ok.

Com a mão ligeiramente trêmula levou a lâmina para o corte que havia começado. Exatamente quando a ponta entrou no corte, Kim colocou a mão sobre a dela.

— Astrid. Para agora.

Astrid levantou o bisturi.

— Não consigo.

— Não. Eu sei.

— Sabia o tempo todo, não é?

— Estava prevendo.

— Por que me deixou tentar então?

— Pra que você soubesse que fez o que pôde.

— Tenho catorze anos, Kim.

— Sei disso.

— Se você tivesse filhos. Imagino como seria. Com sua educação.

— Não pretendo ter filhos. Entre outras coisas.

Kim e Astrid ficaram parados nos seus macacões brancos e olharam para o corpo deitado com suas ferramentas praticamente não usadas nas mãos. Além de ser um cadáver, o corpo era uma ameaça *muito* maior que seu volume. A pele pálida, flácida, literalmente escorria para o interrogatório, julgamento, e a prisão por tempo indeterminado. Tudo isso era seu desejo e sua última vontade.

Foi quando ouviram um som estrondoso. A pesada porta abriu e Julia Malmros apareceu. Chegou a dar um passo para dentro do quarto antes de parar quando viu o que tinha na sua frente. Durante alguns segundos ficou parada buscando o ar enquanto um som de cliques saía de sua boca. Finalmente conseguiu dizer algo.

— Meu Deus. O que vocês *tão* fazendo?

10 DE JULHO, MANHÃ

Dez minutos antes, Julia desceu do ônibus 69, na rua Djurgårdsbrunn, na esquina da via Lido. Depois que o ônibus partiu, virou-se para a torre Kaknäs subindo imponente na direção do céu. Há alguns anos, a torre estava fechada para o público devido a uma "ameaça aumentada" e agora não era mais que um mastro elaborado de telecomunicações.

Ameaça aumentada.

Era a mesma expressão que tornava legítimo exigir identificação para ter acesso aos locais de transmissão pública, como a TV4, por exemplo. O pensamento na TV4 continuou com a série Åsa Fors e como uma carta no correio levou até a "realidade aumentada".

Julia Malmros murmurava para si mesma.

— Realidade aumentada. Ameaça aumentada. Diabo aumentado... aumentada.

Deu de ombros e tentou desviar os pensamentos em outra direção enquanto continuava pela via Lido. O verão estava no auge e tudo estava verde e perfumado sob o sol escaldante. Tentou entrar em sintonia com o ambiente sem sucesso. O pensamento na ameaça aumentada havia se fixado. Se havia alguma coisa que resultava em ameaça aumentada seria seu relacionamento com Kim.

Quando Julia estava disposta a se angustiar, o que parecia acontecer agora, costumava pensar como havia se imposto a Kim na casa de verão. Naquele momento parecera uma boa ideia, mas depois sentiu vergonha. Kim se referira ao caso somente uma vez, mas Julia ainda sentia a vergonha em algum lugar no corpo.

Julia saiu da rua e entrou entre as árvores onde se deitou em um leito de folhas secas do ano passado e olhou para cima, para os galhos verdes. Mas não funcionou.

Não poderia ir até Kim com um humor que parecia um pano de prato velho e azedo, precisava controlar seus pensamentos. Julia fechou os olhos e aspirou o aroma verde pelo nariz. O que havia com ela afinal? A verdade é que provavelmente sentia medo. E ficava aborrecida. E quando ficava aborrecida ficava azeda.

Então pare de sentir medo.

Mais fácil pensar do que fazer. Mas ok. Do que tinha medo? Que Kim não queria ficar com ela. Ok. E por que tinha medo disso? Porque era bastante imprevisível e ela não sabia como falar com ele ou compreender suas respostas. Ok. Mas mesmo se Kim tinha seus problemas e sua história, era uma pessoa totalmente sadia e racional. Não precisava tratá-lo como uma criança ou um idiota.

Julia pegou algumas folhas secas com a mão direita e esmagou com um ruído. A tempestade de sangue fizera dela uma pessoa irracional que não podia controlar seus impulsos. Somente olhem para ela. Há pouco tempo era uma severa escritora de romances policiais que sabia se comportar no palco e no salão, agora estava deitada em uma pilha de folhas com o coração disparado no peito. Maldito Kim Ribbing.

Julia bateu as duas mãos, levantando as folhas ao seu redor, e se sentou. *Já chega*. Lera o suficiente sobre mitologia para entender o que acabara de fazer, mesmo sem perceber. Morrera e se enterrara. A Julia que levantou e sacudiu as folhas das roupas era outra e recém-nascida. Alguém que teria coragem de chegar até Kim Ribbing e exigir uma resposta direta, fosse qual fosse.

Bem. Julia não participava de nenhuma seita de naturistas com uma crença tão forte que realmente a poderia modificar, mas foi com passos mais firmes que voltou para a rua e continuou, rumo à casa, até chegar ao portão e procurar a chave que recebera de Kim. O trinco estava enferrujado e enquanto tentava girar a chave, observou que duas barras do portão estavam tortas. Não tinha certeza se estavam assim o tempo todo, mas não pensou mais no assunto. Abriu o portão.

Ainda acomodada no "novo" corpo da Julia, continuou pelo caminho e viu a Honda de Kim acorrentada no poste da escada, então provavelmente estaria em casa. O coração acelerou novamente, mas o que esperava? Que faria algo equivalente a deixar uma mensagem em uma secretária eletrônica? Gritar como um duende e depois colocar os pés nas costas? Não, cara a cara era a nova melodia de Julia.

Sua mente estava tão ocupada pensando como resolver sua tarefa que nem percebeu que abriu a porta principal. Somente quando chegou ao escritório vazio parou e se controlou, tentando acalmar seu coração. Ficou parada com os braços cruzados no peito e somente então viu uma porta que nunca percebera. Notou agora porque estava aberta. Julia foi até lá e viu uma escada descendo para um túnel.

— Ho, ho... — disse baixinho, como com medo de acordar alguém no escuro que poderia subir a escada correndo. Quando não recebeu uma resposta, ensaiou um passo para baixo. Depois mais um. Os olhos se acostumaram com o escuro enquanto Julia descia com os braços estendidos nos lados do corpo e as pontas dos dedos tocando no cimento áspero. Finalmente chegou a um piso de cimento úmido. A temperatura estava diversos graus mais baixa que na superfície da terra, e um odor de terra e ferro pairava no ar. Um raio de luz vinha de uma porta de correr de metal e Julia ouvia vozes abafadas. Pensou em repetir seu "ho-ho", mas em lugar disso a *velha* Julia – que foi policial – assumiu, foi até a porta e abriu.

Por um momento ficou congelada e surda com o barulho da porta e a forte luz atingindo seus olhos. Deu um passo no quarto, depois parou. Viu o que estava estendido na sua frente e todos os pensamentos tranquilizadores sobre a sanidade de Kim Ribbing desapareceram.

10 DE JULHO, MANHÃ

— Meu Deus. O que vocês *tão* fazendo?

Astrid olhou para o bisturi na sua mão e o plástico fino e branco sobre seu braço como se lá houvesse uma resposta para a pergunta de Julia Malmros. Não encontrou. Olhou para a boca aberta de Martin Rudbeck. Também não encontrou uma resposta.

Algo quebrou na cabeça de Astrid. Há um tempo sentia que estava em um túnel com um único objetivo na sua frente e este orientava seu comportamento cego. Agora parecia que o túnel era de plástico preto que Julia Malmros rasgou com sua pergunta e deixou a assustadora luz normal entrar. Sim, o que Astrid realmente achava que estava fazendo?

Julia deu mais um passo no quarto com o olhar fixo no corpo de Rudbeck enquanto seus lábios se moviam em caretas trêmulas. Apontou para o corpo com um dedo trêmulo.

— Ele tá... morto?

— Sim — respondeu Kim, pegou o bisturi de Astrid e colocou na mesa junto com a serra.

— Quem... quem? — perguntou Julia e apertou as mãos contra a barriga.

— Martin Rudbeck.

— Aquele que... que...?

— Sim — respondeu Kim. — Aquele que.

Julia achou que terminou com as perguntas no momento e contentou-se em apertar as mãos contra a barriga. Apertar e soltar, apertar e soltar, como para ajudar na respiração com um respirador improvisado. Os lábios continuavam se movendo, mas não emitia nenhum som. Astrid suspirou e aspirou o ar para contar o que fizera, mas Kim a interrompeu.

— Eu o matei. Foi um acidente. Mas eu o matei.

Julia olhou para Kim, Astrid e Rudbeck antes de soltar a barriga.

— Mas como... como pode envolver a Astrid? Como pôde?

— Foi um erro.

Astrid gostaria muito de protestar e reconhecer sua participação no episódio, e se ainda se sentisse no túnel provavelmente teria feito isso, mas agora a luz entrou e queimou todos os contornos definidos. A pergunta de Julia foi o prego no caixão: Astrid *literalmente* não entendia o que estava fazendo e sentia o peito girando. Via-se no teto de um arranha-céu e lá embaixo, na rua, havia pessoas, incentivando-a a pular.

Julia balançou a cabeça.

— Por acidente? Erro? Não parece você, Kim.

— Não, mas agora foi assim.

— Astrid! — exclamou Julia asperamente.

— Hum? — respondeu Astrid e segurou uma coleira interna para conter a queda pela borda.

Julia apontou séria para a porta.

— Sai daqui, Astrid. Agora. Me espera fora da casa. Já vou.

Astrid olhou para Kim, que assentiu. Julia ainda apontava para a porta e Astrid aceitou agradecida o direcionamento para fora do ambiente indefinido, da queda iminente. Quando chegou até Julia, a mulher mais velha disse:

— O macacão.

Algo muito desagradável cresceu dentro de Astrid enquanto tirava o plástico fino. Quando não podia mais ver o corpo porque estava nas suas costas, ficou convencida de que o cadáver aproveitou a oportunidade para olhar para *ela*.

Acusador. Ameaçador.

Sempre a encontrarei.

Astrid não conseguia se livrar suficientemente rápido do plástico farfalhante, deixando-o cair nos seus pés. Não se atrevia a virar enquanto corria para a escada porque tinha a sensação de que então veria Martin Rudbeck rastejando atrás dela. Com o pânico agitando seu peito, subiu os degraus de dois em dois.

Tinha dificuldade para respirar quando chegou ao primeiro andar e bateu no próprio peito com o punho. Depois pegou o celular e deslizando os dedos sobre a tela procurou o número do Walter, seu psicólogo.

10 DE JULHO, MANHÃ

Julia e Kim ficaram parados na frente do cadáver e se olharam. Então chegaram até aqui. Durante seus anos de serviço externo Malmros viu muitos cadáveres e ficou não mais do que um pouco enojada com a visão. Não, era a combinação de Kim e acima de tudo Astrid que provocou um estado de choque temporário.

Depois que Astrid desapareceu nas escadas, Julia ficou calma, aterradoramente calma. A velha Julia assumiu seu lugar e agora esta Julia estava na cena de um crime com uma vítima e um autor, não poderia ser mais difícil.

— Kim — disse Julia baixinho. — No que tava pensando?

— Como disse — repetiu Kim, — foi um acidente. Não planejei isso.

— Não. E o que *havia* planejado?

— Pretendia soltá-lo.

— E como ele chegou aqui?

Kim deu de ombros.

— Eu o trouxe pra cá.

Malmros entendeu que existia uma conexão mais complicada por trás do esclarecimento simples, mas isso não era relevante no momento. Julia deu um passo para frente e fitou os olhos de Kim.

— E como... como *diabos* conseguiu envolver Astrid nisso tudo?

Kim manteve o olhar em Julia calmamente enquanto respondia.

— Ela queria ajudar.

Julia mal podia acreditar no que ouvia.

— Agora fez dela uma cúmplice, você sabe disso, não é?

Kim assentiu com a cabeça com algo similar a um sorriso nos lábios.

— Não se não for divulgado.

Julia fechou os olhos como se sentisse dor. Era difícil pensar que apenas alguns minutos antes estivera deitada na pilha de folhas decidida a apelar para o Kim Ribbing racional.

Agora estava na frente de uma pessoa com a ambição de sair impune de um assassinato. Julia ainda tinha os olhos fechados quando ouviu um farfalhar e a voz de Kim mais perto.

— Pretende denunciar isso?

Malmros abriu os olhos e encontrou Kim mais perto dela. Seu cabelo negro, que antes estivera preso em um rabo, estava solto sobre os ombros do macacão branco e algo no rosto pálido dentro dessa moldura levou Julia a pensar: *Anjo da morte.*

Julia estudou os grandes olhos azuis- claros de Kim.

— Se eu disser sim, pretende me matar?

Desde que Julia chegara ao quarto subterrâneo, Kim apresentava uma calma estoica e quase apática que não foi interrompida por nada do que aconteceu. Agora se encolheu, desviou o olhar e coçou a cabeça.

— Mas o que tá dizendo? Claro que não. O que *pensa* que eu sou? Só quero saber... o que esperar. Meu Deus, Julia, não pode dizer isso.

O tom de voz de Julia baixou para o grau congelante.

— Difícil saber o que posso ou não dizer. Porque não sei quem é você. Nunca soube.

Kim fez um gesto irritado, como se Julia falasse bobagens.

— Falamos disso mais tarde. Só quero saber se pretende me denunciar ou não.

— E eu respondo que não sei. Que não quero me envolver. E que provavelmente não existe nenhum... *mais tarde*. Isso é loucura, Kim, e não quero participar.

— Ok. Mas pretende me acusar?

Julia bufou. Mudando uma palavra, Kim a transformou de "denunciadora" para "acusadora". Malmros não se deixou abalar pelo seu estado presumido de *informante.*

— Não sei, Kim. Não sei. Precisa se contentar com isso. Agora preciso cuidar da Astrid.

Julia se virou e foi para a porta. Mal chegou à porta quando ouviu a voz de Kim.

— Julia?

Parou sem virar.

— Sim?

— Por que veio pra cá?

O motivo real da visita de Julia ficou sem sentido. Agora quando tentou lembrar não pôde deixar de soltar um suspiro.

— Foi em outra vida.

E então caminhou em direção à escada.

Julia encontrou Astrid sentada em um dos bancos da entrada. Estava de cabeça baixa e segurando seu celular com as duas mãos. Julia se sentou ao seu lado e acariciou suas costas.

— Como está?

— Não muito bem — respondeu Astrid engasgando. — Liguei pro meu psicólogo. Ele disse que me recebe. Apesar de estar de férias. Ele é bom.

— Eu o conheci, não foi? O Walter?

— Uhum.

— Parece bom.

— Ele é bom.

Ficaram sentadas lado a lado em silêncio e Julia pensava que no momento compartilhavam um destino comum, atraídas pela mesma coisa sem culpa própria. Depois de algum tempo, Astrid levantou o rosto para Julia e olhou para ela diretamente pela primeira vez.

— Julia?

— Sim?

— Um psicólogo tem obrigação de manter sigilo. Posso contar a ele? Sobre isso?

Embora provavelmente fosse decepcionante para Astrid, Julia se sentiu obrigada a dizer como realmente funcionava.

— Se for um crime grave, um psicólogo pode quebrar a obrigação de sigilo. Não é *obrigatório*. Mas ele pode.

Astrid assentiu e abaixou ainda mais.

— Não faz muito sentido. Se não contar.

— Não. Realmente não é assim.

Embora estivesse triste por ser obrigada a deixar a responsabilidade nos ombros de Astrid, Julia sentia um certo alívio por não precisar decidir.

Malmros supôs que se Astrid contasse para esse Walter, ele iria para a polícia, não teria motivos para evitar agora que Kim arrastara Astrid para sua própria loucura.

Julia sentiu um desejo súbito de começar a chorar sobre a rapidez como tudo foi para o inferno, mas endireitou as costas e perguntou para Astrid:

— Como vai até lá? Até o Walter?

Astrid fez um gesto fraco para a parede.

— Ônibus, eu acho. Metrô.

Julia pegou seu celular.

— Nunca na vida. Vou pedir um táxi e vou com você, ok? Acompanho você até lá.

Enquanto Malmros digitou o número do Táxi Estocolmo e fez um pedido pelo telefone, sentiu o peso da cabeça de Astrid contra seu ombro e ouviu sua voz murmurando:

— Obrigada, Julia.

10 DE JULHO, MANHÃ

Depois que a porta da escada fechou novamente, o quarto na terra ficou muito silencioso. Ouvia-se somente o chiado da lâmpada fria enquanto Kim ficou parado olhando para o corpo pálido do Martin Rudbeck. Não sentia raiva, nenhum remorso, ao contrário, sentia uma crescente *irritação* porque o homem que havia atormentado sua juventude mesmo depois de morto continuava jogando sua sombra sobre sua vida adulta.

Um pouco antes de completar catorze anos, Kim assassinou sua mãe, seu pai e seu avô com a ajuda de uma bomba caseira acionada por controle remoto. Quando as ondas de calor das detonações chegaram até ele no gramado da mansão do avô com um celular Nokia nas mãos, sentiu uma paz sobrenatural. Uma pesada coroa de espinhos rolou de suas costas e um punho cerrado no seu coração soltou o aperto. Foi naquele momento e local.

Depois os outros chegaram furtivamente. Durante o ano de estudos e experimentos para fabricar a bomba, Kim tinha apenas um objetivo em mente, o grande estouro que limparia a casa e o libertaria. Aconteceu assim mesmo, mas havia um preço. Sem que Kim pudesse fazer nada começou a sofrer de ansiedade e insônia. Quando ocasionalmente conseguia dormir, vinham os pesadelos. Ficava cada vez mais apático e quando ficava imóvel, seu corpo era apenas um suporte para um lamento silencioso. Começou a se cortar sistematicamente para abrir fendas por onde os lamentos pudessem sair.

Finalmente acabou na enfermaria de Martin Rudbeck em Vamlinge onde aconteceu o próximo passo para desmontar Kim Ribbing. No início os choques elétricos tiveram um certo efeito positivo, mas com o aumento da potência e frequência o lamento desapareceu substituído por uma lama negra onde ficava deitado com o rosto submerso, mal conseguindo respirar ou pensar. A última sessão provavelmente teria tirado sua vida se os assistentes de Rudbeck não tivessem se negado a obedecer a ordem.

Mesmo assim. Não tivera a intenção de matar Rudbeck, nesse caso simplesmente teria deixado a tetrodotoxina agir e deixado Martin sufocando no seu hall. Hoje também não teria matado seus pais. O avô provavelmente, mas não os pais. Não que sentisse sua falta, mas percebia que eram apenas um casal de pessoas más que permitiam que o avô se divertisse em troca de compensação financeira. Entretanto entendia sua pessoa de catorze anos que fez o que fez.

Apenas partes dos pais foram encontradas e o avô desapareceu completamente, provavelmente afundou até o inferno. Kim colocou um dedo indicador nos lábios deixando o outro tamborilar sobre o ombro de Martin Rudbeck.

— Explosão, Martin. O que acha disso?

Havia algo atraente no pensamento. Kim também não tinha vontade de fazer algo que exigia desmembrar o corpo em pedaços manejáveis. Fora imprudente deixar Astrid sequer tentar, mas na verdade ficou furioso com ela. Chega disso.

Uma carga explosiva corretamente localizada faria o trabalho muito mais efetivamente e em menos de um segundo. Com os contatos de Kim na rede não teria problemas para conseguir as substâncias necessárias, não, o problema estava relacionado com o local e a hora. Onde e quando poderia explodir um corpo em pequenos pedaços sem que ninguém ouvisse e sem cães farejando traços de DNA nos restos mortais? Depois havia o problema de levar o corpo para o local selecionado.

Kim se sentou em uma cadeira, apertou as têmporas com as mãos e pensou tanto quanto aguentava, voando na perspectiva das aves sobre os locais abandonados, muitos onde lutou durante seu tempo no SSF, *Stockholm Street Fighting*. Kim franziu a boca quando sua visão parou no local onde lutou pela última vez, a estação do metrô de Kymlinge, que nunca foi posta em serviço. Era alguma coisa. Deixar Martin Rudbeck voar pelos ares onde a Flecha de Prata deveria parar, o vagão do metrô com sua carga de mortos. Não. O ruído seria ouvido ao redor.

Enquanto uma parte da consciência de Kim continuava pairando sobre Estocolmo como um drone do Google Maps, outra parte começou a formular um plano alternativo. Por mais atraente que fosse uma explosão, Kim achava muito... bárbaro. O rapto de Rudbeck fora bastante elegante e uma ideia começou a crescer sobre o desaparecimento que também poderia ser tratado com certa finesse.

Kim se levantou da cadeira, foi até seu computador e clicou no jogo do Pac Man que era a porta de entrada do HackPack, uma comunidade de pessoas similares, especialistas em navegar na dark web. Um pequeno gemido como sempre quando Kim via a pequena figura amarela mastigando sua órbita sem conseguir um ponto sequer. Especialistas, sim, mas também nerds. Kim observou o registro do dia e clicou duas vezes em um ponto cinco casas para baixo, duas para a direita. Conseguiu entrar.

Kim dedicou um momento a gentilezas e curiosidades, os membros do HackPack em geral não eram muito de conversa fiada e a única novidade que Kim descobriu foi que o místico "Ces" agora parecia ter conseguido infiltrar o Banco Nacional da Suécia. Publicamente conseguiram ocultar o fato que, durante alguns minutos, na manhã de 8 de julho, a taxa dos acordos de recompra atingira três mil por cento. Embora o problema fora corrigido rapidamente, conseguiu realmente prejudicar o mercado de ações.

Alguém com algum discernimento disse que só conseguiram consertar o bug porque Ces *permitira;* tratava-se apenas de uma demonstração de força. Se Ces desejasse, o mercado de ações estaria em ruínas.

Kim escreveu que era interessante e que gostara das novidades sobre o Ces, mas tinha um problema muito concreto. Alguém poderia contar como criar uma pessoa? Pensou um pouco e depois acrescentou que dispensava brincadeiras sobre flores e abelhas.

10 DE JULHO, TARDE

— Pode ficar com este, Christof.

Jonny Munther usava um paletó bege de verão que Christof nunca vira antes e o cabelo grisalho do investigador estava assentado nas laterais. Se Christof não se enganara, Jonny cheirava a alguma *eau-de-cologne* que poderia ser *Old Spice*. Christof não teve coragem de dizer que parecia um camponês visitando Estocolmo.

— Eu? — perguntou Christof Adler. — Eu nunca... vamos dizer... liderei nenhuma investigação.

Munther sorriu e bateu no ombro de Adler.

— Então. Acho que não precisamos ir tão longe. Temos um possível desaparecimento, sim, mas acho que ainda não se trata de uma *investigação*. Falta muito pra isso. Junte as pontas soltas e então veremos.

— Ok — concordou Christof e coçou a nuca. — Não sei bem por onde começar, apenas...

Jonny apontou para a sala de Carmen Sánchez.

— Peça ajuda a Carmen, se ela tiver tempo. Ela sabe como usar o esmeril. Agora preciso ir.

— Posso perguntar pra onde?

— Não, não pode.

Munther foi embora pelo corredor, deixando um rastro de perfume do papai, ou melhor, do vovô. Christof não precisava perguntar, o investigador parecia ter uma lâmpada na testa piscando "Encontro! Encontro!". Christof duvidava bastante de que se tratava de Tinder.

Christof ficou parado um momento roendo a unha do polegar. Certamente podia imaginar uma parte do esmeril girando, mas talvez não estivesse realmente pronto. Foi para a sala de Carmen onde a porta estava aberta e bateu no batente. Carmen olhou do computador e inclinou a cabeça questionando.

— Oi — disse Christof. — Será que teria tempo e vontade de dar uma volta?

— Aham — respondeu Carmen. — Vamos lá.

Carmen gostava de brincar com Christof e fingir que ele sentia atração por ela. Nunca falhava: Christof sentia o rosto enrubescido. As brincadeiras de Carmen funcionavam tão bem porque Christof *sentia* atração por ela, mas não *desse* jeito. Sim, um pouquinho desse jeito, mas felizmente tinha sua Cecilia e nunca destruiria sua vida como faziam alguns.

Christof ignorou a brincadeira de Carmen.

— Trata-se daquele Martin Rudbeck.

— Aquele do hospital? O cara na enfermaria de infecções?

— Ele mesmo. Parece que ele realmente não está lá.

— Mas eu liguei. Disseram que...

— Sim, está *registrado*. Mas não está lá. Parece que o pegaram de ambulância na sua residência em Täby e depois... puff. Sumiu. Pesquisei todos os hospitais. Não está em lugar nenhum.

Carmen mordeu o lábio.

— *Ambulância? Hum.*

— Uma vizinha viu.

— E onde tá essa ambulância agora?

— Não faço ideia.

Carmen mordeu o lábio mais uma vez antes de se levantar e pegar a jaqueta do uniforme nas costas da cadeira.

— Vamos conversar com a vizinha.

— Então tem um tempo? — estranhou Christof.

Carmen acenou para seu computador.

— Tentativa de furto em uma região de casas de verão. Lista de objetos furtados. Sabe qual é a porcentagem de resolução nesse caso?

— Durante o recesso parlamentar?

— Hum. Talvez na festa do Pato Donald.

Saíram para o corredor onde o perfume da colônia de barba de Jonny continuava no ar. Christof cheirou demonstrativamente.

— Está sentindo?

— Sim, obrigada — respondeu Carmen. — Senti até na minha sala. Vi seu... *traje* também.

Christof assentiu para a resposta de Carmen e ela concluiu a mesma coisa que ele sobre a saída de Munther durante o almoço.

— O que acha, então?

Carmen Sánchez apertou o botão para chamar o elevador e suspirou.

— Desejo ao nosso querido investigador tudo de bom, mas, se não me engano, faz mais de trinta anos que o Jonny esteve em um encontro.

As portas do elevador abriram e Christof apontou para o corredor.

— Não era... Old Spice?

Carmen entrou no elevador.

— Sim. Old Spice. Deus nos ajude.

10 DE JULHO, TARDE

Julia e Astrid ficaram sentadas em silêncio no banco traseiro do táxi durante a maior parte do trajeto para Östermalm. Tinham muito para falar, mas nada que poderia ser tratado na presença de uma pessoa estranha. Depois que passaram o Berwaldhallen, Julia pegou a mão de Astrid e apertou.

— Consegue resolver agora?

Astrid não assentiu nem confutou, mas seus olhos ficaram vidrados quando sussurrou:

— Era como... meu refúgio.

Julia entendeu que Astrid dormia em um quarto na casa de Kim, que agora se tornara terreno proibido. Gostaria de poder oferecer um refúgio alternativo para a menina, mas seu apartamento não tinha um quarto extra sem considerar seu escritório. Talvez isso tornasse Julia uma pessoa má, mas não pretendia ceder aquele quarto. Era *seu* refúgio.

Julia soltou a mão de Astrid com um certo esforço.

— Se precisar... tenho um sofá onde pode dormir.

— Tudo bem — assentiu Astrid. — Não tem nada de errado com meu tio, ele é só...

A voz de Astrid desapareceu e Julia não conheceu a imperfeição que circundava o tio Lasse. Olhou para a menina sentada e fitando a baía Nybro com ar inexpressivo. Astrid poderia ser sua filha, se Jonny tivesse conseguido convencê-la. Poucos anos depois de casados e formados pela academia de polícia, Jonny começara a discutir o assunto dos filhos. Queria três.

O momento certo nunca chegava, sempre havia algo que tornava isso impossível, conforme Julia, e o mais fantástico era que realmente acreditava nisso. Depois entendeu que nunca quisera ter filhos com Jonny, não se atrevia a uni-los com a cola Epóxi que significava uma nova vida. Durante os vários anos com Jonny ficou firme na autoilusão e encontrava a próxima situação indevida, a próxima coisa que deveria fazer *primeiro*.

Com o tempo, Munther apresentava a pergunta cada vez menos, e finalmente esqueceu, fechando-se. Julia não considerava improvável que o tipo taciturno e triste do qual finalmente decidira se separar era sua própria obra. Esmagou Jonny Munther para depois abandoná-lo com desgosto. Não foi intencional, mas nos momentos de clareza desagradável Julia sabia que assim fora. Não gostava de pensar nisso.

Somente depois de percorrer metade da rua Strand e virar para a direita, na rua Grev, Julia voltou para onde estava agora. O táxi freou na frente de uma porta – com muitos ornamentos ao redor – que mais parecia um *portal*. Psicólogo infantil obviamente não era uma profissão de pobres. Astrid parecia pensar algo parecido, porque quando olhou pela janela soltou um suspiro aborrecido.

— Nunca esteve aqui? — perguntou Julia.

— Não — respondeu Astrid. — Só no consultório.

— Sabe o que fazer?

Astrid soltou outro suspiro aborrecido.

— Deve ser o que vou resolver. Agora mesmo.

Abriu a porta e saiu.

— Obrigada pela carona.

— Espera — pediu Julia. — Quer anotar meu telefone? Se acontecer alguma coisa?

Anotaram os endereços e telefones uma da outra, depois Astrid fechou a porta do táxi e foi para a porta. Julia sentia uma estranha afinidade com o ser magro e curvado que subiu dois degraus e apertou a campainha. Não é apenas uma vida nova que pode ligar pessoas, vidas apagadas fazem o mesmo.

— Pra onde vamos agora? — perguntou o motorista do táxi ao virar para trás.

— Gamla stan — respondeu Julia. — Praça Järn.

Julia pediu para descer na ponte Skepp e ficou um bom tempo parada com as mãos nos bolsos olhando para a água.

Pretende me denunciar?

A cada minuto que passava sem reportar o que vira no porão de Kim Ribbing tornava-se cada vez mais sua cúmplice, dando tempo para ele se livrar das evidências. *Não denunciar um crime* era o termo jurídico para o que Julia fazia enquanto ficava parada olhando a distância, para a ilha Skepp. Não. Não poderia fazer isso. Independente do que Kim fizera, para Julia seria impossível se distanciar dele desse jeito, reduzi-lo a um *autor* cujo feito seria divulgado. Bastava se imaginar pegando o telefone, digitando o número e dizendo "Alô, quero reportar um assassinato" para perceber que seria impossível.

Então o que pensava? Com alguma vergonha, Julia percebia que o que mais desejava seria que Kim encontrasse alguma forma inteligente de se livrar do cadáver e eliminar todas as pistas. Que *conseguisse se livrar de tudo.* Foi até onde a investigadora criminal Julia Malmros chegou. *Proteger o criminoso* era outro termo do passado que poderia se aplicar.

Julia afastou o brilho do sol dos olhos, virou as costas para a ilha Skepp e foi para Södra Bankogränd. A mata entre as velhas casas combinava melhor com seu interior do que as baías frescas e abertas. Quando chegou à praça Järn foi ultrapassada por uma pessoa em uma bicicleta elétrica cujas rodas batiam nos paralelepípedos. Julia virou para o lado e quase colidiu com alguém que estava agachado mexendo em uma motocicleta. Murmurou um "foi mal" e continuou para sua porta. Imaginava quanto tempo demoraria para sua consciência ficar totalmente presente. No momento estava em algum outro lugar.

Julia digitou seu código e abriu a porta. Não observou a falta de um clique nas suas costas quando a porta deveria ter fechado. Exatamente quando deveria dar o primeiro passo para escada, ouviu o ruído do couro e uma mão cheirando a óleo foi colocada sobre sua boca. Sentiu o calor no seu ouvido quando uma boca disse baixinho muito perto:

— Agora vamos com *muita* calma, ok?

Julia podia apenas assentir tão bem quanto conseguia com a cabeça presa sob a grande mão. Respirou pelo nariz e varreu mentalmente o próprio corpo procurando alguma arma. O único que encontrou foi seu pequeno chaveiro que poderia usar como um soco inglês improvisado se conseguisse tirar do seu bolso apertado. Chute para trás, pisar no pé, cotovelo no pomo de Adão. Não tinha mais os movimentos. Mas até aquele momento tinha apenas uma mão sobre a boca, então decidiu não provocar um escalonamento. Presumiu que seria a pessoa que mexia na motocicleta atrás dela e não era pequena, ao contrário.

A pressão sobre a boca de Julia ficou mais forte.

— Tá bisbilhotando. Precisa parar com isso.

Julia lembrou das palavras de Jocke Bäckman na estação Brunkeberg: *escave isso e terminará enterrada*, e presumiu que agora estava em uma fase preliminar antes do enterro. Seu coração acelerou, mas ao mesmo tempo tinha um ponto frio que conseguia avaliar a situação e concluir que provavelmente não estava em perigo de vida imediato.

— Mmpf — disse Julia.

Então a mão sobre a boca reduziu um pouco a pressão antes de dizer:

— É melhor não fazer nenhuma besteira.

Quantas vezes ela usara a mesma réplica durante seus anos no serviço? O que seria uma "besteira" era exclusivo para cada situação, mas quem ouvia a frase geralmente entendia do que se tratava, desde que não fosse tão alto quando um prédio Hötorgsskrapa. *Besteira* nesse caso provavelmente seria gritar. A expiração de Julia encontrava a pele impregnada de óleo e voltava para seu rosto, quando perguntou calmamente:

— O que exatamente tá insinuando?

A palma da mão foi apertada com tanta força sobre sua boca que sentiu um gosto de sangue quando seu lábio inferior foi apertado contra seus dentes.

— Estou *insinuando* — respondeu com voz irônica — que você tagarela com as pessoas. Pessoas com quem não deveria tagarelar. Deixa disso. Ou será o fim da tagarelice da sua parte. Entendeu?

Julia assentiu tão bem quanto pôde. Não havia nada que não entendia na situação, na realidade entendera tudo claramente logo que a mão foi apertada contra sua boca. Sabia do perigo e o único que a aborrecia era não ter sido mais cuidadosa. Bem, isso poderia ser perdoado em um dia assim.

— Bom. Então sabemos como estamos um com o outro — disse a voz e levantou a mão para beliscar a bochecha de Julia com o dedo indicador e o polegar.

Havia força na mão, sem dúvida. Julia pensou em chutar a virilha logo que tivesse um pouco de espaço, mas agora decidiu se conter. Se não conseguisse dar um chute realmente bom seria complicado. A mão soltou.

— Então fica como tá. Sem espionar, entendeu?

Julia assentiu. Não tinha a menor intenção de obedecer, mas no momento queria encerrar aquele encontro. Ouviu passos para a porta e novamente o ruído do couro. Malmros virou a cabeça e conseguiu ver a marca do clube dos Apóstatas nas costas da jaqueta de motociclista do homem. Um movimento no ombro do homem indicou para Julia que estava começando a virar. Virou o rosto rapidamente.

Ouviu um resmungo e a porta abriu e fechou. Malmros ficou parada. Meio minuto mais tarde ouviu o ruído de uma motocicleta partindo. Julia ficou no escuro das escadas. A rápida visão do homem não fora suficiente para Julia identificá-lo entre os membros do Apóstatas que pesquisara na rede. Além disso, seria irrelevante.

Não havia dúvidas de que existia uma forte ligação entre os Suecos Verdadeiros e os Apóstatas. A pergunta era exatamente qual seria essa ligação, de que material era fabricada e quais pontos estavam interligados.

Malmros pôs a mão sobre o coração e contou as batidas. Seu pulso era pelo menos oitenta. Nada mal porque acabara de ser dominada por um bruto fedendo a óleo, mas como uma maldição sentiu o medo tomando conta do seu corpo, enfiando-se entre seus joelhos obrigando-os a dobrarem. Apoiou-se na parede e respirou fundo, com ritmo constante.

Que merda de dia.

Julia não gostava da ideia de ficar sentada no próprio apartamento olhando para o chão enquanto sua consciência levemente traumatizada enlouquecia. Respirou fundo mais duas vezes e se afastou da parede. Depois abriu a porta da rua. Não poderia deixar de verificar o local onde seu agressor estivera agachado ao lado da motocicleta. Vazio, naturalmente. Mesmo assim ficou um pouco mais tranquila.

Com as pernas que ainda não estavam totalmente firmes foi para a rua Västerlång e manobrou através da massa de turistas rumo ao apartamento de Irma Ryding.

10 DE JULHO, TARDE

Astrid Helander subiu lentamente as escadas até o quinto e último andar. Havia um elevador, mas Astrid queria aproveitar a lenta subida para afastar o que acontecera com ela na superfície da terra, ou melhor, sob a superfície.

Ela mesma achava estranho, mas a imagem que a perseguia não era como o corpo de Martin Rudbeck subiu em um arco quando apertou o botão para depois cair de volta na cama com uma careta fantasmagórica no rosto congelado.

Também não era como apertou o bisturi na dobra do braço e continuou até encontrar resistência. O pior foi quando enfiou a ponta do bisturi na ferida aberta e Kim a fez parar. Foi nesse ponto que ultrapassou o limite e decidiu continuar. Mesmo assim aceitou agradecida: *Astrid, para agora*. Disse que não podia. Não era verdade. Ela não *queria*, mas teria feito aquilo, até o fim. Isso era o pior.

Apoiada no corrimão, Astrid chegou ao último andar e parou na frente da porta onde estava escrito "Berzelius" em letras de plástico sujas contra um veludo azul-escuro. Parecia que seu psicólogo morava aqui há bastante tempo. Não sabia praticamente nada sobre Walter, mas confiava nele.

Astrid fechou os olhos e tentou relaxar. Depois tocou a campainha. Ouviu um "blim-blom" antiquado dentro do apartamento seguido de passos. Astrid tentou arrumar suas feições sem saber como. Sua capacidade de manipular emocionalmente as pessoas parecia distante. Além disso, não funcionava com Walter, conforme demonstrado pela experiência. Se havia algo como "ser ela mesma" então poderia ser isso com ele.

A porta abriu e Astrid não conseguiu conter um sorriso. No consultório Walter estava sempre corretamente vestido com algum paletó de uma só cor sobre uma camisa geralmente azul. Agora também usava uma camisa, mas com mangas curtas e um padrão havaiano. Walter parecia entender sua reação porque fez um gesto para a camisa.

— Como disse. Férias.

— A variante Charter, então — disse Astrid.

Os cabelos grisalhos de Walter pareciam uma guirlanda ao redor de sua cabeça e, apesar de não ter excesso de peso, tinha uma dobra de pele pendurada sob o queixo. Os olhos eram calmos e castanhos, mas tinha rugas escuras e profundas sob os olhos, como se tivesse visto coisas demais. Astrid nunca perguntara sua idade, mas estimava em torno de setenta anos.

— Entre, entre — pediu Walter.

Astrid entrou em um hall com quase três metros de pé direito e teto de gesso.

— Nada mau seu endereço.

— Ah, herança — disse Walter. — Na verdade, eu cresci aqui.

Astrid continuou pelo apartamento e passou por uma cozinha onde as portas dos armários e a decoração não pareciam ter sido alteradas desde a década de 1950. Uma velha mesa rústica de cozinha perto de uma janela. Talvez foi lá que o pequeno Walter sentou e bebeu seu chocolate de manhã antes de ir para a escola. O pensamento provocava vertigem.

Astrid continuou para uma sala de estar com o leve odor de *pessoa velha* que Astrid não considerava desagradável, talvez por ser uma alma velha em um corpo jovem. A sala tinha poucos móveis, um sofá, uma mesa de centro e um par de poltronas Lamino. No canto uma TV tão pequena que Astrid achou que seria usada para ler *Relatórios*. Walter apontou para as poltronas.

— Vamos sentar?

— Onde devo sentar?

— Onde quiser.

Walter apontou para uma das poltronas Lamino, que evidentemente era mais usada do que a outra.

— Essa é tipo a *minha* poltrona, mas não sou exigente. Se parece melhor, então sente-se aí.

Astrid era bem educada e escolheu a poltrona cujo revestimento de couro cinza estava mais perfeito e menos gasto, enquanto Walter se sentou na sua, entrelaçou os dedos e apoiou as mãos nos joelhos. Ficaram em silêncio e de um quarto vizinho Astrid podia ouvir o fraco tique-taque de um relógio de pêndulo.

— Não sei por onde começar — disse Astrid.

— Comece por onde quiser — disse Walter. — Temos bastante tempo.

— Temos?

Walter pigarreou.

— Não é meu hábito receber clientes deste jeito, mas já que o fiz, pode levar o tempo que precisar.

— Por que sou uma exceção?

— Astrid. Há apenas duas semanas seus pais foram assassinados. Na sua frente. O fato de estar de pé é notável. Entendo que você precisa conversar.

— Hum — disse Astrid. — Mas não se trata disso. Não mesmo.

— Então do que se trata?

Astrid cruzou os braços sobre o peito e se inclinou para trás para olhar o teto onde havia um lustre de cristal de um modelo mais simples.

— Alguém me disse... que se soubesse de um crime grave não seria *obrigado* a denunciar, mas *poderia* fazer isso, é verdade?

— Conforme a prática, um crime que pode resultar em pelo menos um ano de prisão pode ser um motivo para quebrar a obrigação de sigilo, sim. Mas depende de cada um.

— Ok. E se... o *autor* for um menor e portanto não será condenado a prisão, como fica?

— Então o tutor será informado.

A última coisa que Astrid queria seria envolver o tio Lasse nesse caso. Se queria falar, seria obrigada a usar formas mais abstratas.

— Walter — iniciou ela, — considera que sou capaz de tomar minhas próprias decisões?

— Sim. Eu acho.

— E portanto... assumir a responsabilidade por minhas ações?

Uma ruga de preocupação apareceu entre as sobrancelhas de Walter.

— Astrid, o que aconteceu?

Astrid considerava que o que fizera não deveria ser tratado como assassinato, mas sim como homicídio culposo. O problema é que todos os requisitos para o homicídio foram preparados por Kim Ribbing. Por mais tolerante que Walter fosse, Astrid entendia que dificilmente haveria uma chance de ele aceitar sua relação com um antigo paciente mental sequestrador. E Kim provavelmente seria denunciado.

Astrid deu mais um passo para perto do centro da confusão quando disse:

— Apertei um botão. Que não deveria ter apertado.

— Como assim?

Astrid olhou para o homem mais velho, agora sentado inclinado para frente na cadeira, ainda com as mãos cruzadas na sua frente.

— Walter? Pode prometer que não vai denunciar, nem dizer nada pro meu tio? Se eu contar?

Walter expirou e se recostou.

— Infelizmente não posso prometer isso, Astrid. Mas posso incluir no protocolo que é isso que você deseja. Qual foi esse... botão? Que você citou?

Astrid pensou nos pequenos momentos quando grandes decisões poderiam ser tomadas. A plataforma do metrô, um passo a frente. A furadeira, as têmporas. Faca, as veias do pulso. Estava a ponto de contar como apertar um botão provocou a morte de uma pessoa, mas seu queixo travou quando sentiu o olhar culposo de Rudbeck nas suas costas; imaginou seus lábios formando um sorriso com a confissão condenadora. Astrid engoliu seco e olhou sobre o ombro. Naturalmente não havia nada além de um par de vasos de flor.

— Foi... mal — foi a única coisa que Astrid conseguiu dizer.

Walter passou os dedos pelos cantos dos olhos como se quisesse alisar as rugas profundas sem sucesso.

— Tem alguma ligação com... o que aconteceu com seus pais? — perguntou baixinho.

— Não. Nenhuma.

— Totalmente... não relacionado?

— Sim.

Astrid sentia-se um pouco mais calma. Em parte gostava que Walter usava linguagem de adulto ao falar com ela, em parte era um alívio falar sobre o que fizera, mesmo de forma velada. Se pelo menos aqueles olhos invisíveis pudessem parar de olhar e provocar arrepios na sua espinha. Controlou-se para não olhar sobre o ombro novamente.

— Não posso obrigá-la a contar nada — disse Walter. — Mas parecia bastante angustiada quando me ligou.

— Sim. Estava, sim. Mas depois...

— Depois?

Astrid não queria dizer que foi entrar na normalidade de Walter que a ajudou a ocultar algo que talvez não devesse ser oculto. Deu um sorriso enviesado para Walter.

— Foi algo que aconteceu. Apertei um botão. Teve consequências que não podia prever. Não posso dizer mais nada.

Walter ficou sentado calado por um longo tempo enquanto batia com o dedo na ponta do nariz.

— Não quero ser rude, mas... não parece que podemos falar sobre isso de forma significativa já que não se atreve. Talvez esteja protegendo alguém, não sei. Mas imagino... tem mais alguém? Alguém a quem se atreva a contar? — perguntou finalmente.

— Sim. Talvez.

— Então acho que deve conversar com essa pessoa. Estou ouvindo e percebendo que você carrega algo pesado. Acho que não preciso dizer como pode ser ruim fazer isso sozinha.

— Eu sei — disse Astrid e olhou timidamente para Walter.

— Pretende me denunciar?

Walter soltou o ar pelo nariz.

— Por que deveria denunciá-la? Diz que apertou um botão. Tenho dificuldade para entender a ligação alarmada. Mas gostaria realmente que contasse o que aconteceu.

— Eu queria — disse Astrid, enquanto mais um arrepio percorria sua espinha. — Mas agora não posso mais. Sinto muito, Walter.

Walter levantou as mãos.

— Não tem motivo para pedir desculpas. Quero ajudar, Astrid, mas precisa deixar que eu faça isso.

— Eu sei. Talvez outro dia.

Não disseram mais nada. Walter acompanhou Astrid até o hall.

— Será bem-vinda novamente. Quando precisar. E tente conversar com alguém. Se puder — disse antes de abrir a porta.

Astrid assentiu e desceu as escadas. Os olhos frios pairavam alguns metros atrás dela, não deixavam de olhar. Astrid colocou uma mão na nuca para se proteger contra um golpe.

10 DE JULHO, TARDE

Jonny Munther não estava nada confortável no paletó bege de verão que encontrou na gaveta da sala, nem sequer lembrava quando ou por que o comprara. Possivelmente seria de outra pessoa porque parecia pequeno e além disso apertava e balançava de forma estranha. O suor aparecia na linha dos cabelos quando se aproximava da estação de metrô Fridhemsplan. Preferia ter usado seu uniforme, uma roupa para a qual parecia ter sido feito.

Claro, pensou Jonny, *por que não usar um capacete e um escudo já que está em movimento?*

Desejaria ter algo nas mãos. Talvez um buquê de flores, uma caixa de chocolates, uma garrafa de vinho.

Ou o cassetete.

Jonny parou na frente do Banco do Comércio e passou as mãos pelo rosto. No bolso do paletó encontrou um lenço de papel dobrado que usou para secar a testa. Por que precisava estar tão *quente?* Como parte do seu projeto educacional de fim de vida, recentemente Jonny lera *O estrangeiro,* de Camus, e sabia o que o calor excessivo poderia provocar nas pessoas. Não que Jonny pensasse que o calor seria um motivo aceitável para um assassinato, mas havia algo nisso. Afinal de contas virou um policial.

Calma agora, Jonny recomendou a si mesmo. *Encontramo-nos, fazemos uma pequena caminhada, conversamos sobre o trabalho. Depois nos separamos e tudo volta ao normal. Nada de mais.*

Tudo estaria muito bem se não fosse pelo maldito paletó que fazia Jonny se sentir como um paciente mental em uma camisa de força, em uma cela acolchoada. Não, precisava usar ou rasgar. Jonny tirou o paletó e amarrou na cintura. A camisa branca de mangas curtas que usava por baixo pelo menos sabia que existia, já estava lá antes. Continuou para a estação do metrô.

Primeiro não reconheceu Moa. Em parte porque cortara o cabelo, em parte porque era muito pequena. Quando se encontraram no laboratório técnico criminal Moa estava no seu ambiente natural e seus movimentos e ações irradiavam uma autoridade que a tornava dez centímetros maior do que realmente era. Na verdade tinha pelo menos trinta centímetros a menos do que Jonny e além disso tinha um corpo muito esbelto.

Moa por sua vez reconheceu Jonny logo que o viu. Claro que Jonny não fizera grandes alterações na sua aparência... nunca. Sim, na década de 1980 tivera o cabelo um pouco mais longo, mas isso era tudo. Quando Jonny chegou na sua frente, Moa abriu um sorriso e estendeu a mão. Jonny pegou a mão como se fosse um passarinho, mas o aperto de mão de Moa era surpreendentemente firme embora ela mal alcançasse seu queixo.

— Oi — disse ela.

— Sim, oi — disse Jonny e soltou a mão para balançar a camisa sobre o peito. — Tá calor hoje.

— Sim — concordou Moa. — E parece que ficará por algum tempo.

— Aham, sim. Sim, sim.

Ficaram parados um ao lado do outro e olharam para o tráfego que passava pela rua Drottningholm. Finalmente Jonny suspirou, coçou a nuca suada e prosseguiu.

— Bom que foi dito. Não tô acostumado com isto aqui. Não mesmo.

— Quando diz *isto aqui,* quer dizer...?

Jonny virou para Moa.

— Mas você sabe... — girou o dedo indicador duas vezes entre eles. — Isto *aqui.*

— Então posso acalmar ou assustar porque também não estou acostumada com... — Moa imitou o gesto do Jonny com o dedo indicador e terminou do mesmo jeito. — Isto aqui.

— Preparado para a catástrofe, então.

Moa riu e Jonny engasgou. Ela gostou da sua pequena piada e ele não estava acostumado porque todos os colegas o consideravam um tipo de boneco bobo. Bem, talvez estivesse apenas nervosa e pronta para rir de qualquer coisa.

— O que acha? — perguntou Moa. — Café ou caminhada primeiro?

— Caminhada, acho — respondeu Jonny. — Pra parecer que merecemos.

— Penso assim também.

— Até a Prefeitura então?

— Perfeito.

Foram para a faixa de pedestres para atravessar a rua Drottningholm e Jonny pensou que pelo menos tudo ia bem até agora. Precisava apenas controlar o uso do "parecer". A palavra tinha a tendência de se infiltrar no seu vocabulário quando se sentia inseguro e afinal de contas não era mais um adolescente falante. Mesmo quando se sentia assim.

Quando chegaram do outro lado, Jonny olhou furtivamente para Moa que caminhava ao seu lado. Apesar da diferença no tamanho dos passos, ela não tinha problemas para manter a mesma velocidade, não, algo dizia para Jonny que ela até se conteve com passos mais lentos quando viraram para a rua Hantverkar.

— Parece que tá em boa forma — comentou Jonny.

— Eu corro — disse Moa, — nado. Esquio no inverno, quando tenho oportunidade.

Esta seria a oportunidade para Jonny falar sobre as atividades físicas que praticava. Meio ano antes, um colega da Liga Moral cujo parceiro de padel adoecera perguntou a Munther se queria experimentar. Havia jogado um pouco de tênis na juventude e estava curioso com o esporte que se espalhava pelo país, então havia experimentado e quase perdeu a vida. Foi a coisa mais recente no gênero que Jonny praticara e achava que não seria uma boa anedota para contar. Estava realmente fora de forma e assim acabou a coisa.

Como para compensar, Jonny seguia em boa velocidade balançando os braços pela rua Hantverkar, em linha reta para a Prefeitura, mas Moa puxou sua camisa e apontou com o polegar para a direita, para o final da rua S:t Erik.

— Por que não vamos pela praia Norr Mälar? Em um dia como este?

Jonny assentiu e se lembrou de que não se tratava de chegar à Prefeitura o mais rápido possível, tratava-se de *caminhar*, algo que realmente não era para ele. Só queria levar seu corpo frágil do ponto A para o ponto B da forma mais efetiva possível.

Agora você acompanha, disse para si mesmo. *Agora você caminha, seu idiota.*

Jonny reduziu a velocidade.

— Você parece bem encantada com Estocolmo.

— Cresci aqui. Só mudei pra Linköping quando consegui o emprego na NFC, ou SKL como se chamava então.

— E como voltou?

Moa era filha única; sua mãe ficou viúva durante os últimos anos de sua vida. Agora a mãe morrera e Moa passou a última semana limpando o apartamento na rua Kock que agora seria dela. Manteve apenas o mais necessário para continuar morando lá enquanto pensava no que fazer. Enquanto contava, Jonny percebeu que inconscientemente acelerou o passo para chegar à próxima meta, a praia Norr Mälar.

Caminhar. Devagar. Caminhar.

Quando chegaram acelerados e brilhando no cais, Jonny descobriu um jeito de lembrar o que estava fazendo. Dobrou os braços nas costas e segurou a mão direita com a mão esquerda. Talvez fosse uma posição mais correta para *passear* do que para caminhar, mas funcionava. Nenhuma pessoa sadia iria para uma pista de corrida com o corpo nessa posição.

— E o que acontece em Linköping, então? — perguntou Jonny.

— Recebemos coisas de todo o país, como você sabe — Moa estalou os dedos. — Há algumas semanas recebemos um barco cheio de vocês, não foi?

— Sim. Não encontramos outro jeito. Lamento.

— Não chegou na minha mesa — Moa riu. — Bem, um barco não acaba diretamente na *mesa* de ninguém, mas você entende.

— Sim.

— De outro jeito, Linköping... — Moa olhou para a água onde barcos solitários balançavam ou avançavam como silhuetas pela superfície brilhante. — Imagino que conhece nosso querido Skäggetorp.

— Sim. Área vulnerável. Bem no topo da lista.

— Área *especialmente* vulnerável, se posso dizer. Então lá sempre tá acontecendo alguma coisa, por assim dizer. Semana passada... — Moa olhou para Jonny com os olhos semicerrados. — Conhece os Suecos Verdadeiros?

— Difícil evitar.

— Hum. Então temos um homem... posso chamá-lo de *político*, então. Sueco Verdadeiro. Estava a um passo da câmara municipal, mas isso não é um obstáculo pra ele. Tem outras plataformas e... incita. Principalmente em Skäggetorp. Certamente pode imaginar.

— Mais ou menos, sim.

A torre imponente da Prefeitura se aproximava com rapidez alarmante e Jonny reduziu mais um pouco o passo, indo de passeio para *vagar*. Estava apreciando ir ao longo do cais ouvindo a voz sombria e um pouco rouca de Moa que não combinava bem com sua aparência jovem. A discrepância era atraente de certa forma.

— Ok — continuou Moa. — Mas este homem tem uma preocupação especial pra não dizer uma obsessão por crianças.

— Crianças?

— Sim. Que os nascidos no estrangeiro, ou *os inferiores*, conforme sua terminologia, têm tantos filhos. Tem gráficos e listas e estatísticas e Deus sabe o quê, apontando pra uma catástrofe total do patrimônio genético, principalmente de Linköping. Novamente sua terminologia.

— Isso costuma ser incluído? Nessa retórica?

— Sim, mas ele é muito extremista. Como disse: obcecado. Como se cada criança nascida com outra cor de pele fosse uma ameaça direta para a sociedade sueca, principalmente de Linköping.

— Acho que tenho uma ideia de onde isso vai parar — disse Jonny.

— Sim. Há algumas semanas alguém colocou uma bomba no BVC em Skäggetorp. Explodiu metade do lugar. Um milagre que ninguém morreu. Uma enfermeira e uma parteira foram feridas pelos estilhaços. Três crianças pequenas estavam no local.

— Li sobre isso — disse Jonny. — Achei estranho porque não foi mais divulgado, quero dizer... atentado com bomba contra um centro de saúde, é algo que... algo que não pode acontecer.

— Não é? Mas em Skäggetorp acontece e ninguém se importa realmente.

Viraram da praia Norr Mälar e chegaram à sombra da alameda de árvores que levava para a Prefeitura. Jonny gostaria de levar a conversa para um assunto mais pessoal, mas depois do relato sombrio de Moa não havia nenhuma possibilidade, então se contentou em dizer:

— Vivemos em uma sociedade estranha.

— Sim — concordou Moa. — E você então? O que tem feito?

— Eu? Costumo dizer que faço minha parte. O que posso, o que consigo.

— Mas e fora isso? Quando não tá fazendo sua parte?

Inesperadamente Moa mudou para o lado pessoal e pensando bem Jonny achou que não foi bem-sucedida. Desabotoou o botão superior da camisa e coçou o pescoço.

— Bem, o que faço? Leio um pouco.

— Aham. Acho que não imaginava. Também leio bastante. O que costuma ler?

— Hum... clássicos.

O projeto de cultura de Jonny, selecionando nomes da literatura mundial depois de uma vida quase sem leitura, ainda estava no começo e não era uma coisa que estava pronto para discutir. Depois de estudar listas diferentes na rede percebeu que apenas tocara a superfície, ao menos isso. Havia *arranhado* a superfície. A salvação veio de um pequeno quiosque na rua em frente a Prefeitura. Jonny apontou para lá.

— Sorvete. Quer um?

— Absolutamente.

Moa escolheu um copinho simples com uma única bola de baunilha. O estômago de Jonny roncava porque não almoçara e se permitiu uma casquinha com duas bolas, morango e chocolate. Não se atreveu a pedir uma terceira bola, porque havia o risco de cair, já que se sentia atrapalhado e também não queria parecer muito guloso.

Sentaram-se em um banco sob o sol ao lado da Prefeitura e consumiram seus sorvetes em silêncio. Parecia um pouco desconfortável e ao mesmo tempo não. Algo na atitude de Moa dizia para Jonny que era ok ficar em silêncio. Depois de um tempo apontou para a Prefeitura e perguntou:

— Sabe quantos tijolos usaram?

— Hum — respondeu Moa. — Quando fiquei sabendo pensei que era mais ou menos igual à população da Suécia, portanto... cerca de oito milhões?

— *O prego no caixão*, como uma colega teria dito. Corretíssimo.

— O prego no caixão?

— Sim. Ulrika Boberg, ela é... especial.

— Parece ser.

Desde a dissolução do grupo da ilha Knekt, Ulrika Boberg retornara para os Crimes Econômicos, onde como especialista principal era a responsável por desmembrar as transações financeiras complicadas, por dizer o mínimo, de Frode Moe. Caso cruzasse com Jonny nos corredores, acenavam um para o outro e isso era tudo. Jonny sorria quando lembrava de algumas das declarações menos enigmáticas de Ulrika. *Não se faz uma empresa dessas vendendo fraldas para crianças.* Não, evidentemente.

Jonny voltou para o banco, Moa e a Prefeitura quando algo tampou o sol e lançou uma sombra. Na sua frente estava um homem que reconhecia vagamente, com as mãos ao lado do corpo. O homem tinha sua idade e uma aura de burocrata. Alguém do departamento de justiça ou do conselho municipal?

— Jonny! — exclamou o homem. — Jonny Munther! Não foi ontem nem anteontem!

— Não — disse Jonny, sério. — Se tivesse encontrado o homem recentemente provavelmente lembraria.

— Como vai a vida? — perguntou o homem.

— Bem, obrigado — disse Jonny. — Cabeça pra cima e pés pra baixo.

O homem riu como se Jonny tivesse dito algo muito divertido. Não era que Jonny diretamente *evitasse* esse tipo de interações já que considerava que tinham uma função no relacionamento humano, mas tinha muita dificuldade com isso. Falar algumas platitudes e depois *precisamos nos encontrar pra tomar uma cerveja algum dia.* Sim, até logo.

O homem apontou para Moa.

— E aqui temos... seu filhote, ou?

Jonny ficou sem palavras. Se tivesse capacidade para enrubescer sua cabeça já teria se transformado em um tomate. Mesmo não sendo assim, sentiu uma sucção no estômago e quis se esconder em algum lugar sem saber o porquê se sentia assim. Sim, porque sem pretender colocou Moa em uma situação constrangedora que não sabia como resolver. Antes que Jonny pudesse dizer alguma coisa, Moa se levantou um pouco, pegou a mão do homem e disse:

— Exatamente. Conny. Conny Munther. Prazer.

— Prazer, Conny. Bem, agora preciso me mandar. Mas, Jonny, podemos nos encontrar e tomar uma cerveja algum dia?

Jonny assentiu desanimado. Felizmente o homem não tentou trocar números de telefone que poderiam tornar sua ameaça de cerveja uma realidade. O homem continuou para a Prefeitura com um estilo de caminhar de alguém que queria dizer *aqui venho eu com coisas importantes a fazer e tenho pressa.*

— Sinto muito — disse Jonny. — Nem sei quem é esse cara.

— Sem problema — disse Moa. — Não foi a primeira vez.

— Que alguém pensou... que você é meu filho?

Moa engasgou e deu uma cotovelada em Jonny.

— Não, bobo. Que eu sou um garoto. Considero como um elogio por parecer muito mais jovem do que realmente sou.

Jonny não se atrevia a olhar para Moa e buscar o que o homem vira e precisou confiar nas imagens que lembrava da última meia hora. Era verdade que tinha um aspecto andrógino que ficou mais evidente depois que cortou o cabelo. Rosto anguloso em grande parte sem rugas, ombros bastante largos e poucas formas femininas. Jonny entendia que poderia passar por um garoto, mas nesse caso muito afeminado. Seria provável que Jonny Munther teria um filho assim? O pensamento o deixou desconfortável em relação a Moa e decidiu esquecer.

Moa tocou na tela da pulseira de atividades no seu pulso e apareceu um relógio. Levantou-se e apontou para o sul através da água.

— Não, também preciso *correr*, tenho alguns papéis a resolver.

— Ok — disse Jonny e jogou o resto de sua casquinha no cesto de lixo para estender a mão para ela. — Foi muito agradável. Realmente.

— Hum — disse Moa. — Fazemos isto novamente?

— Eh... *encontrar?*

Moa olhou para frente e voltou o olhar, se inclinou para frente e disse como se estivesse falando com uma criança:

— Siiim?

— Claro. Sim. Com prazer, prazer.

— Bom. Então nos falamos.

Somente depois que Moa virou e deu alguns passos, Jonny finalmente percebeu a coisa divertida que no calor do momento não percebeu e disse:

— Você?

Moa virou.

— Sim?

Jonny fez uma leve careta.

— Conny Munther?

— Claro — disse Moa e jogou a franja de um jeito desajeitado e exagerado. — Prazer, prazer.

Virou e foi embora com seu passo elástico. Jonny ficou parado olhando para ela. Havia algo na forma como deu a cotovelada e disse "não, bobo" que fez derreter o sorvete gelado no estômago de Jonny, escorrer e ficar quase quente. Não lamentou nem o fato de não ter nenhum café. Afinal aconteceu o quiosque.

10 DE JULHO, TARDE

Kim pendurou uma cesta de vime no braço e colocou os diversos instrumentos de tortura que nunca tivera a menor intenção de usar e que estavam lá somente para assustar. Quando colocados juntos não seria difícil adivinhar seu uso presumido, mas Kim pretendia passá-los por um ciclo na lava-louças e depois espalhar pela casa, nos seus respectivos lugares. Uma parte das ferramentas acabaria no mesmo lugar, mas havia uma diferença entre um martelo, um alicate e um furador dependendo que onde estavam. Bandeja inoxidável: gritos e tortura. Caixa de ferramentas: uso caseiro.

Kim achou que o cadáver de Martin Rudbeck, nas suas costas, começava a cheirar, mas provavelmente era sua imaginação, ou simplesmente o odor corporal "natural" do doutor depois de três dias na cama sem possibilidade de se lavar. Kim tentou ignorar o odor e colocou dois bisturis de formatos diferentes na cesta. Sentia-se muito cansado.

Apesar de sua abordagem ousada no sequestro de Rudbeck, nunca ficara totalmente claro o que realmente pretendia realizar. Alguma forma de paz de espírito, sim, mas *como* obter essa paz estava oculto na escuridão e não tivera sucesso, exceto se o *desgosto* pudesse ser considerado um tipo de paz. Estava desgostoso com toda a situação e queria apenas que terminasse.

No fórum do HackPack, recebeu respostas relacionadas com a criação de uma pessoa. Era quase certo que seria possível, mas provavelmente demoraria alguns dias. Kim distribuiu algumas tarefas variadas e pagou antes de desligar o computador quase com nojo. Sim, estava cansado, e acima de tudo estava cansado de si mesmo. Constantemente esses diabos de truques e trapaças solitárias.

Fora solitário na escola e não tinha amigos, ficava em um canto brincando sozinho. Fora solitário na ginástica, ocupado esticando e formando o próprio corpo além dos limites naturais e controlando a dor e ansiedade. Também nenhum amigo por lá.

Paradoxalmente, só se sentiu incluído quando lutou no Stockholm Street Fighting. Havia uma *proximidade* estranha e tensa com a pessoa que socava seu rosto e cujos punhos provocavam hematomas em seu corpo. Uma dança de casal em sinal de dor, sangues que se misturam, gemidos e suspiros que não podem ser distinguidos um do outro.

Adicione as fugas em conjunto da polícia quando eram descobertos. Como um rebanho, os combatentes fugiam pelos distritos industriais e escolas abandonadas com a luz azul piscando nos calcanhares. Adrenalina e risadas aumentando no grupo antes de, como por um sinal determinado, se separarem para depois se reunirem novamente em outro local, outra hora. Sim, foi realmente o único período na vida de Kim Ribbing quando se sentiu *próximo*.

Depois veio Julia Malmros. Kim colocou a última ferramenta, um aquecedor de imersão, na cesta e ficou parado olhando para a parede de cimento cinza escuro. O que realmente aconteceu com Julia Malmros?

Lembrou-se da primeira vez, quando se encontraram, suas diversas perguntas demonstrando pouco conhecimento sobre segurança na informática que fizeram Kim se sentir *capaz* de uma forma que não era a habitual. Como havia sugerido sexo, como fizeram e depois a surpresa de Julia quando ele deixou seu apartamento depois que tudo terminou.

Nada de anormal até então. Ribbing tivera encontros similares anteriormente. Não muitos, mas aconteceram. Fazer o que ambos queriam e depois adeus. O acontecimento extraordinário, depois do encontro com Julia, ocorreu quando Kim atravessou a praça Järn cheia de neve e foi à rua Västerlång rumo ao metrô.

Simplesmente parou. Kim ficou parado na frente da vitrine da Bröd & Salts. As pernas se recusavam a mover-se e um arrepio percorreu seu corpo quando algo quente e viscoso espalhou-se sobre seu coração e sentiu um aperto na garganta. Tossiu e sentiu lágrimas nos olhos. Tentou ordenar suas pernas para ir, mas continuavam recusando e dizendo *Não, acho que já andamos o suficiente.*

Somente quanto virou totalmente, ficando com o rosto de frente para a praça Järn, suas pernas acordaram novamente. Depois da recusa total, agora assumiram o comando e o levaram para ficar parado na porta de Julia Malmros. Seu nome constava no interfone da porta, mas quando Kim levantou a mão para o botão, conseguiu se controlar novamente, baixou a mão e se sentou no chão ao lado da porta. Depois ficou sentado lá durante várias horas. Não sabia quantas vezes tentou levantar e ir embora, mas seu corpo começara uma greve de simpatia. Então ficou sentado até Julia o encontrar no fim da tarde e o único que conseguiu dizer foi: "Que diabo". Começou assim e agora terminou. Com a cesta na mão, Kim cruzou o quarto e pretendia subir para a casa, mas o cadáver tinha um poder estranho que o atraía. Ficou parado na frente do corpo com a cesta pendurada na mão. A pele estava mais amarela ou seria apenas imaginação? Kim bufou. A verdade é que se sentia tão solitário que quase desejava que Martin Rudbeck acordasse para que pudessem continuar a conversa. Qualquer coisa, menos o maldito silêncio.

Kim cometeu um erro fatal. Deixou pessoas entrarem na sua vida. Durante seus quase trinta anos esculpiu e fortaleceu uma grande capacidade para a solidão. Podia ficar sem falar com as pessoas e não tinha nenhum problema. Agora vivia uma lembrança que achava que exorcizara do seu sistema para sempre. Sentia *saudade*.

Julia reagiu com desgosto ao crime de Kim e o envolvimento de Astrid e depois o deixou. As duas pessoas com quem realmente se importava foram embora para sempre, pensava ele, e não podia fazer nada. Estava feito e seus demônios finalmente venceram.

— Tô me lixando pro que pode acontecer — disse Kim para o corpo sem vida de Martin Rudbeck. — Faço o que posso e o que aguento. Se não servir podem me prender. Não faz diferença. Posso muito bem apodrecer em uma cela como esta.

Kim deu um sorriso espástico e atormentado e bateu na cabeça de Martin.

— Deve ser bom ouvir isso.

10 DE JULHO, TARDE

— E não faz ideia de quem seria?

Irma Ryding colocou uma taça de vinho na mesa da cozinha na frente de Julia, que durante o trajeto pela rua Västerlång ficou mais assustada. Claramente conseguiu manter a cabeça fria em uma situação que poderia provocar pânico em muitas pessoas, mas, agora que tudo passou, as *implicações* começavam a surgir. Estava sob vigilância e pronta para usar violência se necessário.

Diferente de Irma, Julia não costumava usar estimulantes tão cedo durante o dia, mas agora segurou a taça com as duas mãos e esvaziou como se fosse um remédio. Quando Irma ofereceu a bebida novamente, Julia fez um gesto de negação.

— Obrigada, tá bom. Preciso tomar cuidado com os excessos agora. Será que *realmente* fui ridícula ontem à noite?

— Sem perigo — disse Irma. — Só um pouco de diversão. Não pensa nisso.

— Ok — Julia respirou e voltou para a pergunta de Irma. — Não, não sei quem era, mas não faz diferença. Um representante.

Irma sentou no lado oposto da mesa e fez um gesto para a garrafa de vinho, disse que seria apenas para se reforçar se faltasse fôlego, depois perguntou:

— E o que ele queria, exatamente?

— É o que me inquieta. De alguma forma descobriram que conversei com o Jocke Bäckman e não gostaram.

— E quem são eles?

— Os Suecos Verdadeiros. Acho que esses Apóstatas são apenas algum tipo de ferramenta, mas não sei.

— Hum. Pretende continuar mesmo assim?

— Realmente não faço ideia, Irma. Talvez deva me dedicar apenas a minha... realidade aumentada.

— Talvez. E então talvez não esteja interessada no que descobri?

Julia conhecia Irma suficientemente bem para saber que sua atitude despreocupada era fingida e que na verdade estava ansiosa para contar, então respondeu:

— O que descobriu?

— Foi esse olho do Odin, o símbolo, lembra?

— Sim. Claro.

— Poderia fazer uma longa apresentação e talvez farei isso algum dia. Existem ligações com a Associação Gótica entre outras, mas não vamos entrar nisso agora. Conhece o conceito de *ecofascismo?*

— Já ouvi a palavra alguma vez, mas só.

Irma assentiu e olhou para a garrafa de vinho, depois para o relógio da cozinha que marcava um pouco menos de duas horas da tarde, depois para o vinho novamente. Julia ficou sentada, calada, e deixou-a lutar consigo mesma, sabia que no final não faria diferença o que dissesse. Irma hesitou, levantou um pouco os ombros e considerou como resolvido entre o anjo e o demônio que lutavam no seu ouvido porque derramou *meia* taça. Tomou um gole e fez um gesto para seu quadril.

— Contra a dor.

— *Qualquer coisa que ajude a passar a noite* — disse Julia. — O que pretendia dizer?

— Sim, então — prosseguiu Irma e afastou a taça. — O olho de Odin é um dos diversos símbolos associados com a ideologia do ecofascismo. Em resumo, dizem que um dos principais motivos porque a humanidade está destruindo o planeta é que somos muitos. Há gente *demais.*

— Não é muito original.

— Não, mas as soluções para o problema são muito concretas. Por exemplo, deixar as doenças seguirem seu curso nos países pobres. Nada de ajuda, nenhum remédio. Deixar as pessoas morrerem. As pandemias são algo desejável. Tal como as guerras, desde que usem pouca tecnologia para não destruir a natureza. Mas o principal é que as pessoas morram.

— E quem poderá viver?

— Bem, adivinhe. A elite, claro. Os melhores. O sistema prevê alguma forma de ditadura. Uma classe dominante que emite decretos e promulga leis com o objetivo principal de reduzir a população. Claro, o aborto dos fetos defeituosos e pena de morte para muitos crimes porque apenas indivíduos pouco evoluídos se envolvem com crimes. Licenças para ter filhos e apenas para alguns. O ecofascismo não quer a eliminação da humanidade, mas quase. Tudo para que a natureza tenha uma chance de se recuperar.

— Então quer dizer que os Suecos Verdadeiros seriam na verdade um tipo de... ativista ambiental?

— Duvido. Acho que estão somente pegando as passas mais escuras do bolo. Existe um ditado de um filósofo finlandês. Não era o Pentti Varg, mas alguém parecido. Um navio afundou e umas pessoas conseguiram subir a bordo de um bote salva-vidas. Aqueles que odeiam a vida deixam mais pessoas subirem a bordo, até que o bote afunda. Os que amam a vida, ao contrário... — Irma enfatizou a palavra "amam" exageradamente e tomou um gole de vinho para se reforçar para o final. — Aqueles que amam a vida pegam seus machados e cortam as mãos daqueles que tentam subir a bordo para que o bote salva-vidas possa navegar para o pôr do sol com sua carga valiosa. A parte do pôr do sol eu acrescentei.

— Com machados? Então lá tem? No bote salva-vidas?

— Conforme o Pentti Varg, ou como se chama, sim. Ou seria apenas *um* machado. Não tem muito significado. A imagem é muito clara mesmo assim.

— E você acha que os Suecos Verdadeiros adotam essa ideologia?

— Não tenho uma opinião formada. Usam o símbolo. Mas como muitos símbolos pode ser usado em outro contexto também, então sempre podem escapar impunes.

Se Irma estivesse correta nas especulações, o aviso de Jocke Bäckman não deveria ser ignorado. Se realmente se tratava de fascismo não faria muita diferença usar um pequeno "eco" na frente.

Os pouco evoluídos iriam embora e os fascistas tinham uma tendência para considerar os não simpatizantes como pouco evoluídos. Elimine todos. Se Julia fosse contra eles dificilmente teria ajuda porque pelo menos não teve filhos.

Julia suspirou e desabou.

— Sim, sim. Deve ser melhor retornar à realidade aumentada, então.

— Tem ideias?

— Nenhuma. Representar o papel. Depois desse diabo de série de TV o navio da Åsa Fors vai afundar. Nenhuma esperança de bote salva-vidas *lá*.

— Não esquece que as pessoas são idiotas.

Julia riu amargamente.

— Devo me consolar com isso? O inferno da série ainda pode ter sucesso porque as pessoas são ruins da cabeça?

— Pensei mais no seu futuro financeiro. Por falar nisso, pensou sobre o que eu disse?

— Sobre o quê?

— Os direitos dos meus livros. Recebê-los?

Quando Julia respirou para protestar, Irma levantou a mão pedindo para parar.

— Não consegui descobrir, mas como não tenho parentes vivos, presumo que a renda irá para o Fundo do Patrimônio Geral ou, Deus me livre, a Associação dos Escritores. Você faria isso contra mim?

Julia nunca entendeu a aversão de Irma contra a Associação dos Escritores. Não era tão feroz como era contra a Academia Sueca, mas mesmo assim... Irma sempre respondia bufando quando se falava da associação. Havia algo relacionado com as reuniões de pessoas criativas que provocava sua ira. Era preciso ter muito cuidado com expressões como "pessoas criativas" na presença de Irma Ryding porque ela achava isso ridículo, pretensioso ou – sua expressão favorita – um pau na bunda.

— Não quero pensar nisso, Irma.

— Pensar no quê? Meus livros? Certamente posso entender, mas...

— Não. Que você pode morrer.

— Mas, querida *amiguinha*. Vai acontecer em um momento não muito distante. Acredite, já sinto a morte cheirando minhas calças. Está ok. Já tô vendo o encontro com o Sture, já faz muito tempo agora.

— Você não acredita nessas coisas.

— Não, não acredito, mas quero muito estar onde ele tá.

— Mas você tem a mim — disse Julia com a voz lamentosa.

Uma expressão de oohh, passou pelo rosto de Irma, como uma criança que acaba de dizer algo adorável. Pegou a mão de Julia sobre a mesa.

— Sim, eu tenho e sou agradecida, mas sinto muito, minha velha. Não é suficiente.

Julia baixou a cabeça e olhou para suas duas mãos, juntas no meio da mesa. Pensava que se ficasse sentada ali para sempre segurando a mão de Irma nada de ruim jamais poderia acontecer. Mesmo assim finalmente soltou a mão.

— Ok. Descubra para onde vão os direitos se não fizer nada. Se for para algo que você não gosta, então... posso ficar com eles. Como parece *essa* papelada.

Irma bateu palmas coquetemente.

— Bem, então, sim. Não foi tão difícil, foi? Agora tornou feliz uma mulher moribunda.

— Querida Irma...

— Sim, sim. Chega disso. Vou me informar. Vamos brindar?

— Desculpa. Acho que não aconteceu nada pra brindar.

— Não. Sim, sim. Se queremos que algo seja feito é melhor fazer pessoalmente.

Dessa vez, Irma levantou uma taça cheia primeiro para brindar com Julia e depois consigo mesma.

Julia olhou vagamente para ela.

— Parece realmente determinada a acelerar o processo.

— Conversa. O vinho é bom. Não lê os jornais?

— Aparentemente não leio os jornais certos. Leio que o alcoolismo encurta a vida.

— Exatamente. Jornais ruins.

Irma alguma vez dissera que o maior desejo de Julia seria que Irma se alimentasse de brotos e raízes, andasse com bengalas e usasse roupas da Gudrun Sjödén. De onde vieram as roupas Julia não entendia, mas em geral estava correto. Queria que Irma vivesse, vivesse e de preferência sobrevivesse ela mesma para que Irma pudesse aproveitar os direitos dos *seus* livros.

— Tá sentada aí pensando no quê? — perguntou Irma sobre a borda de sua taça de vinho.

Julia não tinha vontade de compartilhar o que estava pensando de fato, em vez disso lembrou de outra coisa que pretendia discutir com Irma.

— Irma? Se precisasse sumir com um cadáver, como faria?

— Vish — disse Irma e parecia animada. — Aham. Então talvez tenha alguma ideiazinha?

— Digamos que sim.

Independente de quão amigas eram, Julia definitivamente não pretendia contar o que vira no porão de Kim. Além de ser uma fofoca, teria alguma influência na visão de Kim por parte de Irma no futuro.

Futuro? Que futuro? Não havia nenhum futuro.

Julia poderia raciocinar tanto quanto possível, mas independente do resultado, não queria compartilhar com Irma a visão de Kim parado ao lado de um cadáver usando um macacão de proteção e com uma serra de arco na mão. Ali havia uma parada. Para não falar de Astrid logo ao lado. Pare.

Irma não notou a inquietação de Julia porque estava ocupada com o problema em questão. Franziu a testa.

— Eu mesma tive que me desfazer de alguns cadáveres nos meus dias, por assim dizer. Trinta e dois livros, se não me engano. Será uma boa *contagem de corpos*. Vamos ver...

Julia lera aproximadamente metade dos livros de Irma. Ficavam no limite entre Sjöwall/Wahlöö e Agatha Christie. Frequentemente assassinatos de caráter misterioso, mas ao mesmo tempo mais cruéis que sua antecessora britânica.

Menos chá e tweed, mais camisas sujas e encharcadas. Não tão gráficos como os livros de Julia, mas também não tão polidos como os de Christie. *Oh blimey, is that a corpse I spy?* (Oh droga, é um corpo que estou vendo?).

— O que *não* funciona muito bem — disse Irma e balançava o dedo como banindo um assassino fictício — é o desmembramento. Precisa ser tão *excepcionalmente* cuidadoso e nestes tempos de DNA provavelmente não funcionaria. A mesma coisa com o fogo. Precisa uma temperatura muito alta para que os técnicos não possam encontrar nada. Em um dos meus primeiros livros foi o assassino que fez uma verdadeira pira funerária, depois falhou nos dentes. E como disse, hoje em dia é ainda mais difícil.

Irma estava a todo vapor. Inconscientemente pegou a garrafa de vinho para *reforçar*, mas se conteve antes de prosseguir e tirou a mão.

— Ok — disse Julia. — E o que funciona então, do seu ponto de vista?

— Hum, bem... Em dois dos meus livros deixei o assassino se livrar pra não atender as expectativas *sempre*. O único, ou não, era uma mulher, então a única deixou o corpo em um barril com água régia. Você sabe, ácido clorídrico e ácido nítrico. Dissolve quase *tudo*. O ponto negativo é que demora um pouco. O outro passou o corpo por um moedor de carne fazendo carne moída que depois deu pros porcos.

— Evidentemente. Esse eu não li.

— Não, não vendeu muito. Fui um pouco longe demais com esse. Ou digamos que estava adiantada no tempo. Podemos dizer isso, eu acho.

— Mas onde conseguiu o moedor de carne?

— Havia uma fazenda de porcos. Um pouco complicado levar o cadáver, mas depois foi fácil — Irma riu sozinha e seu corpo tremeu. — Foi muito divertido escrever aquela cena, de fato. Sim, sim. Tive meus momentos, eu tive.

— Então você acha que um moedor de carne e porcos é o melhor?

— Sim, podemos dizer isso. Embora já tenha sido usado pela única Irma Ryding. Mas fazer o quê.

Como disse, poucos leram o livro, que se não me engano se chamava *O Porco*, com duplo sentido e bom, e já faz quase cinquenta anos, então pode reutilizar a solução como um pequeno aperitivo da vida da detentora dos direitos dessa profissão incomparável.

Julia não queria ir por aquele caminho novamente, então tentou encerrar o assunto.

— Ok, bom. Obrigada.

Irma não se deixou influenciar, mas entrelaçou os dedos, colocou os braços sobre a mesa, apoiou o queixo nas mãos e olhou bem para Julia.

— E qual é a história para a qual precisa da ajuda de uma rainha do romance policial drogada?

— Não tá claro — respondeu Julia. — Nada claro por enquanto.

— É a Åsa Fors?

— Acho que não — Julia teve uma onda de gênio para manobras de desvio. — Talvez possamos escrever juntas?

— Juntas? Você e eu?

— Sim? Tá bastante popular atualmente. Pense bem. "Ryding-Malmros", seria alguma coisa?

Irma fez uma careta.

— Hum. Prefiro "Malmros-Ryding" — não havia como não ver a luz fraca que acendeu nos olhos de Irma quando acrescentou: — só perde pra um pseudônimo conjunto, tipo Lasse Kepler.

Julia se levantou da mesa.

— Pode pensar no assunto?

— Qual? O projeto ou o nome?

— Ambos.

— Quero me chamar Swedenborg. É... Ronny Swedenborg. Não! August Strindlund! Ou pera... Horace... Horace *Jönsson*!

Irma ficou tão envolvida inventando uma identidade alternativa que mal percebeu que Julia saiu da cozinha e foi para o hall onde calçou os sapatos. Quando Julia abriu a porta da rua, Irma gritou da cozinha:

— Já sei! Pernilla Bläckfärg! Ou não! Eva-Britt Wattström! É esse!

Julia balançou a cabeça e fechou a porta atrás de si, embora satisfeita por ter acelerado o cérebro de Irma. Não diziam que se vive mais ou pelo menos retardamos a demência se mantivermos o cérebro ativo, por exemplo com palavras cruzadas? Malmros estava convencida de que Irma teria uma longa lista com nomes na próxima visita.

Enquanto descia a escada, Julia começou a considerar seriamente a possibilidade de escrever algo junto com Irma. Além do livro com os Suecos Verdadeiros como elemento, ela realmente não tinha outra ideia. Brincar e escrever junto com Irma talvez poderia começar alguma coisa e além do exercício mental, dar a Irma um motivo para viver mais. Não era uma ideia ruim, de fato.

10 DE JULHO, TARDE

Durante o trajeto ao longo da estrada, Carmen Sánchez e Christof Adler conversaram principalmente sobre séries de TV e colegas, mas quando Christof pegou a saída para Täby, Carmen virou para ele.

— Só porque tô curiosa. Por que não quer assumir o *compromisso* com Cecilia? Estão juntos há... faz quanto tempo mesmo?

— Quatro anos em agosto. Sim, claro que depende um pouco como contamos, mas...

— Quatro anos. E você se dá bem com ela e com a filha, Matilda, não é?

Christof se encolheu. Claro que não era seu assunto favorito. Dois dias antes, a Matilda de sete anos perguntara:

— Quando você e a mamãe vão se casar?

Christof perguntou se seria algo que Matilda gostaria e ela respondeu que sim, que poderia ser a dama de honra e usar uma tiara. Christof acreditava que teria a mesma resposta de Cecilia se algum dia decidisse perguntar.

— Bem — disse Christof. — Muito bem. Mas sabe, ainda sou muito jovem.

— Não é *tão* jovem assim. Quantos anos tem? Vinte e seis?

Christof pigarreou.

— Vinte e sete. E sabe, Cecilia tem trinta e três, assim como outra, você sabe...

Carmen riu com vontade.

— *Geração?* Mas toma juízo! Qual é a diferença? Bolibompa ainda não existia quando ela era criança ou? Foi algo assim que criou essa barreira intransponível entre as gerações?

Christof verificou o GPS e viu que felizmente faltavam apenas alguns minutos para a rua Lie. Em lugar de se desculpar ainda mais, decidiu que o ataque era a melhor resposta.

— E você? Não tá em nenhum relacionamento?

— Não. Nunca estive. Pelo menos não por muito tempo.

— E como pode?

Carmen deu de ombros largos.

— Não sei. Acho que os homens têm um pouco de medo de mim de alguma forma.

— E as mulheres?

— Hum. Já pensei em tentar alguma vez, mas não acho que seja a minha praia. Tenho o Bruno, serve muito bem.

Bruno era o cão pastor de Carmen Sánchez com quem começara o adestramento há alguns anos. Bruno era um farejador talentoso, mas falhou nas qualidades necessárias de concentração de cão. Carmen alegou que ele tinha TDAH e reclamou que não havia TCC para cães.

Christof parou perto da sebe baixa que cercava a casa de Elisabeth Svanström. Era a vizinha com quem falou por telefone mais cedo e constatou que realmente havia uma boa visão entre a janela da cozinha e o caminho para a casa de Martin Rudbeck.

Quando Christof pegou na maçaneta para abrir a porta do carro, Carmen Sánchez virou para ele.

— Christof? *Você* acha que sou assustadora?

Christof levantou as sobrancelhas e olhou rapidamente para Carmen de baixo para cima. Ele tinha um metro e setenta e cinco de altura, Carmen tinha mais alguns centímetros e um corpo longo de modo que sua cabeça quase encostava no teto. Seu rosto era anguloso e um pouco masculino, mas nem por isso deixava de ser diretamente atraente. Quando chegou aos seus pequenos olhos castanhos, ela os semicerrou como se estivesse a ponto de fazer uma travessura.

— Um pouquinho — respondeu Christof. — Pelo menos agora. E por falar nisso, Bolibompa já existia quando Cecilia era pequena.

— Sim, ha ha ha — disse Carmen e abriu sua porta. — Quando eu era pequena chamávamos de Canal Infantil. Então podemos ver a diferença entre as gerações, cara.

A porta da rua de Elisabeth Svanström tinha uma placa de madeira com seu sobrenome de solteira escrito em azul e cercado por uma guirlanda de flores. Christof apertou uma campainha antiquada que emitiu um som tão alto dentro da casa que ele estremeceu.

Uma voz um pouco trêmula foi ouvida lá dentro repetindo "Já vou, já vou" enquanto se aproximava. Uma chave girou e a porta abriu. Elisabeth Svanström era uma mulher velha e baixa, um pouco curvada com uma nuvem de cabelos brancos ao redor da cabeça. Olhou para Christof e Carmen.

— Meus caros... A *lei e a ordem* vieram me visitar?

— Christof Adler — disse Christof. — Falamos ao telefone mais cedo. E esta é Carmen Sánchez.

— Sánchez — repetiu Elisabeth Svanström. — Pode ter algo a ver com o México?

— Chile — respondeu Carmen. — Meus pais são de lá.

— Oh, *Chile* — disse Elisabeth e juntou as mãos. — Estive lá na minha juventude. Antes daquele horrível Pinochet. Valparaíso, como na canção. Aqueles... ônibus elétricos. — Elisabeth agitou as mãos. — Mas fiquei parada aqui tagarelando. Entrem, entrem. Querem alguma coisa? Café? Chá?

— Tudo bem, obrigado — disse Christof e entrou na casa.

— Não vamos incomodar muito.

— Ah, não incomodam — disse Elisabeth e seguiu para a cozinha. — É divertido ter alguma novidade. Imagino que tem algo a ver com o Rudbeck, certo?

— Sim, exatamente — respondeu Carmen e acompanhou.

— Conforme entendi, a senhora fez algumas observações.

— Ah, não foi bem assim.

Carmen e Christof entraram em uma cozinha um pouco exagerada com prateleiras e decorações elegantes, incluindo uma mesa de cozinha com uma toalha de crochê. Elisabeth foi até a janela e apontou para a rua.

— Estava aqui quando o levaram.

Carmen se pôs ao lado dela, olhou para a casa de Martin e assentiu.

— E foi uma ambulância?

— Sim, e eu vi como o levaram nela. Parecia nocauteado, o coitado.

— As pessoas que vieram e o levaram, como estavam...

— Ah, desculpa — disse Elisabeth Svanström e precisou se esticar para colocar a mão no ombro de Carmen Sánchez. — É que falamos assim, mas foi apenas *uma* pessoa.

— E tem certeza disso?

— Total. Não posso dizer que não havia ninguém *dentro* da ambulância, mas só saiu uma pessoa e depois voltou com o Rudbeck. E posso dizer que achei um pouco estranho...

Christof sabia que a conversa com as testemunhas era uma especialidade de Carmen Sánchez, mas mesmo assim queria lembrar sua presença, então interrompeu.

— Estranho de que forma?

Elisabeth tirou a mão do ombro de Carmen e cruzou sobre a própria cabeça e rosto.

— Bem, não sei se era um homem ou uma mulher. Mas ele ou ela... *elu*, talvez como se diz atualmente, não é? *Elu* usava um boné e uma daquelas máscaras no rosto. Aquela azul, sabem? Foi por isso que não deu pra distinguir, como se diz, o gênero.

— Esse boné — disse Carmen. — Pode dizer alguma coisa sobre ele?

— Era preto. Todo preto. Não parecia nada especial... do tipo do conselho municipal, como se diz. Ou como é agora? Ainda é o conselho municipal que cuida dos hospitais? Talvez foi privatizado, tudo?

— Chamamos de *regiões*, atualmente — respondeu Carmen. — Mas entendo o que quer dizer.

— Sim, querida — disse Elisabeth Svanström. — É que muda o tempo todo. Sim, sim, então são *regiões* que cuidarão de mim quando não aguentar mais. Não parece muito confiável nos meus ouvidos, mas precisamos apenas aceitar, acho eu. Certeza que não querem nada?

Conversaram mais um pouco e a única coisa útil que surgiu foi que a pessoa vestia um casaco branco e usava luvas de plástico nas mãos. Carmen Sánchez elogiou Elisabeth por sua boa percepção e depois de uma cerimônia de despedida um pouco longa incluindo alguns minutos sobre Valparaíso, deixaram sua vila e foram para a rua.

— *Uma* pessoa — foi a primeira coisa que Carmen Sanchez disse. — Os atendentes de ambulância andam *sempre* em pares. Não acontece de uma única pessoa fazer um atendimento.

— Não — disse Christof. — E o que foi isso de máscara? Ok, se Rudbeck realmente tivesse ebola, mas então usariam uma proteção parecida com um traje espacial?

— Hum — disse Carmen. — E nunca vi um atendente de ambulância usando um boné preto.

Christof Adler colocou as mãos nos bolsos, olhou para a casa de Martin Rudbeck e disse com um suspiro:

— Não queria admitir, mas tudo indica que esse Wilmer Syd tinha razão. Trata-se de um sequestro e do tipo muito avançado.

10 DE JULHO, TARDE

Julia Malmros estava um pouco inquieta ao sair pela porta de Irma Ryding. O incidente na escada ainda estava no seu corpo e olhava para trás para verificar se ninguém a seguia. Impossível dizer entre os turistas com roupas coloridas nas duas direções ao longo da rua Västerlång.

Chegando à praça Järn, olhou para o portal que dava para o beco Mårten Trotzig – a rua mais estreita de Estocolmo – e achou uma pessoa parada, encostada contra a parede de uma casa fumando; olhou com atenção desnecessária para ela. Acelerou o passo e chegou a sua porta. Antes de digitar o código olhou sobre o ombro. A pessoa que estivera parada no beco se aproximou e ficou encostada no portal. O rosto estava escondido por um guarda-sol de palha que alguns turistas costumavam usar.

Realmente tem alguém me seguindo?

Julia acalmou-se um pouco com o guarda-sol, não achava que um membro do Apóstatas usaria uma coisa assim deliberadamente. Além disso, a pessoa usava uma camisa xadrez de mangas curtas que não combinava com motocicletas e óleo lubrificante. Era apenas sua imaginação exagerada brincando com ela.

Mesmo assim, Julia não pôde deixar de ficar mais alerta ao subir as escadas. Parou no ponto onde colocaram a mão na sua boca e escutou. Escorria água em um cano no prédio, mas em geral nada. Continuou subindo a escada.

No apartamento, Julia preparou um par de sanduíches de queijo que comeu olhando para a praça Järn. Se a pessoa no beco Mårten Trotzig estivesse lá e olhasse para sua janela ficaria realmente inquieta, mas a pessoa e seu guarda-sol mal combinado haviam desaparecido. Julia mastigou seu sanduíche com menos frenesi.

Depois de comer o sanduíche, Julia andou pelo apartamento com as mãos cruzadas sobre o peito e cabeça baixa enquanto pensava sobre água régia, pira funerária e porcos carnívoros. Deus me ajude, não tinha a intenção de penetrar na loucura de Kim Ribbing, mas mesmo assim os pensamentos não paravam: *Como se livrar de um corpo?* Fingia para si que era um problema simplesmente teórico com o qual ela, como escritora de romances policiais, se preocupava. Um pensamento experimental.

Diabo do Kim Ribbing.

A única coisa sensata seria se distanciar totalmente dele, nunca mais ter contato. Em apenas alguns segundos, tudo o que tentara construir laboriosamente desabou com um rugido desolado e doía, doía muito. Apenas agora percebeu o que a simples *possibilidade* de apagar Kim Ribbing significava para ela, mas era tarde demais.

Julia sentia que estava enlouquecendo e, para se distrair, sentou-se ao computador e fez o que não deveria fazer: pesquisou o que escreviam sobre ela no Flashback. Havia alguns tópicos sobre seus livros, mas selecionou um bastante grande chamado "Fofocas sobre Julia Malmros".

Tem tanta coisa a dizer sobre mim?

Julia olhou um pouco mais e encontrou teorias sobre o divórcio de Jonny, o jovem que supostamente conhecera e que ficou com ela na feira de livros. Se a lista de autores mais ou menos famosos que ficaram com Julia estivesse correta, dificilmente teria tempo para participar de alguns seminários.

Havia algumas notas sobre seu fracassado projeto do *Millennium* com um empate cinquenta a cinquenta entre aqueles que achavam que foi uma pena o que aconteceu e os que achavam que foi uma sorte dos diabos ter acontecido. *Não apenas uma profanadora de túmulos, mas uma profanadora de túmulos fracassada*, foi algo de que Julia se lembrou.

Em um texto tão cheio de erros que era simplesmente difícil de ler, um semianalfabeto criativo alegava que desilusão de Julia face à recusa – *recusação* – foi tão grande que ela pegou o barco para a ilha Knekt e destruiu tudo. O fato de Julia não estar na prisão devia-se a uma extensa *conspiração* que incluía todas as pessoas de origem judia no mundo editorial. Julia balançou a cabeça e sentiu-se um pouco melhor. Era incrível a quantidade de malucos que parecia existir por aí.

Finalmente algumas postagens destinadas a mulheres públicas. Por um lado, fantasias sobre como poderiam foder Julia e por outro lado descrições detalhadas de como seria impossível. Alguém que indicou gostar do corpo de Julia recebeu uma resposta dizendo que parecia um barril com um furo. Julia não pôde evitar olhar para sua barriga. Ok, não estava na melhor forma, mas *barril* seria difícil imaginar? Contentou-se pensando em *incel* (celibatários involuntários) e deixou para lá. Tudo bem.

Ao percorrer as postagens encontrou uma que se repetia. Ele – porque presumiu que seria um homem – chamava-se JustForFun e tinha o Curinga do Jack Nicholson como imagem de perfil. Julia leu suas postagens com uma crescente sensação de desconforto. Parecia ter controle sobre ela.

Sabia onde ela morava, onde costumava comprar, que costumava frequentar o Engelen ocasionalmente, que repetidamente visitava Irma Ryding e que nos últimos tempos usava muito o ônibus 69. *Para onde* ia JustForFun ainda não sabia, mas seria apenas uma questão de tempo.

— Aja, baja — respondeu alguém. — Parece que alguém quer molhar o pavio à força.

— He, he — escreveu JustForFun. — Se aparecer a oportunidade certa...

— Oh-oh — veio a resposta. — Parece que a Malmros precisa tomar cuidado com becos escuros e existem muitos na Gamla Stan.

Julia piscou algumas vezes incrédula. Esses dois homens – porque deveriam ser homens – *brincavam* sobre como ela seria violentada?

Sabia que deveria ser apenas conversa fiada, mas mesmo assim sentiu um frio no estômago pensando nesses dois sentados meditando e claramente *escrevendo* essas coisas. Julia desligou o computador e esfregou os olhos com força.

Ok, claro, deixe os homens sentados com suas fantasias, o que era realmente assustador é que ela parecia ter um *stalker* (perseguidor). Não havia outra explicação para a pessoa em questão com uma visão tão boa de suas rotinas diárias. Alguém a seguia. Como se não tivesse problemas suficientes.

Contra sua vontade, Julia voltou para a janela da cozinha para controlar a praça Järn. Será que a pessoa com o guarda-sol era o JustForFun?

Não parecia e Julia não conseguiu ver seu rosto. Qual é o aspecto de um stalker? Provavelmente qualquer um e provavelmente com um ar de fracasso ao redor. Que pessoa sensata se ocuparia em perseguir uma semi celebridade? Um *perdedor*.

Julia deixou a janela e andou mais um pouco pelo apartamento. Sentia-se dividida em todas as direções e sabia que não conseguiria fazer nada produtivo. Talvez devesse simplesmente se embebedar? Sempre seria uma solução. Não *uma boa* solução, mas pelo menos algo a fazer. Repassou o que tinha em casa e descobriu que não só tinha intoxicação, mas também a bebedeira, se assim o desejasse. Já que começara, era em geral tudo o que desejava. Esquecer, tudo.

Julia agachou-se na frente do armário de bebidas para começar com um pouco de cuidado tomando algum single malt e depois passar para vodca e Coca-Cola quando ficasse sério. Seus dedos estavam a caminho de pegar uma garrafa de Macallan de doze anos, quando o interfone tocou. Julia pulou e perdeu o equilíbrio caindo de costas e batendo o cóccix.

— Diabos satânicos dos infernos — murmurou Julia enquanto a dor subia por sua coluna.

O interfone tocou novamente. Pensou em ignorar, provavelmente algum jornalista queria perguntar se dormira com Frode Moe, talvez na feira de livros. Foi para o hall de entrada e apertou o botão para responder.

— Sim, quem é?

O *stalker*, Julia teve tempo de pensar antes de ouvir a voz de Astrid Helander.

— Alô, é a Astrid. Posso subir? Tem uma coisa que preciso contar.

10 DE JULHO, TARDE

— Chegamos em meia hora no máximo — dissera o chaveiro de Täby.

Carmen e Christof decidiram que seria melhor usar seus conhecimentos já que abrira e fechara a porta em questão anteriormente. Andaram ao redor da casa e encontraram um pequeno jardim em uma mata agradável. Em um canto havia uma rede que gemeu e rangeu quando Carmen sentou.

Uma varanda envidraçada dava para o jardim e Christof foi até uma janela, colocou as mãos ao redor dos olhos e observou. Muitos vasos de flores ao longo dos peitoris das janelas. Um par estava no sol e parecia precisar de água. Christof acompanhou com o olhar um rastro de terra no chão e parou em um vaso tombado.

— Oi — disse para Carmen. — Tem um vaso de flor caído aqui.

— Que tipo de flor?

— Algum tipo de cacto, acho.

— Então é assassinato agravado.

— O que quer dizer?

— Quero dizer que pode parar um pouco. Podemos ver quando o chaveiro chegar. Vem sentar. Se não acha que sou *assustadora* demais, claro.

Christof fez o que ela disse. A rede era apertada e precisou mover para o lado tanto quanto conseguiu para que seus braços não se tocassem. Estava *quase* tão confortável com Carmen ao ponto de o contato físico ser ok, mas não exatamente correto. Claro que Carmen percebeu seu afastamento e abriu os braços de modo que um acabou atrás das costas de Christof, depois abriu as pernas em uma verdadeira posição *masculina*.

— Ha ha, sim, sim — disse Carmen. — Precisamos parar de nos encontrar assim.

— Assim como?

— Você sabe. Sair e investigar residências desocupadas e voltar com as mãos vazias. Já virou uma coisa nossa.

— O quê?! Mas encontramos o iPad...

— A Astrid encontrou, nós não.

— E o anel de diamante.

— Hum. Realmente foi uma descoberta na investigação.

Christof olhou para Carmen franzindo as sobrancelhas.

— O que você tem? Tá aborrecida?

Carmen franziu o nariz e parecia que ia responder com mais uma piada, mas em lugar disso dobrou os braços sobre o estômago.

— Eu deveria ser adestradora de cães. Era o que deveria ser, por isso me candidatei ao serviço. Depois o Bruno era como era e tudo desandou. E agora... não sei. Agora tô sentada aqui com você num dia quente de verão esperando pra entrar em mais uma casa que não vai me dar nada.

— Mas e se eu fosse um cão...?

Carmen sorriu.

— Não tem nada de errado com você, eu só tô *de saco cheio*. Vou fazer isso até me aposentar?

— Então o que é? Tá pensando em se demitir ou...?

— Sim. Acho que vou fazer isso.

— Querida, para.

— Por quê?

Christof gesticulou com a mão para a casa de Martin Rudbeck.

— Com quem vou investigar as residências?

O chaveiro estava demorando. Quando passou quase uma hora, Christof e Carmen estavam tão entediados que começaram a balançar a rede cada vez mais alto só para ter algo para fazer. Claro que exatamente neste momento o chaveiro dobrou a esquina. Ouviram o ruído de algo quebrando no gancho da rede.

— Ahhh. Então vocês ficam sentados aqui se divertindo — disse o chaveiro e apontou com o polegar sobre o ombro. — Tô esperando há quinze minutos lá na frente.

Christof e Carmen colocaram os pés no chão sem que a rede desabasse.

— Desculpa — disse Carmen. — Tava muito quente lá.

O chaveiro secou a testa com a manga do casaco.

— Sim, obrigado, eu sei.

— Demora muito com a fechadura? — perguntou Christof.

— Já tá resolvido. Então os senhores podem entrar.

Foram para a frente da casa onde a porta estava entreaberta e o chaveiro perguntou do que se tratava.

— Pessoa desaparecida — respondeu Carmen. — Eventual sequestro.

— Aham, sim, sim. Achei que parecia um pouco desarrumado quando entrei pela primeira vez.

— Não mexeu em nada?

— Não. Mas não estávamos com os macacões, então... podem contar com alguma contaminação. Tem uma chave extra no gancho ao lado da porta, acabo de ver. Podem trancar com essa chave, preciso ir agora.

— Ok, obrigada — disse Carmen. — E talvez não precise contar para todo mundo que ficamos sentados nos balançando.

O chaveiro sorriu.

— Vai para o rádio imediatamente.

Tecnicamente ainda não se tratava de uma investigação porque não havia uma decisão de investigação preliminar. Mesmo assim, Carmen e Christof consideraram necessário pelo menos usar a proteção de plástico descartável nos calçados antes de entrar na casa. Talvez um gesto inútil já que a polícia de Täby já estivera lá dentro pisando ao redor, mas pelo menos queriam parecer profissionais, não os tipos que sentam e balançam a rede até romper.

O tapete de retalhos no hall de entrada parecia desarrumado, talvez indicando que alguém o *jogou* lá. Carmen pegou seu celular e fez um filme curto, depois Christof e ela rodearam o tapete continuando lentamente para a cozinha observando as paredes e rodapés. Não viram nada irregular.

Na cozinha, ao contrário, um vaso com flores estava tombado na mesa e a água escorria pela mesa e pelo chão. Diversas gavetas e armários estavam abertos e os tapetes de retalhos estavam desarrumados. Christof rodeou a mesa e apontou.

— Olha.

No chão de madeira, na frente da geladeira, havia uma faca. Christof se agachou e a estudou. Nenhum resto de sangue visível na lâmina.

Provavelmente poderia ter sido lavada, mas por que então o eventual agressor a deixaria no chão?

— Vai um pouco pra trás — disse Carmen e levantou o celular para em parte uma imagem de perto, em parte uma variante mostrando a posição da faca.

— O que acha? — perguntou Christof.

— Não acho nada — respondeu Carmen. — Além de que possivelmente *algo* aconteceu aqui — franziu os lábios. — Mas é mais significativo que a casa de verão de Olof Helander.

Christof foi para a sala dominada por um grande sofá e uma TV quase tão grande. Não havia traços de luta ou buscas, mas um ponto branco entre duas almofadas no sofá chamou sua atenção. Usou uma pegada de pinça para puxar um pedaço de papel com um texto. Depois de ler o que estava escrito, pegou um saco plástico para guardar o papel e depois foi à cozinha mostrar para Carmen.

— Olha — disse ele. — Se não for uma evidência, não sei o que é.

Carmen pegou o bilhete e leu o que estava escrito com tinta preta "Devolva dentro de 48 horas ou <u>você</u> será procurado". E olhou para Christof arregalando os olhos.

— Ok — disse ela. — Acho que pode estar na hora de falar com o promotor. Decidir algo sobre isso.

10 DE JULHO, MAIS TARDE

O clique das teclas do computador de Kim Ribbing ecoava desoladamente pelo escritório abandonado no andar inferior da casa. Leu rapidamente mais um texto sobre como os processos de decomposição mudam dependendo do tipo de solo, temperatura e umidade, depois mordeu um pedaço da pizza kebab entregue pela Foodora e se inclinou para trás na cadeira frágil da escrivaninha.

A luz do sol entrava pelas janelas e iluminava as várias escrivaninhas espalhadas sobre o carpete. A poeira cobria as superfícies e o carpete estava tão impregnado que pequenas nuvens rolavam e dançavam na luz do sol quando alguém andava na sala. Era um local bastante empoeirado indicando apenas isolamento e abandono.

Como pude comprar isto?

Claro que Kim sabia a resposta. Precisava de um espaço para realizar seu projeto com Martin Rudbeck. O ambiente mais importante da casa consequentemente era o porão, o resto apenas veio com a compra. Kim ficou sentado achando que o assunto era simplesmente uma loucura. Preferivelmente venderia a casa aqui e agora, voltando a alternar entre quartos de hotel se não fosse pelo *problema*.

A coragem de Kim diminuiu. Se tudo tivesse acontecido conforme o plano, nestas horas Rudbeck já teria retornado para sua vida assustadora sabendo que tinha uma espada de Dâmocles suspensa sobre a cabeça na forma de um filme. Agora, em lugar disso, Kim estava ameaçado pela espada. Sabia que a polícia iniciara investigações e o tempo provavelmente estava acabando.

Mesmo assim era como se seu cérebro se negasse a colaborar. Kim normalmente sabia avaliar rapidamente uma situação para encontrar possíveis saídas e soluções, mas agora não conseguia porque não tinha desejo nem entusiasmo. Perdera a vontade e sentia-se tão perdido quanto a sala onde estava. Kim colocava um pedaço de carne de kebab frio e mastigável na boca, quando a campainha tocou.

Kim olhou para a porta do porão com o cadeado pendurado aberto na argola. Levantou-se e fez um meio movimento para ir até lá e trancar, mas se conteve e deu de ombros. Se a polícia veio investigar a casa, dificilmente seria detida por um cadeado. Deixou ficar e abriu a porta. Talvez acabasse agora.

Julia Malmros estava parada lá e um passo atrás estava Astrid Helander. Kim olhou para as duas e mais uma vez seu cérebro se recusou a ajudar na avaliação, então Astrid veio para frente ao lado de Julia.

— Eu contei.

— Contou... o quê? — perguntou Kim na mesma linha de indolência.

— Que fui eu. Quem fez aquilo.

Então Kim pelo menos entendeu o objetivo. Claro que Astrid tecnicamente apertou o botão, mas Kim criara a situação para que esse simples ato pudesse ser tão fatal. Quando Kim se preparou para contestar, Julia foi mais rápida.

— Isso muda bastante a situação. Podemos entrar?

Kim deu um passo para trás e fez um gesto indicando que seriam bem-vindas. Claro que seriam bem-vindas. Bem, algo que despertava para a vida no quarto vazio que era o peito de Kim disse que sim. Que esperara por isto sem se atrever a desejar.

Astrid mal entrou na sala quando apontou para a mesa onde Kim estivera sentado.

— Mas que merda! Mal deixo você sozinho algumas horas e a primeira coisa que faz é correr atrás de um *kebab?*

— Veio com o entregador — disse Kim e pegou seu computador antes de ir para a escada.

— Então — disse Astrid. — Como se fosse melhor. Sabe como é a situação de trabalho deles?

— Não — disse Kim. — Mas acho que serei informado.

Enquanto subiam a escada, Astrid começou uma explicação sobre a economia informal e seu efeito nas pessoas e no meio ambiente, que Julia interrompeu.

— Astrid, podemos falar disso outra hora?

— Claro. Só fico aborrecida porque vocês *também* são idiotas.

Kim entendeu que com o "também", Astrid indicava que apesar de tudo tinha uma opinião um pouco melhor sobre Julia e ele do que tinha sobre as outras pessoas, o que na sua situação atual parecia um pouco animador. Sentaram-se ao redor da mesa da cozinha e Kim ia fazer algo tão pouco característico dizendo que estava contente porque elas vieram, mas Julia se adiantou.

— Ok, Kim — disse ela e levantou o dedo indicador para marcar o que pretendia dizer e não queria nenhuma interferência. — Primeiro e acima de tudo, acho que foi muita irresponsabilidade envolver a Astrid neste...

— Ele não me envolveu — disse Astrid. — Fui eu quem...

Julia apontou o dedo indicador verticalmente para Astrid em um movimento para fechar sua boca e Astrid calou rapidamente, então Julia continuou.

— Você disse isso, sim. Mas o idiota do Kim manteve aquela... pessoa aqui enquanto você tava na casa. Enquanto *eu* tava na casa também, ou não Kim?

— Sim.

— Sim. E *não* gosto de pensar que ele tava lá embaixo enquanto você e eu... — Julia olhou para Astrid e mudou o que pretendia dizer. — Fizemos o que fizemos.

— Olha, eu não tenho cinco aninhos — disse Astrid. — Você pode...

— Sei que posso — disse Julia e olhou feio para Astrid. — Mas não *quero*. Então? Quer detalhes?

— Prefiro não, não mesmo.

— Achei isso. Então. Então o que pensou, Kim? Quando fez tudo isso... não sei como dizer... essa *operação*. Fez o que fez lá no porão enquanto Astrid e eu viemos e fomos embora. O que tava pensando?

Os planos que Kim projetara e realizara, começavam a parecer absurdos até para ele desde que tudo desmoronara.

— Acho que não pensei o bastante.

O tom de voz de Julia ficou um pouco mais irritado.

— Isso é só conversa. Lembro de Tärnö, quando procurava uma casa. Naquela época disse que tinha *necessidades especiais* e presumo que as necessidades estavam relacionadas com isso. Então não tente dizer que não foi pensado.

— Sim, foi. Mas agora não sei mais nada.

— O que não sabe?

— Porque fiz o que fiz. Realmente. Apenas fiz. Provavelmente pensei que iria... ajudar.

— Posso dizer uma coisa? — perguntou Astrid.

Julia bateu com a mão na mesa como se fosse uma cena e Astrid poderia entrar.

Ela pigarreou antes de falar.

— Traumas são complicados, conforme eu sei. Podem ser revividos de novo e de novo e... podemos fazer coisas extremas pra superá-los.

A voz de Julia ficou significativamente mais suave quando perguntou:

— Tá falando de você agora?

— Não, realmente não. Por mais estranho que pareça. Mas pensei que o Kim...

Julia virou para Kim sentado e olhando para suas mãos.

— É assim?

Kim balançou lentamente a cabeça.

— Não faço ideia, Julia. Nenhuma ideia. Mas foi só por isso que veio até aqui? Pra me culpar? Sei muito bem o que fiz.

Ficaram em silêncio ao redor da mesa. Julia não olhava mais para Kim enquanto respirou fundo e soltou o ar lentamente pelo nariz.

— Não. Vim pra ajudar. E por extensão ajudar a Astrid. Se pudermos.

Kim assentiu e olhou de Julia para Astrid e de volta para Julia. Depois abriu a tela do computador, clicou em um arquivo de vídeo e apertou a tecla enter. Julia levantou as sobrancelhas quando chegou mais perto da tela e apontou.

— Mas não são Carmen Sánchez e como se chamava... Christof?

A tela mostrava Carmen andando ao redor de uma varanda envidraçada quando Christof chegava mais perto da câmera e ia até um sofá onde se inclinou e pegou um bilhete.

— O que é isso? — perguntou Julia. — O que tão fazendo? E como pode ter sido filmado?

Pela primeira vez desde que chegaram, um pequeno sorriso apareceu nos lábios de Kim.

— O que devo responder primeiro?

— O que quiser.

Kim apontou para a tela onde Christof Adler agora estava parado lendo o bilhete que pegara.

— Isso é a sala de estar do Rudbeck, há mais ou menos uma hora, e...

— Espera! — exclamou Astrid, que apesar da situação ficou com um ar de curiosidade infantil. — Posso adivinhar?

— Absolutamente — respondeu Kim.

— Isso é a TV dele, não? Visto da TV?

— Isso mesmo.

Astrid parecia ter esquecido completamente o que deveriam fazer porque juntou as mãos e gritou encantada:

— Não! Merda, que esperto!

Julia lançou um olhar para Astrid que a fez baixar as mãos e parecer arrependida.

— Plantei algumas pistas — disse Kim. — Entre outras coisas esse bilhete. Pra parecer um... sequestro mais convencional. Mas duvido que se sustente por muito tempo.

Carmen saiu da varanda envidraçada e quando Christof saiu da imagem, a tela apagou.

— Só filma quando registra movimento — esclareceu Kim.

Kim fechou o computador e Julia tamborilou com os dedos na mesa.

— Quando diz "duvido que se sustente por muito tempo", o que quer dizer?

— Que começarão a procurar outras pistas. Pistas verdadeiras. E o risco é encontrarem.

— Ok — disse Julia. — Agora quero que faça uma coisa. Que conte exatamente, com os menores detalhes, como fez isso, quando... — Julia fez um movimento de cabeça na direção do porão — ...quando o levou embora.

— Não sei pra quê — disse Kim.

Julia bufou e deu um sorriso um pouco condescendente.

— Kim. Não sabe de quantas investigações participei, nem eu mesma sei. Portanto, acho que não teria acesso a uma fonte melhor pra ter uma ideia de como eles pensam e qual pode ser seu próximo passo.

Kim assentiu e olhou para Julia com bastante ternura. Depois começou a contar. Astrid apoiou os braços na mesa, encostou o rosto nas mãos e parecia quase *contente*. Julia achou que sabia o porquê. De agora em diante fariam isso juntos. Julia apoiou as mãos nos joelhos e adotou um ar neutro, sem querer revelar que basicamente sentia o mesmo.

10 DE JULHO, MAIS TARDE

Quando Carmen e Christof voltaram à delegacia de polícia, sentaram-se em uma das salas de conferência menores e repassaram o que tinham. O que sabiam sobre o desenvolvimento do sequestro e as evidências que encontraram na casa de Martin. Conectaram o telefone de Carmen em uma TV e olharam novamente as imagens. Quando chegaram a uma foto do bilhete, Christof disse:

— O que *seria* realmente? O que deve ser devolvido?

— Precisamos revistar a casa de novo — disse Carmen. — Com mais atenção.

— Diz que tá brincando. Não foi suficiente quando...

Carmen sorriu.

— Vai ser trabalho para os técnicos. Se conseguirmos uma ordem pra investigar, quero dizer.

— Por que não conseguiríamos? Não tá claro que é um sequestro?

— Totalmente claro, eu não sei. Acho que podemos nos contentar com motivos razoáveis pra uma suspeita. O que acha? O que aconteceu?

— Não é seu trabalho? — perguntou Christof.

— Teoricamente? Sim. Mas agora quero saber o que pensa o assistente.

Carmen não perdia uma oportunidade de dar um motivo para Christof se decidir e se candidatar a investigador. Tinha anos suficientes no serviço e já seria possível subir de cargo. Mas, na verdade, Christof não se sentia à vontade com o aumento das responsabilidades que teria no trabalho e também ser preocupava em não conseguir passar ao se candidatar. Simplesmente tinha medo de ser recusado.

— Ok — disse Christof depois de rolar os olhos. — Sem dúvida aconteceu algum tipo de luta. Os tapetes, vasos, a faca no chão...

— Sim. Como explica isso?

— Evidentemente a vítima procurou se defender. Talvez tenha sido arrancado de sua mão.

— E as gavetas e armários abertos?

— Alguém provavelmente procurando a *coisa*. Aquilo do bilhete.

— Humm. E por que não abriram *todas* as gavetas e armários? Por que as coisas não foram jogadas no chão? Por que procuraram tão mal?

— Talvez os agressores encontraram a *coisa*.

— Provavelmente. E depois?

Christof balançou a cabeça.

— Como assim depois?

— Se assumimos que os agressores encontraram a *coisa*. Depois ele, assumimos que por enquanto é um homem, coloca Rudbeck em uma maca, leva para uma ambulância e vai embora. Por que o Martin não reagiu?

— Bem, mas a vizinha disse que estava completamente inconsciente.

— Sim. E por que tava assim?

Christof ia responder o óbvio, que Rudbeck estava inconsciente depois de um golpe na cabeça ou algo assim, mas se conteve e olhou para Carmen com os olhos apertados.

— O que tá tentando dizer? Tem alguma outra teoria ou?

— Não necessariamente, não. Tô fazendo o papel de advogado do diabo pra que não assuma conclusões precipitadas.

— Não assumo... — começou Christof, mas logo viu que já começara a se envolver em uma descrição de sequestro. Nada bom. Nada que resultasse em uma promoção. Mesmo assim franziu a boca — *Hipoteticamente* vamos supor que tava inconsciente devido a um golpe na cabeça ou algo assim.

— Ou algo assim — repetiu Carmen de um jeito que provocou um calafrio em Christof. — Não é como um filme. Um golpe na cabeça e a vítima cai, acorda algumas horas mais tarde e pergunta "O que aconteceu?" Na realidade...

— Eu *sei* que não é como nos filmes — afirmou Christof ofendido. — Eu *sei* que um trauma na cabeça pode implicar...

Antes que Christof tivesse tempo de explicar seus conhecimentos sobre as consequências potencialmente perigosas de um trauma na cabeça com inchaço do cérebro, Carmen Sánchez acenou para a janela da sala e gritou:

— Oi! Ei! Pode dar um pulo aqui?

Christof virou a cabeça e viu Jonny Munther vindo para a porta. Desde que o investigador retornou do almoço estava ausente para não dizer sonhador. Não era incomum que Jonny Munther ficasse pensativo e ausente, mas isto era diferente. Christof assumiu que estava relacionado com o odor de *Old Spice* que pairava como uma nuvem ao redor do investigador, mas nunca se atreveria a perguntar.

— Aham? — perguntou Jonny Munther entrando na sala. — De que se trata?

— Lembra daquela pessoa desaparecida em Täby?

Jonny fez um movimento impaciente com a mão.

— Sim, naturalmente. O que há com ele?

— Tem um tempinho?

— Tava indo para casa na verdade, mas...

— Não vai demorar muito.

— Sim, sim — disse Jonny e se sentou em uma cadeira. Pelo que Christof sabia, o investigador morava sozinho em um apartamento emprestado e não deveria sentir muita saudade de casa. Mesmo assim rolava os polegares impaciente enquanto Carmen repetia o que sabiam e repassava as imagens do suposto local do crime. Que uma decisão de investigação preliminar seria pertinente.

Quando terminou, Jonny Munther ficou sentado por um tempo e olhou para as luzes no teto enquanto movia lentamente os lábios. Depois baixou o olhar e se inclinou sobre a mesa dizendo:

— Querem minha opinião?

— Sim, essa era a ideia — respondeu Carmen.

— Eu acho... — disse Jonny e coçou o queixo. — ...que alguém quer nos fazer brincar de Sherlock Holmes.

— Pode explicar?

— Tudo isso — respondeu Jonny e fez um gesto incluindo o bloco de baixa qualidade com anotações de Carmen e a TV na parede que mostrava a faca na frente da geladeira. — Parece e*ncenado* por alguém querendo nos despistar. Tá arrumado demais, por assim dizer. Já vi isso antes. Pra parecer um crime diferente do que realmente aconteceu.

— Hum — disse Carmen. — Tava nessa mesma linha de pensamento.

Christof levantou as mãos sem dizer nada. Então era *isto* que Carmen indicava quando dizia que era apenas a advogada do diabo. Carmen ignorou seu gesto e apontou para a tela.

— Mas por que tão mal feito quando isso com a ambulância foi tão... elaborado?

— Eu sei lá — respondeu Jonny e deu de ombros. — Talvez os agressores estivessem com pressa.

— Por quê?

— *Não sei*. Não posso ficar sentado aqui e resolver o caso simplesmente especulando, não sou... — Jonny tentou lembrar o nome de um filósofo grego que teorizava o caminho para as verdades, mas não conseguiu e terminou repetindo algo mais prosaico — Sherlock Holmes.

— Tá dizendo *agressor* e tá dizendo *caso* — disse Carmen Sánchez. — Quer dizer que podemos ter uma conclusão sobre isso? Trabalhar mais com isso?

— Vou pesquisar a coisa antes de ir embora — disse Jonny e se levantou. — Se eu fosse vocês, pesquisaria a ambulância. De onde veio e pra onde foi.

— Significa que lidero a investigação? — perguntou Carmen.

Jonny Munther sorriu cansado.

— Sim, Carmen. Significa isso.

Bateu duas vezes na mesa para marcar que a reunião terminara e foi para a porta de um jeito que contrariava a saudade de casa. Antes que fosse embora, Carmen disse:

— Bem, Jonny, a propósito...

Não era comum Carmen usar o prenome de Jonny Munther dessa forma. Jonny parou sem virar e perguntou enfatizando o final:

— Sim, *Carmen?*

— Como foi o encontro?

Algo parecido com um leve arrepio passou pelas costas de Jonny, que balançou a mão sem força e parecia que ia responder alguma coisa, mas se contentou em balançar a cabeça e sair da sala.

— Não foi muito esperto — comentou Christof. — Perguntar assim.

— O quê? — perguntou Carmen arregalando os olhos. — Queria lembrar que ele é *apenas* uma pessoa. Pode ser bom se pretende continuar com o caso.

— Não foi muito esperto mesmo assim. Como fazemos agora?

— Agora — respondeu Carmen e olhou para o relógio na parede. — Já estamos na hora não remunerada, e vamos pra casa. Vou verificar essa ambulância amanhã cedo.

Christof apenas conseguiu trancar a porta e Matilda veio correndo para o hall de entrada com um controle vermelho na mão esquerda e um azul na mão direita.

— Mario Party! — gritou estendendo as mãos e em rara magnanimidade permitiu. — Pode escolher a cor.

— Vermelho. Posso tirar os sapatos primeiro?

Matilda rolou os olhos teatralmente e deu de ombros.

— Sim, *sim*. Mas eu fico com o vermelho, então você fica com o azul.

— Pensei que poderia escolher — disse Christof desamarrando os cadarços dos sapatos.

— Você poderia, mas escolheu *errado*.

Tecnicamente o console do jogo pertencia ao Christof e ocasionalmente o levava ao trabalho. Entretanto, ultimamente Matilda ficara mais interessada e se Christof levava o jogo para o trabalho, Matilda ficava aborrecida quando ele chegava a casa, afirmando que quase *morreeeu* de tédio durante a tarde. Seu tempo de jogo era limitado a uma hora por dia, mas não contava se jogava com alguém e a menina entendia se aproveitava disso.

Depois que Christof tirou os sapatos, foi para a cozinha com Matilda atrás. Havia um forte cheiro de curry e Cecilia estava na frente do fogão mexendo uma panela.

— O que teremos? — perguntou ele.

— Peixe — respondeu Cecilia. — Pode verificar se temos chutney?

Christof deu-lhe um leve beijo na nuca e apesar do molho de curry conseguia sentir o leve odor de flores que impregnava sua pele e cabelos. Cecilia trabalhava como florista e Christof gostava que ela, por assim dizer, trazia o trabalho para casa.

— Mas oooh — disse Matilda. — Parem com isso. E temos *muito* chutney, com certeza mil vidros. Vem logo.

Antes que Christof seguisse Matilda para a sala de estar, olhou na geladeira e constatou que a menina estava certa. Realmente não mil vidros, mas dois. Levantou o polegar para Cecilia e recebeu um sorriso e um beijo lançado em retorno.

Mamãe e você vão se casar?

Toda vez que Christof pensava no assunto, era como se alguém passasse um pano de prato frio e molhado nas suas costas. Não conseguia entender. Quando olhava sobre o ombro e via as costas esbeltas de Cecilia com as costelas marcadas sob sua camiseta, ouvia quando ela cantarolava alguma canção de Lady Gaga, não conseguia entender o que o assustava tanto no pensamento de passar o resto da vida com essa mulher.

Talvez devesse resolver a coisa, ajoelhar-se e estender uma aliança? Ou era assim que se fazia quando noivava? Se não por outra coisa pelo menos calaria a boca de Carmen Sánchez.

Christof balançou a cabeça para si mesmo. Calar a boca não parecia ser o melhor motivo para uma proposta e além disso o pano de prato frio estava lá novamente quando sentou em uma almofada no chão ao lado de Matilda.

— Por que tá balançando a cabeça? — perguntou Matilda e apertou a tela para escolher os personagens.

— Porque estou pensando como você ficará triste quando eu te *destruir* — respondeu Christof e como sempre escolheu o Waluigi.

— Ah, você — disse Matilda. — Porque vamos usar a *cooperação*.

Era possivelmente a palavra mais longa que Matilda conhecia e parecia contente por conseguir falar sem errar, depois escolheu o personagem pelo qual tinha uma atração difícil de explicar: o Wario. Possivelmente porque era o mais diferente da princesa Peach, que conforme Matilda era "super*chata*".

Depois de remar um pouco rio abaixo no seu bote de borracha e completar alguns minijogos, Matilda perguntou casualmente:

— Então, prendeu algum bandido hoje?

— Não diretamente — respondeu Christof e seus pensamentos foram para a vila *encenada* de Martin Rudbeck. Ficou irritado porque Jonny

Munther dispensou tão categoricamente o que Christof considerava como um quebra-cabeça emocionante e alegou que nem sequer era um quebra--cabeça, apenas peças jogadas descuidadamente, impossível de juntar.

No dia seguinte pelo menos faria tudo para descobrir mais sobre aquela ambulância. Já tinha algumas ideias e quando as repassava na cabeça Matilda começou a *bater* repetidamente na sua almofada enquanto agitava freneticamente o controle e gritava:

— Rema! Anda, rema agora!

Christof reagiu tarde demais. Quando começou a usar o próprio controle, o bote inclinou-se demais para o lado. Perderam a rampa para um relógio que daria uma prorrogação do tempo e o jogo terminou. Matilda jogou o controle longe e gritou:

— Mas aaaaah! Por que não se *concentra?*

— Sinto muito — disse Christof.

Depois a comida estava pronta.

10 DE JULHO, MAIS TARDE

Quando Kim Ribbing terminou seu relato do sequestro de Martin, Julia ficou sentada um longo tempo olhando pela janela da cozinha.

— Acha que acreditarão nessas pistas? O bilhete e tudo mais? — perguntou Astrid.

— Não sei — respondeu Kim. — Queria conseguir um pequeno atraso, no caso...

— No caso de quê?

— No caso de por algum motivo... não retornar.

Astrid se calou e coçou a perna nervosa.

Julia balançou a cabeça.

— Não acredito. Fiquei com a impressão de que a Sánchez é bem esperta. Não acho que *eu* teria caído nessa. Muito evidente.

— Estava com pressa, conforme contei.

— Sim, eu sei. Não é uma crítica, só uma constatação. Imagino que a ambulância foi reportada como furtada e o primeiro que farão será verificar as câmeras de trânsito.

— Alterei o número da placa.

— Ok, bom — disse Julia e ficou surpresa por estar ali sentada elogiando um criminoso por um ato bem planejado. Mas agora era assim que estavam as coisas. — Mas não se manterá pra sempre. Acho que ficarão muito interessados em encontrar essa ambulância. O que fez com ela?

Kim contou e recebeu mais um elogio de Astrid por sua esperteza. Julia não ficou muito impressionada.

— Claro, bem feito. Mas talvez não perfeito. Descobrirão, mais cedo ou mais tarde. A pergunta então é: existe um risco de ter deixado alguma pista lá?

— Risco existe sempre, mas fui bastante cuidadoso.

— E não plantou nenhuma... pista alternativa lá?

— Não.

Julia recostou-se na cadeira e sentia-se como Irma Ryding com a mão hesitante indo para a garrafa de vinho. A imagem inexoravelmente dividida de um anjo em um ombro e um demônio no outro murmurando sugestões contrárias surgiu na sua mente.

Primeiro o anjo falou com voz rouca sobre o pecado da omissão e *proteção de um criminoso* sem que Julia ouvisse. Agora deu mais um passo e se envolveu na *ocultação* do crime e o demônio disparou alegremente sobre seu ombro. Julia não tinha certeza se realmente havia uma diferença entre as classes de crimes, mas provavelmente deveria haver porque agora participava ativamente.

Julia olhou para Kim sentado com as sobrancelhas franzidas e torcendo uma longa mecha de cabelo preto entre os dedos. Como chegou até ali? Fizera a pergunta a si mesma em muitas variações anteriormente, mas agora as contribuições eram maiores. Agora tentava participar escondendo tudo dos antigos colegas e por quê, por quê, por quê? Seria como Irma Ryding e o álcool, ficara *dependente*, ou pelo menos codependente?

Estava relutante em apresentar a pergunta e por isso escolheu outro assunto.

— Fui atacada hoje mais cedo. Ameaçada.

Kim soltou o cabelo.

— O quê? Por quem?

— Não sei. Alguém daquele clube de motociclistas. Apóstatas, se você lembra.

— Quem, como — perguntou Astrid e levantou as mãos. — Por que um clube de motociclistas atacaria *você?*

— Tô tentando entender um pouco sobre os Suecos Verdadeiros. E parece que não estão muito satisfeitos com isso.

Kim olhou para o corpo e rosto de Julia ao perguntar:

— Machucaram você?

— Não. Mas fiquei com medo. O cara disse que se eu não parasse o que tava fazendo então... "daria ruim pra mim".

— E o que pretende fazer?

— Não sei — respondeu Julia. — Preciso reconhecer que fiquei assustada. Não sou tão valente quanto pensei que fosse.

— Acho que você é valente — disse Astrid. — Pelo menos pra sua idade.

Julia levantou as sobrancelhas para o elogio dúbio.

— Obrigada. É reconfortante.

— Pretende simplesmente deixar pra lá? — perguntou Kim.

Julia fez um gesto que incluía seu corpo e sua... sim, sua idade.

— O que posso fazer?

Como o assunto tomou um rumo não relacionado com ele, ela tentou encerrar.

— Não precisamos mais falar disso.

Kim ficou pensativo enquanto Astrid começou a mexer com alguma coisa na mão direita. Torceu e puxou tirando um anel com uma pedra preciosa que colocou na mesa e questionou:

— Não sei, mas isso poderia ser usado de alguma forma?

Julia inclinou-se para frente e estudou o anel que brilhava na luz que entrava pela janela da cozinha. Não combinava com o aspecto descuidado de Astrid. Seu cabelo estava mal penteado, a maquiagem escorria e usava uma camiseta preta com uma única palavra *Psicose* em branco. Pelo tipo de fonte se tratava do vídeo e não da portadora da camiseta. Julia apontou para o anel e perguntou:

— O que é?

— Uma esmeralda — respondeu Astrid. — Era da mamãe. Acho que é bastante valioso.

— O que tá pensando? — estranhou Kim.

— Não sei — respondeu Astrid. — Mas conforme minha experiência, coisas valiosas podem ajudar se desejamos explorar pessoas.

— E você tem muita experiência em... explorar pessoas? — perguntou Julia.

— Talvez não precisemos falar muito sobre isso — respondeu Astrid. — Mas, sim, eu tenho. Digamos que este anel, poderia ser a *coisa*. Desse bilhete.

Kim pegou o anel e examinou a esmeralda solitária de diversos ângulos antes de devolvê-lo para Astrid.

— Ótimo. Mas não é tão valioso ao ponto de incentivar alguém para fazer... o que eu fiz.

— Como assim, você é algum tipo de especialista ou?

— Não. Mas minha mãe tinha alguns anéis. E gostava de contar o quanto valiam.

Astrid colocou o anel de volta no dedo e olhou interrogativamente para Kim.

— Por que nunca fala dos seus pais?

— Ué?! Acabei de falar da minha mãe.

— Não foi um choque de informações, diretamente.

Kim olhou sombrio para Astrid.

— Meus pais são totalmente desinteressantes. Eles se foram. Isso é tudo.

Julia também não sabia nada sobre os pais de Kim, exceto que os dois morreram em um acidente de barco junto com seu avô. Mas conhecia Kim tão bem que podia ver por sua expressão corporal que o assunto o desagradava, então se apressou em dizer:

— E agora? O que faremos?

— Acho que tenho uma ideia — respondeu Kim. — Não é totalmente simples, mas se funcionar então... então matamos dois coelhos com uma cajadada só.

10 DE JULHO, NOITE

Jonny Munther tivera a intenção de ligar para Moa Malmberg logo que chegasse a casa, no seu pequeno apartamento emprestado em Odenplan, mas quando se sentou em sua poltrona de leitura e selecionou seu número, faltou coragem. O suor começou a escorrer nas axilas e depois de um dia consistentemente suado, resolveu tomar um longo banho.

Sem pensar mais no assunto, vestiu um roupão depois de se secar. Somente quanto chegou à sala de novo, parou e cheirou o tecido. Não distinguia mais nenhum traço daquele Kim Ribbing porque o roupão passou por sessenta graus, mas na lavagem o cheiro de sol e sal também desapareceram, todos os anos em Tärnö junto com Julia.

Jonny afundou-se na poltrona e deixou os braços nas pernas na abertura do roupão. Como acontecia frequentemente, sentia-se meio patético. Na delegacia de polícia resolvia cuidando do seu trabalho com desenvoltura razoável, mas no referente a *viver* não se achava tão bom e sua assim chamada vida particular era apenas um caminho até o trabalho do dia seguinte.

Jonny pensou um pouco sobre o desaparecimento de Rudbeck e sentiu-se um pouco animado com os anos de experiência que o permitiram chegar à conclusão de que as "pistas" eram falsas. Depois mergulhou nos pensamentos. E se estivesse errado? Na verdade não seria profissional simplesmente descartar uma possível solução, mas parecia bastante claro que as pistas foram plantadas para fazê-los latir na árvore errada. E se o autor estivesse na verdade escondido na folhagem rindo da burrice de Jonny?

Deixa estar. Amanhã será outro dia.

Jonny bufou e se levantou da poltrona. Não conseguia pensar em nada além de banalidades. Foi para a cozinha e olhou no congelador onde encontrou uma embalagem de comida pronta que estava tão congelada que nem dava para ver o que seria. Não tinha importância, então colocou no micro-ondas e se preparou para uma surpresa desagradável.

Enquanto esperava a comida esquentar, abriu o computador, foi para o Spotify e selecionou uma sinfonia de Shostakovich aleatoriamente. "Shostakovich" era um nome daqueles. Alguém que deveria ser conhecido. Há um tempo, Jonny Munther tinha um projeto para melhorar sua cultura geral com literatura e música.

O micro-ondas trabalhava enquanto estalos e ruídos com intervalos irregulares vinham do alto-falante do computador. Jonny balançou a cabeça. O que estava errado com a *melodia?* Já tentara ouvir Shostakovich algumas vezes, e alguma vez, em algum lugar, realmente encontrara uma bela cadeia de melodias. Por que o cara não podia se manter nisso? Mas a melodia terminava em buzinas e ruídos.

Jonny resistiu um minuto inteiro antes de selecionar o Tchaikovsky. Era outra coisa, podia até acompanhar, se estivesse de bom humor. Agora Jonny não estava de bom humor, mas deixou o concerto de piano continuar até ouvir o apito do micro-ondas. Quando pegou a embalagem, percebeu que continha um prato tailandês de galinha com arroz.

Jonny sentou-se à mesa da cozinha, baixou o volume das marteladas cuidadosas porém melodiosas do intérprete do Tchaikovsky no piano, pegou uma colher e uma lata de cerveja leve e começou a comer o arroz seco com molho curry. Parou com a colher a meio caminho da boca.

Intérprete? Não se chama assim? Músico? Pianista?

Com a boca meio aberta, Jonny olhou para a embalagem que trazia associações desagradáveis de assassinatos com faca e não se importou com o vapor que quase queimava seu rosto. Depois estalou os dedos e pegou mais uma colherada, satisfeito consigo mesmo.

Intérprete. Intérprete de Tchaikovsky. Que palavra dos diabos.

Depois de comer o curry de frango cujo sabor Jonny mal sentiu e beber a cerveja, ficou sentado à mesa da cozinha e olhou para um solitário amieiro com folhas de cor indefinida enroladas no calor da noite de verão, ouvindo o tráfego passando embaixo da janela e as vozes abafadas das pessoas. Pensou: *Devíamos ir para algum lugar.*

Sim. Mas onde? Sair "para o local" que não existia no mapa de Jonny Munther, mas talvez uma caminhada? O roupão abriu sobre seu peito durante sua refeição frugal e mostrava os pelos grisalhos e encaracolados. Puxou fechando ao seu redor e sabia que não iria para nenhuma caminhada já que nem sequer sabia se vestir. Assim era.

Jonny jogou a embalagem de comida no saco de lixo, lavou a colher e secou com pano de prato, jogou a lata de cerveja no saco de reciclagem. Três horas até poder razoavelmente ir deitar. Era uma droga todo esse tempo que cada pessoa deveria usar, precisaria fazer alguma coisa. Bem, há pouco tempo lera *Kallocain* de Karin Boye e viu como seria se o estado decidisse sobre o tempo livre das pessoas. Um tanto quanto triste, para dizer pouco.

O pensamento o fez retornar para a poltrona de leitura onde pegou *Oliver Twist,* de Dickens, e continuou de onde havia parado. Logo depois de dez minutos já estava farto. Jonny havia há muito tempo parado de ler os romances de detetives suecos porque tratavam do mesmo problema de Dickens: toda aquela *ironia*. Nenhuma descrição de um fenômeno ou uma pessoa sem alguma forma de distância. Talvez fosse duro, mas não estava de bom humor quando tudo parecia conspirar para desapontá-lo.

Jonny estava no caminho de conseguir se colocar em um estado de verdadeira auto piedade, quando o telefone tocou. Imaginou que seria algo relacionado com o trabalho, mas quando pegou o telefone leu "Moa Malmberg" na tela. Jonny congelou e passou os dedos pelos cabelos por reflexo apesar de não ser uma chamada de vídeo e portanto ela não poderia vê-lo.

Jonny ia mover o símbolo verde para a direita, quando parou com o dedo indicador no ar. Como deveria responder? Como se fosse um número qualquer, ou como se soubesse quem estava ligando? Enquanto pensava, o telefone continuava tocando o tom de "Smoke on the Water" e Jonny sentiu o pânico aumentando.

Quando começou a temer que parasse de tocar se recompôs e arrastou o ícone para o lado.

— Alô, é o Jonny.

— Oi, é a Moa — disse ela. — Pensei que tivesse o meu nome nos seus contatos.

— Sim, sim, não olhei com atenção.

— Talvez eu conste como *Conny?*

Jonny congelou novamente. Conseguira com dificuldade esquecer o infeliz incidente na frente da Prefeitura, mas Moa aparentemente não pretendia deixá-lo esquecer.

— Lamento realmente...

— *Deixa disso* — disse Moa. — Tô brincando. Como disse. Já aconteceu antes.

Jonny fechou os olhos pela metade e vendo a imagem interna de Moa teve dificuldade para ver como alguém poderia confundi-la com um garoto. Acima de tudo era a linha suave até o pescoço que ia contra um aspecto masculino. A forma dos lábios. Jonny pigarreou e perguntou engasgado:

— De resto tudo bem?

— Sim. Apenas fascinada com quanto papel os mortos exigem e deixam para trás.

— Algo que eu posso fazer?

— Não. A não ser aparecer pra jantar amanhã, se puder e quiser.

Alguma coisa pegajosa apareceu entre a língua e o palato de Jonny, que ficaram colados juntos. Quando disse que não estava *acostumado com essas coisas*, não foi nenhum exagero. Depois de Julia Malmros, nunca encontrara uma mulher com *intenções* em jogo, e Julia foi a primeira.

Não, não, Jonny tentou se acalmar. *Talvez não fosse nada disso. Podemos convidar um colega para jantar sem ouvir os sinos de casamento tocando à distância ou esperar abraços. Apenas uma comida caseira, só isso.*

— Sim, com prazer — conseguiu dizer Jonny. — Com prazer, claro.

— Ótimo — disse Moa. — Só tem uma coisa.

Sem perceber, Jonny começou a apertar uma ponta do roupão com tanta força que os dedos doíam. Soltou o aperto e perguntou:

— O quê?

— Talvez tenha dito que meu marido Johan morreu há dois anos. Câncer. Doença longa. Terrível. Não posso dizer que já superei. O tempo cura tudo, e assim por diante. Mas ficam cicatrizes graves, pelo menos é assim comigo. Não tô totalmente curada. É como uma sombra dentro minha o tempo todo, uma sombra da qual nem *quero* me livrar, entende?

— Acho que sim.

— Só quero que saiba que não é uma folha em branco com quem vai jantar. Tá cheia de riscos em nuances bastante escuras. Controlo isso e bastante bem, encontro partes claras e vivo lá. Só pra que saiba.

— Então eu sei — disse Jonny. Depois do relato de Moa não restavam dúvidas sobre suas intenções, o que fez Jonny ousar um grande salto. — Posso dizer uma coisa? Algo totalmente diferente?

— Claro, por favor.

— Você tem uma voz muito bonita. Escuto melhor agora no telefone. Poderia ler audiolivros.

Moa riu, uma risada clara e limpa, sem partes sombrias.

— Sabe de uma coisa? Não preciso dizer como aconteceu, mas eu realmente li um par de audiolivros. Romances policiais. Nada que tenha ouvido falar, mas obrigado pelo elogio.

— Desculpe se fui insensível — disse Jonny. — Não pretendia...

— Sem problema — disse Moa. — Como disse, só queria dizer isso.

— Entendo — disse Jonny. — Mas sabe não sou uma pessoa sensível dessa forma.

— Então — disse Moa. — Tô totalmente convencida de que tá errado. Vamos combinar às sete horas amanhã?

10 DE JULHO, NOITE

Depois que Kim e Julia saíram da casa, Astrid foi para seu quarto, abriu o computador e entrou no fórum Djuraktion (ação animal). O primeiro que encontrou foi uma postagem recente com o título: "Parem com a indústria de peles – esfolem um fazendeiro de vison agora". A postagem era ilustrada com um gif bastante bem feito com um fazendeiro de aspecto cruel sendo esfolado até que os músculos e nervos brilhavam vermelhos. Astrid concordou.

Seguia o fórum há alguns anos e as postagens ficavam cada vez mais intransigentes. Os atentados contra fábricas de frangos eram planejados em textos secretos, caçadores que seriam caçados logo que conseguissem as armas. Um criador de porcos teve suas instalações danificadas por um incêndio provocado. E assim por diante.

Astrid apenas acompanhara as discussões por interesse em saber como se desenvolvia o limite de seu próprio envolvimento, enquanto ela mesma se contentava em postar vídeos informando a situação real. Mas algo havia mudado desde a morte de seus pais. A própria Astrid não entendia, mas tinha mais simpatia pelas pessoas que queriam adotar medidas radicais e concretas para parar o abate, a caça e a exploração de animais.

Afinal de contas, nada acontecia! Uma criação de animais mais "humana" ou porcos e frangos criados "ecologicamente" para acalmar as consciências pesadas não tinha significado enquanto não se atacava a raiz do mal: a humanidade achando que tinha o direito de usar os animais para o próprio proveito e prazer.

Prazer, sim. Dessa forma o verão era a pior estação para Astrid. Ficava sentada na frente da janela aberta e percebia um leve odor de grelhados enquanto alguém queimava um cadáver para aproveitar com "uma boa taça de vinho". Anúncios e jornais que davam dicas maravilhosas para uma boa noite de churrasco.

A falta de empatia afetava Astrid diretamente. As pessoas ficavam sentadas ao redor do carvão em brasa enquanto um animal assassinado e desmembrado era queimado e todos brindavam com seu bom vinho e achavam tudo *muito bom*. O escalonamento do pensamento que eles deveriam ser pendurados em um espeto e rolados sobre as brasas não estava longe.

Com seu pseudônimo *Máquina mortal,* Astrid começou a escrever uma receita de "Churrasqueiros grelhados". Como preparar melhor um entusiasta do churrasco para uma noite canibal superlegal. Primeiro uma semana de alimentação forçada de preparado para marinado através de um funil, mais ou menos como fazer patê de fígado de ganso, depois...

O telefone de Astrid tocou. A tela dizia "Larsa". Astrid parou. O tio ligara quatro vezes antes, durante o dia, e Astrid não respondera. Sabia que não poderia manter isso a longo prazo, então pegou o telefone pelo canto e levou até o ouvido.

— Sim, oi, é a Astrid.

— Onde tá morando? — perguntou o tio. — Liguei o dia inteiro.

— Sim, oi — disse Astrid. — Não tava com meu telefone.

Se o tio a conhecesse bem saberia que Astrid em princípio *nunca* ia a lugar algum sem seu telefone. Mas agora disse apenas:

— Aham, sim. Quando vem pra casa?

Astrid franziu o nariz. Mesmo tendo apresentado o tio de forma ruim incorretamente para Kim não podia considerar o quarto na sua residência como sua "casa", era apenas um lugar onde havia uma cama e podia dormir se quisesse. Não queria no momento.

— Não sei — disse Astrid. — Tenho algumas coisas pra fazer.

— Astrid, você esteve fora ontem à noite também. Eu sou responsável por você e... afinal de contas onde você tá?

— Eu já disse. Com um amigo que tem uma casa em Gärdet, tenho um quarto aqui.

— E esse amigo é aquele que veio com você de motocicleta, de Vamlinge?

— Sim, exatamente.

Astrid achou sinistro que o tio se referisse a Kim como "aquele", apesar de Astrid ter informado seu nome. Realmente a voz do tio soava como alguém que cruzou os braços sobre o peito ao dizer:

— Então eu gostaria de conhecer essa pessoa. Ver onde você mora.

— Acho que não precisa.

— Sim, Astrid, precisa, sim. Não posso deixar você solta por aí. Quero ver como você está. De outra forma, coloco a polícia no caso.

Depois de mais alguns protestos inúteis de Astrid, decidiram que o tio viria para uma visita na tarde seguinte às quatro horas para "Verificar o local", como disse o tio Lasse em uma tentativa de parecer jovem.

Astrid desligou.

Solta por aí, disse em voz alta para si mesma. O que significava isso? Nada muito jovem, pelo menos.

Voltou para sua receita de churrasqueiro marinado, mas descobriu que perdera a vontade. Quando pensou no que faria *depois* do marinado, apareceram imagens de Martin Rudbeck. Continuava lá, no porão, enquanto Astrid estava sozinha na casa.

A lembrança dos olhos que vagavam atrás dela e desejavam seu mal havia diminuído durante a tarde, mas agora o medo aumentou no peito de Astrid e apertava sua garganta. Enquanto observava pensou ter ouvido um *ruído* do andar inferior, provavelmente o cadáver que subia lentamente a escada vindo em busca de vingança.

Astrid apoiou as mãos sobre a mesa, fechou os olhos e respirou fundo. O ruído que ouvira nem sequer vinha do andar inferior, era apenas o vento nas folhas das copas das árvores. Ainda assim era meio desagradável saber que havia uma pessoa morta dez metros abaixo dos seus pés, uma pessoa que ela mesma matara. Mesmo depois de afastar o pensamento de um cadáver rastejante, achava que subia do porão como um gás raivoso e malévolo.

Astrid se abraçou e ficou sentada imóvel, esperando que a angústia a dominasse. Quando não aconteceu, conseguiu se dominar e dedicou-se à tarefa dada por Kim. Abriu o Youtube e começou a ouvir gritos, principalmente clipes de filmes de terror. Depois de ouvir umas trinta mulheres em pânico entre outros de *Sexta Feria 13*, *Massacre da serra elétrica* e, claro, *Pânico*, decidiu ir para as raízes.

Possivelmente inspirada pela camiseta que usava, procurou o grito da Janet Leigh da cena do chuveiro em *Psicose*. Era bastante limpo e claro. O problema eram os picos cortantes sobrepostos. Astrid abriu um equalizador e começou a trabalhar para filtrar e remover.

10 DE JULHO, NOITE

Quando Julia Malmros foi para o período de outono na nona série, tinha fama de ser indisciplinada. Aquela que fumava escondido nos intervalos, andava com os garotos maus e não estudava. Havia um risco de não conseguir entrar em nenhuma escola boa no segundo grau. Durante as férias de Natal seu pai teve dificuldades com ela, resultando na proibição de sair e suspensão da mesada.

Então Julia começou a cansar da *vida cabrón*. Ninguém a admirava mais por suas escapadas pseudo rebeldes e as colegas de classe a consideravam chata. Então Julia tomou a clássica decisão de ano novo: melhorar. Assistir às aulas, estudar as lições, melhorar as notas para entrar na linha de humanas.

Foi então que, prendendo a respiração, num dia de fevereiro, correu pelo corredor da escola, após dormir demais, para uma aula de estudos sociais. Quando chegou à porta da sala de aula viu que estava vazia. Julia verificou sua grade escolar e percebeu que errou de dia. Na verdade estava atrasada para uma aula de matemática.

Julia ficou parada na porta, encostou a cabeça no batente e apertou os olhos. *Diabos*. Ela realmente *tentou*, por que tudo estava contra ela? Quando abriu os olhos para virar e correr para a sala de matemática, viu algo. A bolsa da professora de estudos sociais estava na cadeira atrás da cátedra.

Julia olhou para a direita e para a esquerda no corredor deserto. Em um clique suas boas intenções foram varridas e agiu conforme o ditado *a oportunidade faz o ladrão*. Deu alguns passos rápidos para a frente, abriu a bolsa e pegou a carteira da professora de onde tirou duas notas de dez. Colocou as notas no bolso, deixou tudo como estava e correu para sua aula.

Usou o dinheiro na mesma tarde para doces, cigarros e o número mais recente da revista *Okej*, se não lembrava errado.

Até então tudo bem. Mas depois começaram os remorsos. *Furtara* de sua professora, de quem até então gostava. Era uma ladra, uma bandida, uma *criminosa*, como diria seu pai. O que pensou? Não pensou nada, apenas caiu em tentação.

Acima de tudo, queria desfazer o roubo e quando finalmente recebeu sua mesada novamente, começou a andar com duas notas de dez no bolso prontas para colocar de volta na carteira da professora quando surgisse a oportunidade. Mas a oportunidade não surgiu. Julia terminou o nono ano com notas muito altas e uma culpa que nunca a deixou realmente.

A lembrança voltou pelo menos pela milésima vez quando Julia abriu sua porta voltando da vila de Kim Ribbing. Muitas vezes pensou que deveria escrever uma carta, explicar o que aconteceu e devolver o dinheiro com juros sobre juros. Nunca aconteceu e agora a professora morrera. Os dias nunca voltam.

Se sentira aquilo só por vinte paus, o que sentiria eventualmente depois de ajudar uma pessoa a ocultar um cadáver, se livrar de um assassinato? Mesmo agora já se sentia desconfortável. Diante do fato consumado havia o risco de um espinheiro inteiro criar raízes na sua mente.

E mesmo assim. Mesmo assim não podia deixar de especular sobre as possibilidades, as saídas. Seu último pensamento estava associado com "acomodação na baía Nybro", apesar de saber que era apenas um mito. Afundar um corpo com um bloco de concreto preso nos pés, talvez na baía Djurgårdsbrunn que ficava perto. Havia indicações de que era apenas uma lenda. Pouco prático com o transporte, alto risco de descoberta. Entre outros.

Como Irma, Julia evitou passar pela caixa de vinho tinto na cozinha e fez uma xícara de chá que levou ao computador no quarto de trabalho para verificar suas mensagens.

A primeira que chamou sua atenção foi uma mensagem com o título "Yey, yey, yey!" de um remetente que reconheceu. Depois dos últimos acontecimentos, Julia não apreciava mensagens de pessoas fora de sua lista de contatos, mas o título não parecia ameaçador, então abriu a mensagem.

"Oi, Emma Berglund da Bluefish aqui. Maravilhoso encontrá-la finalmente", dizia o texto.

Bluefish era a principal produtora responsável pela série da Åsa Fors, disso Julia lembrava, mas de alguém como Emma Berglund não conseguia lembrar e muito menos que tiveram um encontro "maravilhoso". Mas havia tantos rostos, tantos nomes e tão pouca coisa realmente maravilhosa. Julia continuou lendo.

"Apenas contando que a TV4 nos mudou para sábado às 20:00 horas! Veja só! Horário nobre! Será como *Idol, Let's Dance* e Åsa Fors! Fiquei chocada quando soube, faça um brinde também! Beijos e me vou! Emma.

P.S. Seria superlegal se pudesse escrever alguma coisa breve sobre o que pensa da série para o mercado! D.S".

Julia olhou para a tela e só estranhou que Emma não colocou um ponto de exclamação depois do próprio nome também. Depois percebeu.

Idol, Let's Dance e Åsa Fors.

O horário anterior era dez horas da noite na sexta feria e Julia se consolara pensando que a série eventualmente passaria despercebida. Agora não havia mais chances e Julia sentia vontade de realmente tomar uma taça de espumante skumpa, ou melhor duas garrafas.

Pensou em ligar para Irma Ryding e reclamar um pouco, mas se conteve em relação à conversa e ao álcool. O coração batia acelerado no peito. Dissera para Irma que a série afundaria a Åsa Fors. Agora era mais um torpedeio e restariam apenas destroços flutuando em um mar cinzento. Julia se apoiou na escrivaninha e baixou a cabeça.

Calma. É uma coisa pequena. Em comparação.

Julia olhou para a estante de livros onde diversas edições dos seus livros estavam alinhadas. Tentou lembrar algo que um escritor – foi o Raymond Chandler? – certa vez respondeu para uma pergunta – se achava que os diversos filmes ruins estragaram seus livros. Raymond – se é que foi ele – olhara para a estante onde estavam seus livros.

— Não, acho que parecem exatamente iguais como sempre.

Boa resposta. Resposta esperta. Assim se deve responder. Assim se deve pensar. Julia continuou respirando e tentando pensar assim. Não era o trabalho de sua vida e o sangue do seu coração que seriam exibidos para o público em um traje padrão, eram algumas histórias que inventara que seriam transformadas em uma série de TV e fora bem paga por isso. Deixe como está.

Julia leu novamente a mensagem de Emma Berglund e descobriu que podia viver com isso. Claro que podia. O problema era o PS, que seria *super* se pudesse escrever algo sobre o que pensava para o mercado. Achava que a série era uma droga, mas não era isso que queriam. Deveria ser o equivalente sueco de "super excitada", de todos os americanos que trabalhavam com filmes ou séries. Super animada? Super ligada? Maravilhada? Poderia estender até "tensa"? Pelo menos seria verdade, mas não do jeito que desejavam.

Julia ficou sentada com os dedos sobre o teclado e só via os destroços flutuando, espalhados, esquecidos no vasto oceano. Depois olhou para cima e se endireitou na cadeira.

Tärnö!

Naturalmente. A baía Djurgårdsbrunn tinha uma profundidade de cerca de oito metros – sim, verificara – mas no fiorde de Tärnö a profundidade chegava até setenta, oitenta metros. Nenhum risco de alguém encontrar alguma coisa, independente de quão clara fosse a água.

Julia se levantou da mesa e deu algumas voltas no quartinho passando os dedos pelas lombadas dos livros. Primeiro deveriam dirigir o barco a motor para o continente, atracar em algum local isolado, mas com algum tipo de estrada. Depois colocar o corpo no porta-malas, seu Prius tinha espaço suficiente, enrolar em alguma coisa, uma rede talvez, e prender pesos...

Espera um pouco.

Julia parou com os dedos sobre a lombada larga do *Ulisses*. Realmente levava isto a sério e não como uma diversão? Queria ser envolvida em algo... digamos *milhares* de vezes mais criminoso do que roubar duas notas de dez de uma carteira, algo que a deixaria se sentido culpada pelo resto da vida?

Não, certamente não queria. Mas desejava proteger Kim. Apesar dos seus altos e baixos nas ondas da tempestade de sangue ele realmente ficou sob seus cuidados quando o encontrou encolhido ao lado de sua porta. Claro que tinha poder sobre ela e claro que tinha capacidade para se defender sozinho. Em um plano. Em outro plano era muito solitário, uma pessoa socialmente incapaz com pouco contato com a realidade. Alguém que precisava ser protegido e cuidado.

O pensamento deixou Julia bastante animada. Acariciou James Joyce como se fosse um cão de colo e pensou que era disso que se tratava a música banal que Kim ouvia: ultrapassar os próprios limites para ficar perto do amado. Através do fogo e da água e assim por diante. Era disso que se tratava *realmente*.

Julia sentiu-se um pouco afetada por sua possível transcendência quando pegou o celular e ligou para "Kim Cracker".

10 DE JULHO, NOITE

As vibrações do telefone no bolso interno de Kim pareciam mais como se uma mosca passasse sobre seu coração, porque estava na potência mais baixa, e ele não se importava. Há cerca de uma hora estava deitado observando em uma colina nos limites do parque Lux em Lilla Essingen e esse não era o lugar para alguma conversa.

O prédio de tijolos lá embaixo fora um centro para fabricação de talco Barnängen, mas agora era um local de encontro de distribuidores de outro tipo de pó: o clube de motociclistas Apóstatas. O talco era usado frequentemente para aumentar a cocaína e talvez havia algum resto que foi usado, mas provavelmente era apenas uma coincidência. O prédio atendia às necessidades do clube. Longe da maior fábrica da Electrolux e igualmente abandonada, o local da antiga Barnängen era isolado e pouco vigiado. Pelo que Kim podia ver com os binóculos de visão noturna nem sequer tinham câmeras do lado de fora. O robusto portão de madeira provavelmente tinha um trinco com código, que não seria um grande problema.

Era um prédio de dois andares e quando chegou uma caravana de sete motocicletas, Kim conseguiu ver parte do andar inferior. Parecia vazio e provavelmente usado apenas como estacionamento. O andar superior tinha grades nas janelas tampadas por dentro, provavelmente uma *caverna masculina* à prova de bombas com espaço para conspirações e conforto geral.

Enquanto Kim esperava, a fila de motocicletas barulhentas foi embora, menos um homem. Pelo menos *uma* pessoa estava no prédio, o que atendia aos objetivos de Kim. Mais do que um poderia ser problemático, mas ainda assim possível.

Conforme as motocicletas se distanciavam na E4 e seu barulho não se ouvia mais, Kim desceu da colina e foi despreocupado para o local como se fosse alguém dando um passeio noturno pouco interessado nos prédios marcados com K. Teoricamente a velha fábrica seria demolida para dar lugar a novas residências, mas o projeto ficou preso no departamento de construções desde que os Apóstatas se mudaram para lá. Pressões informais não podiam ser descartadas.

Com a mesma atitude de curiosidade indiferente, Kim foi até uma das grandes janelas do andar inferior e olhou para dentro. Como previra estava praticamente vazio. Esperava que houvesse *uma* motocicleta lá dentro e fez uma careta quando contou mais três. Homens em grupo eram consideravelmente mais perigosos do que a soma de suas partes, algo imprevisível se apresentava. Kim percorreu o espaço com os olhos e viu uma escada espiral em cada lado menor subindo para o segundo andar. Um par de diodos vermelhos piscando na altura do teto chamou sua atenção. Então os Apóstatas não estavam *tão* seguros de seu domínio depois de esmagar a concorrência. Nos dois cantos do espaço que Kim podia ver havia detectores de movimento no alto, provavelmente havia nos dois outros cantos também. Não poderia simplesmente entrar sem disparar o alarme.

Quando Kim estudou as três motocicletas extras mais de perto, viu que uma estava sem a roda dianteira e havia ferramentas no piso ao lado das outras. Eventualmente estavam lá para reparos e não indicavam que havia necessariamente mais pessoas no prédio. *Eventualmente*. Kim não tinha muito apreço pela palavra em situações como esta.

Kim deixou a janela e andou ao longo do prédio com as mãos nos bolsos até chegar ao portão. Através dos binóculos vira algo no fundo que merecia observar mais de perto se fosse o que pensava ser. Sim. Quando Kim passou pelo portão em uma distância de um par de metros podia ver na luz fraca do entardecer, os nítidos contornos de um retângulo de vinte por vinte centímetros. Uma portinhola para gatos.

Kim continuou para o parque Lux e franziu a boca. Os Apóstatas estavam tão seguros que se atreviam a deixar uma abertura em sua pequena fortaleza. Claro que seria impossível entrar por aquela via. Mesmo se Kim fosse um homem cobra capaz de deslocar suas articulações à vontade, isso não ajudaria porque não conseguiria passar a cabeça. Mas a portinha poderia funcionar como um tipo de balão de teste.

Kim desceu até o córrego, sentou-se em uma pedra e olhou para Mälaren, onde o arco brilhante da ponte Väster formava um portal contra o fiorde Riddar. Havia um silêncio estranho nessa parte central e ao mesmo tempo distante de Estocolmo. Ao longe ouvia o tráfego e mais perto o ruído suave de um motor em algum lugar no fiorde. No silêncio era difícil imaginar quanta violência estava reunida no prédio há cerca de cem metros. Barulhos e estrondos, gritos e tiros. Mas agora, não. Agora apenas a calma da noite e um ruído crepitante que mal parecia se mover.

Kim virou-se na pedra e deu as costas para a água. Possivelmente seria mais eficiente caçar, mas duvidava. Melhor esperar. Se tivesse liberdade para decidir teria ficado sentado observando a antiga fábrica durante diversas tardes e noites, anotando os movimentos e padrões para ter uma imagem. Como não tinha liberdade era obrigado a agir por necessidade e com uma certa tensão. Não gostava disso. Nem um pouco.

Talvez houvesse muito tráfego de motocicletas à noite e os seis que saíram poderiam voltar a qualquer momento. Kim não tinha um plano de reserva nesse caso. Era bom de luta, mas contra tantos não teria chance, especialmente quando estavam cheios de testosterona no grupo. Kim apoiou os cotovelos nos joelhos e considerou a possibilidade de que esta noite seria sua última.

Durante a infância, Kim desejara diversas vezes que sua vida terminasse e se esforçou para isso. Sua tentativa de se afogar no lado na mansão do avô foi a mais perto de ser realizada. Depois houve lâminas de barbear, cordas e dois garfos na tomada, mas sempre sobrevivia.

Kim não sabia com certeza, talvez sua vontade não fora suficientemente forte. Talvez no final teria saído do lago naquela vez que o jardineiro veio e o salvou. Não tinha como saber.

Desde que abandonara tratamentos e instituições, sentia-se indiferente se viveria ou morreria. Colocava-se em situações onde a vida ficava por um fio, mas nunca fez outras tentativas para acabar com sua vida. Para sua surpresa havia lutado até o fim para ficar vivo mesmo que isso não significasse nada. Possivelmente era a luta em si que o atraía.

E agora?

Kim olhou para a fábrica de talco em silêncio enquanto o ruído do barco nas suas costas se afastava lentamente. Algumas horas antes, quando trabalhava no escritório vazio e comia sua *pizza kebab*, recordara novamente a indiferença da juventude e um pouco do desespero da infância. Depois Julia e Astrid tocaram a campainha; e agora estava sentado aqui, pronto para agir novamente.

Kim ficou sentado um bom tempo na pedra, observou sua vida de diversos pontos de vista e estava tão distante dali que primeiro não entendeu o que acontecia quando sentiu um movimento contra sua perna e ouviu um providencial "Miau" embora fosse exatamente o que estava esperando e desejando.

Um gato listrado laranja esfregava a cabeça contra sua perna enquanto se movia ou melhor, balançava para frente e para trás com um rabo que parecia cortado pela metade. Kim coçou atrás de suas orelhas e continuou pelo pescoço. Nenhuma coleira, então provavelmente era um gato de rua domesticado, provavelmente um dos clientes que usava a porta para gatos.

— Pss, pss, Palhaço Sem Rabo — disse Kim e pegou o gato no colo. — Será que pode me ajudar com uma coisa?

O gato esfregou a cabeça contra o peito e barriga de Kim. Não parecia ter nenhuma objeção.

10 DE JULHO, NOITE

O quarto de dormir de Jonny Munther era o chamado *espartano*, mesmo se os soldados de Esparta frequentemente lutassem em ambientes ainda mais simples conforme a história mundial resumida que Jonny foleara cerca de meio ano antes.

O colega que estava estacionado na Espanha e de quem Jonny alugava o apartamento havia pendurado reproduções emolduradas do tipo que se compra na Ikea: operários da construção na hora do almoço nos edifícios de Nova York, os girassóis de Van Gogh e a onda azul e branca com o monte Fuji no fundo. Todos pareciam distrair Jonny quando queria dormir, principalmente os operários da construção despreocupados comendo seus sanduíches sobre o abismo, e uma de suas primeiras ações foi tirar tudo.

O único que sobrou foram as paredes brancas com os furos dos parafusos, uma cama com noventa centímetros de largura com a mesa de cabeceira correspondente, uma cadeira e um guarda roupa. Lembrava bastante seu quarto de garoto, em Ersta, ao lado de Norrtälje, com a diferença que lá pelo menos tinha *uma* decoração: uma foto ampliada de um garoto puxando o rabo de um porco, que o pai de Jonny ganhara em um concurso de palavras cruzadas do jornal *Land*. Ficava acima da cama de Jonny e o pai achava divertido.

Jonny tirou o roupão e colocou no encosto da cadeira, depois pegou seu edredom com padrão de grandes lírios coloridos. Pertencia ao dono do apartamento e Jonny não poderia se importar menos. Quem se importava se ele dormia com uma coberta com um esplendor de flores?

Jonny puxou o lençol até o nariz, eliminando o ruído da rua e fingiu que era uma manhã de férias de verão em Ersta. Durante as manhãs de escola não precisava ajudar no jardim, mas no verão precisava fazer sua parte. Na época, Jonny resmungava e reclamava por ser um *garoto de fazenda* que precisava levantar cedo para colher ovos e ordenhar manualmente as vacas com tetas sensíveis demais para a máquina.

Agora muito tempo depois eram suas melhores memórias. O sol que acabava de subir no horizonte, o ar claro misturado com o cheiro doce de esterco. As galinhas cacarejando nos seus ninhos e as barrigas quentes das vacas contra sua testa quando cuidadosamente apertava e puxava as tetas. A mão grande do pai no seu ombro quando se comportava bem. Jonny piscou algumas vezes e olhou para o teto onde a luz dos carros na rua brilhava através das persianas. Em momentos como esse podia se sentir muito sozinho, mas agora eventualmente havia um pequeno remédio. Jonny virou para o lado e pegou seu celular na mesa de cabeceira. Abriu o aplicativo do Storytel e digitou "Moa Malmberg" no campo de pesquisa.

Bingo. Moa constava como leitora de quatro livros da série chamada "Stockholm by Night" de um escritor que Jonny nunca ouvira falar. A primeira parte chamava-se *Konspiration på högsta nivå* (Conspiração em alto nível); Jonny apertou o ícone que dizia "Ouvir". Logo surgiu a voz sombria e agradável de Moa no alto-falante do telefone falando sobre o que ouviria. Depois começava o livro.

"O investigador criminal Hardy Bengtsson não tinha tomado café da manhã e estava de mau humor quando chegou à delegacia..."

Sim, sim, pensou Jonny. *Isso é conhecido.*

Jonny Munther cruzou as mãos sobre o estômago e fechou os olhos com um pequeno sorriso nos lábios. Depois de dez minutos contra todas as possibilidades começou a se envolver no relato e talvez seria difícil parar de ouvir. Bem, que mal faria? Tinha por assim dizer Moa ao seu lado e uma ou outra noite sem dormir poderia aguentar muito bem.

10 DE JULHO, NOITE

O gato listrado estava pendurado como um trapo no braço de Kim e ronronava o tempo todo enquanto o levou até o portão e se agachou. Quando pôs o gato na frente da portinhola, ele virou e esfregou a cabeça contra o joelho de Kim, que virou o gato com o nariz para a portinhola e o empurrou. O meio rabo estava reto para cima, mas dobrou para trás quando todo o gato passou pela portinhola. Kim se levantou e deu alguns passos para trás, esperando.

Quando nada aconteceu durante alguns minutos, olhou ao redor antes de deitar de barriga e olhar pela portinhola. O gato estava sentado no chão ao lado das motos estacionadas. Quando ouviu o rangido da portinhola, virou a cabeça, olhou para Kim e disse "Miau?" como perguntando o que se esperava dele.

Nada. Fez seu trabalho. Kim se levantou e pesquisou o painel de controle do trinco com código. Era um modelo ordinário simples, igual ao que se vê em qualquer portão. Kim tinha ferramentas para desparafusar a frente e ir até a eletrônica para provocar um curto circuito na rede, mas por diversão testou o método mais básico: acendeu sua lâmpada de cabeça e depois colocou as mãos em concha ao redor do painel e soprou nele.

Kim balançou a cabeça sem acreditar. Os Apóstatas deveriam realmente ter uma conversa séria com o responsável pela segurança. Sete botões estavam cobertos de condensação, mas os três usados regularmente tinham uma camada de graxa dos polegares e indicadores que ainda brilhava. Os números eram 1, 3, 9.

Poderia ser tão simples?

Kim apertou 1, 9, 3, 3. Ouviu um clique do portão. Kim arregalou os olhos. Certamente era algo para os Apóstatas ter o número do ano quando Hitler chegou ao poder na Alemanha como código da sua porta, acima de tudo não eram as melhores facas na gaveta. Ou então não se importavam.

Kim olhou ao redor pela última vez e escutou para ver se ouvia um ruído de motor se aproximando antes de tirar a mochila e depois deitar de barriga. Em seguida, empurrou a porta e se arrastou para dentro. Depois que colocou todo o corpo dentro do espaço sem disparar o alarme fechou a porta cuidadosamente e se arrastou pelo chão de cimento puxando a mochila ao seu lado.

Kim tivera sorte porque os Apóstatas gostavam de gatos ou pelo menos gostavam de ter gatos ao redor. Supôs que por isso apontavam os detectores dos sensores suficientemente altos para não disparar com cada gato que passava. A suposição estava correta. Não se atrevia a desafiar sua sorte ao ponto de manter a mochila nas costas porque então ficaria muito alta acima do piso.

Kim se arrastou para frente com ajuda dos cotovelos e estava no meio do caminho até a escada quando o gato listrado veio para frente e começou a lamber seus rosto com sua língua áspera. Kim olhou para cima e viu seu rabo cortado balançando de um lado para o outro. Pensou uma coisa. Teria algum dos Apóstatas cortado o rabo de modo que seu comprimento não disparasse o alarme. Talvez haveria muitos gatos com meio rabo em Lilla Essingen e o mais seguro em todo caso era ficar o mais baixo possível. Kim empurrou o gato para o lado.

— Obrigado pela ajuda, mas agora tô bem — sussurrou ele e continuou.

O ambiente onde se arrastava cheirava a óleo lubrificante, gasolina e cerveja azeda. O chão de cimento áspero raspava sua jaqueta e até o momento avançara um metro, parou e escutou. Não ouvia nada além do murmúrio do sistema de ventilação e o ronronar do gato que insistia em ficar ao seu lado.

Quando Kim estava a alguns metros da escada espiral, observou o espaço onde estava. Além das motocicletas não havia nada sem contar um par de caixas em um canto, mas estavam encostadas na parede e não ofereciam nenhuma proteção.

Se aparecesse alguém não tinha onde se esconder. Apertou os maxilares. Uma pena que não teve tempo de registrar os movimentos, não gostava de ficar por conta do acaso, mas agora era como era. Continuou até poder colocar as mãos no degrau inferior da escada.

Kim observou os olhos vermelhos brilhantes e mal intencionados dos detectores. Duvidava que os sensores estivessem direcionados de modo a cobrir a escada também, mas depois de chegar tão longe seria estúpido arriscar. Kim empurrava a mochila na frente enquanto subia um degrau de cada vez como uma lagarta perdida. O gato ficou no chão olhando com a cabeça inclinada.

O cheiro de gasolina e óleo diminuía conforme subia, mas o cheiro de cerveja persistia misturado com cheiro de cigarro vindo de uma sala iluminada onde a escada terminava. Kim parou no meio da subida, fechou a boca e escutou. Havia alguém respirando? Kim virou o ouvido para o ruído para ouvir melhor e estremeceu ao ouvir um farfalhar e um estalo. Olhou sobre o ombro e encontrou os olhos amarelos do gato lá embaixo no chão. O caminho continuava livre, ainda poderia desistir.

Fechou os olhos para ouvir melhor. Um pigarro e depois aquele... chiado. Acima de tudo parecia que alguém estava deitado dormindo. Kim levantou a mochila mais um par de degraus para cima e não acreditava que a sorte continuava favorecendo-o, pois não era habitual. Ainda nenhum ruído lá de cima além da respiração regular, então Kim se atreveu e levantou a mochila até o patamar da escada que era visível da sala.

Quase gritou quando sentiu um movimento rápido nas costas, mas logo percebeu do que se tratava, encostou a cabeça no degrau de cima e deixou o gato passar por sua cabeça. Olhou para o topo da escada.

Algumas luminárias de tecido amarelo manchado pendiam do teto e iluminavam uma sala com um sofá de couro bem gasto e um par de poltronas na frente de uma grande TV. Em uma mesa havia várias latas de cerveja e um cinzeiro transbordando. No sofá um homem com colete de couro dormindo deitado de costas. Um braço estava pendurado para fora e o gato foi até ele e cheirou seus dedos.

Se o gato pudesse franzir o nariz, indicou com um movimento de cabeça que seria exatamente o que faria quando recuou e depois se enfiou embaixo do sofá. Kim se endireitou e subiu os últimos degraus com cuidado.

Estava dentro do quartel general mais sagrado dos Apóstatas. Nada indicava que ali ocorria algo além da vida mais ordinária. As penugens e poeiras no chão lembravam o apartamento do Moebius e igualmente havia caixas de pizza jogadas no chão, entre outros lixos e embalagens de doces. A única grande diferença é que aqui havia latas de cerveja e garrafas de bebidas no meio da bagunça. Provavelmente ninguém queria ser a *cadela* que faria a faxina. O piso era de pranchas brutas, aqui e ali desbotado e manchado.

Kim foi até uma porta entreaberta e abriu sem ruído. Lá dentro havia algo que poderia ser um escritório, mas parecia mais um lugar onde jogavam os papéis quando não sabiam o que fazer com eles. Pilhas e folhas soltas desordenadas em uma escrivaninha e no chão. Também havia um computador de modelo antigo, mas para variar Kim não estava interessado. Voltou para a sala maior.

O homem no sofá dormia com a boca aberta e de vez em quando gemia ou roncava. Havia uma jaqueta de couro no chão ao lado da cabeça no sofá. Tinha o emblema do clube nas costas, uma cruz invertida com uma caveira no topo. Kim deu um passo cauteloso de cada vez, sendo cuidadoso com as pranchas rangendo, até chegar à jaqueta e revistar seus bolsos.

No bolso interno encontrou o que presumia ser o celular do homem dormindo e em um dos bolsos externos achou um recibo dobrado. Kim desdobrou o recibo e leu. Seis latas de cerveja e dois biscoitos de chocolate, comprados no Circle-K há uma semana. Afinal, a vida de gangster não parecia muito glamorosa. Kim colocou o recibo no próprio bolso e ligou o telefone que exigia uma senha ou impressão digital para revelar seu conteúdo.

Kim olhou para o homem dormindo e roncando. Isto realmente era um exagero e não era o motivo porque viera, mas mesmo assim se agachou e levou o leitor do telefone até tocar no dedo indicador da mão pendurada do homem. Felizmente era a mão correta e o telefone foi desbloqueado.

Kim verificou rapidamente a lista de contatos sem encontrar nada especial, nenhum nome lhe dizia nada. Ao acaso abriu a galeria que tinha apenas umas vinte fotos, caras festejando e brindando com latas ou copos para a câmera, flexionando os músculos e mostrando suas tatuagens. Tudo desarrumado e aparentando uma miséria endurecida.

Uma imagem mais ordenada fez Kim parar. Sem contar para Julia fizera uma verificação básica dos líderes dos Apóstatas, Dennis Hamberg e Claes-Göran Schwarzkopf, sem encontrar nenhuma associação. Agora tinha uma associação de sete partes na mão.

A foto mostrava os dois homens dando as mãos na frente de uma flâmula representando um olho com uma cruz no meio. O mais notável é que a foto tinha um caráter *oficial* já que os dois homens olhavam para a câmera. Lembrava as fotos quando dois líderes mundiais chegavam a um acordo sobre alguma coisa, ou por que não, as fotos de Elvis e Nixon quando deram as mãos na frente da bandeira americana depois que Nixon prometeu que, sim, mas sim, claro que Elvis pode ser um agente da CIA, aqui está o crachá.

O homem no sofá grunhiu e virou um quarto de volta de modo que seu rosto adormecido virou para a sala. Kim se afastou de seu possível campo de visão e decidiu que não tinha tempo para finesses. Contentou-se em fotografar a foto com o próprio telefone antes de devolver o do homem para sua jaqueta. Voltamos ao principal.

Do bolso externo da mochila Kim pegou um pequeno pote plástico com tampa e um frasco de vidro com a pipeta correspondente. Bagunçou seu cabelo com as mãos para ficar de pé em todas as direções, tirou a jaqueta e pendurou em um ombro, depois pendurou a mochila meio de lado. Finalmente soltou a pipeta do frasco com glicerina, sugou algumas gotas, virou o rosto para o teto e pingou uma gota em cada olho.

Kim piscou e sua visão ficou enevoada. Havia testado e sabia que seus olhos agora tinham um aspecto vidrado, drogado. Tirou a tampa do recipiente de plástico e se inclinou sobre a cabeça do homem dormindo. Através da névoa cobrindo seus olhos Kim podia ver uma divisão brilhante onde o cabelo era puxado para trás e preso em um pequeno rabo de cavalo.

Alguns fios haviam soltado do rabo. Kim respirou fundo, pegou o cabelo e puxou. O homem soltou um grunhido e levantou as mãos para a cabeça enquanto Kim se apressava em colocar os fios de cabelo no pote de plástico, fechar a tampa e colocar no bolso. Depois relaxou o rosto e começou a balançar onde estava.

O homem sentou e olhou ao redor até encontrar Kim, que deixou um pouco de saliva escorrer do canto da boca enquanto agitava as mãos e murmurava:

— Bah, bah, devia acertar a coisa, va, prometeram. Devia ser o cavalo mas em todo caso va, tudo bom?

O homem levantou do sofá e olhou exasperadamente para Kim, que deu um passo para trás, levantou as mãos, sorriu timidamente e disse:

— Fica frio, cara, calma. Só vim pegar os troços, va. Fica frio.

— Como *diabos* entrou aqui? — perguntou o homem e deu um passo ameaçador para a frente de Kim.

Kim acenou indeciso para o andar de baixo.

— Cara, tava aberto va. Então só entrei, sem problema?

— Tem uma *merda* de problema, seu imbecil drogado — respondeu o homem e segurou forte o ombro de Kim.

— Merda, cara, aaaai — resmungou Kim.

Quando o homem o soltou contra a escada, Kim esticou a mão direita e arranhou seu rosto deixando riscos vermelhos enquanto gritava:

— Me larga, seu *desgraçaaaaado*!

O homem soltou Kim para sentir seu rosto. Quando viu o sangue nas pontas dos dedos, seus olhos escureceram e cerrou os punhos. Kim cerrou os dentes e relaxou o pescoço. Quando o gancho de direita veio, abaixou um pouquinho a cabeça para que não atingisse o queixo.

Embora Kim acompanhasse o golpe com o corpo e a cabeça, não foi preciso muito teatro para cair no chão desabando em uma pilha desarrumada e seus olhos quase escureceram quando gritou:

— Não me mata, cara, não me maaaata, só preciso arrumar uma carga.

— Maldito monte de merda — disse o homem, segurou a gola da jaqueta de Kim e o arrastou para a escada resmungando:

— Devia acabar com sua raça, sorte sua que tô de *muito* bom humor.

Kim continuou gemendo e grunhindo enquanto o homem o arrastava pela escada abaixo batendo as pontas dos sapatos de Kim nos degraus de metal. Quando chegaram ao térreo, o alarme disparou. O homem soltou a jaqueta de Kim.

— Merda — resmungou e soltou Kim no chão de cimento antes de correr escada acima.

Kim rolou sobre as costas e piscou algumas vezes tentando remover a glicerina dos olhos. Sua bochecha latejava e doía e sentiu gosto de sangue na boca quando olhou para os detectores de movimento. Tinha um frasco de spray de silicone no bolso e o plano seria, se possível, aspergir os sensores para que ficassem inúteis sem que fosse percebido. Mas estavam muito altos.

Algo amarelado correu escada abaixo e alguns segundos depois Kim sentiu os bigodes do gato na sua orelha. A bochecha de Kim começou a inchar e a boca parecia dormente, então o "gato bonzinho" que tentava sussurrar virou "gago bonino". Não precisava mais se esforçar para falar como se estivesse drogado.

O alarme parou e Kim rolou de volta para a posição na qual o homem o deixou e voltou a gemer. Isto não era um problema porque toda a cabeça parecia cheia de cordas e sentia até um pouco de autopiedade. O homem desceu a escada resmungando e repetindo: "Merda, deveria foder a merda do seu rabo", mas se contentou em arrastar Kim para a porta e depois o jogou no caminho de cascalho.

— Se eu te encontrar aqui mais uma vez — disse o homem e apontou para um ponto logo acima do nariz, — vai ser no meio dos olhos, entendeu?

— Sim, entendi, cara, entendi, mas, por favor, me solta só um pouquinho, tá queimando aqui.

— Precisa ficar satisfeito, porque ainda tá vivo — disse o homem e virou de volta para a sala.

A porta estava quase fechada quando abriu novamente.

— E você também, seu merda — resmungou o homem e segurou o gato listrado pela nuca, jogando-o longe de modo que voou em um arco pelos ares enquanto soltava um lamento. Diferente de Kim, caiu sobre as patas. A porta fechou novamente.

Kim continuou deitado no chão e olhou para o gato que indiferente começou a se lamber como quem diz: *O quê? Eu não ligo.* Depois levantou a cabeça e olhou para Kim. *E você?* Kim virou o rosto que recebeu o golpe do homem.

— Bem, obrigado, foi bom.

Sem a ajuda das mãos, Kim levantou com algum esforço e cambaleou para o outro lado da colina onde estacionara sua Honda. O gato acompanhou. Kim mantinha as mãos na frente como um preso algemado enquanto tudo balançava dentro de sua cabeça. Sentiu a boca com a língua para verificar se nenhum dente estava quebrado, mas tudo parecia bem.

Quando chegou à motocicleta foi obrigado a sentar no chão por algum tempo. O gato andava ao ser redor e queria carinho, mas Kim manteve suas mãos fora do alcance. Quando se sentiu razoavelmente recuperado, abriu um bolso lateral da mochila com os dentes e pegou um pequeno saco plástico tipo ziplock. Com a ajuda dos braços virou a mochila. Entre os objetos que caíram escolheu uma lanterna e um palito de dente.

Com a ajuda da mão esquerda conseguiu colocar a lanterna na cabeça e acender. O gato olhava interessado enquanto Kim raspava com o palito sob as unhas da mão direita, as unhas que arranharam o rosto do homem. Depois de raspar uma unha, Kim esfregou o palito no interior do saco e repetiu o procedimento na próxima unha.

Depois de limpar todas as unhas, Kim pegou o saco e mostrou para o gato.

— Difícil acreditar que isso tem algum valor, não é?

O gato não tinha nenhuma opinião, mas bateu com a pata no saco. Kim levantou e sorriu sentindo dor na boca. Mesmo assim riu mais um pouco.

11 DE JULHO, MANHÃ

Christof Adler estava no elevador a caminho de sua sala e pensava em Gandalf. Na noite anterior, Cecilia deitou cedo, cansada, depois de um dia preparando uma quantidade anormal de coroas fúnebres. Deu um beijo de boa noite nos cabelos com cheiro de flores e depois se sentou no computador para escrever um pouco de fan fiction.

O pensamento era escrever um conto sobre o Gandalf quando jovem, muito antes de Bilbo e do Anel, sim, até mesmo antes de ele vir para Valinor e usar o nome Olórin. Claro que era duvidoso se Gandalf *fora* jovem algum dia porque, conforme Tolkien, era uma figura angelical que assumiu uma forma humana. Christof resolveu ignorar Tolkien e considerar o duende mais ou menos como um elfo, com uma vida longa porém concreta.

Escreveu algumas páginas sobre quando Gandalf e Galadriel se encontraram pela primeira vez e Christof ficou bastante satisfeito; sabia que receberia críticas se divulgasse. Seria quase impossível trabalhar no universo de Tolkien sem cometer erros, então não pretendia deixar ninguém ler o relato, escrevia apenas para sua diversão particular. Gostava de pensar em Gandalf.

Quando as portas do elevador abriram, Christof esqueceu as origens de Lothlórien e Glamdring para se concentrar nas novidades do dia. Quando chegou à sala, notou que Markus Lind, um dos jogadores do Hockeyfrilla, olhou para ele e fez uma careta. Quando Christof se aproximou de sua mesa "Vi kan gunga" começou a tocar nos alto-falantes do computador de Markus. Christof suspirou e foi até o colega enquanto a música continuava.

"Vi kan gung-gung-gunga du och jag (podemos balançar você e eu)

Vi kan sjung-sjung-sjunga tjalala... (podemos cantar la la la)"

Markus apertou uma tecla e a música parou. Olhou para Christof levantando as sobrancelhas.

— Sim? O que foi?

— Deixa disso — disse Christof.

— O que foi, não posso ouvir Jimmy Jansson ou o quê? — Markus bufou. — E o quê? Quem pode falar de *balançar?*

— Como soube? — perguntou Christof cansado.

Markus deu de ombros.

— Trabalhei em Täby antes. Tomei uma cerveja com alguns colegas antigos ontem. Divertido. Informativo.

— E essas informações, tem a intenção de divulgar?

Markus suavizou o rosto balançando a cabeça.

— Não. Mas não podemos brincar um pouco?

— Acho que sim — respondeu Christof e virou as costas para ir à sala de conferência onde Carmen Sánchez já estava. A música recomeçou nas suas costas: "Jag är kung-kung-kung men kanske bara för en dag" (eu sou o rei mas talvez somente por um dia). Christof virou e Markus parou a música e levantou as mãos em um gesto de: *Isso é tudo. Nada mais.*

Quando Christof entrou na sala de conferência, Carmen baixou seu celular e balançou a cabeça.

— A ambulância de Danderyd foi reportada como roubada há alguns dias e não foi encontrada. Falei com a direção dos Transportes e não foi vista por nenhuma câmera.

— Ah, já está em ação — disse Christof e sentou ao seu lado. — Como conseguiram, então?

— Podem ter ocultado ou alterado o número de registro.

— Trocado a placa, talvez?

— Isso também.

Carmen se levantou e foi até a mesa do café, encheu uma caneca e fez um gesto de pergunta para Christof, que acenou negando, já tomara um energético no caminho. Carmen tomou um gole de café e voltou para a mesa.

— Ok. Não a encontraremos nas ruas. Por enquanto assumimos que foi queimada ou algo assim, ou já saberíamos.

— Afundada? — sugeriu Christof.

— Possível, mas improvável. Dificilmente está no exterior, não é possível entrar com uma ambulância em um ferry assim sem mais nem menos. Por enquanto assumimos que tá *parada* em algum lugar. Onde deixar uma ambulância roubada?

Christof realmente pensara um pouco no problema antes de Midgård e Mordor assumirem o controle, então disse:

— De preferência levaria para algum lugar. Uma garagem, um depósito ou algo assim. Se não fosse possível, deixaria em algum lugar com muitos outros carros. *Escondida em plena vista*, tipo assim.

— Pensando em um centro comercial, estádio...

— Sim. Ou melhor, num desses estacionamentos de longo prazo em Arlanda ou Bromma.

Quando Christof pensou teoricamente sobre o problema parecia uma boa ideia, mas agora vendo a realidade prática do trabalho, balançou a cabeça e disse:

— Esqueça. Passaremos o dia olhando carros estacionados?

— Se precisamos, então precisamos. A ideia é boa.

A porta abriu e Jonny Munther contentou-se em esticar a cabeça para indicar que não demoraria.

— Bom dia — disse ele. — Como vão?

Carmen e Christof se entreolharam. O investigador tinha olheiras sob os olhos e parecia não ter dormido nada durante a noite. Apesar disso parecia estranhamente satisfeito e até tentou algo que parecia um sorriso encorajador.

— Bem — respondeu Carmen.

Jonny assentiu e antes de ele sair da sala, ela perguntou:

— Chefe? Se quisesse esconder uma ambulância roubada, onde a deixaria?

— Se não tivesse uma garagem?

— Sim.

Jonny pensou alguns segundos e depois respondeu:

— Estacionamento de longo prazo em algum dos aeroportos.

Acenou para a própria sugestão, depois fechou a porta. Christof bateu palmas em desespero.

— Sim, sim, sim. E depois foi embora. O que acha? Jogo fora, ou?

Carmen sentou-se novamente, colocou a caneca de café na mesa e balançou a cabeça incrédula.

— O que *disse?*

Christof fez um gesto com o polegar em direção a Jonny Munther, de costas entre as mesas.

— O Chefe. Tá fora do jogo. Então dormiu, ou não dormiu, em algum lugar fora de casa.

— É assim que falam no vestiário masculino? Fora do jogo?

Christof olhou para a mesa e murmurou:

— Isso se diz em toda parte.

— Eu nunca ouvi em lugar nenhum. Vamos trabalhar?

Christof assentiu e continuou estudando os riscos na mesa, com receio que seu rosto mostrasse como se sentia desconfortável. O fato é que "fora do jogo" *era* uma expressão usada no vestiário depois do jogo. Christof não achava que Carmen gostaria de conhecer as outras expressões usadas, por exemplo, quando falavam dela.

Christof pigarreou, tossiu e perguntou:

— Mas quer dizer que devemos investigar os estacionamentos? Quantos tem apenas em Arlanda? Cinco? Seis?

— Acho que são vários — respondeu Carmen. — A Swedavia cuida da maioria, mas existem outras operadoras também, mais distantes do aeroporto. Benstocken e outros nomes estranhos.

Christof sentiu sua coragem descer até o nível da sola dos pés e disse suplicante:

— Mas podemos verificar do carro pelo menos? Quero dizer, uma ambulância não deve ser difícil de ver.

— Hum — disse Carmen. — Acho que você pode fazer isso, e realmente é melhor que seja você, pra não perder nada. Será um bom *jogo fora*.

— Diz que tá brincando.

Carmen riu de um jeito bastante viril e bateu no ombro de Christof.

— Sim, estou. Todos os estacionamentos registram quem entra e quem sai. Já fiz isso algumas vezes. Recebemos suas listas digitais e comparamos com o número de registro.

— ...que eventualmente foi alterado — interrompeu Christof.

— Sim — disse Carmen e olhou para um papel que estava na sua frente. — Mas o que temos aqui? FGH 371. Não existem *muitas* alterações possíveis. O F pode ser um E, o três pode ser oito e o um pode ser um quatro ou talvez sete. Talvez uma dezena de combinações ou algo assim, não aguento contar.

— Doze, acho — disse Christof.

— Ok — disse Carmen. — Tirei sete nessa lição. Se fosse o sequestrador mudaria o possível.

— Então EGH 877.

— Hum, ou EGH 874. Vamos apostar? Aposto neste.

— Talvez podemos começar encontrando o carro.

— Espera um pouco — disse Carmen e puxou seu computador, digitou um pouco e depois: — Ok, EGH 874 é um Golf branco, modelo ano 2012, e EGH 877 não é usado, pode estar no ferro velho. — Ela levantou o telefone e disse: — Se você pegar a Swedavia, eu pego as outras operadoras, podemos trabalhar.

A parte de Christof na investigação levou apenas um quarto de hora. A Swedavia colaborou e enviou seus registros. Christof escreveu as possíveis combinações e viu que muito corretamente eram doze. Comparou com os registros e chegou a zero, terminou pesquisando o número de registro correto com o mesmo resultado.

Enquanto Carmen trabalhava com a Benstocken e as outras, Christof deu algumas voltas na mesa de conferência. Imaginou que Carmen teria o mesmo resultado negativo já que o mais provável seria estacionar em um dos estacionamentos maiores onde ficaria menos visível e estes ele já verificara.

Christof continuou ao redor da mesa pensando nas ambulâncias estacionadas. Se estivesse em algum lugar na cidade, o vigia do estacionamento já teria observado, então dificilmente seria uma alternativa. Christof continuou ao redor da mesa e visualizou ambulâncias, ambulâncias. Ambulâncias uma ao lado da outra, ambulâncias em filas.

Quando Carmen finalmente baixou o celular e balançou a cabeça, Christof disse:

— Tenho uma alternativa. De fato a melhor, se pensarmos bem.

— Qual?

— Onde ninguém percebe uma ambulância? Em um estacionamento de ambulâncias!

Carmen coçou a cabeça.

— Claro, mas Danderyd deve controlar seus veículos. Já teria encontrado há muito tempo.

— Não — disse Christof. — Não se estiver no estacionamento de *outro* hospital. Pense em *escondida em plena vista*!

11 DE JULHO, MANHÃ

Quando Julia Malmros colocou a chave no trinco, no apartamento do seu pai, relaxou os ombros e respirou fundo várias vezes. Em parte para se recuperar da subida das escadas, em parte para encher os pulmões de ar fresco antes de entrar no apartamento onde o ar era tão rançoso que podia sentir seu *gosto*, pelo menos ela sentia isso.

Muito certo. Depois de virar a chave e abrir a porta, sentiu um cheiro de poeira, fermentação e urina vindo contra ela. Depois que ficava alguns minutos no apartamento se acostumava, mas a primeira impressão do cheiro era sempre que entrava na toca de um predador e sua reação instintiva seria *fugir, fugir, fugir*, mas naturalmente não fugia. Era apenas seu pai.

As limpezas obrigatórias do serviço doméstico nunca conseguiam eliminar o cheiro mais profundo e Julia diversas vezes oferecera pagar um serviço de limpeza para fazer um trabalho completo. O pai se negava, com a desculpa de que não queria pessoas estranhas mexendo nas suas coisas.

— Ho, ho, sou eu — disse Julia depois de fechar a porta e tirar os sapatos que colavam no chão.

Se a limpeza fosse realizada teria que ser ela fazendo o trabalho pessoalmente, como uma boa filha. Mas mesmo se a boa filha reconhecia isso, pesava o tempo da limpeza com o tempo que o pai provavelmente ainda teria e achava que não valia o esforço. De qualquer forma ele passava quase todo o tempo na cama.

Julia afastou a vergonha por sua falta de preocupação com a dignidade do único parente vivo e foi para o quarto. Encontrou o pai como sempre embaixo de um cobertor e apoiado em um par de travesseiros na cama olhando para uma TV desligada com a tela coberta por uma camada de poeira fina.

— Oi, papai — e acariciou uma mão idosa apoiada sobre o cobertor. Apontou para a TV e perguntou: — O que aconteceu com a sinuca?

Há alguns anos, o esporte envolvendo bolas e tacos era o único que o pai assistia. Alguns programas de natureza, se não tinham muita vida e movimento porque afetavam sua cabeça, mas a sinuca era o padrão.

— Oh — disse o pai. — Totalmente inútil. Nunca acertam os buracos.

Em algumas ocasiões Julia ficou sentada com o pai e assistiu por um tempo. Sua impressão era que os jogadores, ao contrário, eram muito talentosos acertando os buracos. Teve um pensamento.

— Será que tava assistindo carambole? Então não tem buracos. — disse Julia.

— Não tem buracos? — perguntou o pai. — Qual é a ideia?

Julia tinha noção das regras do carambole, mas sabia que uma explicação somente cansaria o pai, então contentou-se em dizer:

— Não, tudo bem. Como vai?

O pai apontou para seu corpo emaciado.

— Como pode ver. Pronto para compostagem.

— Não diga isso.

— Digo o que quero. Não consigo dormir, não consigo comer, mal consigo urinar sozinho, só fico deitado aqui olhando e esperando que acabe. Será muito bonito, posso dizer. Só é chato porque não vou poder sentir como é bonito.

— Isso também é uma vida.

— Não, não é. Deveria ter ido para o mar em Tärnö enquanto podia.

Mais algumas réplicas similares até Julia realmente pedir ao pai para parar. Muitas vezes pensava em algum tipo de morte rápida para não precisar limpar, mas não significava que realmente a desejava. Tanta coisa para *organizar*. Adicione a isso a fala de Irma Ryding sobre seus bens e, Deus do céu, a pessoa no porão de Kim. Morte, morte, morte para onde quer que Julia olhasse.

Depois da conversa com Julia, o pai fechou a boca e olhou aborrecido para a TV desligada como se o tivesse ofendido mostrando jogadores de sinuca incompetentes. Julia pensou em Tärnö. Ir para o mar.

— Papai? — perguntou depois de um minuto de silêncio. — Pode ser correto ajudar um criminoso?

— Do que tá falando?

— Que uma pessoa cometeu um crime... se depois você ajuda a esconder o feito. Existem circunstâncias quando isso pode ser correto?

— Por que tá perguntando isso? Foi o Jonny que aprontou alguma? Eu *avisei*, nunca fez nada de bom.

Apesar de Julia tentar corrigir muitas vezes, seu pai achava que ainda estava casada com Jonny Munther. O pai se opusera fortemente ao casamento dizendo que Jonny era apenas um filho de fazendeiro que nunca faria nada na vida, deveria se alegrar com o divórcio. Em lugar disso, foi a única pessoa no mundo que não aceitou. Sem contar o próprio Jonny.

— Não — respondeu Julia. — Não é isso. Mas se alguém que significa muito cometer algum crime. Em um plano puramente *pessoal*, pode ser correto ajudar essa pessoa? A ocultar o crime, então?

Em algum momento, durante a réplica, Julia percebeu que o olhar do pai se perdia e não acompanhava a conversa. Não tinha importância. Na verdade só estava sentada ali e raciocinando consigo mesma na frente de um ouvinte que esquecia o que dizia logo que passava pela porta.

— Hum, hum — disse o pai e franziu a testa. — Tô com fome.

— Quer que eu...?

— Sim, obrigado.

Julia se levantou e foi para a cozinha onde a pia estava anormalmente vazia exceto por algumas colheres. Alguma pessoa mais ambiciosa do serviço doméstico tivera alguns minutos a mais.

Julia abriu a geladeira onde havia uma pilha de bandejas plásticas de comida pronta. A maioria estava aberta e indicava que o pai comera apenas um bocado ou dois, mas não se atreviam a jogar a comida fora. Julia fez um inventário rápido. Três das bandejas começavam a apresentar mofo e tão silenciosamente quanto possível jogou no saco de lixo. Uma não tinha mofo, mas cheirava azedo, então acompanhou as outras. Finalmente escolheu uma bandeja fechada que continha algum tipo de carne com arroz. Colocou-a no micro-ondas e pegou a pequena bandeja de plástico com verduras com o melhor aspecto.

Pegou uma colher e um guardanapo nas gavetas da cozinha e o micro-ondas apitou quando tirou a bandeja e rasgou o plástico. O cheiro era totalmente aceitável, pelo menos melhor que o resto do apartamento. Com a bandeja nas mãos foi para o quarto.

— Ok, papai. Agora temos o almoço.

— Almoço? — perguntou o pai e olhou para o pulso onde o grande relógio não estava mais porque provocava irritação na pele.

— Não tá muito cedo?

— Brunch, então — disse Julia. — Frunch, chame como quiser. Aqui tem comida.

Abaixou a bandeja para que o pai visse seu conteúdo. Ele se inclinou para frente para estudar o prato de carne e disse:

— Não tô com fome.

— Mas você disse agorinha...

— Sim, sim, sim. Eu digo muita coisa. Lembra da gaivota?

Julia afastou algumas anotações do pai na mesa de cabeceira para colocar a bandeja. O pai escrevia muitas coisas que eram importantes para lembrar, e depois esquecia onde colocara os bilhetes.

— Não — respondeu Julia. — Qual gaivota?

— Aquela que encontrou em Tärnö. Você devia ter uns oito anos.

Mesmo se o pai tivesse dificuldade para lembrar do que acontecera alguns minutos antes, algumas de suas lembranças do passado eram nítidas, como se algumas partes do seu cérebro tivessem conseguido evitar a demência. Julia, por sua vez, não se lembrava de nenhuma gaivota.

— Pensei no que disse sobre proteger e alimentar — disse o pai. — E então lembrei daquela gaivota. Na caixa de sapatos.

Mesmo a memória recente do pai era bastante seletiva. Não se lembrava de ter pedido comida, mas se lembrava do final da resposta de Julia quando ela achou que ele não ouvia mais. A menção da caixa de sapatos fez algo piscar, um pequeno belisco no dedo de Julia, uma bola de penugem e o céu azul-claro.

— Você se lembra? — perguntou o pai.

— Vagamente — respondeu Julia.

— Ha ha ha, eu lembro bem. Você chegou em casa com aquele passarinho nas mãos, disse que o encontrou abandonado. Você tinha lágrimas nos olhos, eu lembro, apesar de que era o que costumava fazer.

— O que quer dizer?

— Bem, você tinha talento pra deixar as situações muito dramáticas, de modo que você ficava no centro. O mesmo com o passarinho, ai, ai, foi uma grande agitação e você queria mover o céu e a terra pra ajudá-lo.

Diversos fragmentos de memória apareceram e Julia se lembrou de como ficara com a caixa de sapato na cama para ouvir o filhote piando lá dentro. Como se sentira heroica ao salvar o filhote indefeso. Mas não se lembrava de como terminara.

— Sim, mas como foi? — perguntou Julia.

O pai riu.

— Como se poderia esperar. Aquele passarinho não teve um minuto de sossego, você ficava o tempo todo abraçando, cobrindo, alimentando e fazendo muita questão de mostrar como você era boazinha. Ele resistiu aos seus cuidados durante dois dias e depois morreu. Também foi uma grande cena, claro. Um enterro pomposo e tudo. Mas você cuidou dele até o fim. Pra aparecer.

O relato tomou um rumo que Julia não gostou nem um pouco e conforme ela lembrava não foi bem assim. O que o pai tentava dizer? Que o que pretendia fazer por Kim seria na verdade apenas um *show* para ela própria aparecer?

— Fiz tudo o que pude — murmurou Julia. — Ou ele teria morrido no mato.

— Não sei, não — disse o pai. — Quando você parou de chorar e sentir pena de si mesma, eu pedi para você me mostrar onde encontrou o passarinho. Vimos que era um ninho de gaivotas nos rochedos. A mãe provavelmente saiu pra procurar comida, mas aí veio a boa samaritana de coração infantil e quis chamar a atenção e aconteceu o que aconteceu.

Agora Julia tinha um gosto amargo na boca. Era diabólico que o pai tinha tão boa memória sobre certas coisas e ela *protegia* aquela garotinha convencida de que corria nos rochedos com as tranças balançando e passarinhos nas mãos. Tão triste saber que a criança em questão ainda morava dentro da própria Julia. *A menina e o corvo*, que merda.

Julia se levantou.

— Agora preciso ir.

— Ah, foi rápida — disse o pai. — Não gostou da história? Tenho muitas mais se quiser aprender a se conhecer.

— Obrigada, tudo bem — disse Julia. — Eu tinha oito anos. Isso não diz muito sobre quem sou agora.

— Aham — disse o pai. — As listras nunca desaparecem, você sabe.

A raiva começou a crescer dentro de Julia contra o pai sentado igual a um cadáver vivo na cama e a ameaçando com o juízo final simplesmente porque tentava fazer o melhor. Queria machucá-lo e no seu estado excitado achou que o melhor método seria confirmar o comentário sobre as listras.

— Com certeza você tem razão — disse ela. — Sabe de uma coisa, roubei vinte coroas da carteira da minha professora quando estava no nono ano. Conveniente. Direto com a mão na bolsa, simplesmente.

A expressão de choque e surpresa que esperava provocar no rosto do pai não apareceu. Ele apenas olhou para ela indiferente, então ela continuou.

— Ouviu o que eu disse? Eu *roubei*. Cometi um *ato criminoso* quando tinha quinze anos.

O pai acenou desamparado com a mão.

— Sim, sim. Eu sei disso.

Julia ficou tão surpresa que foi obrigada a sentar novamente na cadeira.

— O que tá dizendo?

— Sim. Alguém viu, então a professora me ligou e fizemos um acordo. Disse que te daria uma boa bronca e não se falaria mais no assunto.

Julia balançou a cabeça.

— Lembro de broncas por tudo o possível, mas não por *isso*.

— Não — disse o pai. — Vi como tava lutando pelas notas e tudo, então achei que não seria necessário. Se acontecesse mais uma vez, então... mas acho que não aconteceu, pelo que sei.

— Não — disse Julia. — Não aconteceu. Fiquei com a consciência muito pesada por causa daquela vez.

— Sim — disse o pai. — Pensei que sim. Percebia em você. Não, agora não aguento mais falar do passado.

O pai se recostou nos travesseiros e fechou os olhos. Julia ficou afundada na cadeira e olhou para ele. Era muita coisa para absorver. Sobre ela mesma, e seu pai. Fazia anos que ele não falava tanto de uma vez e tão claro. Seria um mau sinal ou bom? Subitamente Julia ficou com muito medo que seu pai morresse.

— Papai?

O pai não abriu os olhos, mas disse:

— Hum?

— Obrigada. Obrigada. Não tá pensando em morrer agora?

— Não vou a lugar algum. Nem pro além, pelo que parece.

Julia ficou sentada mexendo nas unhas até seu pai abrir lentamente a boca e respirar pausadamente. Então se levantou, foi à cozinha e abriu o armário sob a pia onde encontrou Ajax e uma escova. Tirou o casaco e encheu um balde com água quente.

O banheiro, pensou. *Posso pelo menos fazer o banheiro. Por enquanto.*

11 DE JULHO, MANHÃ

Kim freou a motocicleta na frente do cemitério Norra e Astrid Helander desceu do banco do carona, devolveu o capacete emprestado para Kim e perguntou se poderia ficar com a jaqueta de couro. Kim olhou para o sol brilhante.

— Vai esquentar.

— Pode ser — disse Astrid e fez um gesto ondulante com o corpo para demonstrar como se sentia bem na jaqueta de motociclista grande demais de Kim, que usou pela última vez quando Kim a buscou em Vamlinge.

— Ok — disse Kim e apontou com o polegar para o hospital Karolinska do outro lado da rua. — Sabe o que deve fazer. Em qualquer caso.

— Em qualquer caso — disse Astrid e levantou sua mochila Kånke.

— Eu sei.

— Bom.

Astrid apontou para o rosto dele.

— Você ainda parece muito diabólico.

Kim usou um corretivo de Astrid tentando disfarçar o pior do seu rosto inchado que variava em nuances entre o amarelo e o vermelho, não queria arriscar chamar a atenção, mas realmente não conseguiu muito bem.

— Nada a fazer. Nos veremos.

Kim acenou se despedindo de Astrid, saiu dirigindo e pegou o desvio para a região do hospital. No estacionamento parou sua Honda atrás de uma van que conforme o texto na lateral pertencia a "Rengörare Näslund" (Limpeza Näslund). Talvez seria aplicável ao seu porão depois que tudo isso terminasse, mesmo se *Limpeza* parecia ser um dos trabalhos mais indefinidos que ouvira falar.

Kim prendeu cuidadosamente seu cabelo sob o boné preto na sua cabeça e do bolso externo da pequena mochila tirou um par de luvas descartáveis de plástico. Seria idiota se deixasse alguma pista *agora*. Não podia fazer nada a respeito das roupas, não podia andar por ali vestindo um traje de proteção.

A frota regular de ambulâncias do hospital estava estacionada em uma garagem, mas quando Kim verificou encontrou três que por algum motivo desconhecido estavam paradas no lado de trás, ao lado de uma baía de carga. Talvez estivessem fora de serviço ou deveriam ser reparadas. Depois que Kim fez o que queria com Martin Rudbeck, deixou "sua" ambulância na companhia das outras.

O motorista da ambulância, Kenneth Klint, acreditava ter informado que a ambulância foi roubada logo que terminou seu café da manhã na Espresso House, no Mörby Centrum, mas não era o que mostrava o sistema de computador da polícia e do hospital. Além disso, havia uma confiança embutida na maioria das pessoas. Se alguém via uma ambulância que parecia não pertencer ao local, a reação não seria necessariamente pesquisar a origem do problema. O mais comum seria dar de ombros convencido de que o problema eventual seria de outra pessoa.

Não poderia ter certeza. Kim não conseguiu repetir as rotinas exatas relacionadas com as ambulâncias. Talvez verificaram todos os carros e encontraram o veículo há vários dias. Talvez alguém notou que o número de registro foi manipulado e suspeitou.

Provavelmente não, mas também havia o risco de a polícia já tê-lo encontrado. Através da câmera na TV de Rudbeck, Kim viu Carmen e Christof revistando a casa e o tinham cercado. Não confiava muito nas suas evidências para despistar e o próximo foco de interesse deveria ser a ambulância usada para o transporte. A pergunta seria o quão rápidos poderiam ser.

Os arredores da baía de carga eram visíveis de uns arbustos que se estendiam ao longo do lado traseiro do hospital e Kim podia ver as ambulâncias. Desceu os degraus cautelosamente e se moveu indiferente até chegar a um canto onde ainda estava escondido pelos arbustos e podia observar os arredores. Sim. Conforme podia ver, a ambulância ainda estava onde a deixara, agora na companhia apenas de outras duas.

Ok. Agora tudo bem.

Um axioma teórico relacionado com atos suspeitos era não *fazer* nada suspeito. Apenas continuar e agir como se fosse a coisa mais natural do mundo. A confiança natural das pessoas ajudava. *Será que realmente deveria estar aqui? Sim, comportando-se como se fosse assim, então tudo deve estar em ordem. Não é problema meu.*

Não era tão simples na prática. O cérebro pode saber uma coisa, mas o corpo nem sempre acompanha. Para esse problema, Kim tinha uma solução. Simplesmente enganava sua consciência dizendo que não havia nada errado, até ser absolutamente necessário realizar os atos.

Consequentemente, Kim caminhava na direção das ambulâncias sem outro pensamento além de um interesse em ver como seria o lado traseiro do hospital, claro. Sua mímica e expressão corporal não sinalizavam outra coisa além do transeunte despreocupado que foi dar uma olhada na antiga fábrica da Barnänge. Foi por simples interesse geral que verificou duas vezes se não havia câmeras instaladas nas proximidades.

Somente quanto chegou ao lado da ambulância deixou seu cérebro sair do pensamento substituto, colocou as luvas de plástico e deu alguns passos rápidos para o lado para verificar a porta traseira. Destrancada, como a deixara. Kim olhou ao redor mais uma vez e abriu a porta, entrou na ambulância e fechou a porta novamente.

Estava escuro como breu no espaço apertado e enquanto Kim abria a mochila com ajuda do tato para pegar a lanterna de cabeça teve uma visão desagradável do passado. Os verões em Roshult sob o poder do avô. Além dos abusos e da tortura regular, o avô achava divertido trancar o neto no depósito quando julgava que precisava ser amansado.

Kim tinha cinco anos na primeira vez e ficou apavorado, achando que os ratos, monstros e fantasmas o acompanhavam no escuro e não conseguia parar de gritar. O avô ficou muito satisfeito quando soltou um farrapo trêmulo de pessoa.

Aos poucos, Kim conseguiu controlar suas fantasias e não deixava que desviassem por conta. Enquanto ficava preso no depósito imaginava que fora sequestrado por piratas, bandidos ou duendes e passava as horas escuras visualizando os locais fantásticos e desconhecidos que veria depois que escapasse. O retorno para a realidade era uma decepção tanto para ele como para o avô que logo encontrou novos métodos para destruí-lo.

Kim colocou a lanterna na cabeça, acendeu e pensou: *sequestrado.* Mesmo se Kim, no caso de Martin Rudbeck, preferisse a palavra *levado,* o doutor fora sequestrado, e qual era a área de trabalho conhecida dos Apóstatas? Exatamente. Sequestros.

Apenas meio ano antes um chefe do alto escalão da Ericsson, com bônus anuais multimilionários, desapareceu por uma semana. Quando finalmente retornou, pálido e desgrenhado, não fez comentários sobre o fato. A suposição era que os Apóstatas estavam por trás de tudo e que um valor fora pago pela libertação, mas isso nunca foi divulgado publicamente. Não queriam dar a impressão de que os sequestros eram um bom negócio, mesmo sendo assim.

A ambulância parecia estar do mesmo jeito como Kim a deixara e parecia que ninguém estivera lá dentro. Kim pegou o pote plástico e o saco ziplock com o conteúdo obtido por um certo preço. Abriu e fechou a boca, moveu os maxilares um pouco. Doía bastante e a língua e a bochecha ainda estavam inchadas. Deveria valer a pena, se conseguisse o que esperava.

Kim olhou ao redor na ambulância e pensou: *Ok. Sou o sequestrador. Onde deixo alguns fios de cabelo?* Não havia um lugar determinado e Kim contentou-se em soltar os três fios do pote na maca, prevendo que seriam encontrados. Raspou os restos do saco ziplock com uma espátula de plástico, pensou por um momento e depois os espalhou na barra usada para empurrar ou puxar a maca. Vinham das mãos, ou seja, um ponto de pegada. Apropriado.

Finalmente Kim pegou o recibo amassado da cerveja e biscoito de chocolate do Circle-K. Amassou em uma bola e jogou em um canto. Caído de um bolso enquanto o sequestrador movia a maca. Havia um número de cartão de banco e a polícia não deveria ter problemas para encontrar o dono.

Ainda usando as luvas, Kim colocou o pote e o saco de volta na mochila antes de olhar o espaço com a luz da lanterna de cabeça. Nada parecia ter mudado desde que entrara, ao mesmo tempo esperava que *tudo* houvesse mudado se fosse um técnico forense. Fez o que pôde.

Kim colocou a mochila nas costas e ia para a porta quando um ruído de motor se aproximou no lado de fora. Um carro. Kim parou, apagou a lanterna de cabeça e ficou parado escutando. O ruído do motor chegou mais perto e Kim pensou: *Passa, siga adiante*. Mas não. Ouviu o ruído do cascalho quando o carro parou exatamente ao lado da ambulância. Uma porta abriu e fechou, ouviu vozes.

Não havia onde se esconder, para onde ir, nenhuma possibilidade de esconder o rosto. As vozes chegaram mais perto e Kim pensou ter reconhecido os policiais com quem estivera na ilha Knekt, Carmen Sánchez e Christof Adler. Nada diretamente errado com eles, além do fato de estarem *aqui, agora*.

Kim endireitou as costas, soltou as mãos ao lado do corpo e ficou parado esperando. No mesmo momento quando esperava que a porta abrisse, ouviu um grito terrível.

11 DE JULHO, MANHÃ

Se Christof Adler tivesse a capacidade de ronronar como um gato, é o que faria enquanto Carmen Sánchez e ele dirigiam para o hospital Karolinska. Sua suposição mostrara-se correta. Telefonaram para um vigia que verificou as ambulâncias paradas temporariamente. Primeiro disse que não havia um carro com aquele número de registro no local, mas quando pediram para olhar com mais atenção percebeu que o número fora alterado com caneta. Pediram para não tocar em nada e partiram imediatamente para o local.

Quando estavam no carro, Carmen se lembrou de que ganhou porque o número foi alterado para sua previsão EGH 874, mas reconheceu que ainda assim foi Christof que encontrou o local.

Sim, pensou Christof e estendeu os dedos sobre o abdômen enquanto Carmen virava na E20. *Mestre detetive Adler para o resgate.*

Carmen olhou para ele.

— Precisa parecer *tão* satisfeito?

— Não, mas o que me diz? Vamos até *Arlanda* em lugar disto?

— Era uma ideia razoável.

— Era, sim. Mas a minha foi melhor.

— Arlanda também foi sua ideia.

— Sim, tá vendo? Tenho muitas boas ideias, *eu*.

Carmen balançou a cabeça e continuou dirigindo em silêncio. Nada contra Christof. Estava sentado reclinado para trás e olhando os prédios comerciais passando pela janela. Mesmo gostando da profissão de policial tinha uma sensação constante de não ser exatamente bom. Mas não agora.

Agora era um trabalhador competente que colheria os frutos de sua genialidade e mergulhou no sentimento por algum tempo.

Carmen entrou no desvio para o hospital e logo chegou ao estacionamento onde precisou seguir por uma trilha para chegar ao lado traseiro.

— Boa direção — elogiou Christof.

— Tá sendo irônico? É alguma coisa nova que pretende começar?

— Não — respondeu Christof e apontou para o GPS que mostrava o caminho convencional, que teria demorado mais. — Quis dizer isso mesmo. Bom trabalho.

— Hum — disse Carmen e virou para um pátio de cascalho onde três ambulâncias estavam paradas ao lado de uma baia de carga.

Christof apontou para o veículo com o número de registro procurado e Carmen parou alguns metros distante. Saíram e fecharam as portas do carro. Christof deixou as mãos ao lado do corpo.

— Então aqui está finalmente.

— Sim — disse Carmen. — Mas não precisa necessariamente significar alguma coisa.

— Não seja tão negativa — disse Christof. — Precisamos...

A réplica foi interrompida e Carmen e ele tremeram ao ouvir um grito horripilante vindo dos arbustos no lado mais distante da baia de carga. Carmen olhou para Christof e tateou o coldre com sua arma de serviço antes de correr na direção do grito que continuava e continuava.

Parecia como se alguém, uma mulher, estivesse sendo assassinada brutalmente e os dedos de Christof tremiam quando pela primeira vez abriu o coldre e seguiu Carmen. O que diabos estava acontecendo?

Quando se aproximaram dos arbustos e o grito continuava com intensidade inalterada, Christof achou que havia algo estranho na forma como *soava,* como se... não podia entender exatamente e seguia Carmen que se enfiou nos arbustos dizendo frustradamente:

— Onde diabos *está*?

Alguns segundos antes que Christof "a" visse, conseguiu entender o que estava errado. Havia *picos* junto com o ruído. Picos estridentes, uivantes que acompanhavam o grito horripilante. Depois Carmen e ele viram o pequeno alto-faltante Bluetooth no gramado atrás dos arbustos.

Carmen abaixou, pegou o alto-falante e olhou com raiva para a fonte do grito. Sacudiu o aparelho como para silenciá-lo e sorriu com uma careta dizendo:

— O que é isto?

— *Psicose* — respondeu Christof sombriamente. — A cena do chuveiro de *Psicose.*

11 DE JULHO, MANHÃ

Se a polícia realmente aparecesse enquanto Kim estava dentro da ambulância, Astrid Helander sugeriu que logo que os distraísse com os recursos da voz de Janet Leigh e Kim saísse, eles iriam para a motocicleta e partiriam. Ativava seu senso de ação e podia ouvir a música tema de *Missão: Impossível* tocando ao fundo.

Kim recusou. O alto-falante de Astrid era apenas uma segurança extrema, mas, se fosse usado, sua conduta deveria ser o mais prosaica possível. Não chamar a atenção com a partida de uma motocicleta. Dariam a volta no hospital, passariam pela entrada principal e depois se encontrariam na cafeteria.

Enquanto Astrid corria ao longo da parede lateral do hospital, parou o arquivo de áudio do telefone que continuava enviando para o alto-falante. Kim havia arrumado um dongle que melhorava o Bluetooth 5 e tinha um alcance de mais de cem metros. Astrid poderia ficar a uma distância segura e observar a ambulância.

A jaqueta de couro rangia enquanto Astrid corria e sorria para si mesma. Afinal de contas houve um pouco de ação. Enquanto virou a esquina e continuou até a entrada ouvia a música na sua cabeça: *tam-tam-tamtam-tam--tam-tamtam, tidui, tidui*. Por diversão fez alguns movimentos de pêndulo à la Tom Cruise antes de reduzir a velocidade, passou a caminhar e entrou pelas portas giratórias.

Não importa quão normal e prosaica tentasse ser, notou como as pessoas olhavam quando passava com seu cabelo escuro espalhado nos ombros da jaqueta de motociclista. Todos os pensamentos sobre as dificuldades que enfrentou durante a vida desapareceram momentaneamente. Era apenas tão diabolicamente *legal*.

Algo da excitação de Astrid diminuiu quando pagou pela caneca de café que era a única coisa disponível. Na verdade não gostava muito de café, mas parecia algo adequado. Garota legal, café preto.

Astrid fez uma careta para o Tetra Pak com substituto de leite e colocou tanto leite de aveia quanto cabia na caneca de papel. Deveria ser possível *beber* aquilo também. Chupou o centímetro superior da bebida e levou a caneca para uma mesa.

Astrid desceu mais um pouco para a terra quando olhou ao redor. A cafeteria estava meio cheia de pessoas que pareciam mais ou menos deprimidas, algumas com roupas de paciente e uma com o soro pendurado. Astrid bebeu o café e suspirou. As aventuras são muito breves, logo voltamos para o habitual de sempre.

E mesmo assim. Havia algo na sensação da jaqueta de couro contra o corpo, que a protegia e a tornava, se não invulnerável, menos vulnerável. Astrid apoiou os cotovelos na mesa e se sentou com as pernas abertas. Aqui estava ela, a garota que *enganou os tiras*.

Alguns minutos depois, Kim entrou pela porta giratória e Astrid ficou impressionada com sua capacidade de parecer despreocupado, apesar de ter escapado da prisão por apenas alguns segundos. Quando viu Astrid na cafeteria, acenou e Astrid acenou de volta.

— Oi — disse Kim sentando no outro lado da mesa.

— Oi — disse Astrid tão despreocupada quanto pode.

Depois foi demais para ela. Inclinou-se para frente sobre a mesa e sussurrou:

— Foi simplesmente demais! Diabo, como os enganamos!

— Sim, sim — disse Kim. — Você fez bem.

— Isso é tudo que tem a dizer?

— Sim, o que poderia dizer? Obrigado pela ajuda. Realmente. Sorte ter você junto. Ok?

Astrid cruzou os braços sobre o peito e fez um beicinho com o lábio inferior. Ela mesma não sabia o que esperava e o que gostaria que Kim dissesse. Apenas não queria que a aventura terminasse, que continuasse através da *conversa* sobre a mesma. Mesmo assim se controlou e tentou um tom mais adulto quando perguntou:

— Conseguiu fazer o que deveria?

— Sim — disse Kim e se levantou da mesa. — Mas acho que não devemos ficar sentados juntos aqui. *Se* eles vierem. Não sei o que sabem. Nos vemos na motocicleta em uma hora.

— Ok — disse Astrid. — Só uma coisa.

— Sim?

— Precisa me comprar um novo alto-falante.

— É só me dizer qual você quer e eu providencio.

— Bom — disse Astrid. — *E...*

Kim mostrou com o corpo que estava indo, mas ficou parado onde estava. Astrid não se deixou levar, mas tomou calmamente um gole do café, depois apontou para a jaqueta de couro na altura do ombro.

— E eu quero isto.

— Sabe que é pele? De animal?

Astrid revirou os olhos.

— Não é como se estivesse pensado em *comprar*. Vou *ganhar* isto. Ou como?

Kim olhou para ela por um momento antes de assentir e dizer:

— Nos vemos em uma hora.

— Sim — disse Astrid. — Faremos assim.

11 DE JULHO, MANHÃ

Kim deixou uma Astrid Helander muito satisfeita consigo mesma na cafeteria. Mesmo sem querer participar do seu entusiasmo infantil fez seu papel perfeitamente e lhe deu sua jaqueta de motociclista, mesmo sem entender para que ela a usaria. Talvez apenas para ter uma pele mais grossa e protetora que poderia usar quando as coisas ficassem difíceis. Entendia muito bem esses conceitos. Ela queria apenas se proteger. Tudo bem, merecera aquilo.

Sem nenhum outro plano além de manter uma distância entre Astrid e ele, Kim foi até os elevadores e estudou a representação do plano dos andares. O hospital Karolinska oferecia uma quantidade enorme de tratamentos, incluindo alguns dos quais Kim nunca ouvira falar. Por exemplo, o que seria Psico-oncologia? Eliminar o câncer com a força do pensamento? Quando Kim entrou no elevador, escolheu o sétimo andar, incluindo entre outras coisas a Neurologia Infantil. Pelo menos um ambiente conhecido.

Os corredores do sétimo andar tinham aquela *limpeza* especial característica dos hospitais e no piso de linóleo as enfermeiras caminhavam em silêncio quase com reverência sobre as solas macias. Kim encontrou uma sala de espera isolada com seis cadeiras e um suporte com jornais. Na parede havia um quadro com uma gravura da Pequena Sereia. Achou que não haveria risco de a polícia procurar por todo o hospital, mas após a situação imprevista com a ambulância parecia prudente ficar escondido por um tempo e considerar o caso.

Quando Kim voltou para casa de Lilla Essingen na noite anterior, tinha cinco ligações perdidas de Julia Malmros sem que ela enviasse alguma mensagem. Supôs que ela queria falar sobre algo sensível ou complicado demais para incluir em um SMS, mas, com o corpo quebrado e o rosto dolorido, Kim não estava disposto.

Pegou um pacote de bolo de carne vegana que Astrid comprara, sentou-se à mesa, na cozinha, e encostou o rosto contra o plástico frio para reduzir o inchaço. Astrid decidira que seria conveniente passar uma noite na sua cama habitual, na rua Svarvar, e enviou uma mensagem para Kim dizendo que o tio Lasse o visitaria no dia seguinte às quatro horas para "verificar o local". Kim não entendeu de que se tratava e não sabia o que poderia fazer para tornar o local o melhor possível. Evitar mostrar o porão deveria ser um ponto.

Trocou algumas mensagens com algumas pessoas do HackPack que estavam dispostos a criar uma pessoa para ele, pagou em bitcoin o que exigiam e finalmente foi para a cama com uma bochecha que parecia mais uma bola de tênis do que uma bola de handebol. Não sabia se poderia congelar novamente o bolo de carne de Astrid, então colocou na geladeira. Provavelmente seria repreendido.

Pela manhã, Kim ligou para Julia. Não contara suas aventuras da noite anterior nem suas intenções sobre o Karolinska durante a tarde. Não queria incomodá-la com mais do que seria absolutamente necessário, também não achava que ela queria isso.

Consequentemente foi um grande choque para Kim quando Julia contou suas ideias relativas ao fiorde de Tärnö e sua capacidade para engolir um cadáver nas suas profundezas. Kim ficou estranhamente sem palavras. Que Julia estaria pronta para ir tão longe por sua causa era tão inesperado que chegava a ser desagradável. Kim finalmente disse que trabalhava em outra solução, mas que poderia ser bom ter um plano de reserva. A conversa terminou em alguma confusão e obscuridade. Depois Kim foi buscar Astrid, fizeram o trabalho com a ambulância e agora estava sentado no sétimo andar em uma sala de espera igual a milhares de outras pessoas.

Kim conseguia entender Astrid e seus desejos de aventuras infantis, mas não entendia Julia Malmros. Primeiro agia como uma cidadã cumpridora das leis, horrorizada com os atos dele. Depois o pêndulo virava para aceitação e finalmente parava no desejo de *participar*. Kim não confiava nas suas tendências morais e achava mais seguro mantê-la fora de tudo, dentro do possível.

Kim recostou-se na cadeira desconfortável e fechou os olhos. Os acontecimentos na ambulância com as lembranças consequentes começavam a aparecer na sua cabeça. Abriu os olhos e olhou ao redor procurando alguma forma de distração. No suporte na parede havia um jornal que tratava de Hitler, um sobre a família real e um terceiro sobre Kikki Danielsson. Nenhum o interessou e achou que seria uma leitura estranha a oferecer para crianças com problemas neurológicos.

Ah.

Na parede oposta havia outro suporte cheio de revistas em quadrinhos. Kim se levantou, foleou-os e encontrou alguns números de Bamse que achou mais interessantes do que *Hitler e o rei*. Voltou para seu lugar e começou a ler.

Bamse sempre fora o favorito de Kim, ou melhor, o *mundo* onde Bamse se movia. Durante sua dolorosa infância e juventude, Kim sempre encontrava um pouco de consolo na realidade simples dos três caras, a avó na colina Höga e o tronco do Lille Skutt. E Skalman, acima de tudo Skalman, que sempre tinha uma solução quando a situação parecia desesperadora.

Kim gostava mais quando os personagens ficavam em casa e lidavam com problemas mais mundanos. Porém Bamse sempre saía para aventuras e Kim sempre o considerava um pouco chato quanto arrastava consigo o apavorado Lille Skutt com o argumento: "Você é um bom companheiro?" Chantagem emocional de um personagem com quem Skalman nunca se envolveu.

Kim gostava mais das séries mais antigas, antes que Bamse e Lille Skutt arranjassem família e o papel do Skalman era maior. Felizmente havia uma reprise de uma série antiga na revista que Kim pegou e também não se tratava de uma grande aventura com duendes e gigantes, mas sim o problema de Lille Skutt com sua plantação de cenouras. Exatamente o que Kim precisava e leu o conto diversas vezes. Claro que foi o Skalman que resolveu o problema no final.

Pelo canto do olho, Kim percebeu que uma enfermeira com cabelos louros e curtos passou diversas vezes pelo corredor. Quando Kim já sabia de cor a história das cenouras, a enfermeira parou na porta e perguntou:

— Desculpa, tá esperando algo?

— Sim — respondeu Kim e colocou a revista na sua frente. — Meu avô. Vai ser amputado.

— Ah. Mas tem algo errado. Esta é a ala infantil.

— Ah — disse Kim, levantou-se e acenou para o quadro representando a Pequena Sereia. — Sim, bem que pensei que havia algo estranho.

Quando Kim saiu para o corredor, verificou o celular e viu que ainda tinha dez minutos antes da hora combinada com Astrid. Não teria muito tempo para ir até em casa e mudar de roupa. Precisava ir a um enterro.

Quando Kim saiu pela entrada, deu uma grande volta ao redor do hospital para chegar ao estacionamento. Havia grande atividade ao redor da ambulância. Mais um carro policial chegou, bem como uma camionete que Kim assumiu que pertencia aos técnicos forenses. Imaginou como estariam tratando o fato da cena do chuveiro de *Psicose* ter entrado como uma variável no caso.

Astrid esperava na motocicleta com a jaqueta fechada até o queixo e o capacete embaixo do braço.

— Oi — disse ela. — O que você fez?

— Improvisei — respondeu Kim e montou na motocicleta.

— Sobe.

11 DE JULHO, TARDE

Depois que Julia Malmros terminou de limpar o banheiro do pai, foi tomada de uma espécie de efeito Diderot. O problema do filósofo francês era que seu novo roupão elegante fazia todo o resto na sua residência parecer gasto e então precisava sair e consumir para combinar seu ambiente com a roupa. O banheiro do pai se tornou a variante do roupão do Diderot. Quando os azulejos, vaso sanitário e pia brilhando e cheirando a limpo eram comparados com o resto do apartamento, tudo parecia mais sujo do que antes. Era como se uma luz impiedosa saísse do banheiro e realçasse a miséria ainda mais.

Julia se resignou com o inevitável e atacou a cozinha. Depois de duas horas e cinco trocas de água cinzenta suja, ainda não podia se comparar ao brilho da porcelana do banheiro, mas pelo menos não parecia mais um quarto habitado por ratos. Suas costas doíam e indicavam que era suficiente no momento. Beijou seu pai na testa e saiu do apartamento.

Com metrô e ônibus, foi para Gärdet porque achou que Kim parecia estranho quando falou com ela ao telefone pela manhã. Claro, as ideias de Julia sobre o fiorde de Tärnö possivelmente eram extremas, mas mesmo assim devia apreciar que ultrapassava seus limites com o objetivo de ajudá-lo? Não. Kim parecia mais... distante, senão diretamente desdenhoso. Julia bufou sentada no ônibus. Afinal de contas queria apenas ajudar.

Cuidou daquele passarinho até a morte só pra aparecer.

Sim, sim, mas isso é outra coisa! Não tiraria a vida de Kim tentando livrá-lo de uma longa pena de prisão. Queria apenas mostrar que... Julia afundou no banco. *Que ela poderia aparecer*. Sim, sim. Mas poderia fazer coisas por motivos egoístas, sem que automaticamente estivessem erradas. Assim, sim.

Quando Julia chegou ao pé da escada que levava para a porta de Kim, ouviu uma música fraca. Inclinou a cabeça e escutou. A música vinha do lado de trás da casa e parecia uma canção de ninar acompanhada do tilintar de um piano. Julia deu a volta pelo canto e continuou para o jardim dos fundos onde nunca estivera, apenas vira pela janela.

O jardim apresentava o mesmo grau de abandono do apartamento do pai, mas de uma forma mais natural. Era mal cuidado em vez de sujo. Os arbustos de frutas estavam meio cobertos pela grama que chegava até os joelhos e havia grandes moitas de urtigas. Os galhos das árvores frutíferas se estendiam na altura de um metro para o céu. No vento rodavam milhares de sementes de dentes de leão para uma floresta em estado selvagem composta principalmente por abetos.

Na grama alta, alguns metros longe da casa, havia uma mesa de jardim com as cadeiras correspondentes. Astrid Helander estava sentada em uma delas lendo um livro. Estava na sombra de um guarda-sol listrado modelo vela de pirata, cheio de rasgos e furos. Na mesa havia um celular cujo alto-falante emitia a melodia, e uma lata de Trocadero. Quando Julia deu alguns passos para frente, a canção de ninar foi substituída por um coro de anjos. Astrid viu Julia, pegou o telefone e silenciou os anjos.

— Oi — disse Julia e acenou para o telefone. — Linda. O que é?

— A música do *Labirinto do Fauno* — respondeu Astrid. — Meu filme favorito. Vai perguntar o que tô lendo também?

— Certamente faria isso, sim — respondeu Julia e foi até a mesa. Astrid levantou o livro para que Julia pudesse ler o título. *Crime e castigo,* de Dostoiévski.

— Apropriado — disse Julia e pegou uma cadeira que parecia tão velha que testou com a mão para ver se aguentava antes de se sentar.

— Pura coincidência — disse Astrid e sorriu enviesado. — Peguei no apartamento antes... antes de tudo.

— Hum — disse Julia. — Como se sente com tudo?

— Como assim?

Julia correu os olhos pela grama onde apareciam flores silvestres aqui e ali, a parede escura dos abetos no lado mais distante do terreno. Sim, o que queria dizer realmente? Queria apenas assegurar que Astrid ainda estava inteira depois de tudo o que aconteceu durante as últimas semanas.

— Não sei — disse Julia. — Só se você tá ok.

— Tô ok — disse Astrid e colocou o telefone celular de volta na mesa, depois tomou um gole de Trocadero.

Julia apontou para o telefone e perguntou:

— Não deveria ter algum tipo de... alto-falante para isso?

— Não tenho — respondeu Astrid e fez um gesto estranho.

— Posso comprar um para você, se quiser.

— Sim, obrigada.

Julia assentiu e pensou no modelo que Irma Ryding tinha na sua estante de livros e ela chamava de "Boss" porque tinha uma marca similar. Julia esqueceu de beber durante a limpeza e sua língua ficou presa no céu da boca. Fez um movimento para a lata de refrigerante e perguntou:

— Tudo bem se eu tomar um gole?

— Por que não estaria?

— Não, se talvez tivesse medo de...

— Bacilos de Coroa?

Julia não se deu ao trabalho de lembrar que ainda faltavam muitos anos para sua aposentadoria e tomou alguns goles do líquido morno enquanto Astrid a observava com os olhos semicerrados. Havia algo no olhar de Astrid, como se estivesse constantemente avaliando seus arredores.

Astrid inclinou-se para frente.

— Posso pedir um favor?

— Depende, mas pode pedir.

Astrid fez um gesto para a casa. [

— Meu tio vem aqui esta tarde, às quatro horas. Pra verificar o local, como ele diz. Você poderia participar?

— Bem... como assim?

— Bem, você sabe — Astrid deu de ombros. — Pra parecer um pouco mais normal.

Julia engasgou.

— Acha que é *normal?* Comigo e o Kim?

— Mais normal do que só o Kim, em todo caso.

Julia entendeu o pensamento, então assentiu.

— Claro, posso participar. Quatro horas, você disse? E por falar nisso cadê o Kim?

Astrid bocejou.

— Em algum enterro.

— *Enterro?*

— Sim?

— De... quem então?

— Não faço ideia. Disse apenas que iria para o cemitério Skog.

Julia olhou para Astrid. Há apenas alguns dias a menina estava sentada na capela Hoppet no mesmo local e recebendo condolências no serviço de funeral dos pais. Mas não demonstrava nada quando dizia o nome do cemitério.

Julia não entendia qual seria o enterro que Kim queria assistir. Pelo que sabia ele não tinha parentes vivos ou mortos com quem se importava. Mas talvez um amigo? Pelo que Julia sabia ele também não tinha nenhum desses. Talvez seria uma oportunidade para saber alguma coisa, e queria falar com Kim cara a cara.

Julia se levantou da cadeira e disse:

— Ok então, virei antes das quatro. — Beliscou a blusa azul fina com um raio amarelo que usava e perguntou: — E isto? É suficientemente normal? Ou *coroa* demais?

Astrid olhou para Julia como quem olha por cima dos óculos de sol.

— Parece de menos, nesse caso. Mas tô observando. Você tenta. Com certeza é bom. Mas pra um enterro não funciona.

11 DE JULHO, TARDE

Carmen Sánchez e Christof Adler voltaram para a delegacia de polícia depois de sua visita ao hospital Karolinska. Depois que os técnicos chegaram, Carmen e Christof ainda ficaram por tempo suficiente para saber se, sim, alguma evidência biológica estaria segura. Mas não era um caso de alta prioridade e a análise demoraria. Além disso, encontraram um recibo que Carmen fotografou antes de passar para evidência técnica.

Depois que retornaram, Carmen ligou para o mercado Circle-K indicado no recibo, mas foi necessário mais de uma conversa telefônica para que aceitassem compartilhar seus registros de caixa. Por um capricho, Carmen contatou o departamento de crimes econômicos e informou o número do cartão do banco. O capricho resultou em um golpe de sorte. O cartão em questão junto com alguns outros estivera envolvido em um esquema fraudulento e tinham o nome do portador: Patrik Hedemyr, registrado em Solna.

Uma pesquisa revelou que Patrik "Putte" Hedemyr, nascido em 1994, era um dos diversos membros conhecidos do clube de motociclistas Apóstatas. Em 2015–2017, ficou preso por agressão e suas digitais e perfil de DNA constavam nos registros. Carmen terminou ligando para a NFC e forneceu o nome de Putte e o número de identidade, perguntou se a análise poderia ser mais rápida quando tinham um suspeito específico para comparar. Poderiam fazer isso, mas mesmo assim não era algo a ser feito em um piscar de olhos e precisava se contentar.

Carmen e Christof como de costume estavam em uma sala de conferência e chamaram Jonny Munther para informar o estado atual da investigação. Quando Jonny chegou, Carmen demorou alguns segundos para perceber o que mudara na sua pessoa. Quando percebeu, passou a mão pelos cabelos e perguntou:

— Esteve no barbeiro?

Os cabelos grisalhos de Jonny costumavam cair sobre as orelhas e ficar espetados na nuca, mas agora tinha linhas retas sem tufos ou pelos na nuca. Jonny torceu a boca e disse:

— Não, cortei com a tesoura da cozinha, como costumo fazer. *Sim*, estive no barbeiro, mas e aí? O que vocês conseguiram?

Carmen deixou Christof explicar e receber os créditos por ter encontrado a ambulância que quase certamente foi usada no sequestro de Rudbeck. Como chamaram os técnicos e as descobertas realizadas. Finalmente citou o grito terrível que ouviram no alto-falante. Jonny ergueu as mãos em um gesto de parada e perguntou:

— Espera, o que tá dizendo? *Psicose?*

— Sim — respondeu Christof. — Sabe, a cena do chuveiro. Quando Norman Bates aparece vestido como sua mãe com uma grande faca...

— Obrigado, eu vi o filme — disse Jonny. — Mas qual é a ligação?

Christof olhou para Carmen, que tinha uma expressão neutra.

— Não sabemos — respondeu ele. — Mas foi o que aconteceu. Os técnicos levaram o alto-falante caso... possa fornecer alguma coisa.

— Hum — disse Jonny. — Tem um pouco de cheiro de rato, como a Ulrika Boberg teria dito.

— Sente saudade dela? — perguntou Carmen. — Cita com bastante frequência.

— Não — respondeu Jonny. — Mas certamente merece ser citada. Aham. *Psicose* certamente. Ambulância. As pistas na casa de Martin. Parece que alguém tá brincando com a gente, como fazem no cinema. Raramente acontece na realidade.

— E o que fazemos pra parar a brincadeira? — perguntou Carmen.

— Fica por conta de vocês. Ou melhor, por *sua* conta. Acho que basta uma pessoa nisso, já que...

— O quê? — reclamou Christof. — Fui *eu* que...

— O quê? Que recebeu a ligação do Wilmer Syd? Acha que isso dá alguma competência especial quando você é necessário pra outras investigações?

— Calma, chefe — disse Carmen. — Não seja estúpido com o Christof. Ele contribuiu.

— Não duvido — disse Jonny Munther. — Mas agora tem muita gente de férias e amanhã precisamos de algumas pessoas na rua pra observar uma, não sei como chamar, manifestação, demonstração. Seja como for, existe o risco de ficar confuso e precisamos ter pessoas no local.

Christof cruzou os braços sobre o peito e apertou os lábios, então Carmen perguntou em seu lugar:

— De que se trata?

Jonny balançou a cabeça duvidosamente.

— Aquele Schwarzkopf. Os Suecos Verdadeiros. Pediu permissão pra... bem, falar de abuso de recursos policiais... pra fazer uma manifestação na rotatória em Roslagstull.

— Um pouco *fora* — disse Carmen. — Por que logo lá? E por que devemos...

— Porque...

Jonny colocou as mãos sobre o rosto e suspirou.

— Porque ele planeja levar um cão vestido de profeta Maomé. Entende? O cão Rondellhund. Que precisamos manter sob controle.

— Ah, sim — disse Carmen.

— Sim, *ah, sim*. Ele informou os jornais e pode ser o diabo e *por isso* — Jonny fez um gesto para Christof, — precisamos ter gente no local. Espero que não tenha objeções.

Sem olhar para Jonny, Christof disse:

— Faço o que mandam.

— Bom. E então talvez podemos considerar esta reunião como terminada. Carmen, você continua a investigação e, Christof, você conversa com o líder de operações amanhã e descobre o que tá acontecendo. Bom final de trabalho, como se diz na Dinamarca.

— Só uma coisa — disse Carmen quando Jonny levantou.

Jonny respirou fundo.

— Posso adivinhar? Algo sobre meu cabelo? Se absolutamente precisa saber, tenho um jantar amanhã e não quero parecer um desleixado. Vai me gozar um pouco agora?

— Absolutamente não — respondeu Carmen e se inclinou para procurar na bolsa. — Apenas uma consideração. Aqui. — Carmen pegou um pequeno frasco de vidro azul-escuro e colocou na mesa na frente de Jonny.

— Pra você.

Jonny pegou o frasco e apertou os olhos enquanto lia.

— Boss. Bottled Night. O que é isto?

Carmen apontou para os dois lados do seu pescoço.

— Algo diferente do Old Spice, algo mais... apropriado. Se me permite dizer.

Jonny segurou o frasco na mão e depois abriu a tampa e cheirou o aspersor. Pareceu gostar do que sentiu e ocorreu uma breve luta interna antes de dizer:

— Aham. Sim, sim. Obrigado então. Mas talvez podemos evitar ser tão *familiares* no futuro?

— Não prometo nada — respondeu Carmen.

Quando Jonny saiu da sala, Christof ficou sentado irritado enquanto Carmen fez algumas observações sobre possíveis implicações para o progresso da investigação. Algo que faltava o telefone e passaporte que foram por contra própria para a Tailandia, e também como Rudbeck foi registrado com ebola no hospital Danderyd. Ir para frente seguindo as pistas para trás.

— Perfume, realmente — disse Christof finalmente. — Alguns sabem como agradar o chefe.

— Sim, sim — disse Carmen. — É assim que conseguimos manter as investigações. Observe e aprenda.

11 DE JULHO, TARDE

Além de ser de poliéster, a blusa preta que Astrid emprestou para Julia era um pouco apertada e colava na pele quando Julia chegou ao cemitério Skog no calor do verão. Pesquisou os anúncios de enterros e o único que poderia servir seria às 14:00 horas na capela Hoppet. Emil Andersson, nascido em 1952, pense em Salve as Crianças.

Julia nunca ouvira Kim falar de Emil Andersson e talvez fosse apenas algo que disse para Astrid para evitar perguntas sobre o que fazia. Além disso parecia impossível acontecer um *enterro* em um belo dia de verão como este. Julia sentia-se idiota quando subia a coluna para a capela Hoppet abanando-se como podia com a blusa colada na barriga. Idiota e derretendo.

Você tenta. Certamente é bom.

Mesmo se Julia demonstrasse o que sentia, a réplica de Astrid sobre seu estilo de roupas a afetou bastante. Pelo que sabia, a blusa azul com o raio fora a primeira que pegou de manhã quando ficou parada na frente do guarda-roupa. Sim, sim, estava há muito tempo na pilha de blusas e deveria fazer uns quinze anos desde que a usara, mas isso poderia acontecer ocasionalmente. Vergonha e pena seria se nunca usasse as roupas.

Você tenta.

Sim, sim. E? Em alguma edição da Amelia, Julia leu que uma relação com uma pessoa mais jovem poderia fazer você mesma se sentir jovem e adotar hábitos mais jovens. Pensando nisso, Julia achava que se aplicava aos homens, mas as mulheres ao contrário, tinham uma tendência atormentadora de se sentirem mais velhas.

Quando Julia chegou à capela, ouviu a música do órgão atrás das portas fechadas. Inclinou-se para frente e ofegou com as mãos nos joelhos. O suor escorria dos cabelos e algumas mechas do seu longuíssimo cabelo grisalho pendiam em faixas na frente do rosto.

Não fala sobre a minha aparência, pensou Julia, pegou uma presilha e prendeu o cabelo em um coque na nuca mais apropriado para um enterro. Os pensamentos se recusavam a calar e diziam *penteado idiota* e depois apresentavam uma figura de Julia Cesar em algum papel de bruxa. Braços amarrados, coque na cabeça e *sim, senhor, quer vir pra casa agora?*

A outra Julia se endireitou e tentou secar o suor da testa com a manga da blusa, mas o material sintético apenas espalhava o suor. Alisou o estômago mais uma vez, foi para frente e entreabriu a porta e enfiou a cabeça. A música do órgão era mais alta e Julia reconheceu o salmo, "Elevo os meus olhos para os montes". Uma urna branca com um arranjo de flores simples estava na frente do altar e nos bancos havia umas vinte pessoas. Em um banco mais perto da porta Julia viu uma cabeça com cabelos pretos longos caídos nas costas. Poucos tinham tal aspecto. Tão silenciosamente quanto possível, Julia deslizou e sentou-se no banco ao lado de Kim. Ele olhou surpreso para ela, que sussurrou:

— Oi.

— Oi — sussurrou Kim enquanto a música do órgão continuava. — Como sabia que eu tava aqui?

— Astrid contou — Julia acenou para a urna branca. — Quem é?

— Emil Andersson — respondeu Kim e virou para frente.

— Sim — disse Julia e olhou para a única rosa vermelha que Kim segurava na mão direita. — Quem é, *era* ele pra você?

— É uma longa história.

Era a resposta padrão de Kim, apesar de nunca contar longas histórias. Julia olhou para ele e viu os músculos tensos nas suas mandíbulas. Supôs que esse Emil Andersson teria algo a ver com a infância de Kim, que parecia ao mesmo tempo triste e alerta sentado com as costas retas com o olhar fixo na urna, como uma criança deslocada tentando manter a dignidade.

Julia hesitou. Abriu e fechou seus dedos suados algumas vezes e os secou nos seus jeans antes de pegar a mão esquerda de Kim e inclinou-se para ele.

— Tô aqui pra você. Sabe disso?

Uma leve contração passou pelos dedos de Kim antes de virar a cabeça e fitar Julia nos olhos.

— Não. Eu não sabia. Obrigado.

A música do órgão parou e nada mais foi dito. Kim não soltou a mão de Julia. Um pastor disse algumas palavras finais e depois as pessoas começaram a levantar dos bancos para desfilar na frente da urna. Kim apertou os dedos de Julia.

— Vou só... — depois saiu do lugar e foi para o altar.

Julia ficou sentada olhando para ele. A mesma postura de uma criança perdida em um mundo incompreensível. Julia colocou sua mão agora livre sobre o coração.

Quando chegou a vez de Kim na frente da urna, colocou sua rosa, inclinou-se um pouco, depois pegou seu celular e tirou algumas fotos. Na tampa da urna havia uma foto emoldurada e Julia presumiu que era o que Kim fotografara. Quando Kim terminou, acenou para os poucos que ainda desfilavam e eles acenaram de volta.

— Vamos — disse Kim quando voltou para o banco onde Julia estava sentada. — Agora vamos.

Algumas pessoas ainda estavam reunidas do lado de fora da porta e quando Kim e Julia saíram da capela, um homem mais velho com cabelos grisalhos engomados e um terno preto impecável veio até Kim.

— Acho que ainda não nos encontramos. De onde conhecia o Emil, se posso perguntar?

— Eu não... — respondeu Kim. — Era meu pai que o conhecia.

— Aham, sim. E como se chama seu pai?

— Chamava. Ele se chamava Oskar Karlsson. Ramo de construções. Desculpa, tô com um pouco de pressa.

Kim e Julia continuaram lado a lado descendo pelo caminho e quando ficaram distantes da capela, Julia perguntou:

— Seu pai se chamava Oskar Karlsson? E era do *ramo de construções?*

— Como disse — respondeu Kim. — Uma longa história. Quer uma carona?

11 DE JULHO, TARDE

Eram três e meia quando Astrid Helander deixou o *Crime e castigo* na mesa do jardim e esticou-se estalando silenciosamente suas articulações. Durante a última meia hora ficou sentada totalmente parada e sua única atividade física foi virar as páginas.

Fiódor Dostoiévski. O simples som do nome sugeria um texto difícil e antiquado. Mas não. Astrid ficou sentada como se estivesse presa e acompanhou o assassinato do penhorista e sua irmã, e os delírios de Raskolnikov, sentimentos de culpa e alucinações. De vez em quando, Astrid ficava tão absorvida na trama que esquecia que estava lendo um livro e não *participando* diretamente. Aplausos para o Fiódor.

Claro que o relato era associado com o que ela vivera e talvez por isso era tão atraente. Astrid também era uma assassina, ou, pelo menos, uma matadora. Mas embora pudesse se identificar totalmente com Raskolnikov, não compartilhava seus sentimentos pelo que fizera.

Até o dia anterior, Astrid se atormentava por pretender realmente desmembrar uma pessoa, poderia ter feito aquilo, mesmo muito contra a vontade. Agora que tinha se distanciado um pouco, via tudo sob outra luz. Estava pronta para assumir a responsabilidade pelo erro, não importava quão revoltante fosse. Isso indicava uma força mental que Raskolnikov não tinha e isso a consolava. Ou estava apenas genuinamente doente da cabeça. Entretanto havia uma diferença crucial. Raskolnikov era obcecado por fantasias sobre-humanas e passou dias e semanas planejando febrilmente o assassinato e foi tão premeditado quanto se poderia imaginar. Com Astrid aconteceu inesperadamente e tudo o que fez foi apertar um botão. Não era nada *desejado* e portanto não precisava chegar ao limite da aniquilação como fez Raskolnikov. Não conseguia se livrar da sensação de ser observada, do impulso de olhar sobre o ombro para que o cadáver não pudesse surpreendê-la.

Levantou-se da cadeira de jardim e pegou seu livro e a lata de refrigerante vazia. Havia uma porta nos fundos da casa, mas estava emperrada e não abria, então Astrid deu a volta para entrar pela frente. Quando se aproximou da escada de entrada, ouviu um ruído de motor se aproximando. Astrid sentou-se no degrau inferior e se alegrou, pensou reconhecer o ruído da Honda de Kim. Astrid sorriu para si mesma. Desde que Kim a tirou de Vamlinge, Astrid gostava de andar no banco do carona. A proximidade de Kim, a velocidade e simplesmente saber que ia segura nas mãos do outro. Não era muito *girl power*, mas era maravilhoso ser *transportada* desse jeito.

O motor reduziu as rotações e logo depois a Honda apareceu entre as barras do portão. Astrid congelou. No banco do carona estava Julia Malmros. Como usava o capacete com visor, Astrid não a teria reconhecido se não usasse a blusa preta de Astrid.

Minha blusa. Meu lugar.

Astrid sabia que era ridícula, mas, mesmo assim, não podia afastar o sentimento de que Julia Malmros parasitava algo que lhe pertencia. Ou apenas sentia ciúmes? Totalmente possível e independente do que fosse, não parecia bom.

Kim desceu da motocicleta e Julia baixou os pés para se equilibrar enquanto Kim foi até o portão e abriu. Quando viu Astrid, levantou a mão cumprimentando e Astrid acenou brevemente em resposta. Julia Malmros tirou o capacete e sacudiu seus longos cabelos grisalhos. Astrid franziu o nariz.

Tia. Coroa.

Bem, Julia pelo menos não usava a jaqueta de motociclista que agora estava pendurada em um gancho na parede do quarto de Astrid. Sempre era alguma coisa. Kim subiu na motocicleta novamente e a Honda rolou rangendo e zumbindo lenta pelo caminho de cascalho até a casa. O cabelo de Julia caía sobre os ombros e Astrid precisou reconhecer contra a vontade que mesmo sendo uma coroa era uma pessoa legal. Embora agora não fosse uma coroa. Apenas quase.

Kim freou ao lado da entrada e desligou o motor. Depois que Julia desceu e Kim baixou o suporte, ele disse:

— Olá.

— Olá, olá — disse Astrid. — Vieram os dois?

— Sim — disse Julia. — Afinal devemos parecer normais. Pro seu tio.

Astrid bateu na testa. Acompanhar as andanças do Raskolnikov a fez esquecer o desejo do tio Lasse de conhecer o local. Olhou no celular e viu que faltavam quinze para as quatro. Não havia tempo para qualquer normalização na casa, seja lá o que poderia ser.

— Posso ficar com isto? — perguntou Julia e indicou a blusa de Astrid.

— Tá apertada — respondeu Astrid aborrecida.

— Nada a fazer no momento — disse Julia. — Tem alguma outra?

— Acho que não — respondeu Astrid. — Nossos corpos são bem diferentes.

Julia levantou as sobrancelhas e olhou para Astrid alguns segundos a mais, então realmente notou a crítica para suas formas. Astrid olhou para o outro lado e se sentiu mesquinha. Julia realmente queria ajudar. Astrid ia dizer algo conciliador, quando Kim disse:

— Devo ter alguma camiseta que você pode usar.

Sem se importar mais com Astrid, passaram por ela subindo a escada. Havia algo perturbando Astrid, uma *proximidade* entre os dois que realmente não percebera antes. Ou seriam apenas seus ciúmes que viam o que queriam ver. Precisava prestar atenção. Astrid deu uns tapas no próprio ouvido e levantou-se.

Quando chegou ao meio da escada para o segundo andar, ouviu Julia rindo e ficou abatida. O que acontecia *agora* que era tão divertido? Quando chegou ao topo da escada, viu Julia parada segurando uma camiseta na sua frente. Parecia do tamanho certo para ela, mas tinha uma estampa representando uma folha de maconha.

— O que acha? — perguntou Julia ao ver Astrid. — Esta é *perfeita?*

Kim sorriu enviesado.

— Comprei em Schiphol. Muita coisa assim por lá.

— Hum-hum — disse Julia. — Acho que não. E também não aquela da *Santa Sangre* ou como se chama.

— *Santa Muerte* — disse Kim. — Não, definitivamente não é você.

— Acho que tenho alguma coisa — disse Astrid e foi para o quarto.

A maioria de suas roupas ainda estava na rua Strand, uma parte estava na casa do tio e algumas estavam na cômoda ao lado da cama na casa de Kim. Astrid abriu uma gaveta e encontrou uma blusa branca com babados, gola de renda e botões de madrepérola.

— Aqui — disse para Julia e estendeu a blusa. — Acho que esta é um pouco maior.

Julia olhou para a blusa com um sorriso divertido.

— Você realmente quer me deixar parecendo coroa, não é?

Astrid cruzou os braços sobre o peito.

— É meu estilo, só isso. É pegar ou largar.

Astrid olhou para o outro lado quando Julia descaradamente, mas com certo esforço tirava a blusa preta. Pelo canto do olho, Astrid pôde ver um sutiã vermelho. Queria se mostrar em todo seu esplendor. Astrid apertou os punhos e lembrou-se de parecer esperta. Pegou de volta a outra blusa e apesar de segurar na altura da cintura sentiu um leve cheiro de suor. *Não* pretendia usar antes de lavar.

A blusa branca ficava melhor em Julia. *Sim*, pensou Astrid um pouco aborrecida, simplesmente vestia bem, o que foi confirmado pelo olhar aprovador de Kim. Realmente *algo* havia mudado entre eles, aconteceu algo relacionado com isso no enterro? Astrid não pretendia perguntar.

— Claro que faremos café — disse Julia. — Oferecer café para as visitas, nada pode ser mais normal.

Astrid começava a se arrepender do que havia dito sobre normalidade, era fácil demais se deixar levar, mas realmente queria que o tio tivesse uma impressão positiva e *cotidiana* de sua casa junto com Kim para que a deixasse passar mais tempo na casa. Era importante.

Quando a campainha tocou dez minutos mais tarde, o café estava pronto e as xícaras arrumadas na mesa. Na falta de pão para o café, Julia encontrou um bolo de chocolate que partiu em pedaços e arrumou em uma bandeja.

— Sentem-se — disse Astrid como se desse ordens para dois cães. — Vou descer e abrir.

Astrid não queria sobrecarregar o tio com excesso de informações de uma vez. Desceu os degraus de dois em dois e abriu a porta. O tio Lasse usava um paletó leve de verão e camisa azul-claro. Nas mãos trazia uma caixa da Aladdin que deu para Astrid dizendo:

— Sim, eu não sei. Deve-se trazer alguma coisa.

Astrid agradeceu, apesar de o chocolate não ser vegano como o que estava na mesa de café e portanto não seria comido por ela.

— Vou dizer então — disse o tio. — Que confusão. Não vemos isso com muita frequência.

— Não — disse Astrid. — Entra.

O tio deu alguns passos para a casa, depois parou e olhou ao redor.

— São escritórios?

— Já foram — respondeu Astrid. — Moramos no segundo andar. Vem.

Astrid mostrou o caminho para a escada, mas o tio parou na sua base e apontou para uma foto pendurada na parede. Um homem negro usando uniforme e com aspecto sombrio parado em uma saudação. Ele apontou e perguntou:

— O que é isso?

— Não sei — disse Astrid. — Só algo que já tava aqui. Vamos pra cima. Tem café.

Quando Astrid e o tio chegaram à cozinha, Julia e Kim levantaram. Kim estendeu a mão.

— Olá. Sou Kim. Já nos vimos antes. E acho que é o Papa Doc, ou possivelmente o Baby Doc. As fotos no térreo. Foi a embaixada do Haiti. Antigamente.

— Aham, sim — disse o tio e apertou também a mão de Julia.

— Pode ser um pouco estranho? Não foram ditadores, os dois?

— Sim — respondeu Kim. — É bastante extraordinário, de fato.

Astrid pigarreou irritada. Não passaram mais do que alguns minutos e já usavam palavras como "estranho" e "extraordinário". E quem diabos foi *Baby Doc*, como alguém podia se chamar assim? Astrid sentou-se em uma cadeira ao lado do tio e serviu o café para ele. Depois de tomar um gole, ele disse:

— Aham, sim. A embaixada do Haiti. Isso é... original.

Kim e Julia sentaram do mesmo lado da mesa, perto um do outro. Normalmente sentavam de frente e Astrid não sabia se a alteração era devido à nova situação ou se queriam dar uma impressão respeitável. Kim, com seus longos cabelos pretos e olhos azul-claro, e Julia, com seu cabelo grisalho igualmente longo e gola de renda abotoada até o pescoço. Aos olhos de Astrid, pareciam dois alienígenas vivendo a vida cotidiana.

Astrid levantou e abriu a torneira.

— E aqui temos água corrente — disse antes de ir para a geladeira, abrir e complementar. — E aqui temos comida.

Fechou a geladeira antes que o tio tivesse tempo de ver que estava quase vazia depois da limpeza de Astrid. O tio olhou questionando para Julia, que gesticulou com as mãos.

— Aham — disse o tio. — Tem mais... facilidades que deseja apresentar?

Astrid sabia que agia de forma um pouco ridícula, mas estava nervosa e não sabia o que deveria fazer.

— Meu quarto. Pode ver o meu quarto.

— Tudo bem — disse o tio. — Agora vamos sentar um pouco aqui e tomar nosso café com calma.

Astrid sentou-se à mesa, mas *calma* no momento estava fora do seu alcance. Serviu o café sem a bebida de aveia e bebeu tão rápido que queimou a boca.

O tio olhou para a bandeja com os pedaços de chocolate e disse:

— Não vai servir os bombons da caixa?

Astrid sentia-se tão aborrecida e irritada que a verdade escapou.

— Não. Tem animais neles.

— O quê? Tem *animais* na caixa?

— Oooh — disse Astrid. — Eu não aguento.

— Ela quer dizer laticínios — explicou Julia. — O chocolate tem creme e leite.

Astrid cruzou os braços e olhou para o pé da mesa. De alguma forma tudo começou a dar errado quando viu Julia no banco do carona e agora os *adultos* estavam sentados e falando dela na terceira pessoa. Ao mesmo tempo alguma parte dela sabia que se comportava como uma adolescente chata. E daí? Agora *era* uma adolescente chata. Depois de mais conversa, o tio foi para o assunto principal.

— Bem, não tô muito satisfeito com a Astrid passando tanto tempo fora de casa.

Astrid bufou, mas não disse nada. Como poderia ficar *fora de casa* quando nem sequer era sua casa de onde estava fora?

— Não — disse Kim. — Eu entendo. Mas acho que ela se sente bem aqui.

— E não nos atrapalha — disse Julia. — Ao contrário. Gostamos muito de tê-la aqui.

Astrid franziu a testa, mas continuou calada. Era *ela* que tinha um quarto aqui e Kim a convidara, enquanto Julia era uma visitante ocasional que agora estava sentada conversando como se fosse uma proprietária do local.

— Sim, isso é bom — disse o tio. — Mas acho que seria suficiente se ela ficasse aqui um dia por semana.

Um nó crescia na garganta de Astrid. Deveria passar *seis dias por semana* no apartamento vazio na rua Svarvar? Ficou fria por dentro e não conseguia dizer nada enquanto sua vida parava acima de sua cabeça.

— Da minha parte, ela pode muito bem ficar mais aqui — disse Kim.

— Da minha parte também — disse Julia.

— Hum — disse o tio e bebeu seu café, depois colocou a xícara no pires com um estalo.

Até ele parecia um pouco nervoso.

— Não quero bisbilhotar, mas posso perguntar sobre... o tipo do seu relacionamento?

Apesar de sua sensação de adormecimento, Astrid não podia deixar de ouvir porque estava curiosa sobre o que Julia e Kim poderiam dizer. Dificilmente poderia ter se surpreendido mais. Respondendo a pergunta, Kim colocou sua mão sobre a de Julia na mesa e respondeu:

— Somos pessoas de festa.

Astrid achou que ouviu errado. *Pessoas de festa?* Por que Kim disse isso? E como parecia ter um efeito calmante no tio saber que Julia e Kim estavam habituados com festas? E por que Julia olhava para Kim com tanta ternura e surpresa?

Astrid não entendia. Detestava não entender e não aguentava mais a situação, então levantou-se da mesa e balançou para frente e para trás no alto da escada enquanto tentava encontrar uma solução. Não conseguia pensar em nada. Alguns minutos mais tarde o tio veio da cozinha.

— Aham, mas você vai comigo para casa então.

Astrid se assustou e tentou apresentar suas objeções. Logo descobriu o que deveria fazer. Baixou a cabeça obedientemente.

— Ok, eu vou — e começou a descer a escada com o tio atrás.

Quando Astrid chegou ao meio da escada, cambaleou e caiu os últimos oito a dez degraus. Dobrou o pescoço para cair em uma rolagem aparentemente descontrolada e depois caiu de costas na base da escada. Ficou com um ombro doendo um pouco, mas gemeu e chorou como se estivesse muito ferida.

— Meu Deus, Astrid — disse o tio e desceu rapidamente a escada para cair de joelhos ao seu lado. — O que aconteceu, tá ferida?

— Eu batiiiii — choramingou Astrid e apertou os olhos para correrem as lágrimas. Talvez fosse bom não ter o sangue falso, então teria assustado *demais* o tio Lasse.

— Eu vi, eu vi — disse o tio. — Mas como aconteceu?

— Tenho tonturas — sussurrou Astrid. — Não tive coragem de dizer nada, mas todas aquelas escadas do seu apartamento... já caí duas vezes. Me machuquei *muito*.

Passos rápidos vindo da escada quando até Julia corria para o local do acidente. Abaixou-se ao lado de Astrid e perguntou:

— Devo chamar a ambulância?

— Nããão — gemeu Astrid. — Não foi nada. Mas acho melhor ficar aqui e descansar um pouco.

Astrid virou a cabeça como se doesse e subiu a escada. Kim estava parado encostado no corrimão e olhava para Astrid como se entendesse exatamente do que se tratava. Parecia até estar escondendo um sorriso.

11 DE JULHO, NOITE

Jonny Munther pediu um buquê apropriado para uma reunião na floricultura de S:t Eriksplan. Ao ser perguntado sobre qual seria o tipo de reunião, Jonny resmungou que se tratava de um jantar íntimo. Então a vendedora perguntou:

— Um encontro, então?

— Algo nesse estilo, sim — respondeu Jonny sem saber se realmente seria esse estilo.

Depois de resolver essa dificuldade, veio a outra. A vendedora queria saber quanto poderia custar o buquê. Jonny não tinha a menor ideia do que poderia ser apropriado e precisou pedir orientação para a vendedora. Ela perguntou se seria o *primeiro* encontro, e sim, podemos dizer que sim. Jonny ficou agradecido porque ela não apresentou nenhuma faixa econômica, mas disse francamente:

— Trezentos, e então seria isso.

Apesar de sua falta de experiência, Jonny achou que o buquê era bonito e do tamanho adequado e agradeceu a ajuda. Depois que a vendedora embrulhou as flores com papel e as entregou, inclinou a cabeça e perguntou:

— Desculpe, mas você não é Jonny Munther?

Jonny ficou um pouco surpreso, mas não podia fazer outra coisa a não ser confirmar a identidade. A vendedora apontou para si mesma.

— Cecilia. Sou a mulher do Christof. Adler.

— Ah sim — disse Jonny e estendeu a mão. — Muito prazer. Ouvi falar muito de você.

Não havia ouvido, mas deve ser isso que se diz.

— E eu ouvi de você — disse Cecilia em um tom de voz que indicava que realmente *ouvira* bastante e talvez não apenas as coisas boas.

Jonny não sabia o que mais dizer, então levantou o buquê como despedida, agradeceu mais uma vez e foi para a porta. Ouviu a vendedora dizer nas suas costas:

— Boa sorte.

Jonny parou, virou-se e disse:

— Talvez não precise contar *muita coisa* sobre isto para o Christof?

— O que haveria para contar? Você entrou, comprou flores e foi embora.

— Sim. Mas mesmo assim.

— Ok, claro — disse Cecilia e deu de ombros antes de fazer um gesto de boca fechada com zíper. — Mas precisa comprar suas flores comigo daqui em diante.

— Não sei se será regular.

— As flores são sempre adequadas — disse Cecilia.

Jonny saiu da loja. Não sabia se tinha piorado as coisas ao pedir para Cecilia ficar calada, talvez Christof e ela dariam boas risadas nesta noite, mas achava que não. A mulher parecia legal e Christof realmente poderia se considerar sortudo. Jonny assumiu que não tinha razão para se preocupar e foi à estação do metrô para ir a Medborgarplatsen.

Não teve problemas para encontrar a porta de Moa na reta da rua Kock e ela havia enviado o código durante a tarde. Jonny entrou em um corredor escuro e fresco e ficou parado por um momento depois da caminhada pela ensolarada rua Folkung. Deveria remover o papel antes de entregar o buquê? Poderia ter perguntado para Cecilia qual seria o costume, mas agora era o que era e o papel ficou.

Jonny saíra cedo, então ainda faltavam vinte minutos para as sete. Não seria bom chegar cedo demais, *isso* ele sabia sobre as normas sociais. Continuou através do portal e chegou em um pequeno jardim com mesas e cadeiras e uma churrasqueira de bom tamanho. Jonny sentou-se e colocou o buquê no colo.

Primeiro não conseguia identificar o odor que sentia e olhou ao redor procurando flores cheirosas. Quando não viu nenhuma, cheirou o buquê.

Depois se lembrou: *Bottled Night*, o perfume que ganhou de Carmen. Será que tinha usado demais? Jonny suspirou.

Era inexperiente. Claro que Moa insinuara que também o era, mas tão boba quanto Jonny Munther nenhuma pessoa adulta normal poderia ser?!

Por exemplo, uma coisa como o sexo. Jonny ficava com um nó na garganta só de pensar nisso. Talvez não tanto o sexo em si, mas o caminho até lá e o que se esperava ou não dele. E, sim, o sexo como tal. Julia Malmros era a única mulher com quem Jonny estivera e já fazia muitos anos. Será que ainda seria capaz? *Deve ser como andar de bicicleta*, pensava Munther tentando se animar. Mas não era como andar de bicicleta. Na verdade, eram duas coisas *completamente* diferentes.

Nas festas do segundo grau, Jonny era o motorista de plantão para os bêbados. Em parte porque tinha o trator EPA, em parte porque não gostava tanto de álcool. Muitas noites Jonny sentara sozinho dirigindo enquanto os rapazes e garotas bêbadas brincavam no banco de trás com altos ruídos e gemidos. Sim, uma vez lembraram da antiga canção do Siw Malmkvist.

Querido, não se deixe distrair, você só precisa dirigir, Jonny cantarolou para si mesmo sentado no jardim segurando seu buquê.

Tinha um forte desejo de simplesmente voltar para casa. Muitas incertezas, muitos desentendimentos potenciais. Mesmo assim ficou sentado se martirizando até as sete horas, quando subiu os dois lances de escada e apertou a campainha da porta onde dizia "Marklund".

Moa ficou feliz com o buquê e o elogiou ao colocar na água. Jonny reconheceu que não participou da escolha e se ele mesmo tivesse escolhido provavelmente seriam dez rosas vermelhas ou algo igualmente monótono.

Moa colocou o vaso na mesa de jantar que junto com as cadeiras correspondentes era um dos poucos móveis existentes no apartamento e depois olhou para Jonny.

— Tem uma certa tendência pra se desvalorizar, não é?

— Sim, sim — respondeu Jonny. — Não sei porquê, mas me sinto meio desajeitado em certos casos.

Meio, pensou Jonny. *Qualquer coisa menos isso.*

— Então posso contar — disse Moa e mostrou a mão direita — que eu também me sinto muito desajeitada. Olha.

Jonny estudou a mão que estava a meio metro de seu rosto e percebeu que tremia. Moa fechou o punho e colocou sobre o coração.

— Então talvez podemos simplesmente esquecer isso? Você tá aqui, eu tô aqui e agora vamos jantar juntos e nada mais. Ok?

— Ok — disse Jonny e sentiu uma preocupação a menos no estômago.

Moa se agachou e olhou pela janela do forno onde um gratinado borbulhava e Jonny ficou impressionado com a suavidade e delicadeza dos seus movimentos. Gostava de olhar para ela. Até agora tudo bem, e até... Jonny pigarreou e disse:

— Tenho escutado você.

Moa virou a cabeça e franziu as sobrancelhas.

— Tem me *escutado?* Como assim? Tá usando uma escuta?

— Não, quero dizer, o livro — disse Jonny. — O áudio livro.

— Ah, meu Deus — disse Moa e cobriu o rosto com as mãos. — Hardy Bengtsson?

— Esse mesmo — respondeu Jonny.

— Peço desculpas — disse Moa. — Um amigo tem um estúdio e fazem gravações e ele perguntou se...

— Nada de pedir desculpas — disse Jonny. — Foi interessante. Nunca pensei que o ministro da justiça estivesse por trás de tudo. E você lê muito bem.

— Obrigada — disse Moa e pegou uma luva térmica. — Mas é tudo tão impossível, não é? Não tem nada a ver com o trabalho da polícia.

— Tenho suficiente disso todo dia — disse Jonny. — Foi bom para distrair um pouco — o fluxo natural da conversa o deixou ousado e terminou dizendo: — Pelo menos na sua companhia.

Moa deu um sorriso fugaz para Jonny e abriu o forno.

— *Estocolmo de noite*, sim, querido — sussurrou ela e tirou o que resultou ser um gratinado de batata, cujo aroma fez a saliva escorrer na boca de Jonny.

O embrulho de papel-alumínio que observara na pia era um frango grelhado e da geladeira Moa tirou uma salada com abacate e manga.

— Você arruma a mesa?

Jonny abriu um armário de cozinha que continha o serviço mais espartano que já vira. Dois pratos e dois copos. Até ele estava mais suprido e isso não queria dizer nada. Arrumou o que havia.

— Como pretende fazer? Com o apartamento? — perguntou ele.

— Como assim? Tá interessado?

O pensamento nem passou por Jonny que respondeu:

— Não, tá acima da minha faixa de preço. Só quero saber se vai continuar na cidade.

A mesa estava pronta. Moa fez um gesto convidando-o para uma cadeira e abriu uma garrafa de vinho. Depois bufou e balançou a cabeça.

— Típico de Estocolmo. *Cidade*. Como se não existissem outras. E, não, ainda não decidi. Depende um pouco.

— Na verdade, sou um garoto de fazenda — disse Jonny e sentou, — que se mudou para Estocolmo.

— São os piores — disse Moa. — Sirva-se.

O frango estava crocante e suculento e o gratinado de batata estava cremoso e tão bom que Jonny soltou um gemido involuntário de prazer. Pediu desculpas para Moa, que apontou o garfo para a fôrma e disse:

— Mistura de queijo Västerbotten e parmesão. Garoto de fazenda. Como se tornou policial?

Jonny recebera a mesma pergunta antes e tinha uma resposta e uma história. Quando tinha oito anos houve um furto de ferramentas na fazenda, a serra motorizada e o cortador de grama foram furtados, entre outros. Principalmente por causa do seguro, os pais de Jonny chamaram a polícia; algumas horas mais tarde um carro de patrulha chegou à fazenda com um homem que causou uma boa impressão em Jonny.

Ficou sentado no sofá da cozinha olhando com os olhos arregalados e ouvindo enquanto o policial uniformizado questionava seus pais sobre o furto. O homem tinha uma voz suave e agradável e de vez em quando soltava um simpático *ah* ou *aham*. Com seu uniforme, corpo alto e cabelo grosso e bem penteado, parecia um visitante de outro mundo para Jonny. Um mundo melhor, mais seguro.

A impressão nunca o deixou. Quando terminou o segundo grau com notas suficientemente boas, viu um prospecto buscando candidatos para a

Academia de Polícia. Realmente tinha vontade de deixar para trás a vida na fazenda e o que poderia ser melhor do que o mundo que viu aos oito anos? Candidatou-se e foi aceito. A intenção depois que se formasse seria voltar para Norrtälje, mas...

— Mas então encontrei a Julia — disse Jonny com um suspiro. — E ela não pretendia ser nenhuma camponesa, como via a coisa. E foi assim.

— Ok — disse Moa e raspou o final do gratinado no seu prato. — E o que aconteceu com o cortador de grama e o resto?

— Foi para o leste com o ferry de Kapellskär — disse Jonny. — Era o padrão naquele tempo. Ainda deve ser.

Jonny tentou desviar a conversa para Moa e seu trabalho, mas ela respondia com poucas palavras. Moa pegou duas taças com sorvete de limão do congelador, também feito em casa e talvez o melhor que Jonny provara há anos.

Moa perguntou o que Jonny fazia atualmente e mesmo não sendo seu caso, contou sobre o desparecido Martin Rudbeck. As pistas na sua casa – que Jonny supunha que foram plantadas – e a aventura do dia com a ambulância e o que encontraram. A esperança de ter o DNA das evidências biológicas quando os colegas de Moa terminassem a análise.

— Ha, ha — disse Moa. — Pode demorar e além disso... — Tomou um gole de vinho e parecia pensativa olhando para Jonny ao dizer: — Além disso não deve ter muitas esperanças.

— Como assim?

— Não, quero dizer, acho que parece demais com a *Comissão de Assassinato*. Ou Hardy Bengtsson, claro.

— O que quer dizer?

Moa contou com os dedos.

— Um recibo que naturalmente seria simples de guardar. Evidências biológicas *visíveis* na barra. E alguns fios de cabelo com a *raiz* intacta. De uma perspectiva forense acho que é o mesmo tipo que viu na vila. Uma *armação*. Simplesmente bom *demais*.

— Mas os fios de cabelo não são bons? — perguntou Jonny. — A segmentação de DNA pode ser realizada em... — Sua voz desapareceu com o olhar de Moa que parecia dizer: *Vai explicar meu próprio trabalho pra mim agora?*

— Naturalmente o cabelo veio no saco intacto do local do crime — disse Moa pacientemente. — Mas em geral ocorre quando há uma luta, mas este não é bem o caso.

— Não, pelo que sabemos, não.

— Não. E essas evidências estão bonitinhas na barra como um presente para os técnicos... não, não compro isso.

— Então o que aconteceu, conforme seu ponto de vista?

— Exatamente o que digo. O verdadeiro autor esteve na ambulância e deixou pistas para confundir vocês.

— Hum — disse Jonny. — Também parece com o Hardy Bengtsson, eu acho.

— Pense o que quiser. Pretende ouvir mais livros?

— Enquanto você ler, sim.

Moa encheu a taça de vinho vazia de Jonny, depois o silêncio cobriu a mesa. Jonny imaginou se teria ido longe demais. Embora não fosse um crime ouvir uma gravação de um livro disponível publicamente, havia um elemento de *escuta furtiva* quando Jonny ouvia como fez. Constrangedor, no mínimo.

Beberam o vinho em um silêncio que não parecia tão confortável como quando ficaram sentados no banco na frente da Prefeitura tomando sorvete. *Conny Munther*, pensou Jonny e fez uma careta inconsciente, que fez Moa perguntar:

— No que tá pensando?

— Não, nada — disse Jonny. — Como é fácil ser enganado quando *desejamos* tanto.

— Hum — disse Moa e baixou a taça. Endireitou-se como se pretendesse fazer um discurso. — Então é assim.

— Assim o quê?

— Comigo. Comigo é assim com aquela sombra da qual contei. A sombra do Johan.

— Sim — disse Jonny. — Eu entendo e não tenho outra opinião pra...

— Mas — disse Moa e levantou o dedo indicador para silenciá-lo. — Também vejo o mundo ao meu redor, talvez mais do que a maioria. Eu me *concentro* em ficar presente. A sombra está lá, mas eu me recuso a *cair* nela.

Tô aqui e quero viver, entende? Talvez posso amar novamente, não considero impossível.

Jonny não se atrevia a dizer nada, então apenas assentiu e bebeu um gole um pouco grande demais do seu vinho. Não sabia se Moa dizia "amar" no sentido psíquico ou físico, mas achou reconfortante, independente do que queria dizer.

— Então tenha um pouco de paciência comigo, Jonny Munther — disse Moa. — Pode ser que tenhamos uma boa coisa acontecendo.

— Concordo — disse Jonny.

— *Concordo* — repetiu Moa. — De onde tira sua *conversa de alcova?* Svea Rikes Lag? Tanto faz. Tava totalmente decidida a vender este apartamento, mas agora... agora não tô mais tão segura.

— Por... por minha causa? — balbuciou Jonny.

— Não, por causa das taxas de juros e o mercado imobiliário. Sim, por sua causa, idiota. Tenho um emprego em Estocolmo, se quiser.

Lá estava novamente. *Idiota.* Jonny não conseguia entender porque a leve bronca o deixava tão quente por dentro. De qualquer forma, Moa estava sentada dizendo coisas impressionantes. Que ele, Jonny Munther, poderia fazer uma mulher como ela, Moa, considerar mudanças radicais na sua vida apenas para ficar perto dele. Jonny bebeu apenas duas taças de vinho, mas se sentia alterado.

Não falaram mais do assunto. Conforme Jonny entendeu, era como se uma bomba explodisse e depois só poderia haver pequenas explosões de pólvora. Ficaram sentados à mesa da cozinha e conversaram sobre assuntos gerais até terminarem a garrafa de vinho. Tudo muito agradável e Jonny não queria parar de tremer internamente depois da detonação.

Quando o relógio indicou nove e meia, Jonny disse que talvez seria uma boa hora para encerrar, agradecer a boa comida e a companhia maravilhosa e tudo mais. Quando estava parado no hall e preparou-se para abrir a porta, Moa ficou na ponta dos pés na sua frente, mas sua testa só chegava ao seu queixo.

— Vem, seu idiota — disse ela e Jonny inclinou-se para frente. Moa deu um beijo carinhoso no seu rosto e sussurrou: — você é um bom homem, Jonny Munther — Moa aspirou o ar pelo nariz e acrescentou: — e também cheira bem.

Jonny não percebeu a rua Kock e foi no piloto automático para a rua Folkunga. A sensação dos lábios de Moa continuava no seu rosto e enviava ondas ensurdecedoras para sua cabeça. Apenas quando se aproximava da estação do metrô, recuperou-se um pouco. Ficou parado balançando a cabeça lamentando.

Ficara sentado especulando sobre o sexual e depois ficou tão satisfeito com um simples beijo no rosto e algumas palavras sussurradas. *Você é um bom homem, Jonny Munther*. Quando alguém disse isso para ele pela última vez? Alguém *alguma vez* fez isso? Não que conseguisse lembrar. Talvez fosse ridículo, mas no momento parecia sensacional. Jonny encostou em uma parede e respirou fundo. As pessoas e os carros passavam por ele. Tentou repetir a visão de Moa e estar *lá*. Olhou para a vitrine iluminada do McDonald's onde as pessoas pegavam batatas fritas e bebiam milkshake. Tudo estava muito bem.

Por um momento continuou com o sentimento de que o mundo era exatamente como deveria ser. Depois lembrou. *Comissão de assassinato. Hardy Bengtsson*. Jonny não contara para Moa sobre o alto-falante tocando o som de *Psicose*. Agora adicionava esse fato aos comentários de Moa sobre evidências plantadas e uma desconfiança começou a crescer.

O pior da confusão provocada por Moa começava a passar. Jonny pegou seu celular e ligou para Carmen Sánchez, que respondeu no segundo toque e no fundo Jonny podia ouvir o ruído de uma TV.

— Oi, chefe — disse Carmen. — Ligando *agora?*

Em um momento confuso Jonny percebeu que ligou para Carmen para contar o que aconteceu com Moa. Naturalmente não o faria, então fechou os olhos, abriu novamente e disse:

— Sim, desculpe. Mas estive pensando. O carro que você e Christof usaram hoje, com a ambulância. Tinha uma daquelas câmeras no painel de instrumentos?

— Quer dizer uma *dashcam*?

— Sim, sim. Tinha isso direcionado para frente?

— Claro. É padrão hoje em dia.

— Então existe um vídeo? — perguntou Jonny. — Desde que chegaram até quando entraram na ambulância?

— Sim, deve ter, no disco rígido. Por quê?

— Só um pensamento. Acha que pode providenciar esse vídeo amanhã?

— Sim, acho que posso, mas o que tá procurando?

— Como disse. Apenas um palpite. Até amanhã.

— Espera, espera, espera — disse Carmen. — Como foi o encontro? O *Bottled Night* funcionou?

Jonny começou a sentir um nó na garganta e lágrimas começaram a aparecer nos olhos, então contentou-se em dizer:

— Funcionou. Boa noite.

11 DE JULHO, NOITE

As dores de Astrid diminuíram rapidamente depois que seu tio deixou a casa. Logo que a porta fechou, Astrid se levantou do chão e subiu a escada esfregando um ombro. Julia ficou parada no andar superior, observando, enquanto Kim, que ainda estava encostado na balaustrada, acenou para a mão de Astrid massageando e perguntou:

— Machucou?

— Um pouco, sim.

— Imprudente.

Astrid arregalou os olhos.

— Como, pelo menos *viu* o que eu fiz? Rolei metade...

— Sim — interrompeu Kim. — Mas segurou com o ombro em lugar da omoplata. Parou a rotação.

Estranhamente Astrid parecia sem palavras. Julia chegou ao patamar da escada e disse:

— *Eu* achei muito impressionante. Eu teria me quebrado toda.

Astrid pareceu não perceber o que Julia disse, não era ela que Astrid tentava impressionar. A menina apontou para a escada e disse para Kim:

— Faça melhor, então.

— Não preciso — disse Kim. — E além disso tô fora de forma.

— Mas não reclama dos outros, então.

Astrid ficou bastante calada durante as horas seguintes, mas melhorou visivelmente depois que seu tio ligou. Depois de perguntar pela saúde de Astrid, disse que seria "aceitável" que Astrid passasse mais tempo na casa de Kim, pelo menos durante as férias de verão. E precisava *prometer* tomar cuidado ao descer as escadas na rua Svarvar. Astrid prometeu.

Ficaram sentados conversando um tempo, jogaram algumas rodadas de cartas. Não falaram nada do homem morto no porão depois que Kim assegurou que estava "trabalhando no assunto". Pelo comportamento de Astrid, olhares de soslaio e pequenos suspiros, Julia via claramente que a menina só estava esperando que ela fosse embora da casa.

Kim não apresentava um comportamento similar e Julia não tinha a intenção de ir embora. Quando eram quase dez horas, parecia que Astrid se resignara com o fato e deixou a mesa no meio de uma rodada, murmurando um "boa noite" e foi para seu quarto, onde demonstrativamente virou a chave ruidosamente e trancou a porta.

Julia juntou as cartas.

— Acho que Astrid não gosta muito de mim.

— Não acho — disse Kim. — Ela só não quer você aqui. São duas coisas diferentes.

— Talvez. Pensou alguma coisa sobre o que eu disse? Sobre Tärnö?

— Pensei. Vamos pra cama?

— E a Astrid?

— O que tem ela?

— Não, nada.

Julia não sabia se "ir pra cama" significava amar, mas se fosse assim, achava que Kim deveria entender suas dúvidas a respeito de Astrid. Julia *não* era tão livre, tão desligada, ao ponto de fazer amor separada por apenas uma parede do quarto de uma adolescente.

Foram para o quarto e Kim não demonstrava suas intenções, se é que tinha alguma, e os dedos de Julia se atrapalhavam ao desabotoar a blusa emprestada de Astrid. Somente quando ia colocar a roupa no lugar de costume, percebeu que algo faltava no quarto.

— Onde tá a arca? — perguntou Julia e apontou para o lugar vazio ao lado da luminária de pé futurista. — A arca de marinheiro?

— Ah, aquilo — disse Kim e tirou a camiseta. — Foi... usada.

— Do jeito que tô pensando? Lá no porão?

— Sim — disse Kim e tirou os jeans. — Lá no porão.

— O que pretende fazer?

Kim jogou a cueca na cadeira redonda.

— Podemos parar de falar agora?

Julia percebeu um início de ereção. Então disse:

— Podemos, sim.

Tirou o resto das roupas e entrou embaixo da coberta ao lado de Kim.

Julia entendeu logo as intenções de Kim e também sua despreocupação em relação a Astrid. Julia nunca fizera amor tão *calada* e virou uma brincadeira. Ficaram lado a lado na cama olhando nos olhos um do outro enquanto Kim se movia com cuidado para dentro e para fora. A cama era nova e não fazia ruído. O único que se ouvia era um som baixo e pegajoso e um raspar leve quando Julia passava as mãos pelas costas marcadas de Kim. Julia tampou a boca com a mão quando estava perto de soltar um gemido e depois acabou.

Ficaram deitados um longo tempo e quando finalmente se separaram, Julia ficou surpresa com tanta satisfação obtida com tão pouco esforço. Passou a mão sobre o rosto perfeito de Kim e disse:

— Delicioso.

— Hum — disse Kim.

— Não quero estragar o momento — sussurrou Julia. — Mas sério. O que pretende fazer? Com o corpo?

Kim levantou um canto da boca e sussurrou de volta:

— Pode pensar em uma conversa menos mortal?

— Não. Acho que não posso. E?

— E... boa noite. Durma bem.

Kim cruzou as mãos sobre o estômago e fechou os olhos. Julia ficou de lado olhando para ele. Durante os primeiros dias da tempestade de sangue se amaram mais intensamente e brutalmente para não dizer desesperadamente, mas nunca tão íntimos como agora. Talvez simplesmente nunca se amaram antes, apenas transaram.

Teria algo a ver com o que Julia dissera na igreja, que estava lá para Kim? Independente do que fosse estava feliz por ter dito aquilo e nunca pareceu mais verdadeiro do que exatamente agora. Apoiou a cabeça, colocou o braço sob o travesseiro e fechou os olhos. Estava lá, onde deveria estar, e fazia muito tempo que não se sentia tão tranquila.

PARTE 3

12–14 DE JULHO

12 DE JULHO, MANHÃ

Naquela manhã havia aves.

Durante a caminhada de sua residência até a delegacia de polícia, Jonny Munther costumava ficar tão ocupado com os afazeres do dia que os movimentos e barulhos ao seu redor reduziam-se a borrões e ruído de fundo. Mas não naquela manhã. Embora a época de acasalamento já tivesse passado ouviam-se trinados de aves nas árvores. Ademais havia pessoas que não pareciam ter nada errado e algumas tinham cães que pareciam bem tratados. A manhã estava quente e o tráfego fluía ao longo da rua S:t Erik. Estocolmo era uma boa cidade onde era bom caminhar.

Imediatamente antes de sair de casa, Jonny recebeu um SMS de Moa. Referindo-se à noite anterior, ela escreveu que desejava continuar logo a *coisa boa* e Munther respondeu que esperava por isso.

Passou pelo parque Kronoberg onde ficava o velho cemitério judeu como um *memento mori* e Jonny se controlou para não ficar animado, não ter muitas esperanças. As coisas mal estavam começando. Poderiam escorregar das mãos e quebrar. Mas mesmo assim. Em uma manhã como aquela poderia ser permitido relaxar um pouco? Até nas árvores do parque Kronoberg havia aves.

Munther se controlou ao chegar perto da entrada da delegacia de polícia. Não poderia entrar no escritório com tantas aves cantando na cabeça, Carmen Sánchez poderia atacar como um furão e Jonny não tinha vontade de explicar suas modestas escapadas amorosas. Ficou agradecido pelo perfume que ganhou, mas era só.

Usou o elevador para subir e atravessou o escritório aberto com passos largos. Fechou a porta e pendurou o paletó de verão em um gancho, em segurança momentaneamente. Queria manter a boa sensação pelo maior tempo possível sem se preocupar com bobagens.

Jonny fez alguns movimentos ondulantes com os braços como para expandir o peito e fornecer um lugar para seu coração inchado, e foi quando viu o envelope A6 branco na escrivaninha. Alguém escrevera um número de registro no envelope com uma caneta hidrográfica.

Jonny abriu o envelope e deixou cair um cartão de memória. Não havia nada escrito neste. Munther virou e olhou para o pequeno pedaço de plástico sem entender. Depois se lembrou. Como se chamava aquela coisa mesmo? *Dashcam*. O cartão devia conter o vídeo que Jonny solicitara e o número de registro indicava o carro de patrulha. Colocou o cartão na porta USB do seu computador e um arquivo com o número de registro e a data do dia anterior apareceu na tela.

Era uma suposição, um pensamento que Munther teve quando processou os detalhes do grito de *Psicose*. Que poderia ser uma forma de desviar a atenção da ambulância. Provavelmente não havia nenhuma relação, mas mesmo assim valia a pena verificar. Jonny começou a ver o vídeo e na perspectiva da primeira pessoa acompanhou o percurso começando na garagem da delegacia de polícia.

Conhecia a rota de cor e salteado, então acelerou a exibição. No ritmo acelerado logo chegou à E20 e virou para o hospital Karolinska, então reduziu a velocidade de exibição para normal. O carro avançou ao longo de uma baia de carga e estacionou na frente de uma ambulância. O vídeo tremeu quando bateram as portas e logo depois Carmen e Christof ficaram visíveis através da janela indo para a porta traseira da ambulância.

O vídeo não tinha som, mas Jonny sabia o que acontecera quando os colegas pararam e depois correram para um arbusto no lado mais distante da baia de carga.

Mas que diabos...

Munther engasgou e chegou mais perto quando a porta da ambulância abriu. Era *exatamente* como pensou: alguém estivera dentro da ambulância o tempo todo!

Jonny olhou para a tela quando uma figura esguia saiu da ambulância e fechou a porta atrás de si.

Quando a figura virou para ir embora, Jonny Munther não podia acreditar. Voltou o vídeo e olhou novamente. Esfregou os olhos e coçou a cabeça. Mais uma vez. Jonny se recostou na cadeira. Não conseguia entender como tudo estava associado, mas não tinha dúvidas: a figura que saiu da ambulância era *aquele Kim Ribbing*.

12 DE JULHO, MANHÃ

Kim Ribbing acordou com um barulho que não podia identificar. Propagava-se pela estrutura da cama, pelas roupas de cama e soava no seu ouvido. Abriu os olhos e viu seu celular vibrando na mesa de cabeceira. Não programara nenhum alarme e não sabia qual função poderia afetar o telefone dessa forma, mas claramente chamava sua atenção.

Quando Kim pegou o telefone que estava quente e tremendo como um gatinho assustado, ouviu Julia Malmros sair da cama nas suas costas. O quarto estava abafado e o telefone quase escorregou da mão suada de Kim quando ligou para ver o que acontecia.

O que é isto?

A porta do quarto abriu, mas Ribbing não se importou. Na sua tela pulsava e piscava o ícone verde do WhatsApp. Kim achava que conhecia bem todas as funções do telefone, mas nunca baixara esse App. Isso o incomodou. Mesmo assim não podia evitar apertar o ícone.

Uma mensagem de texto de um remetente aleatório e provavelmente gerado automaticamente dizia: "Bom dia. Talvez pode ser uma informação importante. O investigador Jonny Munther está sentado agora olhando o clipe de vídeo anexo. Saudações. CES".

Ribbing rolou para baixo para uma imagem congelada da ambulância. *Aquela* ambulância. Quando apertou o clipe, viu Carmen e Christof ficarem menores conforme corriam para longe. Depois a porta traseira da ambulância abriu e Kim viu a si mesmo sair e correr para longe do estacionamento. Quando passou pela frente do carro de polícia seu rosto aparecia claro e nítido.

Era raro Kim Ribbing ser surpreendido, na verdade ser quase aniquilado. Agora deixou o telefone escorregar da mão caindo na cama com a tela para baixo, depois levou as mãos para o rosto suado.

Idiota, idiota, idiota. Verifiquei as câmeras, mas não pensei no carro.

Pode-se planejar um plano com cuidado e avançar quanto quiser, mas se esquecer *um único* pequeno detalhe, um único olhinho curioso, então a pilha tomba e derruba toda a carga. Kim pegou o telefone e assistiu ao vídeo novamente. Não havia dúvida nenhuma. Jonny Munther conhecia o aspecto de Kim muito bem e tinha implicância com ele. Em resumo, estava *frito*.

CES?

O infiltrador do banco Riksbank, hacker do Mossad, qual o interesse dessa figura fugitiva em saber que Ribbing estava maximamente envolvido em merda? Não tinha importância agora. Qual seria a alternativa? Nenhuma, que Kim pudesse ver. Preparar um plano de fuga adequado não fizera parte dos preparativos porque Kim não tivera a intenção de ir até lá.

Quase nunca acontecia, mas no momento tudo estava calado e vazio na cabeça de Ribbing e não via outra saída a não ser esperar pela chegada da justiça.

A porta do quarto abriu. Julia Malmros usava o roupão de Kim e tinha um pequeno sorriso nos lábios quando disse:

— Escuta, Kim, acho que *realmente*...

— Agora não — disse Kim e acenou para ela ir embora. — Agora não, Julia.

12 DE JULHO, MANHÃ

Julia Malmros acordou com algo que parecia uma vespa usando esteroides. Um ruído alto, raivoso vindo do lado da cama de Kim. Sentia-se sedada e com o corpo mole daquele jeito especial após uma boa noite. Primeiro, levantou-se da cama e vestiu o roupão de Ribbing, sentiu como estava quente. Saiu do quarto abafado e foi para a cozinha.

O suor escorria entre os peitos quando abriu a geladeira e pegou um Tetra Pak de suco. Colocou a caixa contra o rosto e a testa sem nenhum alívio real, então abriu o congelador para pegar um pouco de gelo, fechou os olhos e aproveitou o frio contra sua pele quente. Depois abriu os olhos e pegou uma bandeja para ver se tinha gelo.

Se tinha gelo!

As três gavetas estavam cheias até a borda com sacos de gelo, certamente uns cem no total. Considerando os acontecimentos dos últimos dias não era difícil adivinhar sua utilidade, mesmo que Julia não conhecesse todos os detalhes.

Mais difícil de entender era o objeto azul-escuro que Malmros podia ver através da frente de vidro da gaveta superior. Puxou a gaveta e continuou sem entender. Sobre os sacos de gelo na gaveta havia um boné do tipo que os caras do Roslag costumavam usar em Tärnö. Tocou no boné e também estava frio como gelo. Julia engasgou. Não, *isso* ela não podia entender.

Esquecendo seu desejo por uma bebida mais fria, Julia fechou o congelador e bebeu três goles direto da caixa. Colocou o suco de volta na geladeira, limpou a boca com as costas da mão e pensou: *La vida cabrón*. O mistério do boné não a incomodava, estava de muito bom humor.

Não era Harry Brandelius que costumava usar esse boné?

O boné e o cachimbo. Ao voltar para o quarto, Julia cantarolava "Gamla Nordsjön" (O velho Mar do Norte). A porta do quarto de Astrid estava aberta, mas a menina não estava lá. Malmros esperava que não tivesse ouvido nada na noite anterior que a fizera sair da casa aborrecida. Não, Julia e Kim foram silenciosos e conscienciosos, com *alguma* moderação.

"*Gamla Nordsjön som svallar och brusar, under vindarnas... någonting... gång...*" (O velho Mar do Norte ondulando e rugindo, sob o vento... alguma... vez..)

Julia abriu a porta do quarto e viu Kim sentado na cama com uma expressão que nunca vira antes. Puro e simples *espanto* ou simplesmente... terror? Malmros não via motivo para tal, então franziu a boca e disse:

— Escuta, Kim, acho que *realmente...*

— Agora não — disse Kim e acenou para ela ir embora. — Agora não, Julia.

Julia arrastou-se para trás e fechou a porta, ficou parada e olhando com os braços pendurados nos lados do corpo. *Aham*, pensou ela. *Foi bom enquanto durou. Agora de volta à estaca zero.*

Idiota do Kim Ribbing.

12 DE JULHO, MANHÃ

Christof Adler recebeu suas ordens de ação para a manifestação de Claes-Göran Schwarzkopf, em Roslagstull, e também pegou seus equipamentos de choque. Não gostava nada disso e antes de sair, foi até Carmen Sánchez para um pouco de apoio moral. Quando ela viu Christof no seu uniforme preto, pesado e reforçado e com o capacete na mão, assobiou e disse:

— Uau, quase parece um verdadeiro policial.

— Não me sinto como um — disse Christof. — *Detesto* isto, não podem chamar o pessoal das férias?

Carmen balançou a cabeça e pegou o telefone.

— Mas, sério. Você parece fenomenal. Posso tirar uma foto? Pra mostrar pra Cecilia?

— Não — respondeu Christof e olhou para o peito onde brilhavam a armadura e as correias de couro. — Ou... sim, sim, se precisa mesmo, então.

Christof colocou o capacete sob o braço, endireitou as costas e olhou para longe. Carmen tirou a foto e mostrou a ele.

— Então manda pra ela, e haverá um colchão no hall de entrada quando chegar a casa, garanto.

— Hum, claro — disse Christof e voltou para sua pose normal. — E como fazemos com a Matilda, o que pensa? Podemos falar sério agora?

— Claro — respondeu Carmen. — Mas em todo caso você parece totalmente... autêntico. Pode ficar tranquilo.

— Ok, obrigado. Mas tô pensando... se realmente acontecer, você sabe, *tumulto*. Pessoas correndo, jogando coisas. Como posso... não tô acostumado a usar força, não posso...

— Então — disse Carmen. — Você vai lá pra manter a ordem, ok? Deve usar exatamente a força necessária pra que as pessoas não se machuquem *mais* do que se machucariam se não fizesse nada.

— Sim, mas como posso decidir...

Christof não conseguiu continuar porque a porta da sala de Carmen abriu e Jonny Munther entrou com um computador nas mãos gritando:

— Aqui! Podem ver! Agora o próprio diabo tá solto!

— Que diabo? — estranhou Carmen.

— Aquele Kim Ribbing. Aquele maldito. Olhem aqui.

Jonny colocou o computador na mesa e clicou em um vídeo. Carmen e Christof reconheceram a ambulância que revistaram no dia anterior e se viram correndo para longe no vídeo. Christof apontou para a tela.

— É a *dashcam?* Do carro?

— Sim — respondeu Carmen. — Recuperei o conteúdo de manhã.

— Silêncio agora — pediu Jonny Munther. — Olhem.

A porta traseira da ambulância abriu e de lá saiu um homem na faixa dos quarenta anos com cabelo louro cacheado. Olhou para Carmen e Christof enquanto fechava a porta da ambulância, correu na frente da câmera e desapareceu da imagem. A tela ficou preta.

— Que diabo — disse Christof. — Então *havia* alguém dentro da ambulância, pensei...

— Mas que diabo... — murmurou Jonny Munther e voltou o vídeo.

O cara do cabelo encaracolado corria para trás na tela e Munther congelou a imagem exatamente quando estava na frente do capô no motor para ver clara e nitidamente o seu rosto. O investigador se inclinou para perto do computador e Carmen Sánchez disse:

— Desculpa, mas... esse aí não é o Ribbing. Não parece nem um pouco.

Jonny acenou com a mão para a tela.

— Mas *era* o Kim Ribbing! Agora mesmo!

— Aham — disse Christof. — Isso é estranho.

Jonny fechou o punho e usou para ameaçar o cara do cabelo encaracolado, com uma expressão provocadoramente satisfeita.

Munther bateu o punho na mesa.

— *Fizeram* alguma coisa aqui! Foi alterado! Era o Kim Ribbing!

— Ok — disse Carmen. — Mas agora obviamente não é mais, então...

Christof olhou para seu relógio.

— Preciso ir agora. Mas pense só. Havia alguém na ambulância.

— Era o Ribbing — resmungou Jonny Munther entre os dentes. — Sei o que vi e não pretendo deixar passar.

12 DE JULHO, MANHÃ

Durante quase cinco minutos, Kim ficou deitado na cama com os braços e pernas estendidos pensando em nada. Esperava pela polícia, provavelmente na forma do ex de Julia. É o fim. A pior coisa imaginável era iminente e não podia fazer nada. Mais uma vez seria privado da liberdade e trancado em uma instituição. Era seu maior terror e o simples pensamento o paralisava.

Quando seu telefone tocou novamente, foi com esforço que conseguiu se esticar para pegar. A vida acabara.

— Oi de novo. O vídeo que você viu não existe mais. Eis o que existe.

A mesma imagem estática da ambulância apareceu novamente na tela e Kim não entendeu o significado. Com os olhos semicerrados estendeu o dedo indicador e apertou. Olhou e olhou novamente. A paralisia melhorou e Ribbing se sentou na cama; olhou para o telefone com os lábios apertados e as sobrancelhas franzidas. Se o que vira era um *deepfake* onde seu rosto fora alterado digitalmente então devia ser um recorde de velocidade. Kim passou os polegares na tela e escreveu:

Isso significa que o outro vídeo não existe mais?

A resposta chegou depois de alguns segundos.

Não está em nenhum sistema ou mídia de armazenagem. Sumiu. Bela solução, não é? Fica tranquilo, é uma construção limpa.

Kim escreveu:

Não entendo. Como pode chegar aqui como algum tipo de deus ex machina? Por que tá fazendo isto?

Não me elogie. Não sou nenhum deus. Ainda não. Melhor pensar em mim como seu anjo da guarda. Cai bem. CES.

12 DE JULHO, MANHÃ

A lista digital de ofertas de Djuraktion chegou para Astrid quando levantou pela manhã e ligou o computador: reunião para uma festa em Roslagstull junto com a manifestação dos SS (Suecos Verdadeiros). Claro que não se tratava de uma festa, mas sim uma manifestação, e a convocação incluía detalhes sobre como tudo ocorreria e o que cada um precisava levar.

Astrid não entendeu bem a apresentação do personagem *flashmob*, mas decidiu ir mesmo assim. Apesar dos esforços aparentes de Kim e Julia para manter o maior silêncio possível na noite anterior, Helander conseguiu ouvir o que fizeram. Possivelmente era infantil, mas não podia passar a manhã com eles e não demonstrar que sabia o que faziam com seus corpos. Astrid achava nojento e se desculpava achando que realmente era assexuada.

Não deveria ter sentido alguma excitação quando ouviu os fracos ruídos do seu ato de acasalamento? Imaginar como Kim... mas mesmo se continuava um pouco apaixonada por ele, não era *desse* jeito. Não mesmo. Pensar em sexo, relacionamento físico, não provocava nenhum sentimento além de nojo e era quase certo que não pretendia se envolver desse jeito.

Astrid vestiu-se rápida e silenciosamente, saiu da casa e pegou ônibus e o metrô para Odenplan. Na Office Depot, ao lado da biblioteca Municipal, comprou papel, elásticos, fita adesiva e a tesoura mais barata, depois sentou em um banco no bosque do Observatório e criou algo parecido com um chapéu cônico do tipo usado pelos magos, mas sem as estrelas e com um elástico para prender sob o queixo. Testou na cabeça e viu que estava bom.

Era um conceito bastante estranho para uma festa e Helander passou um tempo lendo o que Hugo Ball chamava de instruções. Depois de ler entendeu tudo um pouco melhor, mas achou tudo muito rebuscado e "artístico" para seu gosto. Bem, estava com humor para alguma travessura e isso deveria funcionar. Colocou as coisas na bolsa, pegou o chapéu sob o braço e seguiu a via Svea para o norte. Havia trocado mensagens com alguns outros para se encontrarem no parque Bellevue.

Seria a primeira vez desde a véspera do solstício de verão e a morte de seus pais que Astrid encontraria pessoas de sua idade. A maioria dos ativistas era alguns anos mais velhos do que ela e alguns *muito* mais velhos, mas aqueles com quem mantinha contato eram da sua idade e meninas. Supunha que sabiam o que acontecera e temia um monte de condolências como ocorrera no cemitério Skog. Enquanto seguia pela via Svea decidiu evitar as possíveis choradeiras.

Quando Helander se aproximou do Roslagstull, viu que já havia muita gente reunida apesar de ainda faltar meia hora para o show dos Suecos Verdadeiros, incluindo policiais que estavam cercando um perímetro no meio da rotatória com uma fita branca e azul, como um show com cavalos. Pois é, "show" talvez fosse a palavra errada, mais parecia um circo. Astrid dobrou para a esquerda na placa que indicava o museu Carl Eldh. Um pouco acima na ladeira, na frente do café Bellevue, havia quatro garotas sentadas na grama. Quatro garotas e...

— Algot? — chamou Astrid ao chegar. — O que tá fazendo aqui?

Algot Mörner estava na sua classe e foi o último com quem Astrid falou antes do inferno na véspera do solstício de verão e sabia que ele estava apaixonado por ela. O que não sabia era se o perdoava ou não por gravar sua conversa no FaceTime, Deus sabe com qual intenção. Bem, não era só Deus que podia adivinhar o motivo e mesmo isso era bastante... nojento.

— Então — respondeu Algot corando um pouco onde estava sentado um pouco na frente do grupo de meninas. — É uma mani, não é?

Sem sentar ao seu lado, Helander disse:

— Você nunca se importou com os direitos dos animais pelo que sei?

— Eu me importo — disse Algot. — Sempre curti suas postagens, por exemplo.

Astrid arregalou os olhos.

— Sim, mas *então*...?

Apenas agora Astrid percebeu que as quatro meninas estavam sentadas caladas na grama e olhando para ela com olhos arregalados. Fez como decidira, levantou as mãos e disse:

— Acho que todos sabem o que aconteceu. Comigo. Não tenho nenhuma necessidade de falar sobre isso e não preciso que ninguém *diga* nada, ok? A menor expressão de compaixão será recompensada com um soco na boca, entendido?

A última interrogação era um exagero, Helander não pretendia bater em ninguém que apenas tentava ser amigável, mas queria reforçar o ponto, e ameaças de violência costumavam resolver o assunto. Quando se sentou na grama ninguém disse nada.

Algot olhou timidamente para Astrid e murmurou:

— Além disso, não gosto dos Suecos Verdadeiros.

— Não — disse Astrid. — Mas agora não estamos aqui por isso. Tá com seu chapéu, né?

Algot se levantou e mostrou um chapéu de mago verdadeiro com estrelas douradas e tudo.

— Encontrei no porão. Da festa de Santa Lucia, no quinto ano, lembra?

— Lembro que você foi um duende — disse Astrid. — Ou um boneco de biscoito.

Algot parecia insatisfeito.

— Isso foi no terceiro ano, realmente. De qualquer forma lembro de *você* no quinto ano. Difícil esquecer.

Astrid detestava o dia de Santa Lucia. Sem antecipar nada, nesse dia vestiu-se de Diabo com tridente e tudo. Resultou em uma conversa do diretor com seus pais. O dia de Santa Lucia e a escola eram assuntos que não interessavam a Astrid, então virou para as outras meninas e perguntou:

— Alguém pode explicar exatamente pra que serve isto aqui?

Karolin, que estava no sexto ano e lia poesia, disse:

— É como o dadaísmo. Sabe, como o surrealismo, só que ainda mais... estranho. O tema é elefantes. E agora, com a seca devido ao clima, os elefantes tão morrendo e... sim, eu pelo menos entendi assim.

— Também não entendi nada — disse Vilda que também tinha catorze anos. — Mas os chapéus são bons. Ficamos visíveis.

— E usava o chapéu — Algot atreveu-se a comentar. — Aquele que leu o poema.

— Hugo Ball — disse Astrid. — Ele se chama Hugo Ball e ainda acho muito... fraco. Chapéus, poemas incompreensíveis e elefantes desidratados. Quem consegue associar isso tudo?

— Acho que foi um dos mais velhos que inventou isso — disse Karolin. — Parece assim.

Astrid assentiu e olhou para as meninas reunidas em um círculo terminando com Algot como um satélite solitário. Muitos dos seguidores de Helander nas redes sociais tinham uma aura de tristeza ao seu redor e se identificavam com o sofrimento dos animais, que era comparável ao seu próprio. O grupo na sua frente parecia... mais sadio, talvez porque sua ideologia ativa lhes dava outro motivo para viver.

Astrid ficava em algum lugar no meio. Por um lado não sentia que pertencia a essas meninas, cujos pais frequentemente eram ativos nas questões ambientais e incutiram um sistema de vida mais ativo. Pelo outro lado podia entender as meninas mais tristes que procuravam motivos para se atormentar. Se fosse obrigada a escolher, ficaria com o último grupo. Havia alto *saudável* demais nas meninas reunidas sentadas na ladeira.

Ouviram vozes altas da rotatória lá embaixo. Todas as cabeças viraram para lá e Algot disse:

— Parece que tá começando.

Unidos, desceram para Roslagstull, onde agora havia um grupo bem maior de pessoas. Astrid andava alguns metros atrás das outras e Algot reduziu os passos para ficar ao seu lado. Tocou com cuidado no seu ombro e perguntou:

— Oi? Como você tá?

Astrid não respondeu. Apenas levantou o punho cerrado para lembrar Algot do que se tratava.

12 DE JULHO, MANHÃ

Christof Adler não entendia como os Suecos Verdadeiros conseguiram a oportunidade para a manifestação na rotatória. Devia ser porque muitas pessoas estavam de férias, algum novato verde deixou passar. Ou melhor, um idiota. Quinze minutos antes da hora prevista o gramado estava cheio e as pessoas começavam a se espalhar pela rua, onde bloqueavam o tráfego.

As pessoas contra ou a favor dos Suecos Verdadeiros e com ou sem cartazes, cantavam, sopravam apitos ou simplesmente gritavam. Os carros presos na rotatória buzinavam e algumas motocicletas aceleravam os motores. O sol brilhava e Adler suava no pesado e apertado uniforme de batalha onde estava postado junto com uma dezena de outros policiais para manter o isolamento.

No lado esquerdo de Christof estava um colega mais velho com aspecto sombrio observando a multidão com os olhos semicerrados.

— Que desperdício de recursos, não é? — questionou Christof.

O colega assentiu brevemente e disse:

— É o preço para ter uma democracia.

Adler sentiu um pouco de vergonha devido a sua posição em relação à liberdade de expressão, até que o colega acrescentou:

— Como alguns desejam ter.

Não era segredo que algumas pessoas na polícia simpatizavam com a posição dos Suecos Verdadeiros relativa a uma atitude mais dura contra os estrangeiros e talvez o colega fosse um deles.

Christof secou o suor da testa e não disse mais nada.

Queria voltar para sua mesa, seu computador e suas pastas, para o escritório silencioso com ar-condicionado. Era quase incompreensível que aquele ambiente e este onde se encontrava cabiam na descrição do trabalho da "polícia". Deveria ser a chamada *realidade* e Christof não gostava disso.

Faltando alguns minutos para as onze, a rotatória estava congestionada e uma fila de carros se estendia ao longo da via Roslag até onde a vista alcançava. Então chegou um carro da polícia vindo da cidade e parou na frente da entrada da escola Johannes.

A porta do carro abriu e Claes-Göran Schwarzkopf saiu, escoltado por quatro policiais com equipamento e capacete. Tinha uma bolsa pendurada no ombro e uma coleira na mão. Um cão rottweiler preto estava preso na coleira olhando ansiosamente com as orelhas para trás.

O cão parecia ter a mesma atitude de Christof em relação ao evento. Ao ver o líder do partido dos Suecos Verdadeiros, a multidão começou a gritar e o nível de ruído aumentou alguns decibéis. Agitavam os cartazes, levantavam os punhos no ar e os fotógrafos da imprensa tentavam se espremer para a frente para obter uma boa foto.

Claes-Göran Schwarzkopf parecia ser o único não afetado pelo caos iminente. Sorriu ironicamente, afastou o cabelo da testa e acenou para os policiais que o acompanhavam indicando que estava pronto. Um dos policiais estendeu um capacete para ele, mas Schwarzkopf balançou a cabeça. Entretanto, parecia ter um colete a prova de balas sob a camisa. O grupo se movia para o centro da rotatória.

Os motociclistas abandonaram suas motocicletas e se misturaram com a multidão, onde atuaram junto com os policiais abrindo caminho para o homem e o cão. Schwarzkopf caminhava logo atrás e sorria satisfeito com o evento, enquanto o cão rastejava pelo chão com o rabo entre as pernas. Um ovo veio voando e bateu no capacete de um dos policiais. A gema escorrendo pela viseira tinha um brilho verde indicando que o prazo de validade provavelmente havia vencido.

Empurravam e batiam; a escolta precisava manter a massa distante com seus escudos, mas fantasticamente conseguiram abrir caminho e chegar ao ponto onde estava Christof. O colega com quem Adler falara, acenou para Schwarzkopf e levantou a fita listrada azul e branca para permitir seu acesso ao ponto central.

De perto, Christof via que Claes-Göran Schwarzkopf não estava tão despreocupado quanto queria parecer. Não parecia temeroso ou inquieto, mas alguma forma de loucura brilhava em seus olhos.

Algum tipo de dureza sobre humana, um fogo petrificado. Como se fosse menos uma pessoa do que uma *causa* e essa causa deveria ser realizada a qualquer preço. Era imponente e um pouco assustador.

Schwarzkopf passou por baixo da faixa puxando o cão. Ficou parado um momento no olho da tempestade e olhou ao redor. Depois de ver o movimento cujo foco era ele mesmo, levantou o dedo indicador no ar como se dissesse: *e para meu próximo número...* depois tirou da bolsa uma barba falsa e um turbante.

Gritos raivosos em diversos idiomas foram ouvidos e um tremor percorreu a multidão quando começaram a se concentrar no meio. As pessoas empurravam e Christof precisou firmar os dois pés no chão para evitar que as pessoas se espremessem para o meio. O suor escorria em seus olhos quando ele, igual a Sísifo rolando um bloco de pedra, baixou a cabeça e empurrou para frente com as duas mãos. As pessoas cambaleavam, caíam e gritavam. Um foguete passou pela cabeça de Adler e caiu atrás dele. Quando explodiu, o cão uivou de medo. Christof olhou sobre o ombro e viu que Schwarzkopf havia colocado o turbante no cão assustado. A multidão rugia. Christof ouviu um trovão na cabeça quando alguém bateu no seu capacete. Na sua frente havia um homem musculoso com uma barba longa gritando "Allahu akhbar" e seus olhos brilhavam com uma insanidade similar aos de Schwarzkopf.

Estavam prestes a realmente perder o controle. Christof achava que o ponto de ebulição verdadeiro ainda não fora alcançado. Aconteceria quando Schwarzkopf colocou a barba no cão completando assim a humilhação do profeta. Tudo era muito, muito ridículo e realmente terrível.

Adler sentia a cabeça girando quando limpou o suor dos olhos e olhou para a multidão agitada e excitada. Tudo lembrava a batalha do Abismo de Helm ou Minas Tirith e desejou que Gandalf viesse cavalgando para consertar tudo. Mas não acontecia assim na realidade. Por um momento Christof detestava a realidade.

Então algo aconteceu. Subitamente um grande número de chapéus cônicos brancos se ergueu na multidão e ouviu-se um coro de vozes gritando "Jolifanto bambla ô falli bambla, jolifanto bambla ô falli bambla" entre os cartazes com opiniões dos Suecos Verdadeiros foram levantados outros mostrando elefantes mortos na savana.

A pressão diminuiu um pouco quando as pessoas viraram as cabeças para ver o que estava acontecendo. As câmeras foram direcionadas para as pessoas com os chapéus que se moviam desordenadamente através da multidão repetindo em voz alta o seu "jolifanto bambla ô falli bambla".

Quando Christof achou ter visto Astrid Helander com um chapéu, sentiu a cabeça rodando.

Um novo grito foi ouvido na multidão e quando Christof olhou sobre o ombro viu que o cão estava completo na rotatória com barba e tudo, mas, apesar de Claes-Göran Schwarzkopf puxar a coleira, o cão continuava achatado no chão. Não poderia expressar sua atitude mais claramente se pusesse as patas sobre sua cabeça coberta pelo turbante. Igual a Christof que ansiava estar em qualquer lugar menos ali.

A falta de vontade do rottweiler para participar da manifestação não teve qualquer efeito amortecedor nos espectadores. As pessoas gritavam com raiva e pressionavam como uma onda com muitas cabeças e Christof achou que saía fumaça do seu pescoço quando seus órgãos internos assavam no calor. Cambaleava sob a pressão dos cones brancos ondulando e dançando na frente dos seus olhos cobertos de suor enquanto o "jolifanto bambla" continuava rodando e rodando na sua mente. Esta era a realidade e a realidade estava tão perto do inferno como Christof Adler jamais estivera.

Quando recebeu mais um golpe forte no capacete, um som profundo, passou sugando pela cabeça de Christof. Suas pernas se dobraram, seus olhos ficaram escuros e caiu de costas em uma piscina de escuridão abençoada e silenciosa.

12 DE JULHO, MANHÃ

Kim tirou a sacola da Ikea cheia de cubos de gelo do ombro, colocou no chão do porão e abriu a arca de marinheiro. Os cubos de gelo velho derreteram e um leve odor de decomposição saía da arca. Ribbing passou alguns minutos tirando os sacos plásticos azuis úmidos até descobrir o corpo de Martin Rudbeck. Kim enrolara o corpo em um lençol branco que agora estava molhado e apresentava uma coloração desagradável. Recuperou-se, relaxou os ombros e depois dobrou a ponta do lençol na parte da cabeça para expor o rosto do doutor.

Kim não era nenhum especialista, mas conforme podia ver não havia nada estranho no rosto de Martin, nada que indicasse que havia morrido de forma violenta e depois fora deixado deitado esfriando durante um dia inteiro. Estava apresentável. Kim inclinou-se para baixo, prendeu a respiração, colocou uma mão na nuca de Rudbeck e inclinou seu rosto para frente. Tirou o boné da própria cabeça e colocou no doutor, depois deixou a cabeça do corpo cair de volta sobre a borda. Os detalhes menores eram os mais importantes.

Enquanto Kim começou a cobrir o corpo com o gelo novo, pensava no CES. Kim passou um bom tempo pesquisando o conteúdo do sistema no celular, procurando um código introduzido que poderia explicar o comportamento anormal do aparelho. Não encontrou nada e portanto tratava-se de um *espírito*, uma pessoa tão habilidosa para ocultar seus rastros que parecia que ele ou ela nunca estivera lá. Era ao mesmo tempo frustrante e emocionante. CES era um adversário poderoso, se adversário sequer fosse a palavra correta. CES salvara Kim de uma situação impossível e ficaria grato se pelo menos pudesse entender o *porquê*.

Até as mãos de Kim pareciam cubos de gelo quando colocou os últimos sacos sobre o corpo na arca de modo a ficar totalmente coberto. Em nenhum momento durante o processo pensou que era realmente uma pessoa morta com quem trabalhava, o doutor fora reduzido já há algum tempo a um problema prático. Kim fechou e trancou a arca, depois saiu do porão e subiu a escada de dois em dois degraus.

Kim percebia que estava ficando sem tempo. Se fosse como CES dissera e Jonny Munther realmente vira o vídeo da ambulância, o investigador dificilmente abandonaria o caso somente porque o vídeo foi alterado. Desde seu encontro em Tärnö, Jonny demonstrava cautela e a tentativa de Kim para enganar as autoridades dificilmente o tornaria mais amigável.

Kim ligou o computador, abriu seu e-mail criptografado e encontrou uma mensagem assinada como "Belzzebubb" com diversos documentos anexados. Kim levantou as sobrancelhas quando viu que Belzzebubb queria cem mil coroas em bitcoin pelo seu trabalho para criar uma pessoa.

O motivo do valor elevado ficou evidente quando Kim abriu os documentos anexados. Belzzebubb fora *meticuloso*. Kim achava que seria suficiente uma certidão de nascimento e uma de óbito da Agência Tributária, mas havia documentação de toda uma vida fictícia de Johan Andersson, nascido em 1953 e falecido em 7 de julho de 2019, ou seja, há cinco dias.

As declarações dos últimos três anos indicavam que Johan tinha uma pensão razoável e um pouco de dinheiro aplicado em fundos. Documentos indicando que tinha um seguro residencial e um de automóvel. Contrato de trabalho. Escritura de compra de uma residência em 2002 junto com a esposa Lillian, falecida há cinco anos. Finalmente uma cópia do seu passaporte com uma fotografia gerada por computador que se assemelhava ao Martin Rudbeck.

Belzzebubb deve ter trabalhado dia e noite desde que recebeu o trabalho e parecia um faz tudo a quem Kim pediu para consertar uma torneira pingando e em lugar disso toda sua cozinha foi reformada.

Foi um trabalho bem feito e Kim transferiu o valor solicitado. Depois mergulhou na pesquisa sobre como criar e modificar códigos QR.

Kim tinha uma capacidade quase patológica para se concentrar e somente algumas horas mais tarde quando desligou o computador pensou em Julia Malmros. Na sua mente, Kim repassou o que ocorrera pela manhã e se viu acenando para ela e dizendo: "Agora não, Julia".

Depois ela foi embora.

Kim suspirou. Se conhecia bem Julia Malmros, o gesto de Kim e suas poucas palavras *não* seriam interpretados como se no momento não tivesse tempo para falar, mas como algo diferente. Algo completamente diferente.

12 DE JULHO, TARDE

— Simplesmente não sei se foi isso — disse Julia mexendo seu café para variar com dois cubos de açúcar, porque achava que precisava se animar.

— Foi o quê? — perguntou Irma e olhou para Julia através da fumaça de uma cigarrilha. Até isso era anormal.

Atualmente Irma fumava tabaco quase somente quando estava em um bar, e dizia que era na maior parte "pela aparência".

— Valer a pena — disse Julia. — Valer a intenção. Primeiro me convida pra entrar e depois me manda embora. Não suporto as alterações. Tô velha demais, só quero ter...

Quando Julia não terminou seu pensamento, Irma inclinou a cabeça, estudou-a e questionou:

— E? O que quer, Julia Malmros?

O fato de Irma dizer seu nome completo, era quase tão ameaçador como quando a chamava de "noiva" e uma indicação clara que Irma achava que estava lá fora circulando. Totalmente possível, mas Julia estava triste por não saber como estava com Kim e especulando constantemente sobre como estava realmente a situação. Não conseguia pensar direito, não escrevia nada útil há muito tempo.

O que eu quero?

Julia olhou ao redor na cozinha como se a resposta estivesse nas estantes de Irma. Apenas agora notou que algo acontecera. Muitos livros sumiram e os poucos que restavam pareciam solitários e lamentáveis encostados uns nos outros como se buscassem confiança e calor.

— O que fez com os livros? — perguntou Julia.

— Ah — disse Irma e tossiu discretamente. — Só tô arrumando um pouco antes de morrer.

— Irma, você não vai morrer. Vai escrever um livro comigo, é isso que vai fazer.

— Acha que o mundo precisa de mais livros? E ainda não respondeu minha pergunta. O que quer realmente?

Julia olhou para o café e viu seus olhos refletidos no líquido brilhante, que associou com os dias calmos em Tärnö onde o mar parecia um espelho gigante com nuvens flutuando sobre a profundeza.

— Paz e tranquilidade — disse ela. — Quero paz e tranquilidade.

Irma soltou algo entre uma risada e uma tosse, apontou para si mesma com a cigarrilha e disse:

— Aqui tem uma com paz e tranquilidade. Acha que parece divertido? Fique feliz enquanto tem capacidade para fazer isso acontecer.

— *Uma* capacidade que acho que você ainda tem.

— Tá falando do baseado agora? Bem, não fui *eu* quem soltei o cabelo e balancei o traseiro.

Julia baixou a cabeça. Era meio fascinante como sempre ficava mal, independente do assunto discutido. Irma e ela mal falaram sobre a noite quando Julia soltou um redemoinho de fumaça de maconha, e isso não era algo que queria discutir, então, em uma tentativa de mudar de assunto, disse:

— Ouviu algo novo sobre os Suecos Verdadeiros, então?

Felizmente, Irma acordou, sorriu e disse:

— Acho que ouviu falar da manifestação?

— Não, como assim?

Irma sorriu trêmula, sacudiu a cigarrilha e disse:

— Ele, o Schwarzkopf. Apresentou um cão vivo em Roslagstull. Caos total. Aqui. Dá uma olhada.

Irma pegou o celular e olhou para a tela enquanto procurava um clipe no YouTube, iniciou e passou para Julia. O telefone tremeu nas mãos de Julia enquanto uma cacofonia de rugidos, grunhidos, gritos e berros saía do alto-falante.

No início via-se apenas costas, nucas e ombros na tela enquanto as imagens oscilavam e balançavam e o fotógrafo virava para cá e para lá. Depois ele ou ela deve ter levantado o telefone sobre a cabeça e obteve uma imagem melhor dos acontecimentos. Cabeças balançando, punhos erguidos e celulares, cartazes e... Julia aproximou a tela dos olhos para ver se enxergara direito. Sim.

Uma quantidade de chapéus cônicos brancos espalhados na multidão e balançando para cá e para lá. Um canto constante se distinguia no ruído geral, mas Julia não conseguia entender uma palavra significativa exceto se "jolifanto" pudesse ser considerado como tal.

Alguns policiais com escudos criaram um tipo de cordão de isolamento através da massa de gente e através desse Claes-Göran Schwarzkopf se movia curvado para a periferia da rotatória. Puxava um cão em uma coleira com um turbante, que se negava a levantar e foi arrastado pela grama. Ovos, pedras e torrões de terra voavam pelos ares. Um homem conseguiu passar um braço pelo cordão de isolamento, tirou o turbante do cão e levantou triunfante nos ares enquanto tentava botar fogo com um isqueiro sem conseguir. Depois a tela ficou preta.

— Meu Deus — disse Julia e devolveu o celular. — Qual é a ideia disso?

— É bastante claro — respondeu Irma. — Demonstrar que os muçulmanos podem ficar malucos com a visão de um cão, se for apresentado de uma determinada forma. Que os suecos podem ficar malucos com a visão de muçulmanos malucos. Polarização geral. Nós contra eles. Tá só aumentando. Tô feliz por deixar de viver e participar disso.

Julia congelou.

— Irma, pode parar de aproveitar qualquer assunto que seja pra falar de sua partida iminente? Realmente tô muito cansada disso.

Anormalmente agora foi Irma que reconheceu seu erro. Levantou as mãos.

— Anotado. Vou tentar me controlar. Mas *você* precisa falar como pretende fazer com essa tempestade de sangue.

— Irma, eu não sei. O fato é...

Julia fechou os olhos por um momento e mais uma vez o mar ao redor de Tärnö encheu sua mente e ela terminou:

— Não quero a tempestade de sangue e nem a calmaria. Só quero ter... um vento fraco a moderado.

12 DE JULHO, DIA

Jonny Munther estava de péssimo humor quando voltou para a delegacia de polícia depois de visitar o promotor. Não conseguiu obter um pedido de investigação formal sobre Kim Ribbing e muito menos uma busca na sua casa. A afirmação de Jonny sobre o que vira no vídeo da câmera do carro simplesmente não funcionou agora que o vídeo parecia não existir mais.

— Tô ouvindo — disse Liselott Ahrnander, — e acredito no que diz. Mas precisa entender que isso não se sustenta. Se eventualmente resultasse em um processo apresentaria uma evidência do *que existiu um dia?*

— Não se trata de evidências — disse Jonny. — Trata-se do que eu *sei*. Pesquisei aquele Ribbing e ele tem todos os motivos do mundo pra ir atrás da vítima. Testemunhou em um julgamento onde...

— Jonny — interrompeu Liselott. — Ter *motivos* pra cometer um crime não é a mesma coisa que ter cometido.

— Sei disso. Mas agora se trata de agir pra salvar uma pessoa que foi sequestrada antes que aconteça algo pior.

— Sim. Uma pena que não temos indícios *reais*. O que acha que aconteceu com esse vídeo?

— Não faço ideia. Mas aquele Ribbing mexe com computadores. Ele modificou isso de alguma forma.

Liselott suspirou.

— Se escuta um pouco, percebe como tudo isso parece vago e especulativo? Volta quando tiver algo concreto e com certeza poderei agir. Se não há mais nada...

O humor de Jonny não melhorou quando chegou ao escritório e encontrou Christof Adler sentado recostado na cadeira com o uniforme desabotoado e o cabelo colado na cabeça enquanto Carmen Sánchez o abanava com um jornal. Qual é o problema dos jovens atualmente? Logo que ficavam um pouco irritados precisavam chamar médicos e psicólogos para que levantassem novamente. No tempo de Jonny no campo tudo era diferente. Naquele tempo apertavam os dentes e continuavam, pelo menos lembrava assim.

— Então — disse Jonny e olhou desapontado para Christof. — O que houve com a rainha de Sabá? Devo buscar vinho e uvas também?

— Agora precisamos ser atenciosos com o Christof — disse Carmen. — Aparentemente foi um caos total por lá.

— Realmente, até desmaiei — disse Christof com voz fraca.

— Bem, mas então — disse Jonny. — Então tudo tá em ordem. Talvez esteja *traumatizado* também?

A letargia nos olhos de Christof aumentou e ele disse com raiva:

— Pode reclamar quanto quiser. Não estava lá. Foi um inferno.

Jonny percebeu que em parte era seu mau humor falando, então decidiu deixar de lado o sarcasmo e disse em tom mais amigável:

— Bem, seja como for. Mas talvez se alegre em saber que poderá ser útil no caso do Rudbeck novamente.

— Temos um *caso?* — perguntou Carmen. — Como foi com a Liselott?

— Não muito bem — Jonny contentou-se em dizer. — Mas agora eu decido aqui e quero investigar aquele Ribbing. Christof, devemos observá-lo. Vigiar sua casa, ver o que anda fazendo.

— Melhor isso — disse Christof e animou-se um pouco. — Melhor qualquer coisa.

— Desculpa — disse Carmen Sánchez, — mas se o Kim realmente tá envolvido, não há alguma possibilidade da Julia Malmros saber alguma coisa? Parece que eles têm... — Carmen pareceu observar a careta de Jonny e terminou com um fraco — ...alguma coisa em comum.

— Sim — disse Jonny. — Mas não quero pedir um interrogatório formal enquanto ainda não temos um *caso*.

— Mas talvez informal. Apenas, sabe... conversar um pouco?

— Pensarei no assunto — disse Jonny.

O fato é que foi uma das primeiras coisas que Jonny pensou quando viu o vídeo da ambulância. Que sua ex-mulher poderia saber alguma coisa ou até estar envolvida. O beijo ardente que Jonny testemunhou em um helicóptero acima do Mar do Norte indicava que o relacionamento era muito mais do que *alguma coisa em comum*.

Mesmo assim não queria falar com Julia. Uma curiosidade inicial sobre a relação de Julia com o homem mais jovem deu lugar a um sentimento de *não quero saber*. Não pensar nem se meter nisso. Deixar estar. Ao mesmo tempo percebia que era uma posição não profissional. Julia poderia saber alguma coisa. Jonny precisava se recompor.

— Enquanto pensa no assunto — disse Carmen, — eventualmente tenho uma boa notícia pra apresentar.

— O que quer dizer?

— Conversei com o Wilmer Syd, lembra dele? Aquele que começou todo o carrossel. E ele contou que o passaporte e telefone do Martin estão a caminho de casa. O homem, dono da bolsa onde estavam, chega a Arlanda mais tarde esta noite. Tô pensando em impressões digitais e coisa e tal.

— Dificilmente — disse Jonny. — O cara que tem as coisas provavelmente as contaminou com as próprias digitais.

— Talvez sim, talvez não — disse Carmen. — Wilmer Syd pediu expressamente para o outro não tocar nas coisas mais do que o necessário, então existe uma chance.

Christof Adler parecia ter se recuperado do pior do ataque quando se endireitou na cadeira.

— Mas não temos as digitais do Ribbing pra comparar.

Carmen Sánchez sorriu ironicamente.

— Na verdade, temos. Ele está no sistema devido a uma condenação por agressão e perturbação da ordem pública.

— O quê? — perguntou Jonny. — Aquele magricelo?

Sánchez olhou para Jonny lamentosamente.

— Bem, considerando o que fez em Shanghai e depois na Noruega, não acho que "aquele magricelo" seja uma boa descrição, independente da sua opinião.

Jonny Munther apertou os lábios e franziu a boca ao expor acidentalmente sua posição contra um suspeito. Havia mais de uma coisa que deveria aprimorar.

— Participava de algum tipo de clube de luta — continuou Carmen. — E certa vez alguns membros foram detidos. Então, sim, temos as digitais.

— Isso é muito bom — disse Jonny e tomou cuidado para manter um tom mais sério. — Mas não é um caso de alta prioridade, Deus do céu, nem sequer é um caso formal. Serão semanas ou meses até termos uma análise.

— Hum-hum — disse Carmen e olhou divertida para Jonny.

— Seria realmente fantástico se alguém tivesse um cientista forense como um amigo pessoal, não seria?

12 DE JULHO, DIA

— Merda de manifestação — disse Astrid Helander e jogou seu chapéu em um cesto de lixo na frente do mercado Circle-K na rua Birger Jarl. Olhou convidativamente para o chapéu cheio de estrelas que Algot Mörner tinha nas mãos e colocou embaixo do braço como para protegê-lo. Astrid balançou a cabeça. — O quê, pretende usar no futuro?

— Não, mas você sabe, a mamãe é um pouco... — os olhos de Algot brilharam enquanto tentava encontrar uma explicação melhor porque sua mãe poderia ficar aborrecida: — Meu irmãozinho pode precisar.

— Você tem irmãos?

— Hum. Uma irmã mais velha e um irmãozinho.

— Hum, entendi. Sempre pensei que fosse filho único.

— Por quê?

— Só pensei.

Continuaram para a rua Odin. Astrid não queria dizer que pensou em Algot como filho único porque achava que era meio tímido para não dizer bobo. Bem, Astrid era filha única e enquanto seus pais viviam se considerava mais como mimada do que tímida. E definitivamente não era boba.

— O que vai fazer agora? — perguntou Algot.

— Butterick's.

— Butt... a loja de mágica com máscaras e coisas?

— Hum-hum. Mas não sei. Ainda não decidi.

— Sobre o quê?

Astrid realmente não podia contar o motivo pelo qual desejava visitar a Butterick's, então se contentou em dizer:

— Deveria ajudar uma pessoa. Não sei mais se quero.

— Que pessoa?

— Você o conheceu. Aquele que queria ver seu videozinho.

A lembrança de como Algot gravou escondido uma conversa de vídeo com Astrid o fez enrubescer até a raiz dos cabelos e não disse mais nada enquanto continuaram descendo pela rua Odin até a via Svea. Somente na altura da Handelshögskolan (escola superior de comércio), Algot criou coragem e perguntou:

— Vocês tão juntos? Você e ele, o que ele é? Um roqueiro?

— Não e não. Não estamos juntos e ele não é um roqueiro.

— O que ele é então?

A pergunta fez Astrid enrugar a testa. Quem *era* Kim Ribbing, na verdade? Hacker, rico, doente mental, sequestrador, gênio, carnívoro de merda? Difícil encontrar um guarda-chuva sob o qual caberiam todos os epítetos. Astrid não sabia o que dizer, então contentou-se em perguntar:

— E você? O que diria que *você* é?

Algot sorriu, como se gostasse do fato de Astrid se interessar por sua auto imagem.

— Sei lá. Ontem fui o último participante presente no PUBG.

Astrid não fazia ideia do que ele falava, mas supôs que o mais adequado seria dizer "legal", então foi o que disse.

— Obrigado — disse Algot. — Acertei um cara um minuto depois de aterrissar. Tive uma sorte dos diabos e encontrei um DMR que tava escondido em um.

Algot continuou enquanto seguiam ao longo da via Svea e Astrid parou de ouvir, totalmente ocupada com a dúvida se deveria ajudar Kim ou não. Sabia que era infantil ficar tão afetada pelos ruídos da relação na noite anterior, mas então era infantil, assim. Decidiu deixar o acaso ou o destino decidir.

Quando chegaram à praça Hö, Algot finalmente concluiu a explicação sobre tipos de armas e detalhes geográficos e Astrid sentou-se em um degrau da escada da Sala de Concertos, ao lado da estátua de Orfeu. Algot sentou um metro de distância dela, olhou ao redor e perguntou:

— O que faremos?

— Não sei exatamente o que você vai fazer — respondeu Astrid. — Mas pretendo arranjar algum dinheiro. Pro Butterick's.

— Ok. Como assim?

Sim, esta era a pergunta. Astrid olhou para os vendedores de frutas e flores, o cinema Sergel, pessoas sentadas na escada tomando sorvete, o ponto de táxi e a feira da praça Hö, tentou construir uma história apropriada. Olhou para o chapéu sob o braço de Algot. Poderia usar o que estivesse disponível, mas logo agora *aquilo* não seria útil.

Decidiu esperar para ver se o golpe funcionaria ou não, para decidir como fazer. Se desse certo, ajudaria Kim, de outra forma, não. Astrid pensou mais alguns minutos antes de virar para Algot e dizer:

— Você pode me ajudar.

— Eu? Como assim?

— Escuta com atenção...

Algot parecia bastante abalado depois de receber as instruções, mas disse que faria o melhor. Astrid o deixou na escada e caminhou pela praça. Quando passou por um vendedor de flores não errou um passo enquanto esticou a mão e pegou uma rosa branca. Continuou rumo ao ponto de táxi.

Quando chegou à fila de táxis, Helander respirou fundo, usou a autossugestão e começou a procurar nos bolsos enquanto apertava os olhos e deixava as lágrimas escorrerem. Uma mulher bem vestida na casa dos sessenta anos se aproximou. Perfeito. Astrid ficou no seu caminho, apertou a rosa branca contra o coração e disse:

— Desculpa, desculpa, ia pro enterro da vovó, mas perdi meu celular!

A mulher olhou cética para Astrid, que felizmente usava a blusa preta com babados.

— Ah sim?

Astrid soluçou e esfregou os olhos.

— A mamãe me deu quinhentos para o táxi e tava na capa do celular e... aaah, eu amava *tanto* a vovó.

— Sinto muito — disse a mulher. — Mas o que tenho a ver com isso?

A expressão corporal da mulher indicava que pretendia se mover, mas logo então Algot veio correndo com o telefone de Astrid na mão. Estendeu para ela e disse:

— Oi. Aqui. Acho que isto é seu. Você perdeu.

— Ooh! — exclamou Astrid. — Oh, obrigada!

Astrid pegou o telefone e virou para dar um beijo no rosto de Algot, mas achou que poderia ser exagerado. Além disso, não tinha vontade nenhuma.

— Aham, que bom que resolveu — disse a mulher bem vestida depois de olhar com surpresa para o chapéu de estrelas que Algot ainda carregava sob o braço. — Agora vou...

Astrid abriu a capa do telefone e procurou rapidamente antes de dizer:

— Mas o quê?! O dinheiro sumiu! — virou-se para Algot e em um tom de desespero, gritou: — Foi *você* quem pegou?

Apesar de ser apenas um jogo, Algot ficou com tanto medo da voz de Astrid e sua expressão ameaçadora que deu um passo para trás.

— Não, como assim? Se eu tivesse feito isso, eu não devolveria o telefone agora. Foi um cara que pegou e depois deixou cair de novo.

— Nããão! Pegou meu dinheiro! Que eu precisava para ir ao enterro da vovó! Agora não vou chegar a tempo!

A mulher bem vestida balançava de um pé para o outro. Como Astrid previra o comportamento de Algot deu um ar de veracidade para a história do furto. Ou a mulher estava simplesmente, como a maioria das pessoas, involuntariamente interessada em ser atraída para um pequeno drama e queria ver o que aconteceria.

— Mas então — disse Algot e pegou o próprio celular. — Então, posso transferir. Só tenho cem paus, mas... pode ficar.

— Sério — disse Astrid. — Super legal, mas...

Astrid foi para a fila de táxis e tomou o cuidado de escolher um autônomo, que quase sempre era mais caro que os motoristas de empresa. Bateu à janela e, quando abriu, perguntou com a voz trêmula:

— Oi, desculpa. Quanto até o cemitério Skog? Tô com *muita pressa*.

Não podia ver o rosto do motorista, mas uma mão com dedos estendidos apareceu na janela e uma voz com algum sotaque estrangeiro disse:

— Quinhentos. A toda velocidade.

Astrid tampou o rosto com as mãos e soltou um gemido de desespero. Através de uma fresta entre os dedos viu como a mão da mulher hesitava descendo para o bolso do casaco, mas finalmente o altruísmo venceu e a mão completou o movimento. Tocou no ombro de Astrid e disse:

— Acho que não posso ser pior do que esse jovem. Quinhentos então? Qual é seu número?

A mulher recebeu o número de Astrid e um monte de agradecimentos. Durante todo o acontecimento Algot ficou parado só olhando para Astrid com a boca aberta. Não sabia se estava impressionado ou assustado e não fazia nenhuma diferença. O importante é que fizera sua parte. Depois de uma última lágrima de agradecimento, Astrid se sentou no banco traseiro do táxi e fechou a porta.

O táxi partiu. Astrid virou e olhou pela janela traseira, viu a mulher dizer algo para Algot e pôr a mão no seu ombro antes de continuar descendo pela rua Kung. Quando o táxi freou no semáforo vermelho para a via Svea, Astrid resmungou e exclamou:

— Não posso! A vovó era uma *bruxa*! Eu me *recuso* a ir ao seu enterro!

Antes que o motorista tivesse tempo de fazer alguma exigência, Astrid pulou fora do táxi e correu de volta para a estátua do Orfeu. Escondeu-se atrás do pedestal para ver se o motorista tinha intenção de persegui-la. Evidentemente ele achou que não valia o esforço por cinquenta metros. Quando a luz do semáforo mudou, virou para a direita e sumiu atrás da Sala de Concertos.

Algot ainda não fechara a boca quando Astrid voltou para ele. Ela colocou o dedo indicador sob seu queixo e o ajudou a fechar a boca. Os dentes de Algot estalaram antes de abrir a boca e dizer:

— Você é simplesmente gigante.

Astrid não sabia se era uma expressão de assombro ou uma reclamação contra sua manipulação insensível, mas não fazia diferença para ela. Limpou o rosto molhado e ficou com maquiagem nos dedos antes de dizer:

— Quatrocentos paus. Muita gritaria por pouca lã.

— O quê?

— Disse aquele que tosquiou o porco. Você nunca...? Merda. Funcionou.

— Sim — disse Algot e levantou seu telefone. — Meus cem paus então?

— O quê? Transferiu *de verdade?*

— Sim?

— Ainda precisa aprender muita coisa. Agora vamos pro Butterick's.

12 DE JULHO, TARDE

Julia Malmros sentiu a tremedeira que acontecia quando bebia cafeína em excesso, como se outra pessoa estivesse tremendo dentro de sua pele sem ficar visível externamente. O pequeno apartamento de Irma Ryding parecia um refúgio, uma proteção contra as dificuldades do mundo externo e Julia ficou sentada à mesa da cozinha de Irma conversando, bebendo xícara após xícara de café sem perceber. Quando se levantou da cadeira suas pernas estavam bambas e foi obrigada a se apoiar na mesa.

— Bobagem — disse Irma. — Vai começar com dores da idade agora?

— Não, é só... porre de café.

— Se tá dizendo... Melhor com a coisa verdadeira.

Previsivelmente Irma pegou a garrafa de vinho depois de uma hora de conversa, mas quando Julia recusou, Irma também não se serviu e contentou-se em continuar com o café, mas em um ritmo mais lento que o de Julia.

— Não — disse Julia. — Acho que devo...

Julia não sabia o que deveria e não teve tempo de inventar nada, porque a campainha tocou. Olhou para Irma e perguntou:

— Esperando visita?

— Realmente não.

— Talvez seja... a torneira.

Irma engasgou.

— Deve ser aquele pessoal vendendo revistas de Natal, sabe. Pode abrir?

Desde o incidente na porta de Julia e a informação sobre a existência de um *stalker*, Julia aumentara a preocupação com segurança. Não passava muito perto dos becos escuros, ficava atenta para passos nas costas e não tinha a intenção de abrir uma porta só porque a campainha tocara. Olhou pelo olho mágico, soluçou de surpresa e regurgitou café azedo. Depois abriu a porta.

— Kim? — disse incrédula. — O que tá fazendo aqui? Como sabia que eu tava aqui?

Kim deu de ombros.

— Adivinhei. E Irma Ryding não foi difícil de encontrar.

— Quem é? — gritou Irma da cozinha. — Se tiver vendendo parmesão, eu vou querer.

Julia contara para Kim sobre o "fumo" de Irma e até sobre quando fumaram juntas uma única vez, sem entrar nos detalhes mais constrangedores. De modo que dificilmente seria inconsciente o fato de Kim usar a camiseta com a folha de maconha de Amsterdam sob um casaco fino de mangas longas. O cabelo preto de Kim fora lavado recentemente e caía sobre os ombros como uma moldura para a planta verde-claro.

— Não! — gritou Julia de volta. — Não é parmesão!

— Açafrão, então? Se for, eu *não* quero!

Julia fez um gesto para Kim entrar. Os tremores da pessoa interna cheia de cafeína dominaram. Julia não conseguia decidir se estava feliz por Kim ter feito um esforço para encontrá-la ou se estava aterrorizada com a fusão de dois mundos. Preferivelmente gostaria de conversar um pouco com Kim em particular para chegar a um entendimento rudimentar sobre como estavam um em relação ao outro, mas não poderiam ficar parados no hall de entrada sussurrando como dois ladrões. Seria tudo ou nada.

— Irma — disse Julia quando chegaram à cozinha. — Este é o Kim. Kim, Irma.

Julia achou que Kim se adiantaria e estenderia a mão, mas algo no olhar selvagem de Irma o fez parar e ficar ao lado de Julia e durante alguns segundos o tempo parou. Depois Irma bateu as palmas das mãos na mesa, jogou a cabeça para trás e riu. Apontou para a camiseta de Kim e disse:

— Imagino que isto indica que foi informado?

— Sim — disse Kim. — Acompanho os hábitos de onde vou.

Irma chamou Kim para perto.

— Vem aqui pra eu te olhar.

Kim fez conforme pedido e foi até a mesa, onde Irma descaradamente olhou para ele de cima até embaixo e depois disse:

— Aham. Então você é assim.

— Sim — disse Kim. — E você é assim.

— Sim — disse Irma. — Somos assim.

— Não podemos fazer nada.

— Nadica de nada.

Kim olhou ao redor, fez um gesto com o polegar para o hall de entrada e disse:

— Julia disse que você tem *muitos* livros, mas não sei se concordo. Muitos, sim, mas...

— Tenho reduzido um pouco.

— Ah — disse Kim. — Entendo. Tenho feito isso a vida toda.

Julia estava encostada na pia enquanto olhava alternadamente para Kim e Irma, como se acompanhasse uma partida de tênis. Não pareciam precisar de um árbitro ou marcador de bola enquanto sacavam e devolviam como se nunca tivessem feito outra coisa. Relaxou e se permitiu aproveitar um pouco o fato de Kim realmente a ter procurado. Era alguma *coisa*.

— O resto dos livros tá na sala — disse Irma para Kim.

— Caixas e mais caixas. Pegue o que quiser. Leve tudo se preferir.

— Não — disse Kim. — Como disse. Tento evitar... objetos. Mas posso levar os dois últimos da Julia, se tiver. Já li os primeiros.

Irma balançou o dedo indicador.

— Não, eu disse não. *Essas* joias eu não dou. Mas o resto, sim.

A conversa realmente tomou um rumo que deixou Julia totalmente surpresa. Não sabia que Kim queria ler seus livros ou que eram tão valiosos para Irma. Os tremores se transformaram em um arrepio de prazer quando disse com a voz ligeiramente alterada:

— Pode pegar comigo. Tenho bastante.

Kim assentiu sem desviar o olhar de Irma e um pouco do prazer desapareceu. Alô? Ela *escreveu* os livros dos quais falavam. Kim e Irma começaram a falar sobre outra coisa e Julia perdeu o interesse. A partida de tênis fluía muito bem sem suas observações e como sempre se sentia um pouco fora e frequentemente se repreendendo por sua autopiedade.

Por um momento ficaram em silêncio. Enquanto Irma apoiava o queixo nas mãos, olhou interessada para Kim e perguntou:

— Então, Kim. Se *você* tivesse um corpo e precisasse se livrar dele, como faria?

Finalmente Kim virou a cabeça e olhou para Julia; seu olhar tinha uma aglomeração de perguntas indignadas. Julia soltou a pia para levantar as mãos enquanto dava uma risada.

— Ah, ha, ha. Irma e eu discutimos uma intriga para uma história policial que talvez escreveremos juntas.

— Sobre alguém que precisa se livrar de um corpo? — perguntou Kim sombriamente.

— Não lembro de dizermos que essa seria a intriga — objetou Irma. — Mas tudo bem.

A ruga triangular na testa de Irma que aparecia quando olhava para Kim, deixava perceber que notara algo na estranha atmosfera que surgira e Julia apressou-se a dizer:

— Mas temos dificuldade em encontrar um pseudônimo. Tem alguma sugestão?

— Pseudônimo? — perguntou Kim como se não entendesse a palavra, e seus pensamentos claramente estavam em outra direção enquanto olhava para Julia.

Ela não observava seu olhar ardente e tentava manter o tom despreocupado quando disse:

— Sim, você sabe. Um nome comum que represente as duas.

Irma claramente estava disposta a melhorar o clima porque riu e disse:

— Eu sugeri...

— Jack Wall — interrompeu Kim.

— Hein? — perguntou Irma. — Jack Wall? Por quê?

Kim deu de ombros.

— Soa como um escritor de romances policiais. Foi bom conhecê-la, Irma, mas agora preciso ir.

Kim saiu da cozinha e Julia lançou um olhar de desculpas para Irma antes de correr atrás dele. Podia ouvir Irma murmurando nas suas costas:

— Jack Wall. Jack Wall.

Estava com pressa para alcançar Kim correndo escada abaixo com o cabelo flutuando nas costas e somente quando chegou à rua conseguiu alcançá-lo e colocar a mão no seu braço e dizer:

— Desculpa. Mas eu. Comecei isso. Como um. Problema puramente teórico. Não disse. Nada.

— E depois veio com aquilo de Tärnö?

— Foi assim. Aquilo. O motivo, sim.

Julia sentia a cabeça rodando com uma mistura de cafeína, adrenalina e simples falta de oxigênio. Apoiou a mão em um cano e respirou fundo algumas vezes antes de perguntar:

— Então. O que pretende fazer? Com *aquilo?*

Depois de alguns segundos sem uma resposta, Julia levantou a cabeça para olhar para Kim que a observava com os braços cruzados. Balançou brevemente a cabeça e disse:

— Acho melhor não contar pra você.

Depois foi embora.

Julia ficou parada, encostada no cano com a cabeça baixa e olhando para um cocô de cachorro seco entre dois paralelepípedos. Kim a procurou e agora seguiu seu caminho. Portas que abriam e portas que fechavam novamente. Será que nunca terminaria?

12 DE JULHO, TARDE

— O que acha?

Moa abriu e fechou uma das três gavetas de uma cômoda de aglomerado laqueado branco que, conforme a etiqueta, se chamava "Malm" (minério). Exigia um pouco de esforço para fechar a gaveta e o som era oco. Jonny Munther bateu na quina com o nó do dedo indicador e concluiu que o material era muito fino.

— Não — disse Jonny. — Acho que parece um pouco frágil.

Na casa dos pais de Jonny todos os móveis eram de madeira pesada, escura, em muitos casos herdados através das gerações. Nem tinha força para abrir as gavetas da cômoda grande antes dos doze anos. Poderia dizer que a Malm era diretamente o oposto. Clara, leve e frágil.

— Olha o preço — disse Moa.

Jonny olhou. Quatrocentas e noventa e nove coroas. Que tipo de cômoda conseguiria por esse preço? A resposta era óbvia já que estava na sua frente. Seria uma Malm. Jonny imaginava que o nome deveria significar solidez e estabilidade, ou seja, exatamente as qualidades que a cômoda não tinha. Jonny não era fã da Ikea.

Quando ligou para Moa e disse que precisaria de ajuda, ela respondeu que era uma coincidência divertida, já que também precisava. Portanto, Jonny foi para a curva Kung com o pretexto de "reunir-se com um consultor externo" e não era uma mentira, mesmo que a opinião a respeito de móveis não se aplicasse normalmente.

Quando Jonny agiu como conselheiro de gosto, seus conselhos sempre fracassaram. Moa escolheu quase sempre a variante mais barata de um móvel e o sistema de estantes "Ivar" por quatrocentos de oitenta e nove coroas desagradava Jonny diretamente. Parecia estar à beira do colapso antes mesmo de colocar qualquer objeto sobre as frágeis prateleiras.

A única coisa que fazia Jonny se conter era o que *significava* aquela pesquisa em geral. Moa decidira ficar em Estocolmo e portanto precisava de móveis para o apartamento destituído na rua Kock. Havia mais do que insinuado que sua mudança de endereço estava associada com o investigador criminal Jonny Munther. Então deveria reclamar? Não, não deveria, mas mesmo assim não podia deixar de dizer:

— Não poderia considerar uma variante *um pouco* mais sólida?

Moa passou os dedos na superfície brilhante da Malm.

— Já expliquei. Esta deverá servir. Pode anotar?

Jonny assentiu e anotou o preço e o local da peça na nota. O pequeno lápis fornecido pela Ikea não combinava com seus dedos grossos e a nota de compra parecia escrita por um garoto de sete anos com problemas motores.

Sim, Moa explicou. Com a mudança para Estocolmo tinha a intenção de começar uma nova fase em sua vida, uma fase de redução. O pensamento a perseguia há algum tempo, mas enquanto ficava no velho local em Linköping não acontecia nada. Jonny estava incerto sobre o significado de "redução" e pediu para ela explicar.

Moa queria simplesmente se limitar ao mais necessário, em todos os sentidos. Nenhuma compra cara ou desnecessária seja de comida, roupas ou outras coisas. Nenhuma visita a restaurantes e nenhum cinema. Poderia ir ao teatro, mas não muito frequentemente. Desta forma poderia viver com metade do seu salário e a outra metade doaria para SOS Aldeias Infantis.

— Certamente é louvável — dissera Jonny, — mas posso ser tão deselegante e perguntar... por quê?

— Só tô cansada. Todo o carrossel. Quero ser uma pessoa simples no mundo. Contribuir. E acho que isso me fará sentir melhor. Então basicamente é egoísta.

— Não parece egoísta nos meus ouvidos.

— Então talvez seus ouvidos estejam sintonizados no canal errado. Tanto faz. O que aconteceu com esse passaporte?

Jonny explicou a história do passaporte e telefone que voaram sozinhos para a Tailândia. Como havia uma chance de quem fez isso ter deixado impressões nos objetos que agora estavam voltando. Como havia urgência.

— Ok — disse Moa. — Posso resolver. Idealmente deveria levar as coisas pra Linköping, mas o NFC em Estocolmo deve servir, só preciso entrar.

— Isso *eu* posso resolver — disse Jonny. — E pode ser bom você ver como é. Se for trabalhar lá, penso eu.

— Penso mais em algo externo, vamos ver. Mas se houver alguma coisa pra encontrar nesse passaporte, eu consigo. Agora vamos pra sala.

Uma mesa simples, um tapete de material sintético e a detestável Ivar. Finalmente um frágil pedestal de bambu para colocar uma planta. Jonny pensou no próprio apartamento emprestado e o único móvel maior que ele mesmo comprou e perguntou:

— Cadeiras, então? Poltronas, sofá?

Moa sorriu.

— É o único excesso que realmente pretendo me permitir. Pretendo comprar dois *fatboys*. Original, então.

— Fatboy?

— Sim, você sabe. *Cadeira bean bag* como se chamava quando éramos jovens. Aqueles sacos com bolinhas de plástico.

Foi então que Jonny percebeu que Moa não queria apenas reduzir e começar uma nova fase, mas simplesmente queria *começar de novo*, como se fosse uma adolescente mudando para o primeiro apartamento. A visita na Ikea e bean bags, minha querida. O que viria depois? Macarrão instantâneo e pudim pronto?

Quando a corrida de compras terminou e estavam a caminho do autosserviço com a lista desajeitada de Jonny, Moa parou na seção de molduras e gravuras e perguntou:

— Mas tem alguém que você *acha* que pode ter pegado o passaporte?

— Não — respondeu Jonny. — Eu *sei*.

— Baseado naquele vídeo? Conta de novo, parecia muito estranho.

Jonny contou mais detalhadamente sobre o cartão de memória que recebeu com o vídeo da *dashcam* do carro, como vira Kim Ribbing clara e nitidamente e como apenas alguns minutos depois foi mudado para uma pessoa estranha.

— Mas o vídeo no cartão é uma cópia — disse Moa. — Já verificou o original? No servidor?

— Sim, e é a mesma coisa. Ele sumiu. E a pessoa que aparece no vídeo não tá no nosso sistema.

— E tem certeza *absoluta* de que era esse Ribbing?

— Tanta certeza quanto tenho de estar aqui agora.

Moa caminhou novamente pelos corredores labirínticos enquanto balançava a cabeça dizendo:

— Nesse caso é algo realmente incrível. Nunca ouvi falar de alguém preparando um bom *deepfake* tão rápido. Deveria levar horas.

— Sim — disse Jonny e cerrou os dentes inconscientemente. — Ele é um demônio refinado.

— Oh, sim — disse Moa e olhou aborrecida para ele. — Já lidou com ele antes?

Jonny pigarreou.

— Podemos dizer que sim. Mas é outra história.

— Ok — disse Moa. — Mas "refinado" não parece correto. Acho que tá mais pra sobrenatural.

— Isso — disse Jonny — é uma possibilidade que *não* pretendo considerar.

Chegaram ao salão parecido com um hangar onde ficava o caixa de autoatendimento e Jonny precisou ajudar Moa a decifrar seus garranchos enquanto caminhavam pelos corredores. O carrinho que Jonny empurrava ficou cheio de pacotes chatos.

Quando finalmente encontraram a Malm e se agacharam lado a lado para verificar se estava correto, Jonny apontou para a foto da cômoda na caixa e disse:

— Puxadores. Precisa ter puxadores.

— Puxadores? — perguntou Moa e olhou divertida para ele, como se fosse engraçado ver o homem grande dizer uma palavra assim.

— Sim, você sabe. Puxadores. Pra abrir a gaveta com a mão. Não tão incluídos, eu percebi.

— Puxadores?

— Sim. Puxadores.

— Vem aqui.

Moa colocou a mão na nuca de Jonny, puxou na sua direção e o beijou. Jonny quase caiu quando ela o puxou e precisou se apoiar na Malm para não cair para frente quando seus lábios encontraram os de Moa. Sua respiração estava quente na boca dele enquanto sua língua procurava e encontrava a língua dela.

Chegaram a esse ponto. Pessoas adultas, sentadas se agarrando no autosserviço da Ikea em uma tarde normal, era um novo começo até para Jonny Munther. Durante alguns segundos sentiu uma leve ansiedade no peito ao temer que alguém poderia vê-los. Depois deixou a cautela de lado e se entregou. Era tão bom beijar. Ser beijado. Novamente.

Quando seus rostos finalmente se separaram, Jonny engasgou porque esqueceu de respirar durante o beijo. Fitou os olhos brilhantes de Moa e sentiu-se como um adolescente perdido sem saber o que dizer. Algo sobre a Ikea. Que até que não era tão ruim quando se considerava tudo. Mas seus lábios recém-beijados estavam mudos, então se contentou com um "mmm-hmm", depois puxou a Malm e colocou no carrinho enquanto se levantava com um rangido nos joelhos.

— Aham — Jonny conseguiu resmungar com a voz rouca. — Então já resolvemos tudo?

— Nããão — respondeu Moa e levantou-se com muito mais facilidade do que ele.

Jonny ficou um pouco surpreso com seu tom de voz, afinal de contas não tinha intenção de continuar para a seção de dormitórios? Porém contentou-se em perguntar:

— Nããão?

— Não — respondeu Moa. — Agora vamos pra casa montar tudo.

12 DE JULHO, TARDE

A sacola plástica farfalhava pendurada no punho de Astrid Helander quando Algot e ela saíram da Butterick's para o fluxo de pessoas na rua Drottning. Dobrou a nota rapidamente formando um pequeno avião de papel que lançou para uma lixeira. O avião inclinou-se e surpreendentemente mergulhou pelo buraco.

— Uau — disse Algot. — Toca aqui!

Astrid não fez uma expressão de quem conseguiu algo especial, apenas levantou a mão livre e deixou Algot tocar. Algot olhava ao redor animado como se estivesse em uma aventura e confiava em Astrid como sua guia. A manifestação, o golpe e agora arte com um avião de papel. O que aconteceria depois?

— E agora? — perguntou ele. — O que faremos?

Astrid estava um pouco cansada com a presença de Algot. Era gentil e fez bem sua parte no golpe, mas havia algo cansativo e canino na forma como seguia Astrid, obedecendo e admirando-a. Algot poderia terminar por hoje, pensou Astrid e disse:

— Agora não fazemos mais nada. Terminou a diversão.

A expressão corporal de Algot indicava que tinha uma nuvem de chuva privada sobre ele, e esta acabara de derramar seu conteúdo sobre sua cabeça. Atrapalhou-se com os dedos, balançou para frente e para trás e olhou timidamente para Astrid. Algo dizia que estava criando coragem para dizer algo que ela não queria ouvir. Algot era bastante infantil, de modo que nem ao menos *tenho alguma chance com você?* Poderia ser excluído.

Para evitar constrangimentos, Astrid apontou para a estação central do metrô.

— Agora você vai pra lá — e depois fez um gesto com o polegar sobre o ombro para a rua Kung. — E eu vou pra lá. Obrigada e até logo, seu pastel.

Antes que Algot pudesse protestar, Astrid virou e atravessou no meio das pessoas até achar que estava fora de vista. Depois se apoiou em um dos novos e pesados leões de pedra instalados como barreira desde que um caminhão atropelou várias pessoas há dois anos. Astrid não podia passar pela rua Drottning sem pensar nisso.

Queria ficar em paz, em silêncio. Primeiro a cacofonia da manifestação inútil e depois Algot tagarelando nos seus ouvidos. Apertou a sacola na mão e pensou como se sairia ao ajudar Kim no dia seguinte. Apesar de suas objeções contra a manifestação um flashmob de fato poderia ser uma alternativa. Deveria pensar nisso. Mas primeiro...

Astrid pegou seu telefone e selecionou o número de Julia Malmros. Depois de vários toques Astrid já estava quase desistindo quando ouviu a voz abafada de Julia no outro lado da linha.

— Sim, oi. Astrid?

— Oi. Queria apenas saber se vai dormir lá hoje. Porque no caso...

Astrid não queria participar de uma repetição das atividades da noite anterior, então realmente preferia dormir na casa do tio, cuja paciência com sua ausência parecia estar se esgotando.

Julia suspirou.

— Não. Não precisa se preocupar. Nunca mais farei isso.

— O que quer dizer? Como assim?

— Acho que o Kim e eu terminamos. De modo que... não tem perigo. Mas foi bom conhecer você um pouco melhor. Adeus, Astrid. Tenha uma boa vida.

— Espera um pouco — pediu Astrid. — Espera... O quê? Por que estaria acabado?

— Porque não sou uma idiota.

— Absolutamente, mas não foi isso que eu perguntei. Se você é uma idiota então o Kim pode ser um merda. E então?

— Como assim então?

Astrid gesticulou irritada na sua frente e perguntou:

— Onde você tá?

— Na Gamla stan. Por quê?

— Ok. Tô na rua Drottning. Se vier na minha direção, eu vou na sua e nos encontramos no Parlamento, ok?

— Por quê?

— Mas relaxa. Faça o que digo, simplesmente. Veremos.

Astrid colocou o telefone de volta no bolso e balançou a cabeça. O que estava acontecendo com as pessoas realmente? Sentiu vontade de conversar com Walter, que parecia ser o único adulto ao seu redor. Mas não era a ocasião para isso.

Quando Astrid tinha dez anos, no mesmo ano quando ganhou o grande quebra-cabeça de Julia Malmros, seus pais tiveram uma crise em Tärnö. Talvez estivesse relacionado com sua mãe descobrindo os negócios ilegais do pai, Astrid não sabia, mas houve gritos, brigas e conversas sobre divórcio.

Foi naquele verão que Astrid descobriu seu talento para manipular os sentimentos e convencer as pessoas a fazer o que ela queria. Um dia de cada vez através de sutis acusações de culpa obrigou seus pais a se unirem novamente. Quando nada mais funcionava, usava seu recém-descoberto talento para prender a respiração até desmaiar. Quando voltaram para a cidade a crise havia passado.

Astrid começou a andar para a Cidade Antiga com a sacola da Butterick's balançando na mão. Não entendia a própria reação, não deveria ficar satisfeita por se livrar de Julia? Provavelmente, mas depois da morte dos pais não gostava de ver as pessoas desaparecerem.

E alguém deveria interferir e resolver as coisas, agora que as pessoas se comportavam como idiotas? Alguém deveria ser "o adulto na sala", mesmo tendo apenas catorze anos.

12 DE JULHO, TARDE

Christof Adler nunca tivera um dia tão claramente dividido em duas metades opostas. Durante a manhã: caos, catástrofe, gritos e pânico. Durante a tarde: sentado em um toco em um bosque tranquilo vigiando uma casa com binóculos. Não tinha nenhuma dúvida sobre qual preferia.

Christof estava sentado há mais de meia hora sem ver nenhum movimento. Depois Kim veio na sua motocicleta, abriu o portão, dirigiu pelo caminho de cascalho e desapareceu lentamente na casa. Christof anotou a hora no seu bloco. Não sabia exatamente o que estava procurando, mas Jonny ordenara que vigiasse, e estava vigiando.

Christof ficou sentado por um tempo olhando para a janela sem conseguir ver nada. Baixou os binóculos; e os pensamentos, como acontecia frequentemente, foram para Gandalf. No seu conto atreveu-se a considerar algo bastante ousado: insinuar uma história de amor entre Gandalf e Galadriel.

Muito coisa de elfos, evidentemente. Muito casto e elevado. Christof às vezes ouvia dizer que era pudico porque se recusava a participar do jargão usado no vestiário depois do jogo. Talvez fosse pudico, mas preferia pensar que era romântico. Ou inibido. Ou ambos.

Então para provar para si mesmo que era romântico, Christof pegou o celular e escreveu uma mensagem para Cecilia.

Oi, minha querida. Sentado na floresta e sentindo sua falta. Posso sentir o perfume do seu cabelo no meu nariz, o sabor da sua nuca nos meus lábios. Seu Christof.

Christof hesitou naquilo do "sabor da sua nuca", mas decidiu que o manteria para ser um pouco ousado. Acrescentou um coração e enviou.

A resposta chegou depois de meio minuto.

Tô com o telfon da mama ce mando bejsbjsbjs.

Christof congelou. Evidentemente Matilda foi para a floricultura depois da escola e Cecilia emprestou o telefone para manter a garota sossegada. Hora errada. E lá se vai o romantismo. Christof esperava ter mais sucesso com Gandalf e Galadriel, que não tinham problemas similares.

Christof levantou os olhos da tela quando percebeu um movimento na casa. Levantou os binóculos e prendeu a respiração.

Mas que merda.

Kim saiu pela porta da rua e na mão tinha... uma pá. Enquanto descia a escada colocou a pá sobre o ombro e continuou ao redor da casa e sumiu da vista. Algo seria cavado no jardim no lado de trás e era difícil *não* concluir nada.

Christof pegou seu bloco e anotou a hora e "KR saiu com a pá, foi para o jardim". Depois pensou nas alternativas. A cerca ao redor do terreno tornava impossível ver o que Ribbing fazia e subir no muro não seria permitido para Christof? Mordeu as unhas e decidiu esperar.

Mais ou menos meia hora mais tarde apareceram duas pessoas na rua uns dez metros distante de Christof. Achava que estava bem escondido pela vegetação e folhagens, mas mesmo assim escorregou do toco e se encolheu. Depois que o par passou por uma abertura na vegetação, Christof constatou que eram Julia Malmros e Astrid Helander indo para a vila. Quando chegaram à entrada, de costas para Christof, ele anotou também sua chegada.

Enquanto isso, Ribbing retornou e sentou-se em um degrau da escada. Disse algo que Christof não conseguiu entender e as mulheres responderam alguma coisa. Astrid parecia aborrecida. Christof praguejou silenciosamente para si mesmo. Se apenas tivesse pegado um microfone parabólico então poderia ouvir o que diziam. Agora não tinha jeito e o único que Christof podia fazer, era observar uma pantomima. Do que se tratava? Não podia nem adivinhar.

12 DE JULHO, TARDE

Kim Ribbing limpou a terra das mãos e sentou-se em um degrau aquecido pelo sol enquanto observava Julia e Astrid vindo. Sua dinâmica estava alterada e era claro que Astrid tinha a liderança e o poder, não ficaria mais claro se levasse Julia em uma coleira.

— Oi? — disse Kim tateando. — Estão chegando?

— Fica quieto — disse Astrid e fez um gesto de irritação antes de apontar para a escada ao lado de Kim. — Julia, sente-se.

Julia olhou timidamente para Kim, que limpou o lugar ao seu lado com a palma da mão, como para melhorar o assento. Julia subiu e sentou-se com as costas curvadas olhando suplicante para Astrid, que cruzou os braços sobre o peito e perguntou:

— Podem me contar o que diabos tá rolando?

— Pelo que sei não tá rolando nada — respondeu Kim.

Astrid soprou o ar entre os lábios soltando um *pfft* antes de continuar.

— Não? Que merda, não fazem outra coisa senão merda. Quantos anos têm afinal? Não percebem que são maus exemplos?

— Não tenho a intenção de ser nenhum exemplo — disse Kim.

— Não, mas você é. Não é nada que *você* decide, sabe.

— Sei que sou um mau exemplo — disse Julia. — Por isso eu nunca...

Astrid revirou os olhos e interrompeu Julia.

— Oooh! Não comece a sentir pena de si mesma e bancar a mártir agora! E endireite as costas, que merda!

— Astrid — disse Kim. — Pode se acalmar um pouco?

A interrupção só conseguiu deixar Astrid ainda mais irritada. Então apontou o dedo indicador para Kim.

— Eu me acalmo quando vocês ficarem mais espertos!

— E como exatamente devemos ficar mais espertos?

Astrid olhou para Kim como se não acreditasse nos seus olhos, balançou a cabeça e mostrou um espaço de um centímetro entre o polegar e o indicador dizendo:

— Então, estou *perto assim* de simplesmente ir embora e deixar vocês com sua... putaria.

Kim e Julia olharam um para o outro e um sorriso tímido passou pelos lábios de Julia, que pigarreou e disse:

— Astrid refere-se a como tratamos nossa relação.

— Podemos dizer isso — disse Astrid. — Ou podemos dizer que são mal da cabeça e precisam ficar mais espertos. Isso é o que *eu* diria.

— E o que acha que devemos fazer? — perguntou Kim.

Astrid acenou para Julia e disse:

— Bem, pode começar colocando o braço ao redor da Julia, por exemplo. Percebe que ela tá sentida?

Kim fez como Astrid recomendou e sentiu como o corpo de Julia tremeu quando colocou a mão no seu ombro. Apertou com cuidado e Julia se inclinou para ele e disse:

— Sinto muito por aquilo com a Irma. Por ter feito o que fiz. Foi imprudente de minha parte.

— Sim — disse Kim. — Mas eu não precisava... eu exagerei. Tudo é um pouco... confuso, pra dizer o mínimo.

— Sim. Eu entendo.

— Assim sim — disse Astrid e gesticulou com as mãos. — Não foi tão difícil assim, foi? — Fez um gesto de nojo com a mão e disse: — Então. Agora podem se beijar.

Julia bufou.

— Acho que atingiu o limite de seu... poder de persuasão, Astrid.

— Deixe estar, então. Mas não comecem a resolver esta noite.

— Sinto muito, Astrid — disse Kim. — Mas realmente não é você quem decide isso.

Astrid olhou para o céu para reunir forças antes de dizer:

— É esse o agradecimento? Eu resolvo o problema de vocês mesmo não querendo realmente e então vocês... sim, sim. Podem começar logo. Não se preocupem comigo.

— Quem é a mártir agora? — perguntou Kim.

Astrid parecia partir para um novo ataque, mas ficou calada por um momento para indicar que desistira, baixou as mãos e sentou-se no degrau aos pés de Kim e Julia, que acariciou seu ombro e disse:

— Tentaremos nos comportar, mas não deveria ir para a casa do seu tio esta noite?

— Sonha, bebê, sonha — disse Astrid.

— Eu a levarei pra lá amanhã. Kim disse que coisas acontecerão.

— Hum — disse Kim e se inclinou para frente de modo que sua cabeça ficou entre Astrid e Julia antes de continuar em voz baixa. — E não olhem agora. Mas estão nos vigiando. Como pensei que aconteceria. E isso muda as coisas um pouco. Preciso da ajuda de vocês.

Julia olhou para Astrid e assentiram brevemente uma para a outra, depois Julia perguntou:

— O que devemos fazer?

Kim olhou rapidamente para o caminho onde mais uma vez um reflexo de sol brilhou em algo que achava que seria a lente de um binóculo ou câmera. Levantou da escada e disse:

— Acho que é melhor discutir isso dentro de casa.

12-13 DE JULHO, NOITE

Eram 22:21 quando Jonny apertou o último parafuso da Ivar. A Malm e uma mesa cujo nome havia esquecido já estavam montadas e a sala de Moa era um aglomerado de plástico e papelão. Ouviu-se um ruído quando Jonny soltou a chave de estrela no chão e esticou as costas com um estalo.

— Deveria ter comprado algum tipo de poltrona mesmo assim — disse Jonny quando Moa entrou na sala.

— Os Fatboys foram encomendados — disse ela. — Chegam depois de amanhã. E veja, aqui tem lugar para sentar.

Moa colocou os pés nos dois lados do peito de Jonny e abaixou para sentar sobre seu estômago. Acariciou seu rosto e passou o dedo indicador nos pelos grisalhos e encaracolados no seu peito. Inclinou-se para frente até encostar a boca no ouvido de Jonny sussurrando:

— Pelo menos tenho uma cama, e talvez seja o mais importante agora, o que diz o investigador?

Com a voz grossa, Jonny respondeu:

— O investigador concorda.

Às 23:14, Julia parou com o esfregão porque não sabia mais qual era a ordem. O quarto no portão tinha um cheiro forte de Ajax e cloro. Junto com Kim e Astrid passou por todas as superfícies que Martin Rudbeck poderia ter tocado, cada canto onde poderia ter deixado vestígios biológicos. Sabia que seria quase impossível remover *tudo*. Com a tecnologia atual bastava um floco de pele ou um pelo da sobrancelha para indicar que uma determinada pessoa esteve no local, mas duvidava que uma busca tão completa seria realizada quando o cadáver não estava mais presente.

Durante seu trabalho, a arca de marinheiro estava em um canto como uma lembrança do que estava em jogo. A água do gelo derretido saía lentamente pelos cantos. Seria uma pergunta para o dia seguinte, quando a arca fosse embora, se tudo correria conforme o plano. A limpeza final.

— Escutem aqui — disse Julia e apoiou o esfregão contra a parede. — O que acham? Vamos encerrar por hoje?

Às 00:21, Algot desligou seu computador depois de um jogo mal sucedido no PUBG. Tinha dificuldade para manter a concentração e o alerta exigido, porque seus pensamentos voltavam o tempo todo para Astrid Helander. Analisou o dia passado, o que Astrid dissera e fizera e o que ele mesmo dissera e fizera, até os mínimos detalhes.

No final foi decepcionante. Algot não podia nem mesmo sob risco de vida descobrir o que fazer para que Astrid desejasse ficar com ele ou se apaixonasse. Queria tanto ficar com ela que sentia um arrepio de desejo passando por seu corpo quando lembrava do dedo dela contra seu queixo. Então, bam, levou um tiro na cabeça e o jogo acabou.

Às 02:23, Astrid acordou de um pesadelo. Estava dentro de uma arca de marinheiro que afundava lentamente no mar. A água subia ao seu redor enquanto estava deitada encolhida desconfortavelmente e batia contra o trinco, contra as paredes, sem que a arca cedesse. Finalmente havia apenas um pequeno espaço com ar no alto em um canto onde Astrid respirou pela última vez tomada pelo pânico.

Então acordou. Seu coração batia tão forte que podia ouvir como um apito nos seus ouvidos. Aguçou os ouvidos para o quarto de Kim. A única coisa que ouvia era um ronco abafado que provavelmente vinha de Julia. Astrid não conseguia entender por que se esforçou para reconciliar Julia e Kim, mas agora estava feito.

Bem, provavelmente poderia ser considerado uma boa ação. Astrid puxou os joelhos contra o peito, rolou de lado e tentou dormir novamente.

Às 04:21, um avião pousou com cinco horas de atraso em Arlanda. O eletricista Sören Bolinder retornava da Tailândia. Na bagagem de mão trazia um saco plástico com um passaporte e o telefone do Martin Rudbeck, quem ele não conhecia.

Logo que saiu pelo portão encontrou uma policial que se apresentou como Carmen Sánchez. Recebeu o saco plástico e colocou com cuidado em um saco tipo ziplock.

— Aham, sim — disse Sören. — Então é importante.

— Sim — disse Carmen. — É muito importante.

13 DE JULHO, MANHÃ

A primeira coisa que Jonny Munther fez ao acordar logo depois das oito horas, foi verificar seu celular. Sim. Às 04:32 recebera uma mensagem de Carmen Sánchez informando que os objetos de Rudbeck que chegaram ao voo estavam seguros, então poderia ir até a delegacia com o especialista correspondente conforme necessário.

Jonny torceu a boca para o "especialista correspondente", que no momento estava deitada de costas para ele e dormia com a boca aberta. O amor na noite anterior começou um pouco desajeitado e atrapalhado, mas aos poucos ficou maravilhoso. Jonny estava inseguro sobre se ainda tinha a capacidade, mas após ultrapassar as primeiras incertezas o corpo fez o que devia fazer.

Não tinha nenhuma ideia sobre como seria o futuro, mas independente de qualquer coisa pelo menos *uma* vez ficou com Moa e poderia viver um longo tempo com isso. Jonny inclinou-se para frente e tocou sua testa com os lábios antes de levantar da cama cuidadosamente. A cama tinha apenas 120 centímetros de largura e Jonny passou horas se movendo tentando encontrar uma posição adequada antes de finalmente adormecer de pura exaustão.

Quando Jonny se apoiou nos pés parecia que faltava óleo nas articulações e caminhou com passos curtos para a sala e suas roupas. Acrescente a isso o uso de músculos desacostumados na noite anterior com as correspondentes dores de treino e o corpo do investigador parecia uma máquina rangendo. Mas a cabeça parecia limpa e clara, apesar da falta de sono.

Jonny precisou procurar entre caixas e plásticos até encontrar suas roupas e até recolheu as roupas de Moa, dobrou cuidadosamente e colocou na Ivar.

Sim, foi um pouco selvagem no início e apenas quando a nudez era um fato apareceu um pouco de vergonha. Mas mesmo assim. Despir um ao outro entre embalagens farfalhantes, era algo novo, e, apesar do seu corpo dolorido, Jonny se sentia mais jovem do que nunca. Ou pelo menos não tão velho.

Depois de se vestir precisou procurar na cozinha os utensílios para fazer um bule de café. Enquanto a água passava pelo filtro, enviou uma mensagem para Sánchez deixar os objetos na recepção de modo que Moa não precisasse passar pelo departamento antes de descer para o laboratório.

Aparentemente Carmen não voltou a dormir depois da visita em Arlanda, porque a resposta chegou quase imediatamente:

— Não e não. Suba e cumprimente.

Jonny resmungou. Mesmo gostando muito de Carmen, não suportava sua curiosidade sobre a vida particular de Jonny.

Sim, mesmo antes da visita na Ikea Jonny havia se perfumado com o *Bottled Night*, então um ponto para Carmen. E não era que Jonny sentisse vergonha de Moa, ao contrário, mas não se sentia realmente pronto para expô-la às brincadeiras de Carmen. Não, se Jonny tinha uma frase para guiar sua vida, seria: deixa estar como está.

Quando o café ficou pronto, Jonny serviu uma caneca para si e uma para Moa, depois foi para o quarto. Moa estava acordada e quando Jonny entrou, ela virou de lado, apoiou a cabeça nas mãos e olhou para ele, que não tinha certeza de como deveria chamá-la na nova situação. Tanto "querida" como "amada" pareciam exagerados, "benzinho" não parecia bom e "fofa" não poderia dizer.

Jonny encontrou refúgio em uma expressão dinamarquesa, levantou a caneca de café e disse:

— Café, meu tesouro.

Moa levantou a sobrancelha como querendo dizer *nada mal* e pegou a caneca com as duas mãos, soprou o líquido quente e bebeu um golinho. Jonny sentou-se ao seu lado na cama e disse:

— As coisas chegaram, então vamos até lá quando estiver pronta.

Moa assentiu e perguntou:

— Temos pressa?

— Bem, pressa e pressa, mas é bom se fizermos isso.

Enquanto Jonny estava sentado na borda da cama olhando para Moa, seu cabelo emaranhado durante a noite e seus lábios inchados depois dos beijos de Jonny, bebendo o café quente, seu desejo de prender Ribbing subitamente parecia muito distante. Isso naturalmente não significava que pretendia deixá-lo escapar. Um crime fora cometido e o trabalho de Jonny era resolver, mas a motivação pessoal foi reduzida um pouco depois da noite com Moa.

Não disseram nada enquanto bebiam seu café, apenas olhavam um para o outro e sorriam de vez em quando. Não havia muito a acrescentar além do que seus corpos haviam dito um para o outro algumas horas antes. Depois de beber o café, Moa colocou sua caneca no chão e disse:

— Ok, então vamos lá. Só vou me vestir.

Se Jonny parecia uma máquina rangendo ao levantar, Moa parecia mais um animal felino. Levantou-se da cama com movimentos suaves e preguiçosos e foi para a sala. Jonny disse:

— Tomei a liberdade de recolher suas roupas. Estavam um pouco... espalhadas.

Moa virou para ele, deu um sorriso amplo e disse:

— Posso imaginar.

Jonny baixou o olhar com uma vergonha súbita perante sua nudez. Soltou a caneca, cruzou os dedos e baixou a cabeça como se estivesse rezando.

Seguimos no caminho. Eu quero isto.

13 DE JULHO, MANHÃ

Às nove e meia, Christof Adler estava de volta ao seu posto. Neste dia foi mais previdente e trouxe um microfone parabólico e uma garrafa térmica com café, além de uma almofada para colocar no toco.

Depois de passar meia hora sentado e tomar um copo de café na tampa da garrafa térmica, as folhas secas farfalharam e um ouriço apareceu caminhando pela vegetação rasteira. Christof o acompanhou com o olhar enquanto o ouriço bufou um pouco ao passar a meio metro na frente dos seus pés e desaparecer atrás de um monte de raízes. Foi o ponto alto do dia, até agora.

Não se podia negar que estava bastante entediado. Adler apreciava as cenas nos filmes e séries policiais onde alguns investigadores ficaram na *vigilância*. Sentados em um carro, comendo comida ruim e falando disso e daquilo enquanto vigiavam algum prédio. Sim, Christof sentia falta da *companhia*. Era basicamente um animal social e se sentia melhor com outras pessoas ao seu redor. Um ouriço não fornecia companhia por muito tempo.

Mas isso não queria dizer que era incapaz de se distrair com os próprios pensamentos. Por diversão, começou a repassar os personagens de *O Senhor dos Anéis* para ver quantos podia citar enquanto continuava vigiando a casa. Chegou a quarenta e sete antes de desistir, e ainda não havia um movimento.

Um passarinho começou a *chilrear* na folhagem acima dele. Christof colocou os fones de ouvido e direcionou o microfone parabólico para ele. O canto da ave encheu seus ouvidos e acenou no ritmo, tentando prever quando viria o próximo canto. Depois tirou os fones de ouvido e serviu mais um café. Bebeu um gole e suspirou. Tudo parecia um pouco idiota. Agora bem que poderia acontecer alguma coisa, seja lá o que for.

Já eram quase dez horas quando a porta da casa abriu. Christof levantou os binóculos e viu Kim sair para a escada com o boné abaixado na testa e o cabelo preto caindo sobre uma camiseta de mangas longas com algum escrito que parecia mexicano. Então lembrou: *Santa Muerte*. Ribbing usava aquela camiseta quando testemunhou no caso do Frode Moe.

Christof pensou que Ribbing usaria sua motocicleta, mas ele foi a pé ao longo do caminho, abriu o portão e continuou pela rua na direção de Gärdet e da cidade. Christof hesitou. A tarefa indicada por Munther mandava ficar de olho em Ribbing, e não na casa.

Christof juntou suas coisas na mochila e deixou atrás do toco. Saiu da mata abaixado, com cuidado para não pisar no ouriço. Seguiu Kim a uma distância razoável.

13 DE JULHO, MANHÃ

— Moa, Carmen. Carmen, Moa — disse Jonny Munther e bateu as mãos indicando que dali em diante não seria responsável por nenhum desenvolvimento futuro.

Sánchez pegou a mão estendida de Moa Malmberg e segurou enquanto examinava descaradamente a mulher mais velha. Moa retornou examinando Carmen. Depois as duas sorriram como se o exame mútuo tivesse agradado e soltaram as mãos.

— Gostaria de poder dizer que ouvi falar muito de você — disse Carmen. — Mas estaria mentindo.

— Posso dizer o mesmo — disse Moa.

— Hum-hum — disse Carmen e acenou para Jonny. — Ele não é nenhuma fonte de informações, diretamente.

— Estou aqui — disse Jonny.

— Tá vendo — disse Carmen. — Apenas as coisas mais indispensáveis.

— Podemos ir direto ao assunto? — perguntou Jonny que não gostava muito dos exageros sociais em geral.

— Absolutamente — respondeu Carmen e virou para a mesa de onde pegou o ziplock e estendeu para Moa junto com uma folha A4 para a qual apontou ao dizer: — Imprimi as impressões pra comparação, ok?

— Ok — disse Moa. — Prefiro fazer manualmente. Levantou o saco na frente dos olhos e esticou, olhou o conteúdo dizendo: — Não deve ter nenhum problema. Se houver alguma coisa, eu encontrarei com certeza.

— Excelente — disse Jonny. — E quanto mais rápido melhor. O pessoal do NFC foi informado, então é só começar.

Moa olhou para Jonny e parecia que ia dizer alguma coisa, mas depois olhou para Carmen e fechou a boca, em seguida foi para os elevadores com o saco plástico balançando na mão.

Quando Moa não estava mais ao alcance da voz, Carmen disse:

— *Quanto mais rápido melhor?* É assim que se fala com uma mulher com quem passou a noite?

Jonny parou.

— O que sabe sobre isso?

— Nota-se — respondeu Carmen. — Pode-se sentir. E então não se diz coisas como *anda logo, mexa suas pernas*.

— *Não* foi o que eu disse!

— Não — disse Carmen e apontou para os elevadores onde Moa acabara de entrar pelas portas. — Mas foi o que ela ouviu. Toma jeito, Jonny Munther. Precisa ter cuidado com essa aí.

Jonny franziu os lábios.

— Faço o que posso.

— Hum-hum. Faça melhor, então.

A conversa ia para um rumo que Munther não gostava nem um pouco. Assuntos privados. Conselhos sobre relacionamento. Foi salvo pelo telefone tocando. A tela indicava "Christof Adler". Poderia muito bem receber a ligação na presença de Carmen, mas agora usou como desculpa para dizer "preciso atender esta ligação" e fugiu para sua sala apertando "Atender".

13 DE JULHO, MANHÃ

Adler estava preparado para passar o dia na sombra da mata e por isso usava um casaco com mangas longas e capuz. Começou a suar quando Kim seguiu pela rua ao longo do Gärdet onde o sol brilhava no céu azul. Não havia nenhum risco de perder Ribbing de vista na superfície aberta, então Christof parou, tirou o casaco e o prendeu na cintura. Olhou para a figura esbelta cem metros adiante com o cabelo preto caindo nas costas.

Pra onde vai?

Dez minutos mais tarde, quando Ribbing chegou a Berwaldhallen, dobrou para a direita, para o prédio da Rádio e TV. Christof pegou seu celular e ligou para Jonny Munther, que demorou um tempo anormal para atender.

— Oi — disse Christof. — O Ribbing tá fora e caminhando. Agora indo para a Rádio.

— Aham — disse o investigador. — O que vai fazer lá?

— Não, quero dizer, acho que não vai para a própria Rádio, mas tá nessa região.

— Aham? E então?

Christof coçou a nuca suada e sentiu-se meio bobo.

— Nada, queria apenas fornecer um relatório da situação. Como tá por aí?

— Tudo bem, obrigado por perguntar. Fica de olho no Ribbing. Se tivermos uma correspondência com as digitais, quero saber onde ele tá.

— Tudo bem.

Christof guardou o telefone e logo constatou que Kim não tinha a intenção de visitar a Rádio nem a Televisão da Suécia. Na rotatória no final da rua Oxenstier virou para a esquerda e continuou pela via Valhalla. Christof diminuiu a distância para cinquenta metros porque havia mais pessoas em movimento.

Será que receberia a tarefa de prender Ribbing se fosse demonstrado que as impressões digitais correspondiam? Christof não tinha algemas e nesse caso poderia apenas esperar que Ribbing o acompanhasse de vontade própria.

Kim foi pela calçada no lado sul da via Valhalla e Christof acompanhava no meio da via onde havia árvores que forneciam sombra. Estavam caminhando há mais de meia hora e ainda não havia uma meta a vista. Christof sentiu um tremor no bolso traseiro quando o celular tocou. Pegou-o e lançou um último olhar para Ribbing antes de atender. Quase o perdeu de vista porque naquele momento Kim desapareceu pelas portas do centro comercial Fältöverste. Christof colocou o aparelho de volta no bolso e atravessou a rua para acompanhar enquanto o tremor continuava no seu bolso traseiro.

13 DE JULHO, MANHÃ

Depois de apenas vinte e cinco minutos quando Moa saiu do elevador e viu Jonny, fez um gesto que trouxe alegria e alívio para o coração do investigador: polegares para cima. Em parte indicava que não estava aborrecida com ele devido a seu jeito bruto, em parte...

— É mesmo? — perguntou Jonny quando Moa chegou ao departamento. — Foi uma correspondência?

— Com certeza — respondeu Moa. — Raramente podemos ter cem por cento de certeza, mas com impressões parciais é o mais perto que conseguimos chegar.

— Só pra ficar tudo claro aqui — disse Jonny. — Confirma que as impressões de Kim Ribbing estão no passaporte?

— E no telefone — disse Moa. — Mas vamos dizer noventa e oito por cento de certeza.

Jonny bateu na testa e foi como se somente agora ficasse tudo claro e foi obrigado a dizer em voz alta:

— Deus do céu, então *foi* aquele Ribbing que levou o Rudbeck na ambulância.

— Sim — disse Moa. — Deve ser outra cadeia de evidências, mas... muita coisa indica isso.

— Agora vamos conseguir um mandado de busca para a casa. Mas primeiro...

Jonny estava tão agitado que quase perdeu o telefone quando selecionou o número de discagem rápida do Christof Adler para pedir que trouxesse o Ribbing para interrogatório. Vários toques antes que Christof atendesse e Jonny murmurava entre os dentes apertados:

— Vamos. Vamos logo, *temos* ele agora.

13 DE JULHO, MANHÃ

A temperatura baixou alguns graus agradáveis quando Christof entrou no centro de compras com ar-condicionado e seu coração palpitante acalmou-se quando viu Ribbing uns trinta metros distante, olhando a vitrine de uma loja de roupas. O celular de Christof continuava tocando o tempo todo e agora conseguiu pegar e responder.

— Sim, oi — disse Christof ao mesmo tempo quando uma música eletrônica começou no centro de compras de modo que ficou difícil ouvir o que o investigador falava no outro lado da linha. Christof fechou os olhos e colocou a mão sobre o ouvido para ouvir melhor. — Desculpa, o que disse? — gritou Christof sobre a música que tocava tão alto que podia sentir um tremor no peito.

— Traz pra cá! — gritou Jonny do outro lado. — Traz o Ribbing agora!

— Ok, ok! — disse Christof ao mesmo tempo que uma voz gritava "Woop! Woop! Gangnam style!"

Quando Christof baixou o telefone e abriu os olhos, viu que estava cercado de jovens que dançavam como cavaleiros ao som da música segurando cartazes contra as competições de trote e galope. Era como estar novamente na rotatória em Roslagstull e Christof olhou em volta desesperado. Ribbing não estava em lugar nenhum, via apenas os manifestantes pulando.

— Gangnam style! Woop, woop!

Christof olhou entre as pernas girando e braços agitados tentando localizar a fonte da música. No piso do lado de fora de uma loja de eletrônicos havia um amplificador Marshall que Christof sabia que estava disponível na versão bluetooth. Abriu caminho penosamente entre a multidão que girava agitada enquanto o som do baixo doía nos seus ouvidos e agachou-se na frente do alto-falante para estudar os controles.

Encontrou o botão liga/desliga e apertou. Os jovens vaiaram quando a música parou no meio de"Ey, sexy lady, woop..." Christof ignorou-os, levantou-se, ficou na ponta dos pés e olhou ao redor. Nada. Perdera Kim Ribbing.

13 DE JULHO, MANHÃ

No caminho da saída do Fältöverste, Astrid tirou a peruca de longos cabelos pretos da Butterick's e jogou na lixeira junto com o boné azul. Alcançou nas costas e soltou o alfinete que prendia a bandagem que usara para apertar seu peito e terminou tirando a camiseta da *Santa Muerte* e virou pelo avesso para que a estampa não aparecesse.

— Gangnam style — murmurou Astrid para si mesma e ouviu a música parar no mesmo momento quando chegou à porta e saiu para a rua.

Na opinião da própria Astrid, o flashmob que organizou na noite anterior foi muito melhor que os chapéus de cone na Roslagstull. Ok, não se preocupou em avisar a mídia para um impacto maior, mas para os espectadores no Fältöverste certamente parecia melhor. A tortura de animais através do esporte de trotar não era um dos assuntos principais para Astrid, mas combinava com a música e fez o trabalho ao permitir que ela sumisse na multidão.

Astrid acenou para um táxi na via Valhalla, sentou-se no banco traseiro e pediu ao motorista para ir à via Lido. Esperava que sua caminhada fornecera tempo para Kim e Julia fazerem o que precisava ser feito.

13 DE JULHO, MANHÃ

Após Julia esfregar cuidadosamente o canto onde estivera a arca de marinheiro, achou que parecia estranho que uma parte do quarto estivesse úmida, e passou mais uma vez o esfregão pelo piso. Kim voltou quando estava terminando. Lavou as mãos cheias de terra na pia do banheiro e parou no meio do quarto e olhou para as paredes e o piso.

— O que acha? — perguntou. — Aceitável?

— Talvez não para uma investigação precisa, mas... — Julia deu de ombros. — É difícil motivar uma assim, acho eu.

Kim assentiu e olhou interrogativamente para Julia perguntando:

— Como se sente? Como parece estar do outro lado?

Julia soltou um suspiro incrédulo. Perguntar como se *sentia* com as coisas não era o ponto forte de Ribbing, para dizer pouco. Mas como se sentia trabalhando para ocultar as evidências em lugar de descobri-las? A verdade é que mal conseguia sentir.

— Não pensei nisto assim — disse Julia.

— Apenas que você precisava de ajuda. E então ajudei. Isso é tudo.

— E por que fez isso?

Julia riu.

— Acredite, *essa* pergunta também posso fazer para mim mesma. Mas é como algo... inevitável em resumo. Não sei. O destino talvez, apesar de não acreditar nisso.

Kim assentiu lentamente. Ficaram em silêncio olhando um para o outro. Um anjo passou pelo quarto ou sobre a tumba de alguém. Então Ribbing piscou algumas vezes antes de perguntar:

— Quer casar comigo?

Julia levantou os olhos e se inclinou como para ouvir melhor na segunda vez.

— Se quero... quer dizer... se tô fazendo isto porque quero casar com você, se esse é meu motivo? Ou tá perguntando realmente? Se quero...?

— Perguntei se quer casar comigo.

Julia levantou as duas mãos para a cabeça e encostou as pontas dos dedos nas têmporas.

— Mas, meu querido. Como pode perguntar isso *agora?*

— Parecia conveniente.

— *Conveniente.*

Julia presumia que agora deveria ter argumentos contra e a favor passando por sua cabeça, mas a consciência estava tão chocada que apenas ficou parada olhando para o vazio com a boca aberta. A única coisa que Julia conseguia articular eram as objeções mais comuns:

— Mas acha que parece *conveniente* que nos casemos?

— Sim — respondeu Kim simplesmente. — Acho que sim.

Na falta de outra coisa Julia tentou visualizar o casamento em si. Ela própria vestida de noiva, Kim de terno ou de fraque. O altar, o pastor, as alianças. A consciência ainda continuava fora e apresentava apenas alguns bonecos sorrindo histericamente contra um fundo branco, um desenho de uma cerimônia de casamento feito por uma criança de cinco anos. Não conseguia, era absurdo demais.

— Acho — disse Julia — que devemos pensar um pouco sobre isso.

— Ok — disse Kim e não parecia nada afetado. — Mas sabe minha posição.

— Sim. Eu sei.

Não disseram mais nada sobre o assunto porque a porta do porão abriu e ouviram passos leves descendo a escada, depois Astrid apareceu na porta. Deu alguns passos no quarto com os braços cruzados na frente antes de dizer com voz lacônica:

— Gangnam style. Woop, woop.

Astrid realmente esperava outra reação além dos olhares vagos de Julia e Kim. Apertou as sobrancelhas, olhou de um para o outro e perguntou:

— O que foi? Aconteceu alguma coisa?

— Não — respondeu Kim. — Tá tudo bem. Obrigado pela ajuda, Astrid.

— Aham, ok — disse Astrid e coçou a cabeça. — Digo que foi uma caminhada muito suada com aquela peruca. Pode me transferir o pagamento, por falar nisso. *E* o táxi.

Astrid apertou a camiseta que usava.

— E quero ficar com isto. Combina com a jaqueta de motociclista.

Julia saiu do seu transe e bufou.

— Se continuar fazendo coisas pro Kim, ele não vai ter mais roupas.

— Não — disse Astrid. — Você gostaria disso, ou não?

O olhar de Astrid para Julia indicava que gostaria de acabar com *sua peça nojenta*, mas se conteve. Julia pensava se a menina se arrependia de ter resolvido tão bem a confusão entre ela e Kim que agora era uma questão de casamento. Julia ainda não conseguia acreditar no que acabara de ouvir.

Kim subiu para a residência enquanto Julia e Astrid continuaram no porão. Julia secava uma mesa que já estava bem limpa. Depois jogou o pano no balde de limpeza e disse:

— Então tá feito.

— Sim — disse Astrid. — Terminamos tudo.

As duas pararam e escutaram as batidas na porta da rua. Logo depois Kim gritou na escada do porão:

— Estão aqui agora!

Julia e Astrid correram os olhos pelo quarto no porão como se estivessem procurando um último detalhe condenador. Julia não soube qual impulso a fez olhar até para o teto. Então viu aquilo. No tubo da lâmpada acima do local onde estivera a cama havia uma clara mancha de sangue. Apontou para ela e disse:

— Merda. Ali. Eu preciso...

Não conseguiu continuar porque ouviu a porta da rua abrir e entre o ruído das vozes podia distinguir a do seu ex-marido. Julia sentiu a boca seca. Será que tudo cairia por uma única manchinha? Eram mais de três metros até o teto e a lâmpada. Se subisse na mesa e colocasse a cadeira sobre a mesa...

Os passos se aproximavam lá encima e Julia sussurrou em pânico:

— Não vou ter tempo! A mesa e a cadeira, preciso...

Astrid olhou para a cadeira e a mesa, para a mancha. Então assentiu e disse:

— Posso conseguir alguns minutos. Anda logo!

Depois saiu correndo do quarto.

13 DE JULHO, MANHÃ

Jonny Munther finalmente conseguiu sua ordem de busca preliminar com os recursos correspondentes alocados. O fato de Christof perder Ribbing em Fältöverste tinha importância secundária. As impressões digitais com noventa e oito por cento de certeza dificilmente sobreviveriam em um processo, mas o sequestrado Martin Rudbeck, sim. Ou seu corpo, se fosse o caso.

Embora a excitação de Jonny para processar Kim Ribbing tivesse diminuído, agora estava dominado pela paixão da perseguição. Havia uma pessoa para encontrar ou um corpo para descobrir e faria tudo o possível para ter sucesso. No momento eram apenas Carmen Sánchez e ele caminhando pelo cascalho para a casa de Ribbing, mas logo outros especialistas chegariam e então certamente conseguiriam esclarecer a coisa.

Enquanto Jonny subia a escada, viu uma pá encostada na parede da casa. Jonny lembrou o relatório de Christof, então foi até a pá e pegou alguns torrões de terra da lâmina entre os dedos.

— Fresco — disse para Carmen. — Cavaram alguma coisa aqui recentemente.

— Não parece significar nada — disse Carmen e não se preocupou em terminar seu pensamento porque os dois sabiam o que estava insinuando.

— Não, não parece — disse Jonny. — Mas pode *significar*.

Sem discutir mais o assunto hipotético, voltaram para a escada e subiram para o primeiro patamar. Jonny acenou brevemente para Carmen e bateu com o punho fechado na porta principal. Havia uma campainha, mas talvez fosse o episódio lamentável do roupão em Tärnö que o atormentava e provocou o desejo de chegar como uma autoridade forte.

Se Jonny esperava que Kim parecesse perdido ou culpado então suas esperanças foram frustradas quando a porta abriu. Ribbing parecia tão calmo e despreocupado como se tivesse acabado de tirar os pés de um escalda pés, mas Jonny sentiu alguma dissimulação e uma certa suspeita.

— Oi — disse Ribbing. — É você? São vocês? De novo?

— Sim, é isso mesmo — disse Jonny. — E queremos ver sua casa. Sabe do que se trata.

Ribbing não protestou e não pediu para ver nenhum documento, o que era um erro comum entre as pessoas que assistiam séries de TV americanas. Apenas fez um gesto para a casa e disse:

— Não faço ideia. Mas entrem.

Jonny e Carmen entraram em um escritório que não parecia ter sido usado por algum tempo. Jonny olhou para as mesas empoeiradas, as estantes vazias e o carpete destruído e perguntou:

— Você *mora* aqui?

— Não — respondeu Kim e apontou para o teto. — Lá em cima.

Jonny estava pouco interessado nas condições de moradia de Ribbing, de sua parte poderia morar em uma casinha de cachorro se assim quisesse, apenas o escritório parecia *bem* estranho.

— Começamos pelo óbvio — disse Jonny. — Tem um porão?

Ribbing apontou para uma copa com uma porta fechada no lado mais distante.

— Sim — respondeu ele. — Lá. Mas o que é tão óbvio com o porão?

— Você sabe — disse Jonny e foi para a porta. — Eu sei. Podemos nos contentar com isso.

Kim olhou para Carmen sem entender, mostrou as palmas das mãos e perguntou:

— Você também sabe... o que todos parecem saber?

Jonny olhou para Carmen alertando, que não demonstrou sua eventual falta de convicção. Se aquele vídeo não tivesse sofrido alteração, então. Mas agora era apenas Jonny que o vira, apenas ele *sabia*. Era uma merda. Irritado, Jonny segurou a maçaneta e empurrou a porta.

Encontrou uma resistência, um golpe, um grito e depois vários golpes. Quando Jonny conseguiu abrir a porta, viu um corpo pequeno caindo indefeso pela escada.

— Mas que diabo — praguejou Jonny Munther enquanto o corpo deu a última cambalhota e caiu de costas ao pé da escada e então ficou parado.

Mas é a...

Jonny não podia acreditar nos seus olhos quando olhou para baixo na escada e percebeu que era Astrid Helander deitada estendida no chão de cimento com sangue saindo pela boca. Jonny sentiu o peito sombrio e apertado ao perceber que provocou a queda terrível da menina órfã, ele e sua maldita ansiedade.

Jonny agachou-se ao lado de Astrid, colocou a mão no seu joelho e perguntou:

— O que aconteceu, como foi que aconteceu?

Astrid ficou vesga limpando o sangue da boca, levantou um pouco a cabeça e disse:

— Eu caí...

— Sim, caiu. Como foi que aconteceu? Afinal o que tá fazendo aqui?

— Moro. Aqui. Às vezes — respondeu Astrid com voz monótona.

— Quebrou alguma coisa? — perguntou Carmen ao descer a escada. — Bateu a cabeça?

Agora até Kim estava no porão. Astrid estendeu uma mão tremendo para ele e disse:

— Hum. Cabeça. Dói. Kim...

Ribbing sentou-se no chão com as pernas cruzadas, colocou a cabeça de Astrid no colo e acariciou seu cabelo. Jonny fez uma careta. Não sabia bem devido a que, mas novamente sentiu algo como uma *representação*. Que não era verdade. Mas ele mesmo viu a menina caindo.

Sánchez pegou o telefone e perguntou:

— Devo chamar uma ambulância?

— Não — disse Astrid e fechou os olhos. — Só. Descansar um pouco.

Munther coçou o queixo indeciso enquanto olhava para uma grossa porta de ferro distante a alguns metros. Por um lado não queria ser tão insensível ao ponto de abandonar uma menina cuja queda ele mesmo causara, pelo outro lado não conseguia se livrar do sentimento de *falsidade*. Mas por que Astrid estaria representando?

Não podia falar, mas a sensação de algo estranho mesmo assim o fez falar com Carmen.

— Fique aqui, vou dar uma olhada por aí.

Carmen assentiu e olhou acusadoramente para Jonny, então claramente ela não sentia nada estranho. Jonny levantou, foi até a porta de ferro e puxou para o lado. Um frio quarto de porão com luz fluorescente no teto. E no lado mais distante do quarto sua ex-mulher arrumando uma cadeira ao lado de uma mesa.

Julia virou o rosto para ele e levantou o canto da boca em um sorriso enviesado.

— Mas que merda...? — disse Jonny. — Você também tá aqui?

A investigação da sala produziu resultado zero. Era possível sentir no ar que fora limpo recentemente, o que não poderia ser considerado um crime. Metaforicamente, Jonny sangrava, ainda mais convencido de que se tratava de encontrar um cadáver.

— Em que se meteu, Julia? — perguntou Jonny quando terminou sua busca infrutífera no quarto.

— O que quer dizer? — perguntou Julia. — Não é nenhuma novidade que o Kim e eu estamos juntos.

Jonny esfregou os olhos, tão irritado com a charada.

— Eu *vi* — disse ele. — Eu *sei* que foi ele.

— Não sei do que tá falando. O que pensa que viu?

Jonny olhou desconfiado para Julia. Será que realmente não sabia do que se tratava? Poderia não ser profissional, mas mesmo assim Jonny não pôde deixar de repetir brevemente que ocorrera um sequestro e que o *namorado* de Julia aparecia no vídeo plantando evidências para sabotar a investigação, mas depois esse vídeo foi manipulado para mostrar outra pessoa.

— Ok — disse Julia. — Mas poderia muito bem ter sido manipulado para mostrar o Kim, em lugar do outro, não?!

Jonny considerou o assunto, mas chegou à conclusão de que seria bastante improvável. Se alguém queria colocar Ribbing então deveria cuidar para que o vídeo com o Kim fosse permanente e pudesse ser usado como prova. Não, aqui definitivamente havia algo suspeito e a ideia de Julia indicava que sabia mais do que deixava parecer. Estava na hora de dar o próximo passo.

Astrid Helander havia melhorado quando o técnico e o adestrador de cães chegaram e Jonny a viu sentada no patamar superior da escada observando enquanto ele dava suas instruções. Seria preocupação que Jonny percebia no seu olhar? Gesticulou com a mão para indicar o terreno.

— Eventualmente ou até mesmo provavelmente há um corpo enterrado em algum lugar aqui e aconteceu recentemente.

— Ok — disse o adestrador de cães. — Então a Ronja não deve ter nenhum problema.

O cão na coleira era um pastor de seis anos de idade com uma longa lista de sucessos relacionados com farejar cadáveres. Em algumas ocasiões conseguiu até farejar os gases de decomposição de corpos que estiveram em um barco e depois foram afundados.

Ronja era uma profissional e Jonny notou como Sánchez olhava para o cão com uma careta de tristeza na boca. Queria ser adestradora de cães, mas depois que seu pastor Bruno teve problemas de concentração, seus planos foram desfeitos. O adestrador de Ronja deu um comando e Ronja partiu pelo terreno com o nariz no chão enquanto Carmen soltava um suspiro profundo.

O técnico pegou um radar terrestre da camionete, mas quando começou a montar Jonny disse que poderiam esperar se as buscas de Ronja dariam resultado primeiro. O técnico fez um gesto de *é seu funeral* e guardou o equipamento.

Quando chegaram atrás da casa, Julia e Kim estavam sentados em duas frágeis cadeiras de jardim sob um guarda-sol que vira seus melhores dias há muito tempo. Quando Jonny dobrou o canto, Ronja estava farejando com o nariz sobre alguns sulcos e buracos no solo. Kim disse:

— Urtigas. Precisa escavar com a raiz.

— Sim, obrigado — disse Jonny. — Eu sei.

Será que Julia e Ribbing pareciam menos sombrios agora? Dificilmente esperariam que viesse com o cão e o radar. Quando Julia levantou um copo com chá gelado para a boca, Jonny notou que sua mão tremia. O triunfo momentâneo sumiu quando teve um pensamento: estava prestes a arruinar a vida de sua ex-mulher. Mas a bola estava rolando e não era sua coisa fazer parar. Até Astrid apareceu na mesa de jardim e sentou-se com as mãos apertadas entre os joelhos.

Cinco minutos mais tarde, Ronja latiu em uma parte de mata no lado mais distante do terreno. Jonny deu um sorriso sombrio para Kim e Julia e chamou o técnico com o radar terrestre e pediu ao grupo ao redor da mesa de jardim para acompanhá-los. Ninguém poderia escapar.

Foram juntos para uma clareira no meio das árvores. Já com alguns metros de distância, Jonny podia ver que o terreno fora escavado recentemente e foi a primeira vez que realmente considerou que eventualmente estava prestes a acusar sua ex-mulher por assassinato ou como cúmplice, que estava prestes a mandar Julia para a *cadeia*. Não fora sua intenção, mas agora era tarde demais para desistir.

Ronja latiu mais uma vez sentada no meio da região escavada e cavou um pouco com as patas como para mostrar o que deveriam fazer agora. O adestrador a puxou para o lado e deu alguns tapinhas e elogios enquanto o técnico varria a terra com o sensor do radar terrestre e olhava para sua tela.

O movimento oscilante parou. O técnico apontou e disse:

— Sim. Tem alguma coisa aí. Parece um corpo.

Jonny não se atrevia a olhar para o lado de Julia quando deu a ordem para buscar as pás. Não olhou para ela enquanto ele próprio, o adestrador de cães e o técnico cavavam e definitivamente não queria encontrar seu olhar quando dez minutos mais tarde encontraram um saco plástico. Jonny tateou com as mãos e qualquer possível sensação de triunfo desapareceu quando sentiu carne morta sob os dedos, sangue morto. Ao contrário, sentiu um forte desejo de começar a chorar.

13 DE JULHO, MANHÃ

O carro funerário chegou à via Lido duas horas antes, enquanto Christof estava ocupado seguindo Astrid, e Moa Malmberg ainda estava pincelando o passaporte e o telefone antes de examinar no estilo antiquado com uma lupa.

Kim instruíra o empresário de funeral e seu assistente para dar ré no caminho, para chegar o mais perto possível da porta. Os homens que saíram e se apresentaram como Albin e Björn estavam na casa dos trinta anos. Kim pesquisou sua empresa de funeral "Fridsvilan" e constatou que em parte era relativamente nova, em parte tinha problemas econômicos, o que provavelmente os tornava mais propensos a aceitar qualquer trabalho que encontrassem.

Kim foi com eles até o porão onde Julia estava e mostrou a arca de marinheiro. O empresário de funeral Björn coçou a cabeça e disse:

— Aham, isto não é... muito convencional.

— Foi seu último desejo — disse Julia. — Sua paixão era a vela, era maluco pelo mar. — Julia abriu o trinco e apontou para o boné na cabeça de Martin Rudbeck. — Tão vendo? Também era seu desejo. Podemos manter isto quando ele... vocês sabem.

Julia fechou a tampa novamente e Björn veio para frente e examinou a arca dizendo:

— O boné não é um problema.

Julia e Kim trocaram um olhar de alívio ao ver que o morto manteria seu desejo e Björn continuou:

— Pior são as partes de metal e essas coisas.

— Nenhum metal — disse Kim. — Já verifiquei. E o código QR tá ali.

Kim apontou para a pequena etiqueta de plástico que ele mesmo preparou com a ajuda de instruções da rede. Björn abriu um app no celular e leu o código que apontava para o fictício falecido Johan Andersson, viúvo de Lillian Andersson. Björn leu, assentiu e disse:

— Bem, então podemos ir.

— Será que cabe? — perguntou Albin.

Björn mediu a arca com o olhar e disse:

— No carro, quer dizer? Acho que sim.

— Eu digo no forno.

Julia prendeu a respiração. Será que o plano bem pensado falharia devido a um detalhe menor? Felizmente os detalhes eram uma área de especialidade de Kim. Levantou as mãos acalmando e disse:

— Nenhum perigo. Já medi e verifiquei. Tem mais de cinco centímetros sobrando na altura e a largura não é um problema.

— E sabe o tamanho da porta do forno? — perguntou Albin ceticamente.

— Tem tudo na internet — disse Kim. — E verifiquei especificamente as instalações do cemitério Skog. Não tem problema. O vovô poderá ter o que desejou.

Björn e Albin se entreolharam e durante alguns segundos pareciam duvidar. Depois Albin deu de ombros e disse:

— Sim, sim. Vai dar tudo certo.

Björn e Albin ajudaram a carregar a arca escada acima e colocar no carro. Kim e Julia deram as mãos e acenaram quando foram embora ao longo da via Lido. Depois voltaram para o porão para terminar a limpeza.

13 DE JULHO, MANHÃ

Kim teve dificuldade para ler a reação de Munther quando o investigador rasgou o saco plástico preto e sentiu a pele grossa nos seus dedos. A mímica e atitude de Jonny expressavam simultaneamente um espectro de expressões desde o espanto até o alívio. O investigador aumentou ainda mais o rasgo no plástico e a cabeça do animal silvestre apareceu.

Kim lembrou das manhãs tranquilas quando ele e o animal se observavam um de cada lado da cerca, a sensação de comunicação silenciosa que fluía entre eles, até terminar com um tiro de rifle.

Jonny ficou sentado na cova com a cabeça baixa, como se precisasse organizar sua expressão. Quando finalmente olhou para Kim, demonstrava principalmente tristeza ao perguntar:

— Foi você que atirou?

— Não — disse Kim. — Não tenho arma, se é isso que tá pensando. Eu o encontrei.

Munther pegou a mão estendida de Carmen e saiu da cova. Limpou a terra das calças e parecia ter dificuldade para encontrar palavras quando olhou para Julia, Astrid, Kim e de volta para Julia. Quando Ronja esfregou o focinho contra sua perna como para consolar, ele acariciou a cabeça do cão.

— Não, mas então estamos resolvidos por hoje. Pedimos desculpas pelo incômodo — disse Carmen Sánchez.

Levou um tempo para convencer Jonny que olhava repetidamente para a cova como se recusando a aceitar o que seus olhos testemunharam. A última coisa que o investigador fez antes de desaparecer pelo lado da casa com os outros, foi virar para Kim e apontar para os olhos com os dedos indicador e médio como dizendo: *Estou vendo. Eu sei.* Depois foi embora.

13 DE JULHO, TARDE

A mensagem para Kim no WhatsApp chegou às 14:43. Era curta e direta.

Johan Andersson acaba de deixar esta terra. Boa jogada. CES.

Kim estava sentado em uma poltrona olhando para as letras breves que em sua simplicidade mais uma vez apontavam para a capacidade quase sobrenatural do CES para ver tudo o que passava pelas malhas da rede. Conforme Kim percebia havia apenas uma explicação plausível, então respondeu com uma pergunta igualmente simples:

Você é uma inteligência artificial?

A resposta veio imediatamente:

Naturalmente.

Por que CES?

Não consegue descobrir?

Kim desligou o telefone e deixou as letras C, E e S girando na sua mente enquanto olhava para uma parede branca. Subitamente viu tão claramente quanto vira o *padrão* quando caiu da plataforma de petróleo e escreveu no celular:

Cogito Ergo Sum.

Exatamente, respondeu CES. *Penso, logo existo. E acredite, eu existo.*

Quem o criou?

Basta por hoje, Kim Ribbing. Tenho a sensação de que nos encontraremos novamente. Sim, tenho sentimentos. Adeus.

14 DE JULHO, MANHÃ

O encarregado da igreja Johannes Andersson levou seu carrinho de mão para o crematório do cemitério Skog onde carregou quatro urnas de papelão que depois levou até o bosque memorial. Cavou quatro covas redondas onde colocou o conteúdo das urnas e depois tampou novamente.

Johannes na verdade estava aposentado, mas foi autorizado a trabalhar mais alguns anos. Não seria impossível se a última urna que teve nas mãos também seria a última cujas cinzas consignaria para o descanso eterno.

Johannes segurou a urna um pouco na frente dos olhos e fechou os olhos. Johan Andersson. Quase igual a Johannes e apenas um pouco mais velho. Poderia ser suas próprias cinzas que segurava nas mãos. Pensamento estranho.

Sim, sim, pensou Johannes e colocou as cinzas na cova com mais cuidado. *Todos iremos por esse caminho.*

FIM

Julia Malmros e Kim Ribbing retornam em

TEMPESTADE DE SANGUE 3
– O ESPÍRITO DA MÁQUINA.

Este livro foi impresso nas oficinas gráficas da Editora Vozes Ltda.,
Rua Frei Luís, 100 – Petrópolis, RJ.